정연희 소설선집 04

여섯째 날 오후

정연희 소설선집 04

여섯째 날 오후

鄭然喜 장편소설

신아출판사

여섯째 날 오후

15세기世紀. 카스티라니아의 여왕 아키시스에게 왕권王權을 계승할 아들이 있었다. 왕자王子는, 여왕女王 아키시스의 생명이었다. 어느 날 풍랑의 바다가 왕자를 데려갔다. 하지만 아키시스는 왕자의 죽음을 받아 들이지 않았다. 바다로부터 왕자를 되찾겠다는 집념은 아키시스 여왕의 새로운 생명이었다. 바다를 향한 집념의 불길이 치솟았고, 그 집념은 아키시스 여왕에게서 주검을 불살랐다. 죽음 없는 육체가 되어 타오르게 했다. 운명의 여왕 아키시스, 그는 오늘도 잠들지 못하는, 타오르는 영혼의 불길로 바다를 지켜보고 있다.

그날 밤의 폭풍은 아무런 전조도 없이 갑자기 들이닥쳤다. 바다만 요동치는 것이 아니라 칠흑 같은 밤하늘도 세찬 비바람 속에서 미친 듯 뒤챘다. 항구의 사람들은 한데 뭉쳐, 폭풍에 물어 뜯거가며 요동치는 바다를 지켜볼 뿐 아무런 엄두를 내지 못했다. 으르렁거리는 바다는 어둠을 물어뜯으며 끓어올랐다. 해안 쪽의 뭍은 무력했다. 전신을 내어 맡긴 해안은 노호하는 파도에 대책 없이 강타당하고 있었다.

도롱이를 둘렀거나 고무 우장을 뒤집어쓴 사람들이 이리 뛰고 저리 뛰었지만, 겅정거릴 뿐 일을 하고 있는 것은 아니었다. 그들은 이미 뼛속까지 젖어, 도롱이며 우장이 오히려 거추장스러웠지만 전신을 비바람에 던진 채 우왕좌왕이었다. 걱정은 오직 해일이었다. 해일은 용서의 여지가 없는, 격노한 바다의 매질이다. 해일은 육지를 물고 뜯는 노여움이었다. 해일은 일시에 쓸어내고 남김없이 쓸어가는 바다의 노여움이었다. 해일은 이따금 해안가 사람들을 찾아왔다. 초속 100미터 가까운 강풍과 높이 10미터가 넘는 파도는, 어선과 집과 방파제를 쓸어갔다. 더러 사람을 한 입에 삼키기도 했다. 지금 용틀임치는 바다는 또다시 격노가 끓는 예고였다. 그러나 그들은 그곳을 떠날 수 없었다. 해일의 공포에 질려 있으면서도, 그 바다가 모든 것을 삼켜 버릴는지 모른다는 것을 익히 알고 있으면서도, 그들은 그곳에서 한걸음도 떠나지 못했다. 해산하는 여인이 죽음에 이르는 고통으로 산고를 겪으면서도 또다시 그 산고를 치르게 되는, 삶이 이어지는 것처럼.

오징어 명태 덕장의 덕목들은 가벼운 검불처럼 비바람 치는 어둠 속을 함부로 날아다녔고, 해안에 몰려 있던 배들이 가볍게 부서져 나갔다.

이 무슨 일인가? 무엇이 잘못되었나? 무슨 동티가 났을까?

그들은 하늘을 향해 빌 바를 알지 못했다, 그저 무력하고 또 무력했다. 갈팡질팡하던 그들은, 얼마 만에야 외항外港 쪽에 있던 거대한 배 한 척이 나뭇잎처럼 바다 위에서 뒤채는 것을 발견했다. 그 배는 이미 육중한 몸체의 무게를 포기한 듯 갈잎처럼 가볍게 흔들리고 있었다. 해안을 떠난 배는 항구 남쪽으로 떠내려가고 있었다. "떠내려가!" "떠내려가네!" 어둠 속, 눈을 뜨지 못하게 퍼붓는 비바람 속에서 빗발과 빗발의 희끄무레한 빛 사이로 보였다 스러졌다 하는 그 큰 배를 향해서 사람들은 넋을 잃은 듯 중얼거렸다.

배는 항구 밖으로 흘러갔다. 거대한 배가 용틀임 하는 바다에 밀려 떠내려가고, 눈에서 멀어져 간 배를 찾을 길 없는 사람들이, 다시 노한 파도를 향해 비손도 없이 덜덜 떨며 서 있을 때, 바다의 노여움은 기세를 조금씩 꺾기 시작했다. 새벽녘이 되면서 바다는 노여움을 어지간히 가라앉혔다.

"좌초다, 좌초야! 외항에서 떠내려간 배가 외포리外浦里 앞바다에 거꾸로 처박혔다네!" 그 소식은 강풍처럼 들이닥쳤다. 그러나 그 소식이 날아들면서 바람은 숨을 죽였고 바다는 서서히 잠들기 시작했다. 사람들은 그날 밤의 폭풍이 그 배 탓이었다고들 떠들기 시작했다.

날이 밝았을 때 해안은, 어젯밤의 해일이 악몽이었던 듯 씻은 듯 맑은 날씨 아래 평화롭기만 했다. 지난밤의 폭풍노도는 거짓말 같았다. 외포리 앞바다에 좌초한 배가 아니었더라면 지난밤의 일들은 잠깐 스쳐간 악몽이었다. 항구의 어민들은 외포리 쪽으로, 외포리 쪽으로 달려갔다. 어둠 속 폭풍에서 놓여나고 해일의 공포로부터 해방된 그들은 제가끔 뜀박질하여, 악몽의 결과물을 확인하겠다는 듯이 그쪽으로 몰려갔다.

산자락이 곧장 흘러내린 곳에 백사장이 있고, 지나다니는 배 이

외에는 배도 사람도 머물러 본 일이 없는 바다에 갑자기 이변이 생겼다. 해일에 쓸려 흘러간 철선鐵船은 뭍을 향하여 무릎을 꿇은 듯 물속에 반쯤 처박혀 있었다. 그 현장에 이르기 전까지도 사람들은 이러쿵저러쿵 제각기 떠들었다. "어젯밤의 폭풍은 그 배 탓이었어!" "그 배 때문에 바다가 동티를 냈어!" "그 배는 부정不淨한 배였을 거야!" "그렇지, 그래! 그 배를 암초에 걸어 부숴버리고 노한 파도가 수그러졌거든…." "아니, 그렇지 않아, 그 배가 아니었더라면 우린 몰살했을지도 몰라. 이렇게 새 아침을 볼 수 없었을 거야. 그 배 탓만 하지 말자고!" "그래, 그 뱃값으로 우리가 놓여났지. 놓여난 거야!" "아냐, 일기예보에도 나타나지 않았던 돌풍이 들이닥친 건 그 배 때문이야. 그 배에 무언가 있었음에 틀림없어." "하지만 어쨌거나 그 배는 깨졌잖아. 죽은 거야. 저 배는 이제 끝장났다고!" "그러니까 그 배는 어쨌거나 희생당한 거 아니냐고!" 그들은 분분한 논의에 발맞추어 그곳에 이르렀고, 아침의 찬란한 햇빛 속에서, 비참하게 반쯤 죽어 처박힌 선체船體를 확인했다.

폭풍으로 찢겼던 바다의 아침은 유난히 청명했다. 그러나 그 청명한 햇살 속에서, 좌초한 배의 침묵은 괴이할 만큼 무거웠다. 사람들도 그 자리에 이르러서는 입을 다물 수밖에 없었다. 배는 얕은 바다에 무릎을 꿇고 처박혀 있었지만 어쩐지 호락호락해 보이지는 않았다. 헐떡거려가며 그곳에 이른 사람들은 숨을 가라앉히며 입을 다물었다. 그것은, 누가 가르친 일 없는, 충심에서 우러난, 거대한 비극에 대한 예의였다. 모두들 말이라는 것을 해본 일이 없는 사람들처럼 좌초한 배를 바라보며 입을 다물었다.

하지만 해안가 사람들은 단순했다. 일상日常이 가져오는 건망증으로 그 배의 좌초사건을 곧 잊어버렸다. 스스로 지워버렸는지도 모른다. 마치도 열심히 살아간다는 것은 건망증을 만들어 내는 일이나 되듯이, 그들은 곧 각자의 생업에 묶여 씨름하며 하루하루의 일을 깡그리 지워가고 있었다. 뱃사람들은 꿈자리를 훌훌 털고 바다에 각자의 배를 띄웠고, 어부들은 물고기들의 물길을 찾아 그물을 치고 걷기에 바빴다. 항구의 술집에서는 술이 줄기차게 잔을 채우고, 여자들은 제가끔 바다로 떠나보낸 남자들을 줄기차게 기다렸다.

그들은 외포리 해안도로를 오르고 내렸지만 좌초된 배에 관해서는 말을 꺼내는 일도 없었다. 배는 해가 바뀌도록 그 자리에 있었고 서서히 녹슬기 시작했다. 갈수록 죽음의 빛을 시뻘겋게 드러내기 시작했지만 아무도 그것에 관하여 입을 열지 않았다. 그 배가 그곳에 있다는 사실조차 깨끗하게 잊어버린 사람들 같았다. 그 무섭던 폭풍의 밤도 잊어버렸는가 하면 그 다음날 아침의 외포리 앞바다에서 본 좌초선坐礁船의 충격도 거짓말처럼 뒷전으로 밀려났다.

어느 날 그 바닷가에 사람이 하나 나타났다. 그는 몰고 가던 승용차를 길섶에 세웠다. 흙먼지가 뜨거운 햇볕을 휘저으며 부우옇게 일었다. 그 먼지가 채 가라앉기도 전에 뜨겁고 숨 막히는 정적靜寂이 자동차를 짓눌렀다. 사나이는 운전대를 붙잡은 채 갑자기 확대된 눈으로 바다 쪽을 향했다. 마치 급격한 충격으로 동공이 굳어진 듯 그는 한참만에야 운전석을 벗어나 길섶으로 내려섰다. 그리고 자석에 끌리듯 몇 걸음 바다 쪽으로 걸어갔다. 승용차는 먼 거리를 줄곧 달려온 듯 찰흙먼지가 쌓였고, 방금 차에서 내린 그 사람도 어지간히 지쳐 보였다. 그러나 급한 볼일이 있는 사람은 아닌 듯 그는 바다를 향해 한동안 꼼짝도 하지 않고 서 있었다.

팔월의 해는 지글거리고, 바다는 팔월의 태양 아래 조용하게 끓어올랐다. 태양과 바다 사이에 시뻘건 선체船體가 거꾸로 처박혀 있었다. 처박힌 배는 작열하는 태양 밑에서 바다의 옆구리를 깊이 찌른 녹슨 칼이었다. 시뻘겋게 녹슨 선체는 바다의 푸르름을 더욱 눈부시게 만들었다. 거대한 선체였다. 철선鐵船의 녹슨 시체는 바다에게 무안을 안겨 주면서 일체를 포기한 반주검으로 꼴아 박혀 있었다. 선미船尾를 하늘로 치켜 뻗치고 선수船首는 물속에 처박고 숨죽이고 있었지만, 녹슬고 녹슬어가며 바다를 유린하고 있었다. 해안 가깝게 처박힌 선체船體의 경사도는 급했다.

승용차에서 내린 그는 아직도 충격이 가시지 않은 눈으로 주위를 둘러보았다. 뜨거운 하늘과 푸른 바다. 그리고 좌초되어 녹슬고 있는 거대한 선체. 항구는 꽤 먼 저쪽에서 하얗게 빛났다. 등지고 있는 길 쪽으로 버스 한 대가 급하게 지나갔다. 모든 것이 현실이다. 그는 무엇인가를 확인하려는 듯 길옆에 세워 둔 차를 잠깐 돌아보았다. 더위가 그의 숨을 턱턱 가로막는다. 그는 다시 시뻘겋게 녹슬어 있는 선체로 눈길을 돌렸다. 여전히 그것은 그 자리에 그렇게 있었다. 환상이 아니었다.

 망망한 바다. 팔월의 정수리를 태우고 있는 한낮의 바다. 햇빛은 바다 위에서 타오르고 부서지고 튕겨졌다. 서로 껴안고 몸부림쳐, 혼곤히 한 몸 될 듯도 하다가, 돌연 그것은 서로를 상처 입히는 극명한 눈뜸이었다. '이것이었던가.' 그는 스스로에게 물었다. 불안의 매연 속을 정처 없이 떠돌던 예감이. 갑자기 뚜렷한 확증 앞에서 눈을 뜬 것 같은 순간. 서울을 떠나던 순간까지도 그에게는 뚜렷한 목적지가 없었다. 그저 막연하게 바다로 가야지, 하는 생각이 오락가락했을 뿐. 새벽에 떠난 덕으로 점심때쯤에 대관령을 넘을 수 있었다. 대관령 준령에서는 구름이 녹아 흐르는 비를 만났으나 바닷가는 맑고 뜨거웠다.

 그는 강릉에서도 쉬지 않았다. 누가 기다리고 있기나 한 것처럼 계속 차를 몰아 이곳에 이르렀다. 찻길에까지 바짝 내려와 앉은 산자락에서도 단김이 훅훅 뿜겼다. 오른쪽으로 탁 트인 바다는 폭양 속에서 새파랗게 숨을 죽이고 있었다. 그는 운전 틈틈이 바다를 훔쳐보았다. 문득, 그 속력 그대로 바닷물에 풍덩 던져 버리고 싶은 충동에 떨면서. 사람들이 북적대는 해수욕장을 몇 개 지나왔다. 피서객을 잔뜩 실은 대형버스며, 알락달락한 피서 빛깔로 장식한 승용차들이 여봐란 듯이 치닫고 내리닫고 하는 사이를 묵묵히 달려왔다. 심한 더위와 시장기를 느끼기 시작했지만 이제 그 길이 불원간 끝날 것이라는 생각 때문에 우울했다. 서울을 떠나기까지 무겁던 마음은 그대로였다. 속력도 거리감도 도움이 되지 않았다. 암울함에 구체적인 이유가 없었기 때문에, 절망감 한 자락이 그의 공복감을 단단히 물고 있었다.

그 바다, 그 시뻘겋게 녹슨 배가 그의 갈 길을 가로막은 것은 바로 그렇게 막막해져 몸도 마음도 지쳐 갈 무렵이었다. '이것이었던가.' 자기를 기다리고 있던 것, 그래서 찾아 나선 것이 '이것이었던가.' 충격이었다. 공포의 현장이었다. 막연하게…… 끝없이 막연하게 표류하던 그의 예감이 적중한 장면. 절망이 현상現像되어 나타난 것과 마주친 - 지금까지 불투명하고 끈끈하게, 그리고 어둡게 떠돌던 것들이 갑자기 정체를 드러낸 충격이었다. 바다에 처박힌 비극의 장렬함. 그 녹슨 배는 절망의 현장이었다.

'나를 기다리고 있던 것이 이것이었던가.'

노인이 한 사람 느릿느릿 걸어왔다. 어망을 지고 있었다. 어망은 소금기가 부우옇게 엉겨 있어 무거워 보였다. 신발은 어망 한 옆에 매달려 흔들거리고 그는 맨발이었다. 걸음을 옮길 때마다 무쇠 같은 갈색 발이 하얀 모래 속에 반쯤 파묻혔다. 노인은 묵묵히 모래밭만을 굽어보며 걸었다. 바다에게 무심했다. 좌초된 배 따위는 관심도 없는 듯. 이쪽에 사람이 있다는 것도 모르는 것 같았다. 설사 알았다 해도 눈길 한 번 줄 일 없이 그냥 스쳐갈 걸음이었다. 단김이 훅훅 숨을 막는 뜨거운 백사장을 그는 평생을 그렇게 걸어

왔던 사람처럼 느릿느릿 걸었다. 노인은 바다에서 모래밭으로 기어 나온 늙은 거북 같았다. 노인이 방향을 바꾸지 않고 계속 걷는다면 끝내 얼굴을 볼 수 없이 어긋나 버릴 것 같았다.

중년의 사나이는 조급해졌다. 그 노인은, 누구인가가 자신에게 보내 준 전령(傳令)일 것 같았다. 노인이 자기 쪽으로 오지 않고 그냥 스쳐간다면, 그렇게 놓치고 만다면… 불길하다. 소리쳐 부를까. 잠깐 생각해 보았으나 입이 열리지 않았다. 노인은 이미 그가 서 있는 직각 구십 도의 앞을 지나가고 있었다. 그는 숨을 헐떡이며 자꾸만 멀어져 가는 노인과의 거리를 노려보았다. 그때, 노인은 갑자기 방향을 꺾어 길 쪽으로 올라섰다. 노인을 지켜보던 그는 한숨을 내쉬었다. 그리고 당장 외쳐 부르고 싶었지만 좀 더 기다려야 할 것 같아 참고 있었다. 노인은 방향을 바꾼 뒤에도 여전히 얼굴을 들지 않고 느릿느릿 걸었다. 이쪽에 사람이 있으리라고는 생각지도 않는 걸음걸이로. 노인의 갈색 얼굴과 굵은 주름살이 똑똑하게 보일 정도의 거리가 되었을 때 그는 목소리를 가다듬었다.

"노인장, 좀 쉬었다 가시지요." 노인은 그제서 눈길을 천천히 들어올렸다. 무표정한 얼굴이 무쇠조각 같았으나 적의는 없어보였다. "이곳 한낮의 더위는 대단하군요."

그러나 노인은 눈을 들어올렸던 것도 잠깐일 뿐, 다시 눈길을 떨어뜨리고 아무런 반응 없이 걷던 걸음 그대로 느릿느릿 길 위로 올라섰다. 그런 뒤, 그가 서 있는 옆에 이르러서야 지고 왔던 어망을 털썩 부려놓고 허리를 폈다. 그동안이 꽤 길었지만, 노인이 대답이 없었거나 다시는 쳐다보지도 않았던 일에 대해서 별로 마음이 쓰이지 않았다. 허리를 펴던 노인은 숨을 깊이 들이쉬더니 스르르 그 자리에 허리를 내려앉혔다.

"일 가는 길이시우?"

노인은 이쪽을 다시 살피는 일도 없이 불쑥 물었다. 투박한 목소리였다.

"예, 아닙니다. 그저……."

중년의 사나이는 갑자기 소년처럼 얼굴을 붉혔다. 그리고 당황해하던 자신이 민망하여 주저앉듯이 노인 옆에 앉았다. 노인은 곰방대를 꺼내더니 입에 물었다. 잠방이처럼 헐렁한 바지 뒷주머니에서 꺼낸 쌈지는 해수욕객이 버리고 간 비닐용구를 오려서 듬성듬성 꿰맨 허름한 것이었다. 담배는 꽁초를 뜯어 모은 것인 듯했다. 그래도 노인은 불을 붙이는 길로 허겁지겁 맛있게 연기를 빨아들였다.

"일 가는 사람 아니라면 이 호젓한 갯가에 뭐라고 그리 홀로 섰는 게요? 모두들 떡 감는다고 내리뛰구 치뛰구 식구마다 난리쳐가며 얼리는 판에." 그는 대답할 말이 없었다. 그러나 노인은 굳이 대답을 들을 생각이 있던 것도 아닌 듯 이쪽을 바라보며 한마디 던졌다. "담배두 못하시는구먼!"

노인은 곰방대를 다시 물며 잠깐 웃었다. 노인의 목은 큰 거북이의 목살 그대로였다. 붉은 기가 도는 크고 억센 얼굴에서 눈빛은 아직 형형한데 어깨는 조금 굽어 있었다.

"저 배는 언제 저렇게 됐습니까?"

한참만에야 사내가 물었다.

"지난해 삼월달이던가, 갑작스런 폭풍에 저리 됐지. 악몽 같은 밤이었어…."

갯내음이 눅진한 바람과 함께 후끈하게 밀려왔다.

"암초가 있었던가 보죠?"

"암초지… 뱃바닥이 깨지면서 깊이 걸린걸 보니까…."

"배가 항구 쪽에 정박해 있질 않았던가요?"

"저렇게 큰 배는 항구에 바짝 대질 못해. 근해에 떠 있게 마련이지."

"무슨 배였던가요?"

"철광석을 실어 나르는 화물선이었던가. 칠천 톤 가량 싣고는 일본 어디로 떠날 배였다는데 반 넘어 실어 놓고 나머지를 마저 실으려다 저 지경이 됐다는군."

"사람은 다치지 않았습니까?"

묻다 보니 꼬치꼬치 캐는 것 같아, 그는 조심스럽게 노인의 옆 얼굴을 훔쳐보았다.

"항해사 몇을 두고 나머지 선원들이 깡그리 하선을 했었다지. 아마 어두워진 뒤였으니 모두들 술집에 처박혔었겠지. 뒷말에는 젊은 선장이 어떤 여자네 집에 처박혀 있었다는 게야. 그날 밤 돌풍이 갑자기 들이닥쳤어. 속수무책이었지. 배가 공깃돌 놀 듯하더구먼. 선원들이 다 있었으면 저 지경은 면했겠지. 허지만 어차피 하늘이 허는 일에는 불가항력 아니겠나. 그 배의 젊은 선장이 뒤탈을 크게 만났을 걸? 원래 제대로 된 선장은 어떤 하역荷役이든 최단시간으로 끝을 보고 그 자리를 뜨게 되어 있어. 하역 시간을 줄이는 일에 따라서 선장의 실력이 평가되는 법이거든."

시뻘건 선체는 바다의 푸른빛을 더욱 두드러지게 만들었다. 어느 봄날 밤에, 돌풍에 외롭게 휩쓸리며 항구의 등불을 등지고 낯선 해변에 무릎을 꿇고 주검을 맞은 거대한 선체… 선장도 없이 홀로 주검을 맞이한 거대한 배.

노인은 거의 꺼져가는 담배통을 더욱 힘주어 빨며 자조하듯 말했다.

"사람이 아무리 버르적거려 봐야 별수 있나? 잠깐 사이 바람 한 번 건듯 불어도 저 무지무지한 쇳덩이가 검불 불리듯 하는 걸… 저게 바루, 사람들이 하던 짓, 사람이 만든 게거든… 바다는 죽는 법이 없어. 몸살 하는 일도 없어. 허지만 사람들이 기를 쓰고 해냈다는 거… 그거 눈 깜박할 사이, 하늘이 도리질 한 번 하면 끝장 나는 게야. 끝만 나면 좋은데, 어디 깨끗허게 끝나 주나? 인간이 만든 것들이 죽는다는 게 매양 저 꼴이지. 흉하거든, 인간의 솜씨가 보는 끝장이 모두 흉허구 말구."

"왜 저렇게 버려두고 있습니까. 배를 끌어내서 살릴 수가 없으면, 폐선해서 뜯어내든지 해야잖습니까?"

"뜯어내는 데는 돈 안 드는 줄 아우? 선주船主가 골머리를 다 못 앓는가 보우. 아직두 결판 못 내고 있는 걸 보면… 허지만 저 배,

그저 겉껍데기뿐이지, 저 속은 다 쥐어 뜯겨서 남은 게 없을 걸? 그저 뼈다귀뿐이야." 쓴웃음을 짓는 노인의 옆얼굴을 바라보며 그것이 무슨 뜻인지를 미처 묻지 못했는데 노인이 말을 이었다. "밤에, 물귀신들이 달려들어 저 귀신같은 배를 속속들이 다 뜯어내는 거야. 이놈 저놈, 배고픈 놈, 장난 심헌 놈, 그저 닥치는 대로 해작질 해낸 거지. 더러 돈푼 되는 것을 찾아 모조리 뜯어냈을 걸?."

객은 어두운 밤바다를 연상했다. 누군가, 재빠른 젊은 몸이 물고기처럼 밤바다로 잠수해 들어간다. 그리고 저 녹슨 배에 접근하여 선체 안으로 숨어 들어간다. 그리고 필요하다고 생각되는 것들을 뜯어낸다. 밤바다에 반쯤 잠긴 거구巨軀의 철선은, 조금씩 조금씩 그 내부가 해체되어 가는 것이다. 이튿날 해가 뜨면 그 배는 여전히, 더는 아무 일 없었다는 듯, 바다 위에 반신半身을 드러내고, 수치스러워하며 계속 녹슬어가는 운명을 잠잠하게 받아들이고 있으리라.

노인은 조약돌 위에 곰방대를 두드려 담뱃재를 탁탁 털더니 훌쩍 일어섰다. 그도 딸려 일어나듯 일어섰다. 그리고 조심스럽게 입을 열었다.

"어느 쪽으로 가시는지요. 모셔다 드리겠습니다."

"날 일부러 데려다 줄 건 없소. 가는 길이 같으면 얹혀 가리다."

"어차피 저는 저쪽 항구까지는 가야 합니다."

"그러면 가는 데까지 가리다. 나두 그쯤 해서 내리면 편하겠소."

그는 노인을 거들어, 무거운 어망을 트렁크에 실었다. 노인은 맨발 그대로 자동차 앞자리에 성큼 올랐다. 무릎 밑으로 드러난 다리가 아직 팽팽한 갈색으로 빛났다. 발바닥은 두꺼운 가죽이 되어 두꺼운 각질이 발등을 감싸고 있었다.

"아직도 배를 타십니까?"

"바다는 날 늙었다 하오. 바다는 늙은이를 이따금 놀려 대지. 이제는 물속에서 이따금 쥐가 나거든."

"하지만 아직도 퍽 정정하십니다."

"그건 그냥 늙은이헌테 건네는 인사겠지. 늙은 건 늙은 게야. 감출 길 없는 게 사람 나이지. 더구나 바다에 사는 사람들은 그게 더 빤하게 드러나는 법이거든."

말을 마친 노인은 바다 쪽으로 얼굴을 돌렸다. 그 표정을 볼 수는 없었지만 노인의 전신에서는 평화와 휴식의 편안함 같은 것이 흐르고 있었다. 중년의 사나이는 새 기운을 얻은 듯 가벼운 기분으로 차를 몰았다.

"어른께서는 이 근처에 살고 계십니까?"

"저, 항구 뒤편, 한적한 어촌에 집이 있소."

"좋은 곳에 사시는군요."

"좋은 곳이라고 따로 있겠소? 물고 뜯을 일 없는 데면 좋은 자리지."

"한 번 가보고 싶군요."

"뭬 어렵겠소. 사람이 사람 사는 델 찾는 일, 생각 있으면 와요. 나 내리는 데서 일러줄 테니."

"어디 점심 먹을 만한 데가 없겠습니까. 벌써 때가 지났군요."

"어차피 항구를 지나가야 하는 거 아니겠소? 가보십시다."

차는 언덕길을 넘어, 항구 안쪽의 작은 포구浦口를 내려다보며 달렸다.

"예가 처음이시우?"

노인이 물었다.

"아닙니다. 몇 년 전에 지나가 본 일이 있습니다."

"머문 일은 없었고?"

"잠깐 들러서 밥을 먹었을 정도지요. 특별한 볼일이 아닌 담에야 몸을 쉴 만한 곳은 아닌 것 같았거든요."

"하긴… 고깃배나 넘다드는 곳… 바다허구 인연 없는 사람들에게야 별 신통한 곳이 못 되지."

열어 놓은 차창으로 뜨거운 바람이 걸쭉하게 스쳐갔다. 차가 거리에 가까워지자 노인은 자상하게 길을 안내했다. 큰 거리를 비켜가며 몇 번 골목을 꺾어들자 오목한 포구에 이르렀다. 어선이 빽빽하게 들이차 있었다. 그 어선들을 마주보며 객주집이 네댓 채 늘어서 있었다. 오후로 기울기 시작한 뜨거운 햇볕이 녹아 흘렀다.

"노인장, 아직 점심 전이실 텐데 점심 함께 하시지요. 지나가는 인사가 아닙니다. 저도 혼자서 먹기 적적하구요."

"뜻은 고맙소만 난 그냥 가야겠소. 꽤 먼 길을 편하게 왔으니 오히려 내 쪽에서 인살 차려야 헐 텐데."

어망을 걸머멘 노인은 한눈 한 번 파는 일 없이 걷기 시작했다. 생각을 돌이킬 것 같지 않았다. 시간에 매어 있을 사람 같지는 않았고, 낯선 사람과 아무렇게나 어울리고 싶지 않은 것 같았다.

"댁이 이곳에서 가까울 것 같지도 않은데요."

중년의 사나이는 노인을 따라가듯 걸으며 다시 한 번 권해 보는 뜻으로 입을 열었다. 노인은 여전히 곧은 방향으로 걸으며 거의 무뚝뚝한 어조로 대꾸했다.

"그렇다고 아주 먼 거리도 아니오."

"그러면 위치를 좀 일러 주겠습니까?"

"포구를 왼편으로 돌아 들어가면 숨어 사는 어촌이 있소. 그 마을 막다른 집이어서 이 모퉁이만 돌아가면 빤히 보인다우."

"한 번 들러도 되겠는지요?"

"되다마다요. 그런데 그렇게 한가하시오?"

"한가한 건 아닙니다만… 혹 하룻밤쯤 재워 주실 수도 있으실까요?" 감정의 흔들림 같은 것이 있을 리 없는 노인의 얼굴에 잠깐 의아해하는 빛이 스쳐갔다. 그는 노인이 미처 입을 떼기 전에 서둘러서 말했다. "크게 폐가 안 된다면… 어른의 말씀을 더 듣고 싶어서 그럽니다. 여관 잠을 자는 게 너무 밋밋해서요."

"우리 집에 방 하나는 비어 있는 게 있어요. 허기야 꼭 그렇게 하고 싶다면 우리 쓰고 있는 방인들 못 비우겠소만 워낙이 누추해서 어디… 대처에 살던 사람이 편한 잠을 잘 수 있을까?"

"그런 건 상관없습니다. 그저 다시 뵙고 싶어서 그래 보았습니다만, 꼭 그렇게 하자는 마련도 아닙니다. 제게는 지금 아무 마련이 없습니다."

이야기를 나누는 동안 그들은 객주집 앞에 이르렀고 중년의 사나이는 객주 집 문전에 만들어 놓은 큰 물통 속의 바닷고기들을 들여다보았다. 사방 두어 간통 되는 널찍한 물통 속에는, 홍어, 가자미, 바다뱀장어, 광어 등 어쩌다가 붙잡혀 온 물고기들이 넘실넘실 헤엄치고 있었다.

"생선회를 좋아하시오?"

물통 속을 들여다보는 그의 등 뒤에서 노인이 물었다.

"싱싱한 건 좋습지요."

"살아있는 거라구, 다 싱싱한 건 아니외다."

"그래두 사람들은 금방 잡은 것이면 싱싱하다 믿고 먹잖습니까?"

"애쓴 고기는 맛없어요. 양식장에서 키운 거나 그렇게 갇혀 있던 것들은 이미 물고기의 그 신선한 기운을 잃었거든. 잽힐 때 놀래고, 갇힌 뒤에는 갖은 애를 다 쓰던 놈들인데, 생선회라는 게 싱싱한 기운 다 빠진 살점만 먹는 거지. 갓 잡은 놈을 먹으면 물고기의 기氣를 함께 먹는 셈이거든. 세상 이치가 그런게요. 사람 입에 들어가는 건 저 살던 대로 살던 것이어야 하는 게요. 그래야 제 맛을 잃지 않는 법이지. 헌데 사람은 다르거든."

중년의 남자는 물통에서 고개를 돌려 노인을 바라보았다.

"사람은 어떻게 다릅니까?"

"애쓰는 일 없는 사람은 사람 구실을 못해!" 노인은 어망을 추스르더니 돌아섰다. "자, 나는 가우. 이따가 형편 닿는 대로 해요. 올 마음이 있으면 저녁 전에 오고. 형편이 그렇잖으면 그냥 떠나도 좋소. 그렇게 알고 가리다."

뜨거운 햇빛 속에서 노인의 말은 한 소끔 바람 같았다. 노인은 돌아보는 일도 없이 뙤약볕 속을 걸어갔다. 축 처진 어망이 노인의 등판과 허리를 반쯤 가렸다.

"생선 잡숫겠에요?"

객주 집 여인이 알은체를 했다.

"무엇 가볍고 맛있는 거 있겠습니까?"

"생선회나 매운탕이죠 뭐."

눅눅하게 그늘진 객주집 안에는 두어 패거리가 점심을 먹고 있었다. 문전 저쪽에서는 젊은 여자가 까치 다리로 앉아서 멍게를 발라내고, 해수욕객인 듯한 젊은 한 쌍이 시시덕거리면서 함께 들여다보고 있었다. 컴컴한 실내 한 구석에서 선풍기가 돌고 있었으나 그 부산한 움직임이 더위를 더욱 몰고 왔다.

"볼일이 있으셔서 오셨나부죠?" 객주 집 여자는 잠깐 웃음을 띠며 탁자를 쓱쓱 행주질한 뒤에 수저를 가지런히 놓아 주었다. 손님이 대꾸를 하지 않자 여자는 한마디 더 얹어서 했다. "기왕에 이런 바닷가엘 오셨으니 바쁘시더라두 잠깐 잠깐 물에 다니면 좋겠군요. 손님 같은 분은 좀 태우시면 좋을 텐데요 건강을 위해서라도."

"가까운 데 어디 사람 꾀지 않은 데가 있을까요?"

"이 근처야 맨 물이지요 뭐. 오시면서 보셨겠지만 해수욕장이 열군데도 더 되잖아요? 그것 말고도 그저 닿느니 떡 감기 좋은 데가 지천이어요. 이 선창가를 지나가면 위쪽으로나 아래쪽으로 다 조용해요. 솔밭이 있어서 쉬기도 좋구요."

여자가 주방 쪽으로 들어간 뒤에, 앉은 각도 그대로 밖을 바라보았다. 선창에는 어선이 가득 차 있었다. 오십 톤에서 고만고만한 배들이 한낮 폭양 속에서 잠들어 있었다. 맑은 풍선을 닮은 전등이 주르륵 매어 있는 것은 오징어 배들이다. 지금 배들은 잠자고 있지만 밤에는 저 전등들이 제각기 눈을 뜨고 밤바다 위에 찬란한 불빛을 쏟으리라. 소금기 배어 있는 바닷바람 속에서 불빛과 불빛이 부딪히며, 깊은 바다 쪽의 오징어 떼를, 우우, 우우 불러모으리라. 기관실 앞 뒤쪽으로 비린내에 절은 궤짝들이 치쌓여 있고, 그 그늘에는 화투짝에 열을 내는 사내들로 바글거렸다. 배들은 초라해 보였지만 당당했다. 얼기설기 걸쳐 놓은 장대에 빨래들이 팔다리를 늘어뜨리고 그 또한 밤이 오기를 기다리고 있었다.

주문한 점심은 오래 걸렸다. 그는 무료하여 실내를 둘러보았다. 파리똥으로 무늬를 놓은 영업허가증 틀이 높직이 매달려 있고 시市 도道에서 발급한 무슨 무슨 시달사항이 큼직하게 붙여진 옆에, 지명수배자의 사진 전단이 있었다. 명료하게 찍힌 사진들이 규격도 반듯하게 인쇄되어 활자 또한 뚜렷했다. 사진 위에는 죄명이 무슨 관(冠)처럼 얹혀있었다. 강도·살인·강간치사·상습사기 등 그리고 사진 아래로는 이름·나이·본적·주소·특징이 간략했다. 현상금 각 오만 원. 오만 원… 오만 원을 위해서든, 고발정신이 발동을 해서든, 아니면 정의의 시민의식이든, 양심이 발동해서든… 저 얼굴 중에 누구를 발견했을 때 그 발견자가 겪어야 할 갈등. 직접 피해를 당한 일 없는 자가, 밀고(密告) 아니, 고발을 해야 할 처지에서 겪어야 할 불안. 그는 그 얼굴 하나하나를 면밀하게 뜯어보았다. 당연히 범죄형의 얼굴들이어야 했을 텐데, 거의가 무섭지 않은 얼굴들이었다. 죄명하고는 도무지 연결이 되지 않는 부드러운 인상의 사진도 몇 장 있었다. 죄… 죄… 죄진 자의 얼굴. 죄진 자를 찾는 전단. 선량한 시민과 분명하게 구별되는 그들. 드러난 죄. 지워지지 않는 죄. 범죄자. 찾아내고 체포되어야만 할 자들. 죄질 고약한 자. 어울려서는 안 될 인간. 보통 사람들과는 다르게 어딘가 빨간 핏빛으로 물들어 버린 인간. 지워지지 않는 핏자국. 지금 저 사진들은 지극히 평범한 보통 사람의 얼굴을 하고 있지만 저들은 죄진 자들이다. 죄… 죄…그는 그 전단에서 시선을 가두지 못했다. 아래 위 두 칸을 이루고 주르륵 인쇄된 이십여 명의 범죄자들. 갑자기 그의 가슴에 동통이 일었다. 그는 그 사진들 중에서 문득 자기의 얼굴을 보았다. 오만 원짜리. 격리되어야 할 죄인. 핏빛으로 물든 지워지지 않는 죄. 그러나 다음 순간 그 사진들은 전혀 낯선 자의 얼굴이 되었다. 그들이 사내를 향해 말했다. '너는 아냐. 너는 아니다. 너는 우리와는 달라. 다르고말고! 왜 갑자기

우리한테 끼어들겠다는 거야? 너는 아니라고!' 그는 전단지를 향해 대답했다. '그럴 리 없어. 나도 같아. 나도 다를 게 없어. 너희들과 한가지야. 더할는지도 모르지. 더할 거야. 그래, 그렇고말고.' 그러자 그 사진들은 하나씩 하나씩 춤을 추기 시작했다. 중년남자 그의 얼굴에서 눈을 가져다 붙인 것, 코를 떼다가 만들어진 것, 입을 얻어간 것, 이마를, 귀를, 각각 찢어다가 이렇게 저렇게 붙여 놓은 얼굴로 춤추고 있었다. 결국 자기는 교묘하게 남의 눈을 속이며 그 전단지 안에 있었다. 아무도 모르고 있는 것이다. 자기 자신까지 모르고 있었다. 그러나 자기는 결국 그들 안에 함께 있었다. 그것도 정직하게 온전한 얼굴이 아니라, 자기의 본모습을 교묘하게 찢어 붙여 몰래 숨겨 놓은 모양새로 그 안에 있었다. '아, 어쩌다가, 어쩌다가 이렇게 되었는가. 제 모습 그대로를… 제 모습 그대로를 찾아야 한다. 원형原型을 찾아 살려야 한다. 설사 현상 붙은 범인으로 쫓기는 자가 된다 할지라도 제 얼굴을 가져야 한다. 온전한 제 모습을 찾아야 한다.' 그의 가슴이 두근거렸다. 그러자 그 춤추던 얼굴들이 날개를 접듯이 가만히 제자리를 잡는 게 아닌가. 그리고 그나마 하나씩 붙어 있던 자기의 얼굴 부분이 지워졌다. 또다시 낯선 얼굴들이 눈을 빼꿈하게 뜨고 무의미하게 마주볼 뿐. 그 얼굴들은 다시 오만 원짜리로 되돌아갔다. 오만 원짜리. 오만 원짜리 얼굴들. 어쩌면 그 오만 원이라는 값이 너무 싼 덕으로 쉽게 팔리지 않고 무사하게 숨어 있는지 모를 얼굴들. 그 오만 원의 얼굴들은 이 땅 위 어느 곳에서 얼마짜리 잠자리에서 잠들 수 있을까. 얼마짜리 밥을 먹을 것이며 얼마짜리 옷을 입고 다니겠는가. 오만 원짜리 들은 자신을 위하여 얼마를 투자할 것인가.

"뭘 그렇게 열심히 들여다보세요? 그중에 아는 얼굴이라도 있에요?"

부글부글 끓는 매운탕 냄비를 받쳐 들고 다가오며 주모가 나지막하게 물었다.

"내 얼굴을 찾고 있소."

그는 나무젓가락의 종이껍데기를 벗기며 주모의 억양을 따라 나직하게 응수했다.

"아아이, 손님두 참 흉헌 농담두 허시네."

"흉헌 사람이 따로 있소?"

"그래두 설마 손님처럼 훤칠허니 깨끗허게 생기신 분이······."

주모는 눈 흘기는 시늉을 했다.

"어디, 사람의 껍데기가 죄를 짓습디까?"

"그래도 겉볼안이라고, 맘 따라서 외양두 갖춰지는 거 아니겠어요?"

"그래서 난 죄 같은 것하구는 상관없는 사람 같아 뵙니까?"

"죄는커녕, 죄진 사람이 피해 가게 될 분 같네요. 어쩐지 조심스럽게 대해야 할 분 같네요."

주모의 눈빛이 무엇인가를 재빨리 계산하고 있는 것 같았다. 중년의 사나이는 그것을 보면서 다시 입을 열었다.

"형사 같아 보입니까?"

"아니, 그런 뜻이 아니라, 뭔가 하여간에 아주 어려워해야 할 분 같단 말씀예요."

"저기 저 사진의 얼굴들이나 내 얼굴이나 뭐 크게 다를 게 없잖아요."

"아이고 참 깔끔하신 양반이 퍽 칙칙한 농담을 하시네."

주모의 목소리는 차츰 높아져 갔고 손님과의 대거리가 싫지 않은 듯 얼른 자리를 뜨지 않았다. 손님은 더는 말을 하지 않았다. 농담, 농담이라니… 그렇지, 다른 사람들에게는 농담이라는 것이 있었지. 농담. 그러나 그것이 어떤 것인지를 알 수 없다. 농담이 끼어들 틈새가 없었던 인생. 그렇게 살아오지 않았는가. 그러나 그렇게 꽉 조여 가며 살았던 것, 그게 뭐 어떻게 다르다는 말인가. 그것이 이 세상의 무엇을 바꾸어 놓았는가. 자기 자신을 위하여 무엇을 성취해 놓았는가. 겨우… 농담 아닌 이야기가 농담으로 반영되는 그런 정도밖에는 아무것도 거둔 것이 없지 않은가. 주모는 혼자 들어와 앉은 이 낯선 손님과의 대거리가 유별난 것에 호기심을 일으키며 웃고 서 있었다. 다른 자리의 손님이 주모를 불렀다. 주모는 입으로 대답을 길게 빼면서, 다시 한 번 웃는 얼굴을 그에게 돌렸다. 그러나 고개를 돌린 뒤에는 잠깐 고개를 갸웃했다. 매운탕이 뜨겁기도 했지만 그는 밥을 천천히 떠 넣었다. 주모가 이따금 자기를 바라본다는 것을 그는 알고 있었다. '주모가 나를 누구냐고 묻는다면 나는 무엇이라고 대답을 해야 하는가. 나는 누구인가. 왜 이 자리에 와 있는가. 어디로부터 왔는가. 어디로 갈 것인가. 무엇을 하면서 이곳까지 왔으며 이제 무엇을 하러 어디로 갈 것인가.' 그는 밥을 먹고 있는 것이 아니라 끝없는 의문을 떠먹듯이 밥을 삼켰다. '이, 밥 먹는 일이 끝나면 나는 어디로 가야 하는가. 지금 밥 먹는 이 일을 끝낸 뒤에는 무엇을 해야 할 것인가.' 밥을 떠 넣는 한 술 한 술이 절망이었다. "눈물은 흘러내리고 밥숟가락은 올라간다." 는 속담이 있었지. 밥숟가락, 밥숟가락……숟가락을 채우면 입에까지 올라가 입에 떠 넣고, 숟가락이 비워지면 또다시 내려지는 것을 되풀이하는 숟가락의 역할. 그 숟가락을 잡은 손. 그 손이 하는 일. 밥을 먹기 위하여 부려지는 손의 역할. 그 끝없는 노역勞役은 언제까지 계속될 것인가. '시시포스의 바위여. 필사적으로 정상까지 이른 자리에서 그 정상을 확인하는 순간 다시 바닥으로 굴러떨어져야 하는 절망의 되풀이. 나의 입에 밥을 떠 넣기 위해서 내 손이 했던 일은 무엇인가.' 그는 숟가락을 잡고 있는 손을 들여다보았다. '그동안 내가 한 일은 손의 수고는 아니었지.' 손은 깨끗하고 섬세했다. 손을 부렸대야 글을 쓰는 일 정도였을 뿐이지 흙을 만져 본 일은 없는 손이었다. 그는 손을 들여다보다 말고, '이제부터 무엇을 해야 하는가' 생각에 빠졌다. '이렇게 밥 떠 넣는 일이나 영원히 계속된다면…….' 시시포스의 바위처럼. 이 숟가락이 시시포스의 바위라면. 자기는 그 다음의 일에 대하여 알 수 있는 것이 아무것도 없었다. 그러나 밥그릇은 점점 비워져 갔고, 뱃속은 '이제 그만!' '이제 그만!' 하고 도리질했다. 더는 버티고 앉아 있을 수가 없었다. 밥숟가락을 내려놓은 뒤로, 그 자리에 더 머물 수 있는 구실을 찾을 수 없었다.

닫아 두었던 차 속은 숨이 막혔다. 지글거리는 햇빛은 자동차 안으로 녹아 흘러 걸쭉하게 고여 있었다. 어디로 갈 것인가 막막했다. 목적도 없이 종착역에까지 이르른 느낌. 그는 다시 눈을 들어 작은 항구를 바라보았다. 뜨겁고 눈부신 햇빛 속에 촘촘하게 모여 앉아 밤을 기다리는 고깃배들. 그 항구의 모든 것들은 모두 밤을 기다리고 있다. 오징어 배도, 어부들도, 술집들도, 그리고 여자들도… 기다림이 있는 항구. 항구는 살아있었다. 폭양 속에서 죽은 듯 잠들어 있었지만, 밤을 기다리고 있는 그 기다림으로 그곳은 살아 있었다. 그것은 막연한 기다림이 아니었다. 약속이었다. 약속은 희망이다. 그들은 희망을 안고 한낮의 뜨거운 꿈을 이어가고 있었다. '나는 무엇을 기다리는가. 무엇이 나를 기다리고 있는가.' 그는 핸들 위에 팔을 얹고 시각視覺을 하얗게 지져 대는 항구를 망연하게 바라보았다. 핸들은 불처럼 뜨거웠다. 그는 자동차에 시동을 걸고도, 스타트 스위치를 돌리지 못했다. '나는 무엇을 기다리고 있는가.' 기다릴 것이 없었다. 갈 곳이 없었다. 가야 할 곳이 없었다. 그러나 더 이상 머뭇거릴 수도 없었다. 그는 쫓기듯 그 자리를 떠났다. 자동차는 폭양 속에서 허우적거렸다. 키舵가 부러져 버린 낡은 배. 그는 바다 쪽으로 뚫린 길을 기웃거리며 느릿느릿 차를 몰았다. 차는, 오래전에 폐항廢港이 된 듯한 녹슨 포구에 이르렀다. 바닷바람과 비바람에 삭을 대로 삭아 버린 간판 위에 무슨 조선소造船所라고 쓰인 헛간이 고개를 숙이고 있었다. 사람이 보이지 않았다. 꽤 큰 선체의 뼈대였던 듯, 침목보다 더 굵은 강철 골재가 시뻘겋게 녹슬어 무겁게 버려져 있었고 굵직한 각목들이 두 줄 석 줄 겹쳐져 있었지만 사람의 손이 닿았던 일은 아득해 보였다. 시뻘건 녹을 입고 있는 강철 빔은 완강했다. 손가락 굵기의 나사못은, 다시는 풀릴 일 없이 유착되어 죽어 있었다. 한쪽으로 흘러내린 쇠사슬은 사슬의 기능을 잃었다. 다시는 사슬의 역할을 해내지 못하고 다시는 풀리거나 조여지는 일이 없을 나사못. 폐항은 그를 외면했다. 발밑으로 시커멓게 죽은 대팻밥이 푸실푸실했다. 그는 폐항에서 돌아섰다. 자동차를 그대로 두고 반대편 길을 향해 걸었다. 삭고 삭아서 퇴적한 비린내가 뜨거운 허공을 가득 채우고 있었다. 공기는 뜨겁고 찝찔했다. 더러운 길가에 채송화 꽃이 알락달락 피어 있었다. 돼지우리였던 듯한 자리에 낡은 어망을 걸쳐 울타리를 삼고, 걸쭉했던 자리가 시커멓고 부옇게 말라버린 터에서 채송화는 잘 자라 알록달록 꽃을 피웠다. 찝찔한 어망을 울타리 삼고, 이 뜨거운 햇빛을 마다않고 피어난 꽃들. 그 송알송알한 작은 꽃을 향해 그는 잠깐 웃었다. 그런데 그 웃음의 파장은 기나긴 여운의 쓸쓸함으로 이어졌다. 골목으로 접어드니 엉성한 판자로 얼기설기 엮은 객주 집들의 도열. 허리를 펴고는 들어갈 수 없는 집들이었다. 여자들이 문 앞에 드문드문 나앉아 있었다. 더께로 화장한 얼굴이 더위로 번들거렸다. 모든 것이 심드렁한 속에서 그 얼굴의 화장기만은 독초毒草였다. 그곳은 술청이 아닌지도 모른다. 취기와 육신의 허망함을 질척하게 깔아뭉개는 자리. 쏟아도, 쏟아도 깨끗하게 비워지는 일 없는 육체의 허망이 짓이겨지는, 창녀들의 마을인지 모르지. 온갖 찌꺼기가 한데 모여, 썩어나는 수채 가에 파리들이 윙윙댔다. 허리가 기인 누런 개들이 여기저리 늘어져 있었다. 개들은 눈을 아주 감아 버리기도 귀찮은 듯 반쯤 뜬 눈으로 잠잠했다.

이 골목도 밤을 기다리고 있었다. 개들까지도. 쉬어터진 골목 옆은 차일 쳐진 시장. 오징어, 양미리, 멍게, 고등어자반을 번질번질하게 늘어놓은 생선 좌판이 즐비했다. 좌판 위에 올라앉은 여자들에게서 삶이 진하게 넘쳐져 있는 듯, 모두가 숭굴숭굴한 아주머니들이었다. 그는 좌판 옆을 지나다가 걸음을 멈추었다. 생선 좌판 맞은편, 물에 잠긴 도토리묵 몇 모와 파 두어 단, 감자 얼마큼이 놓인 초라한 좌판 위에, 꼬부라진 노파 하나가 앉은 채로 죽었다. 오른쪽 무릎을 일으켜 세운 노파는 오른손에 미역줄기 찢어내던 대꼬챙이를 들고 왼손에는 미역줄기가 늘어진 채였다. 남루한 남자용 러닝셔츠 밖으로 드러난 두 팔과 등판, 그리고 앞가슴은 이미 오래전에 죽은 고목이었다. 목둘레가 있는 대로 늘어진 러닝셔츠는 할머니의 쭈그러진 앞가슴을 훤히 드러내 보였다. 말라 쭈그러진 가죽주머니 두 자루의 유방, 어깨와 팔 굽, 손목은 모두가 거의 예각을 이루고, 거기서 주검들이 낯을 모았다. 차양 속 우중충한 시장바닥은 잠잠했다. 사람이 죽어 있는데. 맞은편 좌판 위의 할머니가 죽어 있는데도. 사내는 주위를 두리번거렸다. 모두가 심상하다. 그는 다시 할머니 쪽으로 눈을 돌렸다. 그런데! 아! 노파가 살아났다. 건듯 상체를 움직이더니 눈을 감은 채 손을 놀려 미역줄기를 찢기 시작한다. 아하아… 그는 한숨을 내리쉬었다. 깜빡 잠든 것이 시체로 보였구나… 안심하며 발길을 돌리려던 순간, 한 두어 번 미역줄기를 찢던 할머니의 손은 다시 굳어지고 노파는 아까처럼 깜박 죽어 버린다. 손끝에서 건들거리던 미역줄기도 따라서 숨을 죽였다.

산다는 것. 살아간다는 것. 살아있다는 것. 미역줄기를 찢는 것만큼의 움직임. 저 미역줄기를 찢을 일이 없으면 노파는 정말 살기를 그만두게 되겠다. 고작 오십 원어치쯤이나 될까 싶은 그 미역줄기를 찢기 위해서 건듯건듯 죽었다가는 기를 쓰고 다시 살아나야만 하는 목숨. 꼬박 죽었다가 다시 살아나는 노파. 노파가 죽음에서 깨어난다는 것은 대나무 칼끝이 살아나는 것. 대나무 칼로 왼손에 들린 미역줄기를 갈라 찢어 내는 것이 삶이다. 건듯 깨어나는 노파는 눈을 감은 그대로 손놀림을 계속한다. 경탄하는 눈으로 노파를 지켜보던 그는 얼른 발길을 돌렸다. 몇 십 원어치의 미역줄기를 찢어 내는 의지, 그 생명의지를 자신에게서는 찾아낼 수 없었다. 그는 도망치듯 그 자리를 떠났다. 건어물 시장과 청과물 장터를 거쳐서 바다가 보이는 해안으로 나갔다. 그는 방파제를 따라서 걸었다. 햇빛은 정수리에 내리꽂히고, 바다에서 반사되는 빛이 그의 전신에서 물기를 빨아냈다. 방파제 발치에는 오징어 넉거리, 덕장이 촘촘히 들어섰고, 비어 있는 덕목에는 햇빛과 바닷 비린내가 가득했다. 방파제를 왼편으로 돌자, 거구巨軀의 좌초선이 다시 나타났다. 망망한 푸른 바다 위에 내리꽂힌 녹슨 칼.

그는 걸음을 빨리했다. 온몸은 땀으로 젖었고 노출된 피부는 소금기로 따끔거렸다. 방파제가 끝나는 데서 그는 백사장으로 내려섰다. 거쳐 온 포구는 아득하게 뒤로 물러섰고, 해안선이 휘어져 들어온 맞은편 어촌이 한걸음 다가왔다. 그는 백사장 한가운데다 몸을 부렸다. 녹슨 배는 훨씬 크게 그의 눈앞으로 확대되어 왔다. 운명이 끝났으나 시체가 없어지지 않는 배. 죽음이 죽음으로 받아들여지지 않는 배. 그는 눈을 부릅뜨고 그것을 다시 노려보았다. '환상이어야 한다. 저것은 현실이 아니어야 한다. 환상으로 끝나주어야 한다.' 그는 환상에서 깨어나기를 바라며 그 좌초선을 향하여 다시 눈을 떴다. 그때 그는 이상한 것을 발견했다.

반 이상 선수船首를 물속에 처박은 배의 선미船尾 쪽에 사람이 서 있었다. 환시幻視인가? 눈을 감았다가 떴다. 환시가 아니었다. 긴 머리를 늘어뜨리고 여자가 혼자 서 있었다. '아니다, 아니다, 사람이 아니다.' 그는 눈을 감았다가 다시 떴다. 그 여자는 서 있었지만 몸을 기우뚱 구부리고 있었다. 어디서 갑자기 나타난 사람일까. 남자는 주저앉았던 자리에서 반쯤 몸을 일으켰다. 조금 전 방파제 위를 걸을 때도, 백사장으로 내려서서 걸을 때도 분명히 그곳에는 녹슨 배 이외에 아무것도 없었다. 분명히 없었다. 엉거주춤하게 서서 생각했다. '무엇에 홀린 것일까? 무엇을 잘못 보고 있는 것일까? 그러나 그 의문이 더 꼬리를 흔들기 전, 좌초된 배 후미에 달랑 올라 서 있던 사람이 바다 위로 몸을 날렸다. 수면이 깨어져 하얗게 부서졌고 포말은 사면으로 잠깐 흩날리다가 다시 제자리로 돌아갔다. 환시가 아니었다. 착각도 아니었다. 몸을 벌떡 일으킨 그는 어느 사이 웃옷을 활활 벗으며 눈짐작으로 거리를 재었다. 한 마장쯤 될까? 수영에는 자신이 있었지만 저쪽에서 물에 뛰어내린 사람이 어떤 상황일는지를 알 수 없었다. 물속으로 빠진 사람은 다시는 떠오르지 않았다. 그는 일각을 지체할 수 없어 물속으로 뛰어들었다. 바닷속에서 그의 몸은 싱싱하게 살아났다. 물을 박차고 앞으로 내닫는 그는 계속해서 수면을 살폈으나 좀 전에 뛰어내린 사람은 떠오르지 않고 수면은 잔잔 했다. 거리는 해안에서 눈어림했던 것보다는 멀었다. 조금씩 숨이 차올랐다. 배 가까이 다가갔으나 사람의 그림자도 보이지 않았다. 틀림없이 여자는 투신을 했고, 기절하여 물속에 처박혀 있다고 단정한 그는 잠수를 하면서 물속을 살폈다. 그러나 아무리 둘러보아도 사람은 보이지 않았다. 그는 수면 위로 떠오르면서 좌초선의 측면으로 헤엄쳐 갔다. 그리고 잠깐 한숨 돌리려는 사이, 불길한 예감이 그를 포박하듯 밀려왔다. 갑자기, 깊고 예리한 칼날이 되어 그를 찔러오는 그런 불안이었다. 그는 좌초선의 윗부분을 올려다보았다. 이런, 이런! 물에 흠뻑 젖은 여자가 허리를 걸치고 앉아 이쪽을 내려다보고 있는 게 아닌가. 여자의 웃는 얼굴은 흰 꽃이었다. 바닷물에 젖은 하얀 꽃. 미끈한 다리를 가지런히 늘어뜨린 여자는 하얀 이를 활짝 드러내어 웃는다. '속았던가.' '나는 저 여자가 던진 그물에 걸려든 거다.' '이대로 돌아가?' 그는 이미 숨을 헐떡거리고 있었다. 해안까지는 지금의 그의 체력으로는 너무 아득했다. 그는 우선 숨을 돌려야 했다. '좌초선으로 기어오르는 수밖에 없다.' 배의 갑판실이 반쯤 물에 잠긴 곳에서 그는 손으로 잡을 수 있는 것을 발견했다. 일단 선체에 몸을 걸치자 그는 다시 여자가 앉아 있는 쪽을 올려다보았다. 여자의 하얀 잇속은 햇빛을 받아 눈부시게 빛났다. '저 여자는 무엇을 두고 왜 웃는 걸까? 무엇을 재밌어 하는 걸까? 내가 걸려들었음을? 내가 속아 넘어 간 것을?' 기울어져 있는 배 위에서 몸의 균형을 잡는 일은 쉽지 않았다. 갑판실 벽을 발로 디딘 그는 유정탑油井塔을 붙잡고 몸을 일으켜 세운 뒤, 창구艙口의 한 모서리를 단단하게 붙잡았다. 그리고 여자가 앉아 있는 선미船尾의 도킹 브리지를 향해 기어오르기 시작했다. 갑판실 바로 옆쪽의 창구를 무사히 지났다. 그리고 두 번째의 기중기 기둥을 붙잡고 머리를 들어올리다가, 승강구 뚜껑에 머리를 세게 부딪쳤다. 머릿속으로 녹내가 확 풍기며 눈앞이 아찔했다. 그는 눈을 감은 한순간 생각했다. '나는 지금 무엇을 하러 어디로 가는 것인가 이 필사적인 힘은 어디서 오는 것인가?'

여자는 배의 끝머리 쪽 도킹 브리지에 걸터앉아 있었다. 해를 등지고 앉은 전신이 어둡게 빛났다. 그는 여자를 바라보며 승강구 뚜껑 밑에서 벗어났다. 그리고 그 뚜껑 위로 올라앉았다. 여자는 좀 더 높은 위치에서 그를 대각선으로 내려다보고 있었다. 하얗게 빛나던 웃음은 스러지고 젖은 머리칼과 살갗에 들러붙은 얇은 옷에서 귀기鬼氣가 흘렀다. 갈색의 살결. 입술은 강렬했다. 물에 젖은 얇은 옷으로 몸매가 더욱 두드러졌다. 무겁게 젖어 늘어진 머리칼에서는 아직도 물이 뚝뚝 듣고 있었다.

죽은 배 위에 앉아 있는 여자. 녹슨 배 끝머리에 걸터앉아 햇빛과 바다 속을 넘노는 여자. 죽어서 녹슬고 있는 거대한 선체는 그 여자를 여왕으로 군림시키고 있었다. 여자가 입을 열었다.

"좌초해 가라앉고 더시는 떠오르지 못하는 것이 아닐까 해서 조금 걱정했었는데 용케 여기까지 오셨네요." 잔잔한 날 바다의 여울목 같은 목소리였다. 수평선 저쪽으로 흘러가는 남풍과도 같은 목소리였다. 여자는 말을 계속했다. "미안합니다, 선생님. 사실은 제가 선생님 계신 그 백사장에까지 헤엄쳐 나가려고 했었어요. 그런데 잠깐 사이에 선생님이 물속으로 뛰어드셨어요. 그리고 힘차게 헤엄쳐 오시는 게 참 보기 좋았는데 잠깐 사이에 선생님이 보이지 않아 바다에 빠져나오지 못 하시는 줄 알고 근심했네요."

그는 여자의 목소리를 꿈결처럼 들으며 속으로 고개를 흔들었다. '이 여자는 아까 물속으로 떨어졌었다. 그것은 투신이었어. 헤엄칠 사람의 뛰어내림이 아니었어. 분명히, 분명히. 그런데 여자는 지금 엉뚱한 소리를 천연스럽게 하고 있는 거야.' 여자의 뜨거운 시선이 그의 생각을 흔들었다. 여자는 말을 이었다.

"저는 선생님이 방파제 쪽으로 걸어오실 때부터 계속 지켜보고 있었어요. 처음에는 폭양 속에 녹아 버리고 말 것처럼 작고 힘없어 보이던 걸요. 아슬아슬해 보였어요. 선생님이 백사장으로 내려서실 때 더는 걷지 못할 사람 같았어요. 어느만큼을 더 걷다가 백사장 위에 쓰러지듯 앉으시데요, 그때 아주 좌초해 버리는구나 생각했었죠. 앞으로도 뒤로도 움직일 수 없이, 암초에 걸려 좌초 된 배처럼, 그렇게 넘어져서 일어나지 못할 사람처럼 보였어요. 그래서 나는 그곳까지 헤엄쳐 가려고 했지요. 좌초된 선박이라고 해서 반드시 운명이 끝난 것은 아니니까요. 좌초의 상태, 위치, 해류海流, 기상조건, 그 정도에 따라 운명이 바뀔 수도 있거든요. 하지만 대개는 아주 성실 면밀한 구조작업에 의해서만 살아날 뿐이죠. 그래서 제가요, 선생님을 구조하러 가려고 했다고요."

"당신은 선장이요?"

여자의 이야기를 듣는 동안 그는 한 마리 물새, 가볍게 날아와 쉬고 있는 물새가 되었다. 햇빛과 바람과 바다, 그리고 작은 먹이 이외에는 더 바랄 것이 없는 작은 물새. 그 물새가 지금 또 한 마리의 물새를 우연히 만나 휘파람 같은 노래를 부르고 있는 것 같았다. 그래서 노래하듯이 장난스럽게 간단히 물은 것이다. 당신은 선장이요? 여자는 고개를 끄덕였다.

"그래요, 나는 선장이에요. 운명의 선장이죠."

"아! 운명이라니! 어떤 운명의? 누구의 운명을 조타操舵하는? 누구의 운명의 키를 잡고 있는 거요?"

"나하고 만나는 사람들 모두의."

해를 등으로 받고 있는 여자의 갈색 얼굴이 어둡게 빛났다. 여자의 말은 주술呪術이었다. 그것은 주문呪文이었다. 여자는 웃지 않앉다. 깊은 눈길로 상대방을 바라보았다. 여자의 눈길이 그의 혼魂을 지져 댔다. 뜨겁지만 아프지는 않았다. 두려운 감미, 쾌감을 동반한 고통, 현란함이었다. 남자는 머리를 들고 일어나는 두려움을 달래며 다시 한마디 했다.

"나는 좌초하지 않았소."

여자는 잠깐 소리 내어 웃었다. 맑은 웃음소리가 물방울처럼 튀었다.

"하하하. 충분히 아실 만한 분이라고 생각했는데… 아니 너무 잘 알고 계실 거예요. 너무 잘 알고 계시면서 그냥 한 번 그렇게 농담처럼 뻗대 보셨어요. 사람은… 태어나는 게 좌초예요. 출생이 좌초죠. 걸려 넘어지는 것. 출생… 걸리는 거예요. 걸려 넘어진 거죠. 좌초당하지 않은 인간은 없어요. 나는 다만… 선생님이 짊어지고 있는 짐이 어떤 종류의 짐인지, 또 어떤 종류의 밴지, 그 배가 거느린 도구들이 어떤 것인지를 헤아리고 있던 중이었어요. 선생님의 인생은 지금 걷잡을 수 없이 침수侵水 되고 있는지도 몰라요. 침수된 바닷물을 펌프로 퍼내지 않으면, 그 선체船體는 영영 가라앉아 버릴는지도 모르죠. 배가 싣고 있던 화물과 배의 비품들을 빨리 들어내고 침수를 방지하지 않으면 어떤 지경에 빠질는지 알 수 없거든요."

침수… 어느 곳이 새기 시작했던가. 어느 부분이었던가. 그것은 언제부터였던가. 자각증세는 있었는지. 그 여자의 목소리는 희오리가 되어 그의 불안을 휘감아왔다.

"당신의 말장난은 어떻게 그렇게 잔인하오?"

그는 기를 써 항의하듯 말했다. 여자는 그윽한 눈으로 그를 응시하며 대답했다.

"장난아리고요? 인연은 의미 없이 우연하게 얽히지 않는데요?"

"그러면 지금 우리들의 이 대면도 필연이란 말이오?"

"나는 그것을 믿고 있어요."

"당신은 누구요?" 여자는 아무런 대답이 없이 그의 얼굴을 마주 보았다. 남자는 조금 눈부셔 하며 다시 물었다. "어디에서 왔소?"

여자는 입을 열지 않았다. 무거운 침묵이었다. 여자는 공기의 요정이 되어 햇빛 속으로 흡수되거나 바다의 요정이 되어 바다 쪽으로 녹아 흐르거나, 좌초된 배의 원혼이 되어서 녹슨 쇠붙이로 변해 버릴 것만 같았다. '너는 누구냐. 어디에서 왔느냐. 무엇하러 왔느냐?' 그의 눈은 여자를 향해서 계속 그런 것을 물었다. 여자가 입을 열었다.

"선생님은 누구시죠? 어디서 오셨어요? 무엇하러 여기까지 오신 거예요?"

여자의 물음은 그의 내면의 어둠을 흔들었다. 그는 아무 말도 할 수 없었다. 햇빛은 그의 살갗 위에서 지글지글 끓었다. 땀과 바닷물이 서로 어울려 소금기가 되었다. '나는 돌아가야 한다. 나는 이제 돌아가야 한다. 이 자리에 더 있어서는 안 된다. 돌아가야 한다, 가야 한다.' 절박한 생각에 매여 있으면서도 그의 눈길은 여자를 떠나지 못했다. 여자는 한참 만에 다시 입을 열었다.

"아직도 궁금하셔요? 나의 대답을 듣고 싶으세요?" 여자는 눈길을 수평선 쪽으로 들어 올리며 혼잣말처럼 나직하게 말했다. "나의 정체를 알고 싶으신 거죠? 정체를… 하지만 그냥 돌아가실 수 있으시면 그냥 돌아가세요. 이대로 그냥… 다시는 돌아보는 일 없이……."

여자는 몸을 일으켰다. 한 걸음 뱃전으로 나서더니 수면을 굽어보았다. 그리고 숨 돌릴 겨를도 없이 바다로 뛰어내렸다. 몸을 날린 것은 잠깐, 수면은 포말을 일으켰다. 남자는 앉은 자리에서 움직이지 않았다. 아무런 결단이 서지 않았기 때문이다. 이제 뒤따라 바다로 뛰어내린다는 것은 그 여자를 따라 해안으로 헤엄쳐나간다는 뜻이다. 따라가지 말라! 따라가면 안 된다는 내면의 소리가 그의 발을 묶었다. 그는 지금, 망망한 바다, 좌초된 배 위에 알몸으로 혼자 있는 자신을 돌아보았다. 아무것도 그를 가로막는 것은 없었다. 하늘은 끝없고 바다는 창창했다. 좌초된 배 위에 오직 혼자서 자신을 돌아볼 수 있는 자리에 와있다. 걸릴 것 없는, 감출 것도 없는, 그런데 그는 자유롭지 않았다. 아, 이 녹슨 배. 좌초한 배. 죽은 배. 자기는 지금 배 위에 홀로 있다. 이 좌초선을 처음 발견하던 순간이 되살아났다. 달리는 차 안에서 이 좌초된 배를 발견한 순간, 예기치 않았던 덫이 되어 그를 덮쳤던 불길함. 덫에 걸린 것처럼 더는 움직일 수가 없지 않았던가. 덜미를 잡혔던 그 첫 순간은 공포였고 제 힘으로 끊을 수 없는 사슬이었다. 그리고… 지금 이렇게 알몸으로 이 배 위에까지 와 있다. 이 배를 벗어나지 못한다면? 그는 이미 무엇엔가 사로잡혀 있었다. 몸부림치면 칠수록 수렁 속이 되는. 이제 더는 갈 곳 없는 자. 마지막 자리에 주저앉은 것 같은 절망이었다.

"선생니임!" 여자의 투명한 목소리가 힘찬 모터소리와 함께 그가 앉아 있는 쪽으로 치솟아 올라왔다. 그는 반사적으로 몸을 튕겨 일어났다. 그리고 걸터앉았던 창구 뚜껑 아래로 내려서서 몸을 모로 틀어 뱃전으로 간 뒤 내려다보았다. 하얀 나비같이 가벼워 보이는 모터보트 배 앞머리에 서서 여자는 위를 올려다보고 있었다. 배는, 모터보트라기에는 조금 크고 요트라기에는 좀 작았다. 여자의 몸에서는 또다시 물이 뚝뚝 흐르고, 그 전신은 뜨거운 햇빛 속에서 빛났다. "이 근처에는 민물이 없어서 씻으실 곳이 없어요. 내려오셔서 이 배에서 짠 물을 씻어 낸 뒤 상륙하시지요."

통통통, 엔진 소리를 규칙적으로 울리며 물 위에 떠 있는 하얀 배. 여자는 흰 나비의 등 위에 올라앉은 갈색의 요정이었다. 남자는 낮은 곳으로 조심조심 내려갔다. 여자는 그가 뛰어내릴 자리를 마련하기 위해서 뱃머리를 멀찌감치 돌리고 손짓했다.

"뛰어내리세요!" 그는 수면을 향해 수직의 각도를 눈어림하며 몸을 날렸다. 몸무게. 인력引力. 인력에 눈뜬 육체의 무게. 물. 바다. 표면팽창력. 그것이 둔중하게 깨어지는 순간. 포말. 모체에서 튕겨져 나간 물방울들이 다시 돌아와 내려앉는 시간. 바닷속으로 깊이 내리 박혔던 그의 몸은, 다시 저절로 부상하기 시작했다.

"이쪽이에요."

그는 여자가 부르는 방향으로 헤엄쳐갔다. 배 위로 올라갔을 때 여자는 무개선실無蓋船室 구석 쪽을 가리키며 맑게 웃었다.

"그쪽에 깨끗한 담수가 있어요."

그는 조금 멋쩍어하며 선실로 내려갔다. 그때까지 그가 걸치고 있었던 것은 수영복이 아닌 팬티 한 장뿐이었다. 여자는 긴 팔의 셔츠를 입고 있었다. 깊이 파인 등 쪽으로 젖은 머리칼이 길게 늘어졌고 허리 아래로 감겨진 얇은 치마는 여자의 몸매를 완연하게 드러냈다.

욕실은 넓지 않았지만 모든 것이 갖추어져 있었고 정결했다. 그는 해수海水에 젖은 몸을 머리에서부터 씻어 내렸다. 그리고 전신을 감싸고도 남을 만한 큰 타월로 몸을 감싼 뒤에 밖으로 나갔다. 여자는 키를 잡고 앞을 바라보며 경쾌하게 말했다.

"좌초된 배, 녹슨 시체에서 바다 위로 투신한 육체… 선체의 시뻘건 녹 빛이, 생생한 육체를 빛나게 해주었어요. 그건… 묘한 감동이었네요. 이런 장면을 상상으로나마 해볼 수 있는 사람이 있었을까요? 그런데 나는 그것을 목격했어요. 허망하고 슬프지만… 허망하고 슬퍼서 육체는 더 아름다운 게 아닐까요."

"육체란… 무거운 것이오."

"영혼을 담고 있기 때문이겠지요."

"당신은 영혼을 믿소? 그 불멸을? 그 영원성을?"

"믿어요." 여자는 짧게 대답하고 속력을 높여 해안 쪽을 향했다. 배는 금방 기슭에 이르렀다. "오늘 밤에는 늦은 시각에 달이 떠요.

난 달밤이면 그 배 위로 갑니다."

여자는 담담하게, 그러나 분명한 어조로 그렇게 말했다. 남자는 두르고 있던 타월을 뱃전에 내려놓으며 말없이 얕은 물가를 내려섰다. 그러자 여자가 크고 밝은 소리로 깔깔 웃었다.

"하하하… 선생님이 그 위에다 바지를 입으면 한동안은 오줌 싼 사람 같을 거예요. 그렇다고 젖은 옷을 벗고 맨몸에다 바지를 입을 수는 없겠죠? 한동안은 오줌싸개처럼 어기죽어기죽 걸으셔야겠네요."

여자는 웃음소리를 포말처럼 남기고 키를 당겨 뱃머리를 돌렸다. 세찬 엔진 소리와 함께. 잔잔하던 바다 위로는 넓은 부챗살의 물거품이 하얗게 뒤엉키며 배를 바짝 따라붙었다.

그는 배에서 내려 벗은 몸 그대로 뜨거운 모래밭에 앉았다. 배는 왼편에 돌출한 어촌을 돌아 그 뒤쪽으로 자취를 감추었다. 다시 망망한 푸른 바다는 뜨거운 태양열에 조용하게 숨죽여 끓고, 녹슬어 죽어 넘어진 배 한 척만이 침묵하고 있었다. '이것은 무슨 꿈인가.' 그는 이제 사람의 그림자라고는 찾아볼 수 없이 혼자 지글거리는 바다를 다시 한 번 바라보다가 아무렇게 벗어 던졌던 옷을 털어 입기 시작했다.

"돌아가자. 돌아가자." 그는 소리 내어 중얼거렸다. "이곳을 떠나는 거다, 이곳을."

바다는 조금씩 숨을 크게 쉬며 살아나고 있었다, 직사열이 천천히 기울자 물빛은 눈부심을 거두고 고개를 들기 시작했다. 끄덕도

하지 않는 것은 녹슨 배뿐이다. 배는 뭍을 향해 물속에서 무릎을 꿇고 있었지만, 어딘 듯 거만했다. '방금까지 있었던 그 일들, 그 여자와, 하얀 물새 같던 배와, 우리가 주고받았던 대화는 현실이었던가, 그것은 현실이었던가, 꿈이 아니었던가.' 백사장에 서서 진지하게 물었지만 좌초된 배는 묵묵하게 제자리를 지킬 뿐, 아무 일도 없었던 것처럼 침묵하고 있었다. 바다도 함께 잠잠했다.

조선소 간판이 붙어 있는 폐항에 세워두었던 그의 자동차가 보이지 않았다.

길을 잘못 든 것일까? 그렇지 않았다. 객줏집 골목에는 비린내 섞인 시척지근한 냄새와 함께 밤을 맞을 준비가 슬슬 시작되고 있었고, 어두침침한 차일 속 시장에는 사람들이 웅성웅성 모여들고 있었다. 승용차는 분명히 채송화꽃밭 돼지우리 저쪽에다 세워 두었다. 문을 잘 잠갔던가. 틀림없었다. 그런데 차는 가뭇없이 없어졌다. 조선소 근처는 여전히 빈터였다. 아무것도 보이지 않았다. 철골 골재며, 빛바랜 각목들, 재 가루가 되어가는 대팻밥 등이 여전할 뿐. 아찔했다. 차를 그곳에 세웠었다는 것이 착각이었나? 아니, 애초부터 차를 끌고 온 일조차 없었던 게 아닐까. 무슨 착란을 일으키고 있는 게 아닐까. 그러나 주머니 속에는 자동차의 열쇠가 분명히 만져진다. 누군가가 그 차를 몰고 갔다면 도대체 어떻게 차를 몰았을까. 아주 가져간 것일까. 잠깐 장난 좀 하다가 돌려줄는지도 모르지. 그는 망연하게 서 있을 수밖에 없었다. 어떻게 해야 옳은지 알 수가 없었다. 이곳은 목적지가 아니었다. 그렇다고 정해져 있었던 경유지도 아니었다. 이제는 해가 기울어 떠나려는 마당에 자동차가 없어졌다. '가야 하는데. 떠나야 하는데. 떠나지 않으면 안 되는데. 경찰에 신고를 해? 흘낏 스쳐가는 생각이 있었으나 그 생각은 스치는 것만으로도 그를 소스라치게 했다. 그럴 수는 없다. 그래서는 안 된다. 그는 치쌓인 각목 위에 걸터앉았다. 어떻게 한다? 좌절감이 숨을 막는다. 어떤 생각도 떠오르지 않았고, 어떻게 움직일 의욕도 생기지 않았다. 문득 여자의 얼굴이 떠올랐다. 좌초되어 녹슨 배 위에 걸터앉던 여자. 귀기鬼氣가 서려 있던 얼굴이. 그의 내면에서 그 얼굴을 지워보려고 허우적거리기 시작했다. '떠나야지. 떠나야지. 떠나야 한다!' 그는 헐떡거려가며 스스로에게 다짐했다. '자동차 찾기를 포기하고라도 이곳을 떠나야 한다. 그럴 수밖에 없다.' 그러나 일어설 수가 없었다. 무엇이 그를 그 자리에 붙잡아 매어 두는지 알 수가 없지만. 자동차 도난 사고? 자동차를 간단히 버리고 돌아설 수가 없어서? 도대체 누가 가져갔을까. 어떻게 몰고 달아났을까. 도대체 누구의 짓일까. 이런 해변 구석에 주차해 놓았던 낡은 승용차를 왜 눈독 들였을까. 그 수없는 의문을 슬쩍 밀어 내며 여자의 얼굴이 다시 떠올랐다. 자동차가 없어진 것과 좌초된 배 위의 여자와 혹시 무슨 관련이 있는 걸까. 그럴 리는 없다. 그럴 리야 없지… 그러나 그 연상은 이상한 마력으로 그를 사로잡았다. 다음 순간 희화와 같은 상상력에 코웃음이 나왔다. '자아, 그러면 이제부터 어떻게 한다?' 마치,

고도孤島에 홀로 표류된 사람처럼 그는 자기가 서 있는 자리와 바다를 턱없이 둘러보았다. 바다는 이제 넘어가는 저녁 해를 유유히 전송하고 있었다. 그저 허허한 하늘과 아득한 바다뿐, 실마리가 되어 줄 것은 아무것도 없었다. 맙소사. 이게 무슨 징후인가. 잠깐 바다에 다녀 온 사이에, 승용차가 감쪽같이 스러졌다. 그렇지만 않았던들 지금쯤은 이 자리를 떠났을 텐데. 하지만 정말 그렇게 훌훌 떠날 수가 있었을까? 정말 이곳을 박차고 간단히 떠날 수 있었을까? 두 가지의 엇갈린 생각이 서로 으르렁거렸다. 하지만 지금은 자동차가 없어졌다는 사실만 분명했다. 당장 떠날 수가 없다는 사실만이 분명했다. 떠날 수가 없다. 이곳을 떠날 수가 없다. 어떻게 할 것인가. 이 일을 어디서부터 어떻게 풀어야 할 것인가. 그러나 이상한 일이다. 이 절박한 상황이 그에게 예기치 않았던 활력을 몰아다 주었다. 지금 이 어려운 상황을 오직 두 주먹을 쥐고 혼자 해결하지 않을 수 없다는 것이 묘하게도 새로운 활력이 되었다. 그는 서 있는 자리에서 다시 한 번 주위를 둘러보았다. 그러다가 그의 의식과 기억력의 한 끝이 가벼운 충돌을 일으켰다. '이건… 내가 처음 겪는 일이 아닌데… 이 시간과 이 현장現場은 언제였는지 분명치 않지만 처음 겪는 일이 아니다.' 꿈속에서였는가, 아니면 전생前生이었는가. 승용차를 도둑맞고 꼼짝 못하고 서 있는 자리. 아니, 그것은 현실이 아니었다. 자가용 자동차가 있었고, 자기가 서울서부터 그 차를 몰아왔고… 다시 그것을 몰고 어디론가 아야 한다는 그 사실은 현실이 아닐 것이다. 그냥… 이렇게 자기는 그 무엇과도 이어지지 않은 채 처음부터 이 폐항에 이렇게 버려진 인간이었는지 모른다. 지금 이 자리의 이 시간 이전에 있었던 것은, 그것이 전부 꿈이든가 전생이든가, 하여간 이 자리 이 시간의 현실과는 상관없는 것들임에 틀림없었다.

그는 기운 없이 일어나 그 자리를 떠났다. 그리고 약속되어 있는 곳을 찾아가듯, 낮에 만났던 노인의 집을 찾기 시작했다. 들쑥날쑥한 포구의 방축 길을 지나 수산협동조합의 깊숙한 건물을 빠져나가자, 포구를 등지고 돌아앉은 작은 어촌이 나타났다. 눈부신 백사장이 푸른 물빛을 발톱에 물들이고 길게 휘어져 누워 있었다. 저 멀리 잡목 숲 쪽에서 백사장은 끝났고, 신작로가 건너다보였다. 차들의 왕래가 빤히 바라다보였지만 오릿길도 더한 상거일 성싶었다.

마을 뒤쪽으로 병풍처럼 두른 묏부리가 바다 쪽으로 내려앉아 굵직굵직한 바위섬을 흩뿌려 놓았다. 마을은 어촌이었지만 묏부리가 아늑하고 포근했다. 절벽 위로는 용틀임한 노송이 바닷바람을 이겨 낸 백전노장처럼 푸르렀다. 마을은 바다를 안고 활처럼 휘어져 있었으나 방파제 끝머리에서 산비탈로 치오르며 집들이 높은 터를 차지하고 있어서 처음 볼 때보다는 가구 수가 적잖았다. 좌판까지 갖춘 가게도 있었고, 집 그늘 쪽으로 피서객들의 승용차도 몇 대 서 있었다. 지나가던 해수욕객들이 그 백사장에 끌려서 하루쯤 더 묵기로 작심하고 들른 듯 알락달락한 천막도 두어

군데 보였다. 그는 눈어림으로 막다른 집을 찾으며 마을 깊숙이 들어갔다. 마을길은 방파제가 전부였고, 그 넓이는 차 한 대가 넉넉하게 굴러갈 수 있을 정도일 뿐, 그나마 길은 바로 막다른집 마당이자 공터인 곳에서 끝났다. 잠깐 들렀던 수영객 패거리로 보이는 남녀가 너덧, 몹시 소란을 떨며 우물터에서 짠물을 씻어 내고 있었고 집주인은 보이지 않았다. 바다로 면한 쪽에서 질척한 돼지우리 악취가 물큰물큰 밀려왔다. 토방 위, 멍석이 말려 치쌓인 곳에 허리가 길다란 누렁이 한 마리가 늘어져 있다가 낯선 사람을 흘끔거리며 비척비척 일어났다. 마루라고는 툇마루를 면했을 뿐인 좁다란 것이 일자집 방 앞을 가로질러 있을 뿐이어서 우선 그 끝에 허리를 걸칠 수밖에 없었다. 마루 끝에 앉아 보니 망망한 바다가 앞마당이었다.

"오셨소, 그래."

어느 틈에 노인이 토방으로 선뜻 올라서며, 볼일 보러 나갔던 사람 저녁참에 돌아온 것을 맞이하듯 심상한 얼굴로 알은체했다. 노인은 물이 뚝뚝 흐르는 새끼오라기 한 묶음을 들고 들어왔다.

"뭐하실 건가요?"

그는 노인의 손에 들린 새끼오라기를 눈으로 가리키며 토방으로 내려섰다.

"짠물을 빼서 다시 꼬든가, 아궁이 땔감이라도 해야지. 이 인생들이 그저 모두 버릴 줄만 알았지 다시 쓸 줄은 모르거든. 언제부터 이렇게 흔전만전한 세상이 됐는지 참 모두들 겁 없이 살지, 겁

없이 살아요."

　노인이 돌아왔으나 펌프가의 길손들은 여전히 물을 마구 퍼 올리며 낄낄대고 있었다. 노인은 새끼오라기 묶음을 우물가에 내려놓으며 목청을 가다듬는다.

　"젊은이들, 물 아껴 써야지. 자네들은 한 번 다녀가는 길이지만 우리네는 그 물을 사는 날까지 먹어야 하구, 또 자네들처럼 찾아오는 사람들이 써야 해. 남의 것이고 내 것이고 아낄 줄 모르는 사람은 하늘이 준 것을 제 것으로 즐길 자격이 없는 사람들이여!"

　수영복 위로 물을 뒤집어쓰던 여자들은 물이 줄줄 흐르는 머리채를 흔들며 키득키득 저희들 짐 있는 데로 돌아갔고, 사내들도 목소리를 낮추어 수군거리다가 입을 열었다.

　"할아버지, 감사합니다아."

　그들은 우물터를 떠났다.

　"차는 어찌했소?" 노인은 손의 물기를 털며 그를 향해 물었다. 아뿔싸! 그제서 그는 새삼스럽게 가슴이 철렁했다. '자동차! 자동차가 없어졌지, 참······.' 노인은 마루에 걸터앉으며 말을 이었다. "오늘 예서 묵을 라면 차를 아주 이쪽 마당에 두어야 할 게요. 차가 왜? 이 마당에까지 곧장 들어올 수 있을 텐데······."

　"아, 내, 그 차가··· 차가··· 그만."

　"사골 냈소?"

　노인이 눈을 크게 떴다.

　"아닙니다. 점심을 먹은 뒤에 바닷바람이나 쐴까 해서 후미진 자리에 세워두고 잠깐 다녀왔는데 그만 가뭇없이 없어져 버렸습니다."

"에그, 그게 무슨 말이오? 차를 도적맞았다 그 말이오?" 노인은 앉았던 자리에서 펄쩍 일어나며 금방이라도 달려 나갈 자세를 취했다. "도적을 맞았다는 거요?"

"그런 것 같습니다."

"그런 것 같다는 게 뭬요? 차를 도적맞고 그렇게 태평무심하게 에서 앉아 있으니 어쩔 셈이요? 파출소에 신골 했소?"

"아직…. 우선 이곳엘 오고 싶어 찾아 왔습니다."

"우선 신골 해야잖소?"

"오늘은 그냥 이곳에서 좀 쉬었으면 합니다. 혹시 내일쯤이면 가져갔던 그 작자들이 그 자리에 다시 가져다 놓을는지도 모르는 일이잖습니까?"

"허! 요순 쩍 얘길 하시는구료. 도대체 어디서 살다 온 분이시우? 자동차를 잠그지도 않은 채 그냥 두고 갔었던 거 아니오?"

"그렇게는 안 했습니다."

"그러면 차 열쇠는 주인이 가지고 있었다는 얘긴데, 도둑놈들이 차를 어떻게 끌고 갔는지… 그런데 왜 신골 서둘지 않는 게요?"

노인은 나그네의 심상한 태도를 의심쩍은 눈으로 바라보며 혼자 흥분했던 일이 싱거워진 듯 다시 마루 끝에 걸터앉으며 곰방대를 꺼내 들었다. 그는 노인이 묻는 말에 아무 대꾸 없이 저녁 어스름 빛이 물들기 시작한 바다를 무연한 눈으로 바라보았다. '어디다 무엇을 신고하라는 건가? 누가 신고를 받는가. 누가 해결해 줄 수 있는가. 잃어버린 차… 잃어버린 자동차 때문에 이리 뛰고 저리 뛰며 신고를 할 기력이 있다면… 지금 나는 나를 잃어버렸는데… 나를 잃어버리고도 신고할 곳이 어딘지를 몰라서 이렇게 헤매고 있는데…….' 노인은 불붙인 곰방대에다 화풀이를 하듯 빼금빼금 빨아 대며 뚱하게 있더니 무뚝뚝하게 물었다.

"서울서 오는 길이었소?"

"예."

"급하진 않은 게구료. 서둘지 않는 걸 보니…….""

"급하다면 이에서 더 급한 일이 없는 처집니다."

"꽤 골치 아픈 일인 게로군." 노인은 담배를 깊이 빨아들이더니 담배연기와 함께 얼굴을 돌렸다. "채귀債鬼요? 그렇잖으면 계집이요?"

그는 웃었다. 그리고 노인의 얼굴을 정면으로 마주보았다. 햇빛과 바다와 바닷바람으로 다져진 노인의 얼굴은, 살아서 바닷가를 굴러다니는 바위였다. 노인은 대답을 기대하지는 않았던 듯 불이 꺼져가는 곰방대를 소리 나게 빨아 본 뒤에 맨 입김을 불어 내면서 말했다.

"내일이면 가져갔던 놈들이 차를 제자리에다 도로 가져다줄지도 모른다구? 내일도 감감이면 어쩔려누?"

"하는 수 없는 게지요."

이번에는 노인 쪽에서 나그네의 얼굴을 곰곰이 바라보았다. '이

것…… 아무래도 이상하군. 뭣 하던 작자길래 넋 나간 얼굴로 이러고 앉았는겐지. 무슨…… 이 자를 재워 주었다가 무슨 던테를 만나는 게나 아닐지, 원…….' 노인은 어쩐지 좀 찜찜해지려는 마음을 애써 지우려는 듯 갑자기 음성을 높였다.

"그래 오늘 예서 묵으시려우?"

"허락해 주시겠습니까?"

"허락 여부가 따로 있겠소만. 어쩐지 일이 심상찮은 것 같아 걱정이오."

"그렇다고 뭐 큰일이야 있겠습니까?"

"하기야 바다가 온통 뒤집힐 때도 사는 사람은 삽디다."

노인은 허리를 추스르더니 토방 아래로 내려섰다. 남자는 어둠을 기다렸다. 무엇 때문에, 왜 그래야 하는지 알 수 없었지만 어둠이 어서 와야 할 것 같았다. 길고 긴 여름 해는 아직도 지싯지싯 남아서 망망대해와 어촌에서 서성거렸다. 주인집 식구들과 함께 멍석 위의 저녁을 끝내고 났을 때도 잔명이 바다 위를 넘놀고 있었다. 바다는 미지근한 잿빛으로 가라앉아 갔고, 집안은 식구들끼리 두런거리는 소리로 따뜻해졌다. 딸인 줄 알았던 스물 남짓해 보이던 여자는 막내며느리라는데 부엌일이며 허드렛일을 암팡지게 해냈다. 멍석 위에서 상 뒷설거지를 해가며 저녁을 먹고 있는 옆모습에서 바닷말 냄새가 풍겼다. 강퍅한 치마 아래로 드러난 다리가 팽팽한 갈색 근육으로 희끄무레한 어스름 속에서도 뜨겁게 빛난다. 한 묶음으로 휘휘 틀어 얹은 머리 아래로 헌출하게 드러난 목덜미며 팔의 근육이 부드럽고도 탄력 있었다. 그 젊은 아낙은 무심한 듯 앉아서 주섬주섬 밥상 위의 것을 챙기며 더러는 먹고 더러는 쓸어냈다. 젊음의 팽만감. 갈색 피부의 핑핑한 번쩍거림에서 모반謀反의 냄새가 언뜻 풍기고 있는 것은 무엇일까. 언제고 무엇에 걸리면 반역을 일으킬 것 같은 아슬아슬함. 핑핑한 육체는 순하게 길들여졌지만 얌전하게 갇혀 있지만은 않을 것이다. 언제 튕겨져 나올지, 어떤 모양으로 터져 나올지 알 수 없는 위험을 감추고 있는 폭발물이었다.

드디어 어둠이 마당으로 얼룩지기 시작했다. 막내며느리는 멍석 위의 상을 걷고 부엌으로 들락거렸다. 어둠이 사람의 얼굴 형체를 알아볼 수 없을 만큼 진해졌을 때, 그는 그 집의 막내며느리에게서 또 하나의 영상을 추출해 내고 있는 자신을 발견하고 소스라쳤다. 어둠을 기다리고 있던 이유가 크고 무겁게 확대되며 그를 위협하기 시작했다. 어둠… 어둠… 밤바다… 좌초선 위에서 조우했던 여자… 그는 밤바다를 기다리고 있었다. 밤바다에서 그 여자를 만나야 한다고 내심 벼르고 있었던 것이다. 그러나 막상, 어둠이 온 세상에 들이찼을 때는, 두려움이 그의 의기를 가로막았다. 망설임은 후회였다.

"어허, 방이 굴속 같아서 잠들기엔 아직 더울 게요. 이 동네에서 젤 시원한 명당이 있으니 나갑시다."

노인은 불도 켜지지 않은 어둑신한 토방에서 멍석 하나를 끌어내며 앞장섰다. 노인이 멍석을 내려놓은 곳은 특별한 자리가 아니었다. 방축 턱에 멍석을 뚜루루 펼쳐놓고 앉는 곳은 그대로가 길이었다. 골짜기를 따라 골목을 이루며 집들이 층층이 들어박힌 곳으로부터 바람이 쏴아 내리닫는다. 솔향기 섞인 산바람이다. 노인이 나앉기 전에 벌써부터 나와 앉은 멍석패가 있었다. 희끗희끗한 속옷 차림의 나이든 여자들도 있었고, 혀끝이 서너 갈래쯤 갈라져서 혀 꼬부라진 소리로 떠들어대는 술꾼들도 있었다. 노인은 아랫목 퇴침에나 눕듯이 방축 턱을 베고 모로 누우며 또 한 번 설명했다.

"이자리가 명당이오. 산바람이 있어서 모기도 못 덤벼요. 나는 여기 누웠다가 잠이 들면 새벽녘까지 계속 자기가 일쑤지. 새벽 한기나 내릴 때야 방으로 기어들지. 흐흐, 자 예 누우시오."

나그네는 방축을 등지며 다리를 뻗고 앉았다. 가겟집 불빛이 길게 뻗쳐 발치에까지 닿았고, 드문드문 왕래하는 동리 사람들의 긴 그림자가 바람에 너울거리는 어두운 깃 폭이었다. 노인은 한동안 말없이 잠잠하더니 갑자기 흐흐, 웃으며 불쑥 물었다.

"보시오, 손님. 혹시 마누라에게서 도망쳐 왔소?"

그는 얼른 대답하지 못했다. 그렇다고도 할 수 없었고 아니라고도 할 수가 없었다. 그는 한참만에야 간신히 입을 뗐다.

"도망치고 있는 건 사실이지만……."

"마누라는 아뇨?"

"더 무서운 것으로부텁니다."

"더 무서운 게 뭐기에?"

'더 무서운 존재… 더 무섭고 끈질기고 사나운 존재… 그게 바로 납니다, 저예요.' 그는 앉았던 자리에서 일어났다.

"바닷가를 좀 걷다가 오겠습니다. 기다리시지 말고 들어가세요."

"그러실려우? 방에다 자리를 보아 둘 테니 아무 때고 들어가 쉬시오."

그는 신을 벗어서 제자리에 놓아두고 방축 아래로 내려섰다. 노인이 누운 그대로 그의 등에다 대고 소리쳤다.

"발 조심하시오. 이쪽 바위께로는 가지 말고. 못된 놈들이 성게를 발라먹고 그냥 버린 게 있어서 잘못하다간 발을 다쳐요."

마누라로부터 도망치는 길이냐고 묻던 노인은 궁금증을 다그치는 일 없이 서글서글하게 말해 준 뒤 밤하늘을 안고 벌렁 눕더니 하품을 커다랗게 하고는 잠잠해졌다. 그는 바닷가를 걸었다. 백사장은 아직도 미지근했다. 바다는 어둠 속에서 뒤채이며 잠을 청하고 있었다. 노인이 누워 있는 자리로부터 이드막이 떠나온 그는 걸음을 멈추고 그 자리에 무릎을 꿇었다. 그것은 생각지도 않았던 행위였다. '주님!' 눈을 감았으나 다음 말이 단 한마디도 떠오르지 않았다. 그대로 눈을 떴다. 어두운 하늘과 무거운 바다, 그리고 텅 빈 백사장 위에 그는 혼자였다. 그러나 다시 내부에서 솟는 것은 외마디였을 뿐 그 다음 말은 여전히 이어지지 않았다. '주님!' 어둠에 잠긴 수평선에 짙은 구름이 몰려 있었다. 달은 그 두꺼운 구름 안에 갇혀 있었다. 구름에 갇혀서 머뭇거렸다. 좀체 구름을 벗어날 수 없을 듯 머뭇거렸다. 이윽고 얼마 만에, 홀연히 구름 밖으로 달이 얼굴을 내어밀었을 때, 달은 지금까지의 신고辛苦도 잊은 듯 갑자기 수줍었다. 달은 다시 숨을 곳을 찾는 듯 허허한 공간을 낯설어 했다. 밤바다는 달빛 아래서 은밀한 빛으로 빛나기 시작했다. 그는 무릎 꿇음을 허물고 백사장 위에 몸을 던졌다. '내일은 이곳을 떠나야 한다. 그리고 돌아가야 한다. 내일은, 내일은 이 자리를 뜨리라. 돌아가리라.' 그는 따뜻한 모래밭에 얼굴을 묻고 그렇게 다짐했다. '승용차를 찾지 못하더라도 돌아가리라. 돌아가야 한다. 돌아가지 않으면 안 된다. 차 문제는 어떻게 되겠지.' 그는 몸을 일으켰다. 달빛이 수면 위에서 출렁거렸다. 출렁거리는 물길을 따라 달빛을 붙잡고 바다 위로 가고 싶었다. 좌초된 배가 있는 곳. 밝으면 그 여자는 다시 그곳에 가 있겠다고 했지. 그것은 환상이 아니었을까. 그것을 확인할 길은 오직 한 가지. 지금 좌초선이 있는 그곳으로 가는 길뿐이다. 그는 앉았던 자리에서 일어났다. '아니다, 아니다. 나는 지금 노인의 집으로 돌아가는 거다. 거기서 한 밤을 지내고, 내일은 이곳을 떠나는 거다.' 그러나 그의 발길은 물가로 다가가고 있었다. 기슭에 얹혀 잠들어 있는 목선木船들이 잠결인 듯 숨결인 듯 조용히 흔들리고 있었다. 그의 발은 물결에 단단하게 다져진 모래톱을 밟았다. 몇 걸음만 더 내디디면 배 위로 올라가고 배를 물 위에 띄우면 그곳으로 갈 수 있다. 바닷물이 그의 발등을 핥는다. 그는 모래톱 물결에 발을 맡기고 서 있었다. '그 녹슨 배는 그 자리에 있겠지. 여자는 흰 나비 같은 배를 몰고 그 거대한 비극에 이르렀을 것이다. 지금 그곳에 가면 모든 것이 확인되겠지. 그러나… 그러나… 그것을 확인한 뒤 어쩔 것인가? 무엇이 달라질 것인가? 그러나 가고 안 가는 문제가 덧셈이나 뺄셈의 문제일 수는 없지. 가도 그만이고 안 가도 그만일 그런 간단한 문제는 아니다. 가지 말아야 될 그 자리에, 무슨 일이 있더라도 가보고 싶은 이것이 문제다.' 그는 기슭에서 뒷걸음질 쳤다. '좌초선의 손짓을 외면하자. 이 자리에서 발을 빼자.' 그러나 은밀한 속삭임이 그의 마음을 흔들었다. '너는 이곳에 보내진 거야. 네가 스스로 온 게 아니다. 그 좌초된 배가 너를 불렀어. 너는 대답을 찾아야 해. 거기에 대답이 있을지도 모른다. 우연이 아니다. 우연이 어디 있어? 그 배를 발견한 첫 순간 너는 사로잡혔잖아. 외면하지 마라. 외면한다고 피해갈 수 있을 것 같은가?' 뒷걸음질을 치면서 마른 모래를 묻혔던 그의 발이 다시 모래톱으로 다가갔고, 좀 더 나아가 바닷물에까지 이르렀다. '내친김이다. 그냥 가자. 나는 밤바다로 나가는 것뿐이다. 뭐가 나쁜가. 왜 망설이는가. 좌초선 위에서 다시 그 여자와 만나면 답이 있겠지… 그래서? 그것이 왜 금기가 되어야 하는가. 그 여자를 두려워하고 있나? 무엇이, 왜 두려운가. 왜 두려워해야 하는가?' 기슭의 물결은 뱃바닥을 찰랑찰랑 핥고 있다. 구름을 헤치고 나온 달이 밤바다를 흔들며 중천을 향해 가고 있다. 그는 다시 뒷걸음질 쳤다. 뒤로 물러서는 그 한걸음 한 걸음은 필사적이었다. 그는 돌아서서 막다른 집이 있는 방향을 바라보았다. 달빛 속에서 컴컴한 그늘을 껴안고 있는 막다른집. 그곳이 구원의 처소가 되어 줄 것인지, 그는 그 집을 향해 걸었다. '내일 이곳을 떠나기 위하여 나는 오늘 저 처소에서 이 밤을 넘겨야만 한다.' 그러나 그의 발걸음은 점점 더 무거워졌다. 그는 달 한 번 바라보고 바다 한 번 돌아보고 다시 집 한 번 바라보며 무거운 걸음을 한 걸음 한 걸음 옮겨 디뎠다.

한 간 좁은 방. 창호 미닫이 한 면뿐, 삼 면이 벽이었다. 모기장이 어둠과 얽혀 칙칙하게 늘어져 있었고 방은 숨 막히게 더웠다. 그는 어둠 속에 웅크리고 있었다. 어둠은 그의 잠을 돕는 게 아니라 고통을 열었다. 고뇌의 모태母胎, 괴로움의 태반胎盤이었다. 그는 스스로에게 물었다. '무엇이 괴로운가?' 내면의 무엇인가가 서슴없이 대꾸했다. '나 자신이 괴롭다.' '너는 무엇이기에?' '내가 존재하는 것은 분명한데 그 존재의 정체성이 보이지 않는다.' '지금까지는 어떻게 견뎌 왔기에?' '덮어 두고 있었다.' '무엇을 어떻게 덮어 두었는가?' '자기 자신을 똑바로 보려던 자의식.' '그것을 무엇으로 덮을 수 있었는가?' '타인의 시선으로' '그렇다면 너는 지금까지 타인의 시선에 조종되어 왔다는 말인가?' '그랬을 것이다.' '그 타인의 시선에 조종당한 것은 누구인가?' '그도 또한 나 자신이다.' '그렇다면 지금의 너는 누구인가?' '타인의 시선을 벗어나 있는 나 자신이다.' '너는 왜 이 자리에 와 있는가?' '타인의 시선이 닿지 않는 나, 타인의 시선이 묻어 있지 않은 나를 만나기 위해서다.' '여기에도 타인은 있지 않으냐?' '그들은 나를 조종하던 시선들과는 상관없는 자들이다.' '그렇다면 너는 도피해 온 것인가?' '도피만은 아니다.' '추구追驅?' '도피와 추구가 함께 뒹굴고 있다.' '어느 쪽이든 한 가지만 택해라.' 다음 대답을 할 자리에서 그는 벌떡 일어났다. 그리고 방에서 뛰쳐나갔다.

바닷가는 아직 미명未明. 달빛이 한밤새 머물다 간 자리에 별들이 흩뿌려져 있었다. 별, 별. 천체天體. 가없음. 별을 바라보던 그에게서 깊은 신음이 터졌다. 너무 멀고, 너무 크고, 너무 분명한 것에 대하여. 은하銀河는 그의 정수리께에 가로걸려 있었다. 그는 은하성단銀河星團 근처에서 빛나는 직녀성織女星을 발견했다. 별빛, 지금 그가 바라보고 있는 빛. 태양의 두 배 반 가까운 직경의 크기로, 은하 저쪽에서 바라보고 있는 빛. 별. 1초에 30만 킬로미터의 광속. 1초에 지구를 일곱 번 반을 돌고도 남는 그 속도의 광속으로 26광년이나 걸리는 그 아득한 거리 저쪽에 있는 별. 그 별빛을 지금 보고 있다. 별 중에 제일 먼 곳에 있으면서 그중 큰 카시오페이아는 백만 광년의 자리에서 그 빛을 던져 주고 있다. 그는 별을 바라보고 있는 자기 존재에 앞에서 몸이 떨렸다. 이 가없음을 깨닫는 인식의 존재. 별을 별인 줄 알면서 바라볼 수 있는 존재. 지금 미명 중에, 바닷가 모래 위에 서 있는, 고뇌에 묶여있는 이 육체는 별들에 비하면 얼마나 하잘 나위 없으며 허망하고 또 허망한 존재인가. 하지만 별이 별인 줄 알며 바라보고 있는… 이 무변대함을 바라보고 있는 존재는, 그 근원은? 누가 주인인가. '오오. 하나님아버지' 하나님은 인간을 통하여 별을 보시기를 원하시며 무변

대함을 알기를 원하신다. 하나님, 오직 하나이시며 영원하신 분. 스스로 계신 분. 스스로 주되시며 만물의 뜻을 통할統轄하시는 분. 전지전능하신 그분이 이 인간을 통하여 당신의 뜻을 다시 헤아리시고자 하신다. '그래서 나는 지금 별을 바라보고 있다. 하늘의 가 없음에 신음하고 있다. 별빛을 경탄하고 있다.' 그러나 그렇게 하고 서 있는 자신의 한계가 무엇인가? 오 척 몇 치의 이 체구. 그 몸속에 영혼을 담아 안고, 시들어 늙어가며 죽음의 길로 한 걸음 한 걸음 다가가는 육체 때문에 시달리는 존재. 그러면서 그 육체에 담겨있는 내면은 끊임없이 요동치고… 한시도 쉬지 않고 반란을 노리며, 틈만 있으면 영혼과 육체를 함께 생채기 내고 망가뜨리자고 하는 치밀한 모반꾼을 함께 껴안고 있는 존재. 그는 알고 있었다. 그 자신, 지금 그 자리에 서 있어서는 안 될 사람이라는 것을. 그가 있어야 할 자리는 그 자리가 아니라는 것을.

그는 무너지듯 모래밭 위에 쓰러졌다. 어둠이 뒷걸음질 쳤다. 수평선에 걸려 있던 무거운 구름을 태양이 조금씩 찢어 내기 시작했다. 태양이 빨갛게 끓는 바다에서 쑥쑥 솟아올랐다. 사물이 숨 쉬도록, 형상을 드러내는 빛과 빗살 - 생명 근원의 빛. 그러나 그 자체의 표면온도는 육천 도 이상, 안으로는 이만 오천 도가 넘는다. 조도照度 십만 룩스. 일 미터 앞에 10만 촉의 밝기를 들이댄 빛이며, 만월일 때의 달빛이 50만 배로 밝아진 상태의 밝기다. 그러나 그 뜨거움과 밝기로부터 적절한 거리에 놓여있는 지구라는 별. 초록빛 별에 아름답게 살고 있는 생물. 1억 4천9백5십만 킬로미터의 거리가 유지되어, 생명이 살아갈 수 있는 이 신비. 누가 이 거리의 균형을 바로잡았으며 누가 이것을 유지시키고 있는가. 태양의 뜨거움은 누가 부여했으며 그 빛은 누가 만들었는가. 그 생명의 원천 되는 태양이 그 자리에 머물고 지구라는 별이 자전自轉하도록 만들어진 법. 이 법칙은 누구의 법칙인가. 누구의 뜻이며 누구의 힘인가. 사람들은 '해가 뜬다.'고 한다. 해가 떠오르는 것을 보며 해가 지는 것을 본다. 그러나 지구는 자전自轉한다. 태양과의 거리를 일정하게 유지하고 제 몸을 스스로 돌려 태양의 주위를 규칙적으로 돌고 있다. 그러나 지구 위에 있는 사람들은 지구의 자전을 의식하지 못한다. 코페르니쿠스의 지동설地動說이 있었고, 그 우주론宇宙論을 증명하여 지동설을 뒷받침한 갈릴레이가 종교재판을 받고 유폐되면서까지 끝내 주장한 지동설을 우리는 이론과 과학으로 받아들였을 뿐, 감각으로 실감하지 못한다. 태양을 둘러싸고 있는 아홉 개의 혹성 중 오직 지구에만 생물이 있다는데 그것을 조금도 신기해할 줄 모르며 살다가 어딘가로 떠나는 인생들. 태양을 밀어 올린 바다는 산고産苦의 붉은 기운을 거두고 잠잠하게 누워 있었다.

"어허, 도통 안 주무신 게요?"
노인이 맨발로 다가오며 청청한 음성으로 물었다.
"네… 덥기도 하고… 해 뜨는 것도 볼 겸……."
"뜯어보면 신기하지만 신기한 것을 그것만 내내 들여다보려면 겁나지 않소?" 노인은 두툼하고 뻑뻑한 손으로 얼굴을 쓱쓱 비비더니 해가 솟아오른 수평선을 바라보며 말을 이었다. "해가 뜨고 지고, 달이 지나가고, 바다가 한정 없이 넓고… 인간이 이걸 제 것처럼 알고 맘대로 살고 있지만 인간의 한평생이라야 이슬 같은 거 아니겠소. 참말이지 저 햇덩이나 바다에 비하면 목숨 있다는 인간이 뭐겠소? 하지만… 또… 해나 달, 바다를 그 크기만 생각하고 신기해서 바라보다가는 그나마 인간이 누리고 가야 할 것들을 그냥 흘려버리고 놓치게 될 일이 허망한 게요. 우린 그저… 해 뜨면 눈 비비고 해가 중천이면 일하고, 해 넘어가면 쓰러져 잠자며 살다보니 그저 순한 짐승 같을 뿐이오. 왜 해가 뜨는지, 왜 해가 지는지를 생각해 볼 겨를도 없거니와 생각할 일도 없는 게요."

노인은 배를 물에 띄웠다.

"혼자 바다엘 가십니까, 이 새벽에?"

"예, 바다에서 밤을 지낸 배들이 저 너머에까지 들어옵니다. 우리 집 배도 있어요. 그리고 남의 배라도 물 위에서 만나면 서로가 후하지요. 자아, 갔다 오리다."

아침 햇살에 번쩍거리는 바다 표면이, 노인이 노를 젓는 배 언저리에서 후광으로 빛난다. 순한 짐승… 순한 짐승… 모래밭에 남겨진 그는 노인이 하던 말을 되뇌었다. 순한 짐승… 노인은 고뇌하지 않는다. 그러나 지금 아침 햇살 속으로 배를 저어가는 저 모습은 무구한 아름다움이다. 노인이 노 젓는 배가 있어 아침 해는 더욱 밝았고 아침 바다는 생동했다.

아침상을 물린 뒤에도 그는 마루 끝에 앉아 바다를 바라보았다. 노인은 마음이 쓰이는 듯 몇 번 들락거리더니, 그의 옆에 앉으며 정색을 했다.

"벌써부터 해가 지글거리는데 이럭허구 앉아 있어서 어쩌려오?"

"나가 보렵니다. 그런데 어쩐지 이곳을 뜨기가 싫습니다."

"무슨 재미가 있기에 이곳을 뜨기 싫다는 게요? 담배 한 대도 못 피우는 짬짬한 입으루… 종일이면 종일을 입 다물고 있는 양반이."

"말을 억지로 하지 않아도 되는 이곳이 편하고 좋습니다."

"왜? 말 많이 하다가 무에 덧났소?"

"덧났다면 덧난 것이지요."

"어디가 덧난 거요?"

"뿌리가 흔들흔들합니다."

"거 큰일 났소! 허지만 뭐… 대개가 허욕虛慾의 밭에다 인생을 심으려고 허덕거리다 그리 되는 게지. 받은 대로 산다면 덧날 것 없고, 흔들릴 일도 없는 게요."

노인의 얼굴에는 아무런 감정의 흔적도 묻어 있지 않았다. 훈계조의 말도 아니었고 경고의 소리도 아니었다. 바다 위를 스쳐, 방향도 알리지 않고 지나가는 바람처럼 훗훗하고도 미끄러운 노인의 숨결이었다. 머리를 빡빡 밀어낸 노인의 두상은 둥글고도 단단했다. 검은 머리가 약간 섞여 있을 뿐인 백발이 뻣뻣하게 올라오고 있었다. 갈색으로 두껍게 다져진 살갗에 깊이 파인 주름살은 언뜻 깊은 칼자국처럼 보였다. 노인은 무슨 궁리가 있는 듯 눈을 몇 번 껌벅이더니 나그네를 향해서 결연히 말했다.

"나하고 함께 갑시다. 어느 설익은 도적놈이 남의 차를 훔쳐 타고 다니다가 마음 돌려 제자리에 도루 끌어나 놓았다면 그건 기적일 게고, 지금 그 자리엘 가서 속 시원히 확인을 하고 그 길로 신고를 하러 가는 거요."

"아닙니다. 저 혼자 하겠습니다. 차를 못 찾더라도 그냥 서울로 올라갈까 합니다."

"그렇게 하실려우? 그게 온당한 길일 게요. 인생사 눈썹만 한 일이라도 피한다고 해서 피할 수 있는 게 아니지. 너무 머리 악을 써도 안 되지만 너무 비실비실 피하려구만 해도 안 되는 게요. 어쨌거나 저 있던 자리로 가 놓고 보는 게지."

나그네는 준비했던 돈을 날돈으로 건넬 수가 없다는 생각에 망설이다가 못내 수삽해 하며 노인의 주머니에 돈을 슬그머니 질러 넣었다.

"담뱃값입니다 어른. 하룻밤 잘 지내고 갑니다. 다시 올 길이 있으면 아무 때고 훌쩍 들러도 되겠는지요?"

"그러시오 그려. 사람이 찾아온다는 데에야 마달 까닭이 없는 게요."

나그네는 막다른 집을 등지고 활처럼 휘인 해안선 둑길을 걸어 나갔다.

그는 어제의 그 폐항을 찾아갔다. 아직 오전 중이었지만 더위는 대단했다. 걸음걸음이 땀으로 젖었다. 힘겹고 괴로운 행보였다. '나는 무엇 하러 그곳으로 가는 것인가. 어제 잃어버린 승용차가 와 있을 것을 기대하고 있는가. 천만에, 그건 아니다. 그렇다면 이 더위를 무릅쓰고 그곳엘 왜 가고 있는가. 노인에게 했던 말에 귀를 맞추기 위해서? 그런 것 때문이 아니지. 그런데 왜? 왜 그곳을 향해서 이렇게 고생스럽게 가고 있는가?' 이유가 없었다. 이유를 찾자하면 할수록 점점 더 애매해졌다. 그는 계속 걸었다. 짐수레를 끄는 말이나 소처럼 앞만 바라보며 걸었다.

폐항은 어제 그대로였다. 녹슬고 낡아빠진 모습으로 녹내를 풍기면서. 사람은 없었다. 돼지우리에 걸려 있는 어망 울타리 속의 채송화는 아직 활짝 피어나기를 머뭇거리며 몇 송이는 몽우리로 오그린 채 고개를 숙이고 있었다. 자동차는 당연히 보이지 않았다. 그는 차에 대한 생각을 아예 하고 있지 않았다. 그곳에서 가볍게 발길을 돌렸다. 그리고 무슨 볼일이 있는 사람처럼 버스 정거장으로 직행했다. 속초 쪽으로 가는 버스를 쉽게 만났다. 그것은 그가 돌아가야 한다고 생각하던 서울과는 반대 방향의 버스였다. 그는 미리 예정되었던 길을 가듯 그 차에 올랐고, 속초 시내에서 내렸다. 그리고 시내 이곳저곳의 상점에서 일용품을 샀다. 세면도구 일습과 간편한 여름 옷, 그리고 수영복까지 갖추었다.

그가 노인의 집으로 되돌아갔을 때는 한낮이었다. 노인은 그를 보자 눈을 크게 떴지만 어쩔 수 없다는 듯, 입귀를 잡아끄는 짧은 웃음으로 그를 맞았다.

"그래, 차가 그 자리에 있습디까?"

"없더군요."

"있을 걸로 생각허구 찾아갔던 게요?"

"그냥 갔었습니다."

"어쩌려고 도로 왔소?"

"어떻게 해야 할는지 알 수 없어서 돌아왔습니다."

"이제 이 늙은이한테 지다위 하시겠소 그려."

"내일은 돌아가야 합니다. 차를 못 찾더라도 내일은 돌아가겠습니다."

"어제도 그런 말을 했던 것 같은데… 어제, 돌아가야 할 사람 같은 얼굴을 하고 있었소."

"내일까지는, 정말 돌아가지 않으면 안 될 사정이 있습니다."

"지다위하겠다고 한 말은 그저 해 본 소리요. 나 상관 않을 테니 뜻대로 하시오." 노인은 훌쩍 일어나더니 광 쪽에서 천막 접은 것과 각목을 끄집어냈다. 그리고 우두망찰 서 있는 나그네에게 소리쳤다. "물에나 나가시우, 내 이 천막 버텨 놀 테니."

노인은 짧은 그림자를 달고 모래밭으로 내려섰다. 남자는 겉옷을 벗어놓고 노인이 쳐놓은 천막 그늘로 갔다. 모구리 배가 통통통통 발동기 소리를 울리며 해안으로 들어오고 있었다. 얕은 물 이곳저곳에 흩어져 있던 아이들이 왁자하게 떠들며 모여 들었고 어른들도 웅기중기 모여왔다. 한옆에서는 성게를 발라내느라고 여자들이 까치다리로 하고 둘러앉아 잰 손을 놀리고 있고, 사내들은 해삼, 멍게, 소라 등 잠수부들이 따온 해산물을 흥정하느라고 웅성거렸다. 그는 그늘을 떠나 인적 없는 곳으로 갔다. 사람들의 소요도, 그 모습도 아득해진 곳에까지 이르러서야 그는 바닷물 속으로 몸을 던졌다. 그리고 잔잔한 파랑波浪을 몸으로 헤치며 쑥쑥 앞으로 나가기도 하고 깊숙한 바닥에까지 잠수도 하면서 계속 물속에 있었다. 더는 있을 수 없을 때까지 바닷물 속에 있다가 지쳐서야 뭍으로 나왔다. 그는 몸을 반쯤 물에 잠근 채 상반신만 모래 위에 걸치고는 가만히 엎드려 있었다. 얼마만인가, 꿰꿰, 꿰꿰 앳된 오리새끼가 그를 일깨웠다. 여남은 마리의 중치 오리들이, 동리 하수구가 있는 축대 밑을 주둥이로 들쑤셔 대더니 앞장선 놈 하나를 따라서 뒤뚱뒤뚱 행진을 해오고 있었다. 오리를 바라보고 있는 그의 눈앞으로 작은 물새 한 쌍이 톡톡톡 튀어왔다. 몸이 가늘고 부리가 길었다. 그들은 가만히 엎드려 있는 이 물건이 무엇인지 아랑곳할 생각도 하지 않는 듯 종종종 톡톡톡 튀어다니면서 부지런히, 부지런히 젖은 모래 위를 쪼아댔다. 물결이 찰랑거리는 모래톱 위로, 잘디잔 새우들이 물살에 밀려 팔딱거렸다. 느슨한 파랑에 다져져 물기가 담뿍 배어 있는 젖은 모래 위에서 잔 새우들은 보호색의 투명한 옷을 입고 급한 몸짓으로 허겁지겁했지만, 물새는 종종종 튀어 다니며 그 새우를 쪼아 먹었다. 어느 사이엔가 물새를 위하여 숨을 죽이고 있던 그는 더는 견디지 못하고 흐르르 숨을 몰아쉬었고, 정신없이 새우를 쪼아 먹던 새 한 쌍은 파르르 몸을 떨며 날아갔다. 그는 몸을 일으켜 오리들이 모여 있는 암초 근처로 갔다. 물은 눈이 시리게 맑았다. 굴 딱지가 덮인 바위 밑으로 파래와 미역이 미끄럽게 머리채를 흔들고 있었다.

뜨거운 태양과 푸른 바다. 바다를 즐기는 원색의 사람들. 물새와 오리. 바닷물에 살고 있는, 눈에 띄지 않을 만큼 작고 투명한 잔 새우. 물결을 따라가는 해조류海藻類의 흐느낌. 그러나 이 모든 것 위에 어둠이 오면… 그는 그 어둠 속 바다에 배를 띄우겠다고 결심했다.

그 밤에 그는 혼자서 뭍을 떠났다. 달은 어제보다 좀 늦게야 물 위로 솟아올랐다. 마을을 떠나 물가로 나온 그는 몇 척의 목선木船을 눈여겨보았다. 배는 모래톱에 빽빽하게 얹혀 깊은 잠에 빠져 있었다. 선미船尾는 물에 떠 있었지만 웬만큼 밀어내는 힘으로는 꼼짝도 하지 않았다. 배가 그를 제지했다, '아서, 아서! 그만두지. 이건 자네가 갈 길이 아냐. 그냥 돌아서. 돌아가는 거야.' 그러나 그는 젖은 모래에 턱을 만들고 그 턱에 발을 버티며 전신을 목선에 대고 밀었다. 죽기를 각오하고 나선 탈출자와도 같이. 배는 젖은 모래 위에서 조금씩 미끄러져 내려갔다. 배가 물 위로 둥실 떴을 때, 그는 날렵하게 배 위로 올랐다. 지금까지 빽빽하던 배는 몸을 함부로 흔들며 어디든지 가자고 서둘렀다. '그래, 가자. 거기서 나를 기다리고 있는 것이 무엇인지를 확인하러 간다. 그것이 금단禁斷인지 알 수 없다. 금단이라 하더라도 금단을 범해서 새롭게 전개될 그 어떤 기다림이 있을 것이다. 아니, 아니다. 이렇게 심각해질 일이 아닐는지도 모른다. 도무지 만사가 계율의 그물이 되어서야 되겠나. 내일, 나는 이곳을 떠날 것이고 오늘 나는 밤바다를 홀로 간다.' 그는 조심조심 노를 저었다. 배는 물 위로 미끄럽게 나아갔다. 달빛은 해안선을 뽀얗게 물들이고 물 위에 얹혀 함께 흐르고 있었다. 그는 숨이 차서 헐떡거리며 땀을 흘렸다. 땀방울이 이마와 뺨을 타고 입귀로 스며들었다. 그것은 피처럼 찝찔했다. 이렇게 혼신의 힘을 다하여 찾아가고 있는 것은 무엇인가. 죽기를 각오한 탈출과도 같은 이 음모를 따라 가고 있는 이 길은 무슨 길인가. 무엇을 위한 길인가. 허덕거리며 노를 젓는 그의 귓가로 문득 로렐라이의 노래가 나부껴왔다. 그의 영혼을 부르는 소리. 감미롭고 애련한 소리였다. 그는 노 젓던 팔을 놓고 사면을 둘러보았다. 달빛에 젖은 밤바다. 하늘. 기슭에 잠든 산자락과 마을. 그러다 마침내 그의 눈길은 검은 그림자를 드리고 처박혀 있는 좌초선에 이르렀다. 그것은 라인 강가에 있는 높은 암괴岩塊와도 같았다. 그 좌초선은 로렐라이가 되어 이제 그 앞으로 다가갈 뱃사공을 유혹하고 있는지도 모른다. 노래는 계속되었다. 환청幻聽이었을까. 그는 그 소리를 피하지 않았다. 현실이건 환청이건 상관없었다. 그는 계속 노를 저었다. 그리고 암괴처럼 시커먼 그림자를 드리고 있는 좌초선으로 다가갔다. 좌초선은 어제 낮에 보았던 것보다 훨씬 크고 무거워 보였다. 녹슬었던 빛은 검은빛으로 엉키고, 좌초선은 달빛을 쓰러려 하며 바다에 꽂혀 있었다.

바다도 숨을 죽이고 달빛도 숨을 들이켜고 있었다. 어느 곳에도 사람의 기척은 없었고 어제 보았던 그 여자의 하얀 배도 눈에 띄지 않았다. 달과 함께 바다에 있으리라 했던 그 여자의 말은 그냥 던져본 말이었던가. 아직 시간이 이른가. 그는, 달빛이 휘휘하게 감겨 있는 좌초선으로 다가갔다. 배에서는 아무 소리가 나지 않았지만 그는 무엇에 딸려가듯 배 위로 올라갔다. 타고 온 배는 구명보트를 붙들어 매었던 고리에 단단히 잡아매 두었다. 어제 낮에 여자가 걸터앉았던 자리는 달빛에 젖어 차가웠다. 긴장했던 그는 한숨 돌렸지만, 어딘 듯 한편 허전했다. '다행스럽지, 다행스러워. 그 어떤 독아毒牙가 허연 이빨을 드러내고 무시무시한 송곳니로 단번에 물고 늘어질 것 같던 불안이 물러났다. 이건… 대결 없는 긴장이었나….' 경사진 갑판 위에서 발을 탕탕 굴러 보았다. 그렇지, 이 좌초선이 보여주는 뜻은, 인류문명의 종착역이다. 개인의 운명하고는 상관이 없다. 인류문명이 만나게 될 막다른 예시像示일 것이다. 그는 또 한 번 발을 굴렀다. 배는 꿈쩍도 하지 않았다. 발등 위에서 달빛이 잠깐 꿈틀했다. 인간은 창의력을 과시하며 자연과 자연의 소산물을 망가뜨려왔다. 쇠 조각의 날개로 공중의 새보다도 더 가볍고 빠르게 하늘을 날았고, 쇳덩어리를 바다에 띄우고, 물고기보다 더 미끄럽고 빠르게 바다를 헤엄쳐 다녔다. 스스로의 두뇌와 솜씨에 놀라움과 경탄을 퍼부어 가며 만들고 버리고 또 만들어 냈었다. 너무 많은 것을 만들어 냈다, '땅을 정복하라.' 하셨던 하나님의 말씀을, 땅을 다스리는 것에서 더 들어가 땅을 못 쓰게 만들기까지 착취하고 혹사해왔다. '인간이 만든 것 중에서 단 한 가지도 영원한 것이 없다'는 것을, 이 처박힌 배가 말해 주고 있다. 인간의 목숨도 능력도 사랑도… 결국은 이렇게 되고 만다. 아니 이보다 더 참혹한 모양으로 멸망할 것이다. 하지만 이런 종말의 예시豫示를 인간은 눈여겨보려 하지 않는다. 그 누구도. 이것을 예시한 그는 누구며, 왜 이것을 확인하지 않으면 안 되는가. 결국, 인간이 좌초하여 무릎을 꿇지 않으면 안 되는 그 자리. 그 자리에는 누가 존재하는가. 왜 그는 인간의 좌초를 확인하지 않으면 안 되는가. 그것이, 인간의 배신과 반역과 월권이 가져온 당연한 결과라 할지라도 그것을 꼭 보고 확인해야 하겠다는 그는 누구인가. 좌초한 그 자리, 그 자리에 그분은 계신가. 설마… 그것을 보시기 위하여 그 자리에 머물러 계시지는 않겠지. 그렇다면… 그분은 이 자리를 피하여 다른 곳에다 눈을 두고 계실까. 모든 것을 아시면서. 모든 것을 보시면서도 이곳에서 눈을 돌려 어디를 보고 계실까.

"오 철학자 선생님 드디어 오셨군요."

갑판 밑에서 불쑥 튀어 오른 여자의 밝은 목소리. 그는 여자의 갑작스러운 출현에 놀랐지만 선선하게 대답했다.

"마치 기다리고 있던 사람의 말투로군."

"오실 줄 알고 있었으니까요."

"어제는 날 보고 오지 말라 하지 않았소?"

"그건 오시게 만든 미끼였어요. 사람은 하지 말라 하면 더 하고 싶어지거든요"

"그런 미끼 없이는 걸려들 것 같지 않았소?"

"뜻밖의 대어大漁였어요."

여자는 선실에서 갑판 위로 올라와 그 앞에 마주섰다. 달빛이 여자의 이마에서 육향肉香으로 번져 왔다. 여자의 검은 눈이 달빛으로 촉촉하게 젖었다. 여자가 아끼고 감추었던 주문을 외듯 입을 열어 천천히 말했다.

"미끼는… 나의 잔재주였을 뿐이구요."

"대어가 낚이었소?"

"아아뇨, 저는 대어를 낚지 않아요. 낚아서는 안 되죠. 나는 대어에게 업혀서 이곳을 벗어나야 되니까요. 그러니까 대어의 근처에다 울타리를 치는 거예요."

여자의 말을 들으며 그는 힘없이 웃었다.

"난, 당신 같은 중량급을 업어 나를 힘이 없는 사람이오. 지금… 내 한 몸도 주체스럽소. 주체하기가 힘이 드오."

"그건… 선생님 혼자의 뜻으로, 선생님 자신의 힘으로 하는 게 아닐 거예요. 당초에 정해진 힘든 배역配役이죠. 배역만 정해지면 해내지 않을 수 없게 돼 있어요. 인간은…"

"어제 처음 만난 그 순간부터 참 어려운 얘기만 계속되는데 그 대야말로 철학자 같소."

"하기야… 세상에 태어난 자, 살고 있으면서 살아 내는 게 어렵다는 걸 아는 사람치고 철학자 아닌 사람이 없잖아요?"

여섯째 날의 오후 71

미지근하던 달빛이 조금씩 선기를 몰고 왔다. 아득한 곳에서 등대가 졸 듯이 불을 껌벅껌벅 보내고 있을 뿐, 하늘에도 바다 위에도 움직이는 것이라고는 보이지 않았다. 여자의 숨결은 달콤했다. 깊은 맛과 향기로 남자에게 다가왔다. 사내는 한 걸음 물러섰다. 경사진 갑판에서 그는 중심을 잃었다. 여자는 자연스럽게 손을 뻗어 남자의 허리를 받쳐주며 웃었다.

"모두들 피하다가 넘어지거든요. 적극적으로 피해가는 방법이야말로 유혹의 대상이나 장애물을 정면으로 부딪쳐 넘어뜨리고 가는 건데 말예요."

남자의 얼굴이 달빛 속에서 달아올랐다. 그는 그 무안함을 스스로에게 감추기 위해 얼른 입을 열었다.

"이 배에는 평면이라고는 한군데도 없겠지."

"앉으시고 싶으세요?"

"이 배에 익숙한 그대가 앉을 자리를 안내하시오."

"갑판실로 들어가셔야 해요."

"덥지 않을까?"

"유리가 깨져 있어 한데나 마찬가진 걸요." 여자가 먼저 들어갔다. 입구의 문이 기울어져 있어 뒷걸음질로 더듬어 들어가야 했다. "이쪽으로 오세요. 그냥 미끄럼 타듯 흘러내려 오시면 돼요."

갑판실 바닥은 미끄럼대 같았다. 그 미끄럼대 끝부분, 벽에 붙였던 널빤지 의자를 반동강 내어 반대편 문턱과 미끄럼틀에 척 걸쳐둔 자리가 과연 꽤 널찍하고 평평했다. 보통 지붕 밑 경사도를 그대로 살린 것 같은 갑판실의 둥근 창으로 달빛이 흘러들었다. 그러나 달빛이 닿지 않는 곳은 어두웠다. 미끈거리는 어둠이 무거운 기류가 되어 두 사람 사이에 흘렀다. 남자는 어린 시절로 되돌아간 듯 현실감에서 떠나 있었다. 아이들끼리 골방이나 지하실 움 속 등 후미진 곳을 찾아 들어앉은 듯 아늑해지면서 한편 조마조마했다. 남자는 침묵이 거북해서 입을 열었다.

"이런 데서 여자 혼자 뭘 하는 거요?"

"죽음에 관한 것을 연구하죠."

그는 여자의 맞은편 구석에 처박듯이 몸을 구겨 넣으며 어이없어 했다.

"죽음은 일부러 생각하지 않아도 시시각각으로 다가오고 있는 거요. 무릇, 태어난 모든 생명은 태어나는 순간 죽음을 껴안고 살아가는 게 아니오? 인간은 어차피 죽는 존재요. 죽음이라는 결말을 안고 태어나잖소?"

달빛은 그 여자의 머리 위를 거쳐 벽에 머물렀다. 달빛을 간접으로 받고 있는 여자의 얼굴은 깊은 물속에 잠겨 있는 바다풀 같았다. 여자는 잠깐 웃었다.

"죽음은 각 개인에게 그 형태와 시기가 조금씩 다를 뿐 필연적이라는 말씀이군요."

"설명이 필요 없는 내용이요."

"나는 예외예요." 그는 눈을 크게 뜨고 남자를 건너다보며 말을 이었다. "나에게는 비밀한 신탁神託이 있습니다. 믿고 싶지 않겠지만 사실이에요. 나는 죽음의 영원한 안식을 빼앗긴 인간이에요. 죽지 않는 육체의 저주를 상상하실 수 있겠어요? 처음에는 이 육신을 죽음에 내어주지 않으시는 신神께 열광했어요. 하지만 백 년, 이백 년 지나면서 그것이 어떤 저주인가를 매 순간 고문당하듯 겪고 있습니다. 어떻게 하면 죽음을 만날 수 있을는지… 나는 죽음, 사신死神을 찾아 온 세상을 헤매고 다닙니다."

"하, 그대는 이상한 농담을 잘도 만들어내는, 정말 이상한 사람이군. 그리고 제법 심각하게 연출해 내는 실력도 대단하고…."

"그대라 하셨어요?" 여자는 엄격한 표정으로 입을 열었다. "제 나이가 몇 살쯤 되어 보입니까?"

"글쎄, 여자의 나이에는 자신이 없지만… 아직 결혼 전의 처녀거나 아니면 결혼을 했다 하더라도 나이든 아주머니는 아닐게요."

"잘 들으세요. 내 나이 오백 살, 오백 년 살고 있는, 죽음 없는 삶을 이어 온 오백 살짜리 인간이라고요."

남자는 웃었다. 무슨 생뚱한 동화 같은 이야기를 엮어가나…….

"오백 살……." 그는 농담조로 받아 웃음 섞어 말을 이었다. "오백 살 치고는 너무 젊군. 기왕이면 한 천년쯤 하시지… 왜 하필 오백 살이오?"

여자가 고개를 숙였다. 절망에 빠진 듯 숨소리도 조심스러웠다. 한참 만에 여자가 고개를 들었을 때 그의 눈은 눈물에 젖어 번득였다. 애원하듯 떨리는 목소리가 애처로웠다.

"선생님도… 역시 믿어 주시지 않으시는군요. 역시……."

"오백 살 이야기 말이오?"

"오백 살… 믿을 수 없겠지요… 그래서 비극입니다. 아직도, 죽지 못하는 저주가 풀릴 날이 언제인지 모르는 비극입니다." 그는 가만히 한숨을 끄며 말을 이었다. "누구나 죽음을 두려워하지요. 죽음을 피해 갈수 있으면 그 길을 찾겠다고 용을 쓰지요. 진시황도 그랬고, 이집트의 파라오들이 그랬고, 역대의 권력자들이 모두 그랬지요. 사람들이 죽기 싫다고, 죽지 않겠다고 몸부림치는 것을 본능이라고들 합니다. 본능일까요. 그것이 정말 본능일까요? 막상 이 인생에게 죽음이 없다고 가정해 보세요. 얼마나 무서운 일이 벌어질는지. 몸부림은 죽지 않겠다는 몸부림이 아니라 죽음을 확인해 보는 생존의 꿈틀거림인 거예요. 죽음 없는 삶은 있을 수 없지요. 죽음과의 싸움은 존재가, 삶이 확인되는 과정을 찾는 본질적인 고통입니다. 철학자 선생님."

"아, 잠깐." 남자가 여자의 말에 귀를 기울이다가 여자의 말을 막았다. "어째서 자신의 나이가 오백 살이라고 믿으시오? 왜 그것을 믿고 있느냐고?. 그 까닭이나 알아야 그 다음 이야기라도 들어줄 수 있을게 아니오?"

"내가 내 나이 오백 살이라는 걸 어떻게 믿느냐구요?" 여자의 웃음소리가 어둠을 흔들었다. "내가 그만큼 살았으니까요, 살아왔으니까요. 누가 나에게 오백 살에 관해 가르쳐준 말인 줄 아세요? 이건 정말 전설이 아니에요. 이건 내가 살아온 시간이에요. 믿지 않으시는군요. 역시 믿지 않으시겠다는 것이네요. 하는 수 없지요.

사람과 사람 사이의 신뢰 또한 운명이니까……."

남자는 몰래 숨을 들이켰다. '미친 여자였었구나. 완전히 미친 여자다. 정신분열, 착란, 조울증을 다 가지고 있는 미친 여자. 무서운 편집증세까지 겸한 환자. 그러면 그렇지…… 멀쩡한 사람이 왜 이 좌초선을 자꾸 찾아온단 말인가.' 그는 난처해졌다. 이 허황된 화제에 계속 말려들어서는 안 될 일이었다. 이제 어떻게 이 자리를 모면해야하는가. 그는 기회를 노리기 시작했다.

그리고 시무룩해졌다. 갈등을 끌고 이곳까지 찾아 온 자신이 부끄러웠다. 혹여 이 좌초선이 지니고 있을는지도 모를 어떤 의미를 만나기 바랐던 막연한 기대가 겨우 이런 것이었던가.

여자가 숨을 가다듬고 다시 입을 열었다.

"그저 허실수라도 믿어 보시지 않으시겠어요? 큰일 날 일도 아니잖아요? 동화 속으로 들어오셨다 치고, 아니면 어떤 오래된 역사책을 읽으셨다고 생각하시면……."

"모두가, 모두가 엉뚱한 억설이오! 도대체 이 야심한 밤에 우리가 이 좌초선위에서 만난 것부터가 미친 짓이었소, 더욱 미친 자는 그대를 만나러온 나 자신이오! 믿음, 믿음… 그대는 그 기적을 나에게 요구하고 있소!."

"기적이지요. 기적… 저는 그 기적이 언젠가 저에게 허락될 그 때가 지금이 아닌가 싶었어요."

믿음. 믿음. 남자는 신음했다. 왜 이 자리에서 믿음의 문제가 튀어 나왔나? 그는 불신不信에 대한 반동처럼 불쑥 물었다.

"하! 오백 년 동안 계속 이렇게 젊게만 살았소?"

"그렇습니다."

"그대가 죽지 못하는, 죽지 않는 이유가 무엇인지를 알고 계시오? 죽음이 허락되지 않는 이유 말이오."

"믿으신다는 걸 전제로 하지 않고는 더 이상 이야기를 이어갈 수 없네요."

남자는 두 손으로 머리를 감쌌다. 혼란스러웠다. 미쳤다고 생각되던 여자의 이야기에 자기의 귀가 열려 있었다. 이 여자가 미친 여자라 하더라도 나머지 얘기가 궁금해지기 시작했다. 오백 살… 오백 년… 죽음을 빼앗긴 여자. 그래서 죽음을 찾아 헤매는 여자. 그런데 자기의 이야기를 믿는다는 전제가 아니고는 나머지를 이야기할 수가 없다? 만일 이 여자가 미친 여자가 아니라면? 이 여자 어디에 광기가 있었던가? 만나게 된 장소가 이상한 자리였을 뿐, 여자의 태도에는 수상한 데가 없었다. 혹시… 이 여자가 나를 유혹하려고 작심한 것은 아닐까.

"선생님, 어려우시겠지만 우선 믿는다는 걸 말씀만으로라도 해 주시면 안 될까요. 우선 입으로 시인是認하시면… 입으로 시인하는 것만으로도… 그렇게라도 해 주시면……."

시인是認, 입으로 시인- 어디서 듣고 누구를 설득할 때 수없이 써먹던 어휘語彙였다. 그것이 지금 이 여자의 입에서 나오다니- 그는 머리를 들고 안간힘을 들여 스스로를 채찍질하듯 말했다.

"도저히 믿어지지 않소. 그리고 믿고 싶지 않소!"

"선생님. 제발…." 여자는 벽에 기댔던 상체를 앞으로 내밀었다. 여자의 눈물이 어둠 속에서 빛났다. 절망적인 상황에서 마지막 희망의 줄을 찾으려는 간절함으로 창백했다. "선생님이 끝내 믿어 주시지 않는다면 나는 구원의 기회를 또 놓치는 거예요. 선생님의 믿음이 내 구원의 줄이 된다 하는데, 이렇게 잔인하게 거절하십니까? 선생님이 내 구원의 줄이라는데, 이 만남을 조우遭遇라고 생각하세요? 필연의 끌림이었다고 믿지 않으시겠어요?"

"당신이 믿고 있는 구원이 무엇이오?"

그는 싸우고야 말 듯한 기세로 물었다. 여자는 계속 간절하게 대답했다.

"내 죽음을 찾는 일입니다."

"하! 오백 년을 줄곧 죽음을 기다리며 살았겠군. 그렇게 소원을 해도 죽어지지 않더란 말이오?"

남자는 기를 쓰듯 비아냥거렸다. '참 내 말투가 야비한 말투로군. 이건 도대체 어찌된 일인가. 한 번도 써본 일 없던 이런 말투가 어떻게 이렇게도 잘 나오는 걸까.'

여자는 슬픔 가득 찬 얼굴로 남자를 바라보며 고개를 끄덕였다.

"그래요. 죽음의 실체를 찾을 길이 없어요."

"모든 사람들이 죽지 않겠다고 버둥거리는데, 당신도 그렇게 살면 될 것 아니오?"

"아뇨. 나는 죽음을 허락받아야 해요. 죽음의 순리를 만나야만 해요."

"당신에게 있어 죽음은 무엇을 뜻하는 것이요?"

"그것은 용서와 새 삶의 약속입니다."

"도대체 어떻게 하다가 죽음의 순리를 잃었소?"

"오백 살의 사실을 믿으시겠어요? 그것을 믿지 않으시면 그 다음의 이야기도 믿을 수 없으실 텐데요. 나의 나이 오백 살을 믿으시지 않는다면 다음 이야기를 할 수가 없습니다."

둥근 창으로 비쳐지던 달빛의 넓이가 좁아졌다. 달은 중천을 넘고 있는 모양이다. 절망에 빠진 여자의 얼굴이 어둠 속으로 가라앉았다. 남자는 그 얼굴을 잠잠하게 바라보았다. '이 여자는 미치지 않았어. 이 사람은 미친 사람이 아니다. 미친 사람에게 이런 간절함이 있을까. 그렇다면… 도대체 오백 년을 살았다는 이 여자의 나이는? 도대체….'

"믿어 주세요."

"그건 구걸이요."

"저는 자비를 구걸합니다."

"나에게 자비 같은 건 없소!"

"오오 선생님, 그렇지 않아요. 그럴 리가 없어요. 이 좌초선을 찾아오신 분이신데 그럴 리가 없어요!"

"잘못 알고 있소. 난 여길 찾아온 게 아니오."

"그렇다면 더욱… 누구인가 보내주신 분일 텐데요."

"나를 이곳으로 가라고 떠다민 존재는 없소."

"그건 사람이 만든 일이 아니었을 거예요. 그것은 운명입니다."

"당신의 오백 살을 믿는 것도 그 운명의 일부일까?"

"그렇습니다."

"나는 돌아가겠소. 당신이 죽음의 순리를 어떻게 잃었건 나하고는 결코, 결코 상관없는 일이오."

그는 몸을 일으켰다. 그리고 희미한 달빛을 빌려 경사진 마룻바닥을 내려다보았다. 여자가 그의 두 손을 붙들었다.

"가시면 안 돼요. 지금 가시면 안 되어요. 가실 수 없어요!"

"당신은 이상한 환상 때문에 머리가 좀 어떻게 되었거나 아니면 세상을 가볍게 여기고 공깃돌 놀듯 장난하려는 사람 같소. 아무리 이해를 하려고 해도 당신은 세상을 향해 엄청난 놀이를 하고 있는 사람이 분명해요."

"아니에요. 그렇지 않아요. 믿어주세요." 여자는 남자의 손을 잡고 울부짖듯 말을 이었다. "내 영혼의 울부짖음이 들리지 않으세요? 선생님은 그 소리를 들을 수 있는 분이 틀림없어요. 선생님을 보내 주신 분이 계십니다. 선생님, 내 영혼에게 안식安息을 찾아주세요. 안식을 간절하게 바라는 영혼의 떨림을 알고 계시잖아요. 다만, 이 저주의 육체가 안식을 가로막고 있어요. 저의 육체가 집착해 오던 소유욕에 갇혔던 저주에서 해방되는 길은 죽음뿐이라는 것을 깨달았어요. 집착 때문에 용서받지 못한 육체에 갇혀 있는 영혼을 풀어 주세요. 부디. 나를 불쌍히 여겨 주시고 나의 나이를 믿어 주는 사랑의 사도使徒가 되어 주세요. 내 구원이 되어주세요. 저를 긍휼히 여겨 주시는 사랑, 그 사랑만이 저를 구원해 주실 수 있어요. 아, 어쩌다가 죽음의 순리를 잃었느냐고요? 나는 오백 년 전 카스티라니아의 여왕이었습니다. 내 이름은 아키시스. 내게는 아들인 왕자가 있었습니다. 그는 왕권王權의 계승자였고 나의 전부, 내 생명이었습니다. 어느 날 바다의 풍랑이 그 왕자를 빼앗아갔어요. 나는 바다에게 무릎을 꿇을 수 없었어요. 나는 바다를 용서할 수 없었습니다. 바다는 나의 증오였어요. 나는 바다에게서 왕자를 다시 빼앗아 올 것을 다짐했어요, 나는 바다에게 승복할 수가 없었고 증오가 내 생명 에너지가 되었어요. 하나님께서 '그 집념을 버리지 않으면 무서운 결과를 초래할 것인데, 그래도 너는 그 증오를 버릴 수 없느냐?' 물으셨지만 나는 단번에, 증오를 버릴 수 없다고 대답했습니다. '어떤 형벌이라도 받을 각오가 되어 있느냐?'고 물었을 때에는 즉각 각오가 되어 있다고 대답했습니다. '너의 증오가 네 육신이 죽을 순리를 빼앗겠다.'는 선언을 들었을 때 나는 통쾌하게 소리쳤습니다. '죽지 않는 일이라면 더욱 좋습니다! 좋고말고요!' 왕자는 내 것이었어요. 바다는 내 것을 훔쳐갔어요. 나는 내 것을 다시 찾아야 한다는 집념을 버릴 수 없었습니다. 바다를 증오하는 집념은 계속 바다만을 지키도록 만들었어요. 나는 죽지 않는 여자로 살았습니다. 그러나 내 주위에 있던 모든 것들은 제때에 모두 죽어갔습니다. 모두가 차례로 죽어갔습니다. 죽어가는 것들의 최후는 순하고 아름다웠어요. 죽음을 안고 살아가는 그들의 삶은 싱싱하고 아름다웠어요. 기한부의 生體는 모두가 빛났어요. 나는 그 아름다움에 영혼의 눈을 뜨기 시작했어요. 바닷가에는 좋은 사람들이 많이 살고 있어요. 바다 위에도 좋은 사람들이 배를 타고 흘러 다녀요. 그런데 그 사람들을 사랑하며 낯을 익힐 만하면 그들은 죽어 내 옆을 떠나갔습니다. 죽음을 동반한 사람들의 세대世代는 계속 바뀌면서 흘러가고… 나는 그것이 무서워지기 시작했어요. 내 주위의 모든 것이 흘러갔습니다. 나 하나만을 남겨두고, 모두가 자기 몫을 다 살고 난 뒤, 순하고 깨끗하게 스러지는 거였어요. 죽음은 자연의 순환이었고 새 생명에의 약속이었어요. 그런데 나에게만 그 순리가 적용되지 않는다는 것을 뒤늦게야 깨달은 거예요. 모두가 그 순환의 궤도 위를 순탄하게 흘러가고 있는데 나만이 열외자라는 걸 깨닫게 되자 무서워지기 시작했어요. 그 두려움과 불안을 이기겠다고 증오에다 채찍질을 더했습니다. 그러나 나의 채찍질은 이미 무위無爲, 아무 힘도 없었습니다. 저는 창조주로부터 도망친 이탈자였습니다. 무섭고 외로운… 고통이었습니다. 대책 없이 무위에 빠져 있을 때, 어느 날, 흰 나비 한 마리가 내 품속으로 날아왔습니다. 나비는 비밀의 열쇠를 저에게 주었습니다. 그것은 우주질서를 여는 열쇠였습니다. '너의 육체가 죽음에 이르면 그 길에서 다시 왕자를 만나리라. 너의 육체가 죽음의 순리로 들어갔을 때 새로운 생명의 왕자를 만나리라.' 신비한 전달이었습니다. 저는 나비에게 안타깝게 소리쳤어요. '나는 죽을 수가 없는 걸, 죽어지지 않는 걸. 증오의 신탁을 지키며 죽음의 순리를 포기했잖아.' 그러자 나비는 팔랑팔랑 날면서 소곤거렸습니다. '죽음을 다시 찾을 수 있는 방법이 있어. 죽을 수 있는 길이 있어. 사랑하는 거야. 사랑받고 사랑하는 거야. 완전한 사랑이라야 해. 믿고 희생하는 사랑이라야 해. 그 사랑을 만나면 너는 죽음의 순리로 들어가게 돼. 그 죽음 저쪽에서 왕자가 기다리고 있어. 사랑, 사랑이야. 사랑… 사랑…….' 사랑이라는 아름다운 단음單音이 나비의 날개에서 계속 울려 나오고 있었어요. 나비는 나풀거리는 날개로 방향을 바꾸면서 내게서 떠나려고 했습니다. 아, 그때 나는 그 나비를 비로소 알아보았습니다. 저는 이미 나비라는 그 존재를 알고 있었어요. 왕자가 나의 태중에 있었던 어느 초여름 아침. 신록의 숲속을 걷던 나는 거미줄에 걸려 있는 흰나비를 발견했어요. 나뭇가지와 나뭇가지 사이에, 그물그네처럼 걸려있던 거미줄이 아침 햇살을 받으며 영롱한 구슬꿰미처럼 찬란하게 빛나는데, 나비는 하루 전쯤 걸렸는지 피폐한 날개를 늘어뜨린 채 죽음을 기다리고 있었어요. 거미줄에 꿰인 찬란한 구슬꿰미와 나비의 죽음. 환희와 비탄이 어울린… 나비는 이미 죽은 듯이 꼼짝도 않고 있었어요. 머지않아, 나무 잎사귀 밑에 숨어있던 시커먼 거미가 엉금엉금 기어나오면 나비는 형체도 없이 사라지고 말 형편이었습니다. 나비의 날개는 피폐해 있었지만 신비했어요. 얼른 보았을 때는 흰빛이었는데 가만히 들여다보니까 아득한 나라의 더할 수 없이 섬세한 망사와도 같은 혈맥血脈이 보였습니다. 그건… 혈맥이라는 말로는 표현이 서툴고… 그리고 날개에 얹혀있는 고운 분가루… 이 세상에서 가장 곱고 부드러운 미립자. 그건 생명의 미립자였습니다. 나는 문득 그 나비의 날개에서 우주를 만났습니다.

그리고 우주의 운행 소리도 들었습니다. 놀랍고도 황홀한 순간이었어요. 그것을 보고 그것을 들을 수 있는 나 자신의 소중함이, 우주가 운행되는 소리처럼 내 가슴을 쿵쿵 울리고 있었어요. 나비는 이미 죽었을지도 모른다는 생각이 들었지만 나는 거미줄 위의 나비에게 손을 내밀었습니다. 그리고 나비를 거미줄에서 떼어냈어요. 나비 날개에 나의 손끝이 닿는 순간, 나비가 죽지 않았다는 것을 알았습니다. 내 손끝에 나비의 숨결이 전해졌어요. 너무 기뻤어요. 생명의미가 황홀했어요. 혼신의 사랑으로 숨죽이고, 조심스럽게 나비를 풀어 주었어요. 그리고 나비에게 말했습니다. '죽을 뻔할 만큼 고생을 했겠지만 다시 기운을 차려서 네 수명을 다하거라. 이 산과 이 나무들은 너를 필요로 하고 있단다.' 나비는 가라앉을 듯 가라앉을 듯 기운 없이 날았지만 열심히 기운을 가다듬는 듯했습니다. 산 전체가 밝아졌습니다. 나무들이 기쁨으로 활개쳤습니다. 나는 그때, 아침 햇살을 받으며 날고 있는 나비 날개 위에서 나의 지문指紋을 발견했습니다. 나의 지문은 그 나비 날개의 무늬가 되어 아침 햇살을 받고 빛났어요. 그런데… 얼마 전 그 나비가 내 꿈속으로 찾아왔습니다. 꿈속에서 나에게 우주질서의 열쇠를 몰래 일러 준 나비는, 그 날개 위에 나의 지문을 여전히 간직하고 있었습니다."

남자는 죽은 듯이 여자의 말에 귀를 기울였다. 그의 영혼은 온통 귀가 되었다. 여자는 붙잡았던 손을 놓은 지 오래였지만 남자는 이제 아무것도 개의치 않았다. 오백년 전의 카스티라니아 여왕과 함께 있었다. 왕자를 배태하고 있는 여왕의 아침 산책길을 함께 걷고 있었다. 그리고 나비를 보았다. 여왕의 지문이 무늬 되어 찍힌 나비의 날개를 함께 보고 있었다. 꿈속에도 함께 있었다. 우주 질서에 반역했음으로써 죽을 수 있는 순리를 박탈당하고 고통하는 여왕의 꿈속에 함께 있었다. 그리고 나비가 비밀하게 전해 주는 열쇠를 확인했다. 사랑…… 사랑의 열쇠를.

달빛은 동쪽 창에서 서쪽 창으로 자리를 옮겼다. 갑판실의 서쪽 창으로 스며들기 시작한 달빛은 초저녁보다 힘이 없었다. 여자는 이제 서둘거나 조급해하지 않았다. 두 사람의 침묵은 거북하지 않았다. 밤바다의 넘실거림이 밤공기를 흔들고 선실은 서늘했다. 달빛은 차갑게 스며들고 어디쯤에서 새벽이 다가오는 소리가 지축을 건드리고 있었다.

"선생님, 지금 이 시간에도 지구는 자전하고 있어요. 자전해 가면서 공전을 함께 하고 있어요. 이 지구라는 별 위에 태어나 살고 있는 모든 생물은 시간의 엄격한 계율 아래 있어요. 그러나 그 계율이 아무리 엄격해도 자연법칙일 뿐이에요. 법칙 아래서 법칙을 따르고 있으니 이변이 일어날 수 없지요. 자연법칙의 피지배자는 법칙 안에서 안전합니다. 자연법칙의 피지배가자 겪는 죽음이란 시간과 공간의 제약을 벗어나는 길, 순환의 길이지요. 나는 그 궤도를, 자연법칙의 궤도를 이탈한 이탈자였습니다. 자연법칙의 지배자를 떠났지만 피지배가 측에 서 있는 것도 아니었어요. 누구하고도 어울릴 수 없는 증오의 단독자였습니다. 죽음의 순리를 버렸다는 것… 늙지도 않으면서 계속 순환의 고리 밖에서 엉뚱한 곳을 노려보고 있는… 참 무서운 형벌입니다. 이것이 얼마나 무서운 형벌인가를 알 수 있는 분은 내가 견뎌온 오백 년의 세월을 인정할 수 있는 분입니다. 그 오백 년을 인정하실 수 있는 분이면 나에게 자비를 베풀어 주실 거예요. 선생님… 도와주시지 않으시겠어요? 선생님 내면을 보세요, 태어나기 전부터 오늘 이 자리가 예약되어 있었을 거여요. 저는 첫 순간에 알아보았어요. 선생님, 도와주세요. 도와주세요!"

남자는 여자를 외면하며 용을 쓰듯 입을 열었다.

"나는 돌아가야 할 사람이오."

"그곳이 어딘데요?"

"그분… 그분이 정해 주신 자리요."

"어떤 자리?"

"인간에게 하나님의 사랑을 알려주는 자리요."

"하나님의 사랑은 정해진 곳에만 있을까요?"

"그렇지는 않소. 우주만물이 다 하나님의 사랑이오. 그러나 각자에게 주어진 역할은 각각 달라요."

"선생님, 나에게 그 사랑이 필요하다면……."

"그 역할을 꼭 내가 해야 한다는 법은 없소."

"언제 가실 예정이시죠?"

"내일은 가야 하오. 늦어도 내일은."

"아직도 저를 믿지 않기 때문이에요. 아직도 나와 나의 이야기를 믿을 수 없기 때문이에요."

남자는 한참만에야 조심스럽게, 그리고 자신 없이 대답했다.

"나는 지금 어둡고 무서운 꿈을 꾸고 있는 것 같소."

"꿈도 목숨 속에 있는 것인데요."

"그러나 깨어 있는 것이 훨씬 더 중요하오."

"선생님은 계속 깨어 있으셨어요?"

"늘 깨어 있기 위해서 최선을 다했소."

"최선의 노력이란 쉽게 지치지요. 더러는 꿈을 붙잡고 인생길을 건너야 진리를 알아볼 수 있는 자리까지 갈 수도 있거든요. 꿈이 영특한 예시豫示가 되기도 하고요. 무엇 때문에… 왜 그렇게 열심히 깨어 있으려고만 하십니까?"

"그분, 그분을 알기 위해서."

"하나님은 우리가 꿈꿀 때에도 우리하고 함께 계실 텐데요. 지금 이 자리에도 계십니다."

"내가 계속 깨어 있으려고 애쓰는 것은 그것이 순종이기 때문이요."

"그분은 그렇게 피곤한 순종을 원치 않으실 텐데요."

"당신은 그분을 믿소?"

"네, 믿고 있어요. 나의 오백 살과, 내 죄와, 내 형벌과, 이제는 법칙의 궤도로 돌아가고 싶은 내 염원만큼 분명하게 믿고 있어요."

"그럼 그 하나님의 사랑을 직접 붙잡고 간구하시오."

"그렇게는 할 수 없어요. 하나님의 사랑은 사람을 통해서 오서요. 그 사랑의 대리자代理者가 필요해요."

"누구인가 당신을 살인殺人하는 방법으로 당신에게 죽음을 주는 것을 의미하는 거요?"

"아뇨, 그렇지는 않아요. 아가페적인 사랑과 에로스적인 사랑을 똑같은 비중으로 가진 이성異性의 도움으로 이루어진다고 그분이 말씀하셨어요."

남자는 또 한 번 꿈틀했다. 세상에! 이 현시顯示가 유혹이 아니라고? 분노에 떨며 목소리를 가다듬었다.

"나는 에로스를 만난 일이 한 번도 없는 남자요."

여자는 황당해 하며 물었다.

"결혼도 하시지 않았다고요?"

"아니요. 나는 기혼자요. 아이들도 있소."

"그렇다면 에로스를 만난 일이 없다는 말씀이……."

"나는 도리를 따라서 살았을 뿐, 감성에 불붙이는 에로스를 만난 일은 없소. 내 감성은 언제나 이성과 의지가 밝혀주는 그 불빛 아래 숨어 있었소."

여자는 한숨을 삼키며 달빛 얼룩진 어둠 속에서 고개를 숙였다. 그리고 마지막 애원으로 입을 열었다.

"교량橋梁이 있어야 하지요. 하나님 사랑에 교량 역할을 해 줄 사람…… 하나님의 용서를 전해 줄 중보자中保者를 보내 주신다 하셨는데…."

"나는 예수가 아니오!"

"예수님은 사람에게 당신의 역할을 정해 주십니다."

"나는 그 역할을 해 낼 사람이 못 되오."

"그렇다면… 거절이시네요."

여자는 무릎을 껴안고 그 위에 얼굴을 묻었다. 얼굴을 무릎과 함께 껴안은 여자의 모습은 기도였다. 오백 살을 살았다는 여자. 죽음을 찾아 떠도는 여자. 그 열쇠는 오직 믿음과 사랑뿐이라는. 여자는 좀체 얼굴을 들지 않았다. 절망에 빠진 것일까. 갑판실 안의 공기가 섬뜩했다. 달빛이 빛을 잃어 가는가, 갑판실은 점점 더 어두워졌다. 남자는 문득 무서증에 사로잡혔다. 여자가 얼굴을 다시 치켜들 때, 여자의 얼굴은 오백 살짜리 노파의 얼굴이 되어 달려드는 것은 아닐까. 저 여자는 얼굴을 파묻고 무슨 생각을 하고 있을까. 남자는 눈을 감았다. 피로가 바위처럼 그를 내리눌렀다. 그런데 어디서 종소리가 울리고 있었다. 종소리. 교회에서 울리는 새벽 종소리다. 어디서? 계속 들린다. 환청인가? 아니다. 틀림없는 종소리다. 이 바닷가 신새벽에, 어디서 울리는 종소리일까. 종소리는 간단없이 이어진다. 이 망망한 바다 위에… 하지만 분명 새벽 기도시간이다. 반사적으로 무릎을 꿇었다. 하지만 기도는 없었다. 무엇을 어떻게 간구하고, 그분의 어떤 말씀에 귀를 열어야 하는지 감감했다. '주님께서 이 자리에 나를 보내셨다고? 이곳까지 인도하셨다고?' 반문이 쓰라렸다. '네가 애당초 서울을 떠날 때, 너는 그분의 눈을 피하고, 그분의 눈 밖으로 벗어날 수 있는 곳으로 가기를 원했다. 어림도 없이. 네 눈썹 하나 네 머리털 한 올도 그분의 것 아닌 것이 없거늘. 너는 그것을 너무도 잘 알고 있으면서, 그분으로부터 달아나듯 떠났다.' 문득 친구의 얼굴이 떠올랐다. 친구가 빙글빙글 웃고 있다. '여보게, 자네 또 시작인가. 그게 바로 천착증이라는 거야. 끊임없이 의문을 제기하고 그 질문에 일일이 답변하지 않고는 못 견디는 그 증세… 자네의 주님은 자네를 괴롭히기 위해 계신 분인가? 결코 아니야! 그런데 무엇 때문에 자네 스스로 자네의 하나님을 강박관념 속에 가두어 두는가? 그건 신앙이 아냐, 분명히 하세, 믿음의 문제는 싸움, 그런 강압強壓은 아니잖은가.' 정신신경과 의사인 그 친구는 여유 있는 표정으로 고개를 설레설레 저었다. '자네는 혹시, 자네가 지금까지 연애 한 번 못해 본 일을 두고 원통해하고 있는 건 아닐까. 자네라고 눈에 드는 여자가 한 번도 없었을 리는 없겠지. 자네는 유난히 민감한, 지나치게 섬세한 사내였지. 나는 자네가 시인詩人이 될 거라고 생각했었는데. 신학神學으로 방향전환, 뜻밖이었어. 자네 평생에 그럴 듯한 여인이 얼마나 여러 번 자네 앞을 스쳐갔을까. 자네는 헛소문으로라도 염문 한 번 뿌려 본 일이 없었잖아. 그것이 자네 의식 세계에서 억압되고 이름 모를 불안을 유발하고 있는 게 아닐까 싶은데… 자네는 기나긴 세월을 두고 너무 많은 것을 억제해 왔어, 억제가 쌓여 터지면 폭발이다. 요즘, 현직 목사 중에, 아니 신부神父 중에 성폭행으로 고발당하는 자들이 늘고 있어. 동성애 문제도 심각해. 깜짝 놀랄 만큼 많이 발생하는 이유를 알만하지 않은가. 성직자를 골라서 쓰러트리려는 단순한 사탄의 전략만일까? 인간의 자연스러운 신체발육이 요구하는 본능을, 그것이 육체적인 것이든 정서적인 것이든, 부자연스럽게 억압당하는 데서 발생하는 부작용이라는 것… 인정하자고. 자네가 사랑하는 로마서 5장 20절에도 죄가 더한 곳에 은혜가 더욱 넘친다고 하지 않았는가. 물론 자네는 그 구절을 보다 깊은 뜻으로, 그리고 예수의 사랑이 어떻게 원대한 것인가로 해석하며 완전소화했다고 스스로 믿고 있겠지만, 믿음이 한 번 심어졌다고 흔들리는 일이 없겠는가? 차라리 한 번쯤 크게 넘어져야 참 회개가 어떤 것인지 체험할 것 아닌가. 자네는 이런 말을 극단적인 유혹, 사탄의 사탕발림이라고 밀어붙이겠지만 내가 보기에 자네의 그 완벽추구가 위태롭기 그지없는 거야. 기왕에 얘기가 나왔으니 말이네만, 자네의 뉴로시스 증상은 좀 까다로워. 심각하다는 뜻이기도 하지. 좀 쉬어 보게. 굴레를 박차고 뛰쳐나가라고. 세상에 널려있는 사건에다 전신을 던져 보라고. 우선 잠깐 바람이라도 쐬어 보란 말이야. 내 차를 내줄 테니 훨훨 다니다 오라고!' 친구의 권고는 지진이었다. 그가 자기의 승용차를 내어주며 등을 떠밀어 보낸 길이 여기까지 이르렀다. 무엇인가 스스로 감추고 덮어 두었던, 억지로 외면하고 있던 것의 덮개가 갑자기 벗겨진 지진이었다.

그는 눈을 떴다. 여자는 쓰러져 한 팔로 얼굴을 반쯤 가리고 자는 듯 누워있었다. ' 아 아니다, 떠나야지. 떠나야 한다. 어서 이곳을 떠나야 한다.' 친구의 말이고 진찰이고 다 털자, 털어버리자. 그는 여자가 눈에 띄는 것이 두려웠다. 미동도 하지 않는 그가 더욱 무서웠다. 갑판실 문은 새벽 미명未明에 어스름 떠 있었다. 그는 우선 그 자리를 피하고 싶었다. 우선은 그 선실을 벗어나고 싶었다. 이제는 피곤이 목을 조이는 긴장감이다. 그는 문 쪽을 향해 몸을 일으켰고 손을 뻗어 문틀을 잡았다. 미끄럼대를 거꾸로 타고 올라가듯 문틀을 붙잡고 두 발을 버티며 몸을 문 밖으로 밀어냈다. 그러나 무게가 상체로 쏠리면서 붙잡았던 문틀을 놓쳤다. 그의 몸은 다리를 하늘로 뻗으며 갑판실 아래쪽으로 미끄러져 내렸다. 아찔한 순간이었다. 그의 머리가 둔중한 소리를 내면서 무슨 모서리엔가 힘껏 부딪쳤다.

정신을 잠깐 잃었다가 눈을 떴을 때, 희부연 새벽빛 속에 여자의 얼굴이 공중에 걸려 있었다.

"괜찮으시겠어요?"

"괜찮을 듯싶소."

"머리에서 피가 흐르는데요."

끈끈하고 미적지근한 것이 귀 밑을 거쳐 목으로 흘러내리고 있었다. 그는 팔을 움직여 목 뒤를 더듬었다. 그의 몸은 기울어진 선체 갑판에서 승강구 뚜껑에 머리를 처박고 젖은 걸레처럼 구겨져 처박혀 있었다. 그는 잠깐 하늘을 바라보았다. 하얗게 바랜 달이 서쪽 산등성으로 고개를 숙이고 있는 것이 보였다. 어젯밤에도, 그저께 밤에도, 저 달은 쓰라리고도 허전한 빛이었는데, 이제 아침 해에 쫓겨 무안하게 머물러 있구나. 무엇이 저 달의 빛을 죽였는가. 아침이었다. 아직 태양이 얼굴을 보이려면 먼 시간이었지만 아침을 예비하는 하늘이 달빛을 죽였다.

"일어나실 수 있겠어요?" 여자가 그렇게 물었으나 그는 눈을 멀뚱하게 뜬 채 아무 말도 하지 않았다. "자요, 손을 잡으세요."

그는 여자의 손을 잡고 몸을 일으켰다. 몸을 일으키자 피가 이마를 거쳐 오른쪽 눈으로 흘러내렸다. 상처는 오른쪽 머리 부분이었다. "혼자서 가 버리시려구 하셨던가요?"

여자는 손수건으로 피를 닦아가며 물었다. 그는 그 말에 대답할 겨를 없이 여자의 체취에 어지럼증부터 일으켰다. '오백 살, 오백 살, 오백 년, 오백 년의… 죽지 않는 여자. 죽을 수 없는 여자의 살 냄새라니….' 남자는 전신을 떨었다. 할 수만 있으면 그 자리를 피해 달아나야 한다고 생각했지만 꼼짝할 수가 없었다. 그때 새벽 바다 쪽으로부터 하얀 배 한 척이 엔진소리 크게 울리며 다가왔다.

"마침 배가 왔어요. 이쪽에 밧줄이 매어져 있어요. 잘 붙잡고 내려가세요."

배는 희끄무레한 새벽 빛 속에서도 날씬한 선체를 드러내며 좌초선 쪽으로 접근했다. 그리고 여자의 손짓을 알아차리기나 한 듯, 밧줄 늘어진 쪽으로 불빛을 비추었다. 배를 옮겨 타는 동안에도 피는 계속 흘렀다. 중늙은사내가 하나 희끗희끗한 턱수염을 텁수룩이 기른 얼굴로 벙어리처럼 시중을 들었다. 먼저 배를 옮겨 탄 여자는 어느 틈에 약상자와 붕대를 들고 섰다가 그가 배에 내리자마자 침착한 손놀림으로 응급처치를 시작했다.

"아프세요?"

"아픈 줄 모르겠소."

"이상하네요, 상처가 꽤 깊은데요."

"수치심 때문일 거요."

"부끄러워하실 일 아닌데요."

"당신 때문이 아니오."

"그러면 자기 자신?"

"더 분명하신 분."

"아, 하나님, 하지만 하나님은 우리들이 하는 모든 일을 지켜보시면서 그냥 웃으실 때가 더 많으실 걸요?"

배는 그 자리를 떠나 육지를 향해서 길을 잡았다.

"이 배가 어디로 가는 거요?"

"이제쯤, 저에게 맡기실 수 없으세요?"

"그럴 수는 없소."

"그러면 어디로 가시겠어요?"

"가까운 데에 의원이 있으면 안내해 주시오."

여자는 중늙은이 쪽으로 다가가서 갈 곳을 일러주는 듯했다. 그리고 다시 그에게 돌아왔다.

"멀지 않은 곳에 의원이 있어요. 그 의원 의사… 만나보실 만한 인물이에요. 미국서 십 년 이상을 공부했다는 사람인데, 이 심드렁한 어촌에 들어와서 바깥세상 일 딱 덮어두고 여유만만하게 살고 있는 사람이죠. 이 고을의 명물이라면 명물이랄 만합니다. 그러나 그건 그렇고… 선생님은 그 상처 때문에 좌초선의 만남을 더욱 불쾌해 하시겠네요."

"불쾌할 건 없소. 모든 걸 자초自招한 셈이니까. 오히려 상처 때문에 잊을 수 없이 되었소." 바다는 우울한 수은 빛으로 꿈틀거리기 시작했다. 그는 묵묵하게 새벽 바다를 지켜보다가 여자에게 물었다. "그동안, 그 나비의 꿈에 대한 이야기를 들려주었던 상대가 지금까지 없었다는 말이오?"

"있었어요."

"그런데? 그자가 믿지 않습디까?"

여자는 난간에다 상체를 실리더니, 뱃길에 부서지며 꿈틀거리는 바다를 한참 동안 굽어보았다. 그러다가 천천히 고개를 들었다.

"저 좌초선의 젊은 선장은 나비를 노래하던 시인詩人이었어요. 작년 이른 봄 어느 날 오후, 그는 보트를 띄우고 곧장 내게로 왔어요. 우리 집은 얼른 보면 섬 같지만 육지와 이어진 작은 동산 안에 있어요. 물 위에 뜬 동산 같은 곳이에요. 그는 그 섬과 섬 속에 있는 집이 궁금해서 모선母船을 떠나 작은 배를 타고 무작정 떠났어요. 우리는 만나는 순간 서로를 알아보았어요. 첫 대면에서부터 스스럼없이 봄 바다로 이야기가 통했지요. 그는 봄철 바다에 떠 있을 때는 나비가 제일 보고 싶다 했어요. 나는 그의 얼굴에서 내 운명의 그림자를 찾아내려고 했습니다. 그는 순하고 맑은 영혼을 가진 사람이었지만 고뇌가 없는 젊은이였어요. 고뇌를 겪지 않은 영혼은 무력해요. 그런 영혼은 스스로 자족自足하며 혼자서 즐거울 수 있을는지는 몰라도 남을 돕거나 구원할 힘이 없거든요. 나는 좀 실망했지만 나비의 이야기를 하면서 우리는 아주 친해졌어요."

"나비 꿈 이야기를 들려주었소?"

"다음날, 그가 다시 찾아왔을 때 나비 이야기를 했어요. 그는 열광하며 그 이야기를 받아들였어요. 그리고 그 나비의 이야기로 시詩를 쓰겠다고 흥분하며 기뻐했어요."

"오백 살에 관한 것도 함께 들려 준 거요?"

"처음에는 나비 꿈만을 들려주었습니다."

"왜 그것은 남겨두려 했소?"

"그가 감당해 낼 것 같지 않아서요."

"끝내 이야기하지 않았소?"

"했어요. 선장이 배를 버려두고 나를 찾아와 그 이야기를 듣던 날 밤, 이 바다에 갑자기 돌풍이 불어 닥친 거예요. 그 선장은 나를 만난 이래로 선상船上의 규칙을 어기기 시작했어요. 배가 정박해 있는 동안 특별한 일이 없는 한, 선장은 배와 함께 있어야 하는데… 기상예보를 통해서 특별한 위험이 없다고 보장될 때는 일등항해사를 배에 남겨두는 경우도 있지만, 그는 그때 이따금 누구에게 알리는 일도 없이 보트를 타고 우리 집으로 달려오고는 했어요. 그날 밤, 그는 기상예보를 들은 다음 일등항해사에게 배를 맡겨 놓고, 밤바다를 거쳐서 내게로 왔어요. 내가 오백 년에 관한 것을 이야기했을 때, 그는 한바탕 웃어 제꼈어요. 그리고 나한테 소리쳤어요. '그래요. 맞아요. 우리 주변에서 깨끗하게 죽어 없어진 것이라고는 아무것도 없어요. 맞았어요. 죽음이 따로 허락되는 축복도 우리에게는 없어요. 우리는 모두 이미 죽었죠. 죽음답지 않은 시시한 죽음을 치렀고, 그 시시한 죽음 속에서 또다시 현세現世라는 악몽을 꾸고 있는 것뿐이에요. 죽음이 따로 허락되지 않는 절망, 그 절망을 꿈꾸고 있는 것뿐이에요. 죽음이 따로 허락되지 않는 절망, 그 절망을 이 세대는 숨 쉬고 있는 거예요. 현실 이 자체가 지옥인 걸요. 암초에 걸린 지옥을 현실이라 믿으면서.' 그는 내 말을 믿지 않았어요. 그때 갑자기 돌풍이 밀려닥친 거예요. 무서운 밤이었죠. 하늘이 바닷물로 범벅이 될 정도였어요. 나중에 안 일이지만 그때 그 배의 선원들이 거의 부두로 나가고 배에는 얼치기 선원만 몇 남아 있었다네요. 일등 항해사가 지휘권을 인계받을 때, 그리고 선원들이 육지로 나갈 경우, 배의 기능과 부서를 따라 최소한 선원의 삼분의 일은 남겨져야 하는 것이 선상船上의 법률이라는데, 그 배는 낡은 배여서 언제나 더 많은 선원을 필요로 했을 텐데, 그날, 그 배에는 겨우 몇 명의 선원이 있었을 뿐이었답니다. 선원들이 외출을 하더라도 좌현 우현 나누어 교대를 해야 하는데 그날 밤 그 배에는 기관사 두엇만이 있었던 모양이에요. 선원들은 눈치가 빠르거든요. 선장의 태만을 잘 알고 있었던 거지요. 그리고 그날 밤, 그들도 설마 별일 없겠지 믿고 제가끔 부두의 술집으로 몰려갔을 겝니다. 돌풍은 그들의 배신과 태만을 사정없이 후려쳤어요. 배가 돌풍에 휩쓸릴 때, 그 배는 단말마의 신음처럼 고동을 계속 울렸어요. 부둣가 선술집에 흩어져 있는 동료들을 목메게 불렀어요. 그러나 비바람은 그 고동 소리를 간단하게 뭉개 버렸어요. 우리 집 뜰에서 나와 함께 있던 선장은 자기 배의 고동 소리를 듣는 순간 사신邪神에게 붙잡힌 사람처럼 되더군요. 최후를 알아본 거예요. 모두가… 절망의 노도에 시달리던 하룻밤이었어요. 꼼짝 못하고 우리 집에 머물다, 날이 밝자, 선장은 나를 증오의 눈으로 보기 시작했어요. 나의 거짓말 때문에 바다의 신이 노여움을 탔을 거라고 소리치대요. 그리고 바닷가 마을에서는 내가 요술을 부려서 선장을 묶어 놓고, 내가 재수가 없는 여자여서 그날 밤 돌풍이 왔다고들 수군거렸어요. 선장이 내 꾐에 빠진 탓으로 배가 부정을 탄 거라고 떠들었어요."

"그 후, 선장은 아무런 약속 없이 떠나간 거요?"

"나를 믿어주지 않은 것은 물론이고, 평생 나를 원망하고 증오하겠다며 떠나갔어요. 배를 버려두고. 아마 재판받고 구금되었겠지요."

"그런데 당신은 무엇 때문에 그 죽은 배를 계속 찾아 가시오?"

그는 그렇게 물으면서 몸을 돌려 좌초선을 바라보았다. 그 배는 새벽 수은 빛 무거운 바다 표면에 잘못 던져진 녹슨 칼처럼 꽂혀 있었다. 어둠에 잠겼던 바다는 어둠을 벗어 내느라고 꿈틀거렸다. 새벽 바다는 거만한 우울함이었다. 새벽 바다는 우울한 지자知者였다. 너무도 많은 것을 알고 있으나 그것이 고통스러워 꿈틀거리는 바다였다. 여자는 멀어져 가는 좌초선을 바라보며 대답했다.

"저 배는 내 의문이에요. 저 배는 죽음의 비밀을 감추고 있어요. 결국… 저 배가 선생님을 만나게 해주었다는 건 자명한 사실이 되었네요."

하얀 나비 같은 배는, 푸른 숲을 이루고 있는 작은 섬 앞을 지나가고 있었다. 섬은, 산 위에서 굴러 내린 듯한 큼직큼직한 바위로 에워싸여 오래 묵은 이끼처럼 검푸르렀다. 해안을 에워싸고 병풍처럼 둘린 절벽 밑으로는 하얀 길이 흰 띠를 둘었다. 해가 올라오면 그 섬은 에메랄드빛으로 빛나리라. 남자는 문득, 평화로운 그 섬에다 전신을 던져 눕고 싶다는 느낌에 빠졌다.

"저렇게 외딴 섬이 사람들에게 시달리지 않고 잘 견디고 있군요."

여자가 그쪽을 바라보며 대답했다.

"내가 살고 있는 곳이에요."

"아!"

"섬은 아닌데 이름이 청초도靑草島예요. 이따가 의원에서 치료가 끝나면 들르시겠어요? 모시러 갈게요."

"나는 이 길로 떠나야 할 사람이오."

"그렇게 약속에 철저하게 매여 사시는 분이던가요?"

"약속보다 더한 일이오."

"그렇다면 선생님은 이미 그것을 깨뜨리신 분 같은데요."

"깨어졌다고 해서 포기할 수는 없소."

배는 선착장으로 다가갔다. 밤새워 바다에 떠 있던 고깃배들이 들어오기 시작하는 시간이어서 선창에는 부석부석한 얼굴의 어부들이며 입찰자들의 웅성거림이 한창이었다. 배에 남은 여자가 중늙은이에게 말을 일렀다.

"병원에 모셔다 드리고 우리 집 손님이시라고 말씀드려요. 그리고 이 씨가 의사선생님과 손님께 여쭈어 보아서 나머지 일을 처리하도록 하세요."

선창을 벗어나 주막거리 골목을 빠져나가자 건어물시장의 소금에 전 냄새가 풍겼고 그 거리를 벗어나자 약국이며 양품점들이 어깨를 겨루고 있는 한 모퉁이에 의원이 있었다. 거리에서 마주 바라보이는 산언덕은 계단 형으로 산을 깎고 집들이 층층이 올라가 앉아 있었다.

중늙은이 이 씨는 벙어리는 아니었다.

"선생님, 선생님. 문 박사님, 문 박사님." 그는 건물 문을 두드리며 익숙한 사이인 듯 사람을 불렀다. 얼마 만에 별로 특징 없어 보이는 간호사인 듯한 여자가 문고리를 따면서 고개를 기웃이 내밀었다. "문 박사님 좀 뵈러 왔어요. 급한 환자가 생겼어요."

"왕진이에요?"

"아닙니다. 여기 계세요. 박사님 일어나셨죠?"

간호사는 대답 대신 문을 열어 주며, 어떻게 하겠다는 말도 없이 안으로 들어가 버렸다. 현관에다 신발을 벗고 올라서자 복도며 대기실이요 그것이 접수처이기도 했다. 진찰실과 약국이 따로 있었고, 내부는 밖에서 보기와는 판이하게 정신이 번쩍 들도록 산뜻했다. 아무렇게나 살고 있는 사람의 집이 아니었다. 잠깐 사이에 진찰실 문이 열렸다.

"아, 영감님 오셨군요. 아침 일찍 웬일이세요?"

의사는 그렇게 말하면서 이미 붕대를 감고 있는 사람을 면밀하게 관찰했다. 밝고 신선한 인상이다. 사십을 갓 넘겼을까. 머리가 희끗거리기는 했지만 얼굴 어디에도 험한 것을 겪었을 것 같은 흔적이 없는 부드러운 남자였다. 이런 사람이 왜 이런 시골구석엘… 하는 생각이 들 만큼 능력과 활력이 넘쳐 보이는 사람이었다.

"예, 저어 우리 집 손님이신데 좀 다치셨나 봅니다."

"누군가 응급처칠 했군요." 의사는 웃으면서 그렇게 말하고 진찰실 문을 열었다. "들어오시지요. 영감님은 볼일 있으시면 일보시고요."

의사는 환자를 의자에 앉히더니 붕대를 조심스럽게 풀었다. 그의 몸에서 맑고 시원한 공기가 흘렀다. 그들이 도착하기 전에 말끔하게 씻고 갈아입고 기다렸던 듯 향긋한 비누 향기, 서늘한 알코올, 그리고 산뜻한 면도 자리에서 풍기는 신선함이 앉아 있는 사람을 경쾌하게 만들었다. 그의 손은 섬뜩할 만큼 차가웠다. 알코올로 방금 씻어 낸 손이었다.

"츳츳, 상처가 퍽 아프셨겠는데요. 몇 바늘 꿰매야겠습니다."

그는 의사의 말소리를 아득하게 들으며 자기의 내면 깊은 곳에서 울부짖는 소리에 귀를 기울었다. '꿰매시오. 꿰매시오. 몇 바늘이 아니라 수천 바늘이라도 꿰매시오. 어느 귀퉁이부터 터지기 시작했는지 알 수 없는 내 이 구멍 난 존재를 꿰맬 방법은 없겠소? 바늘 바늘마다 무서운 이빨이 되어 나를 물어뜯어도 좋으니 계속 꿰매시오. 그렇게 하노라면 그 찾을 수 없던 뚫린 곳을 찾아낼 수도 있을지 모르니… 아파 보리다. 차라리 죽도록 아파 보리다. 허무보다야 아픈 쪽이 낫지. 죽도록 아파 보리다.'

"왜, 걱정이 되십니까? 못 참으실 분 같진 않은데요." 의사는 간호사를 부르더니 빠른 어투로 몇 가지 지시를 한 뒤, 그에게 웃으면서 말했다.

"참으실 만 할겝니다. 심각하진 않습니다."

그는 의사를 향해 마주 웃었다.

"아닙니다. 좀 다른 생각에 빠져서… 편하실 대로 치료를 하십시오."

"어디서 다치셨습니까? 상처 부위에 녹이 묻어 있군요."

"네, 낡은 배에 올라갔다가……."

그는 진찰실에서 다시 안으로 들어간 방으로 옮겨져 좁고 딱딱한 침대 위에 눕혀졌다. 불빛. 알코올 냄새. 간단한 의료기구가 반사하는 짧은 섬광.

"좀 참으셔야 합니다. 국부 마취도 될 수 있으면 안 하는 게 좋아서요. 아무는 데에 시간이 걸리거든요."

바늘이 두피頭皮를 떠내고 있다. 그는 어금니를 물었다. '각을 떠내라.' 육체적 고통이 극에 달한 자리란 어떤 것일까. 그것이 고뇌를 덜어 줄 수 있을까. 바늘이여 내 고뇌와 갈등과 절망을 겹쳐 꿰매어 다시는 눈뜨지 못하게 하라. 그는 눈을 뜨고 있었지만 신음하진 않았다.

"좀 쉬셨습니까?" 치료를 끝낸 뒤에 그를 침대에 눕혀 두고 잠깐 쉬라고만 이르고 나갔던 의사는 한참만에야 돌아왔다. 아침 해가 이드막히 올라온 모양인지 훅훅 찌는 더위가 방 안으로 밀려들었다. "무얼 좀 잡수셔야지요. 괜찮으시다면 우리 집에서 준비한 아침이 있으니 좀 차려오랄까요?"

"아침은 생각이 없습니다. 차 한 잔 있으면 좋겠군요."

"그거라면 제가 직접 대접해 드리죠. 이 방에서는 병원 냄새가 고약할 테니 방을 옮기실까요?"

의사는 또 다른 방으로 그를 안내했다. 바다로 향한 창문이 있었고 그 창문은 이글거리는 바다 풍경으로 가득 차 있었다. 방 안에는 온갖 잡동사니가, 그러나 그 나름 정연하게 제자리 잡힌 방이었다. 안락의자 겸, 침대로 겸용할 수 있는 소파와 문갑, 낡은 반닫이와 치쌓인 책들, 몇 그루의 화분, 그리고 한 옆으로 다기茶器가 깨끗하게 진열되어 있었다. 의사는 오랜 지기知己를 앞혀 둔 듯 즐거운 동작으로 차를 마련했다.

"아까는 이른 새벽에 경황없이 들어오느라고 살피지를 못했는데, 실례지만 전공하신 분야가……."

무료하게 앉았기가 미안해서 환자는 화제를 만들었다.

"들어오시면서 못 보셨군요. 우리 집 간판은 그냥 '문 의원'입니다. 저는 전문이라고 내세울 게 없어요. 전문이랄 게 없는 거죠. 전문을 해보려고 몇 십 년 씨름해 봤지만 글쎄, 그게 안 될 일이더군요. 그저 내 처지로 해 낼 만하면 하고, 안 되겠다 싶으면 손드는 게 제 치료법입니다. 하지만 아주 돌팔이는 아니라고들 그러더군요."

"미국서 오래 공부하셨다고 들었는데……."

"오래 있었죠. 십 년도 더 걸렸으니까요. 허지만 뾰족한 수도 없더군요. 인턴 과정부터 게서 치렀거든요. 허지만 십 년 넘게 뼈골을 다 빼고 앉아 생각하니 그게 별게 아닌 거였어요. 인간들한테 생기는 병이 몇 가지인 줄 아십니까? 삼만 가지 이상이라는 거에요. 어쩌면 더 될지도 모르지요. 알아내지 못한 채 앓는 병도 있을 테니까요. 그중에 치료방법으로 발견됐다는 게 오천 가지쯤 된다지만, 글쎄요… 궁극적으로 생명은 그 생명을 누리는 자의 것이 아니더군요. 생명은 생명 그것의 주인이 아니라는 결론만을 얻은 겁니다."

"좌절이었습니까?"

"글쎄요, 죽어도 쩩이라고… 새로운 탐구를 위한 길을 찾기로 했던 거죠. 저는 수련의 기간을 뉴욕에서 지냈습니다. 시립병원과 대학병원에서 근무하던 동안, 지구라는 땅 위에서 이렇게 엄청나게 다른 삶을 살아가는 사람들이 있구나 싶어서 한동안은 참 혼란스러웠어요. 저는 우리나라에서 의과대학을 다니던 동안 방학 때마다 무의촌을 다녔기 때문에 우리나라 벽촌의 참상을 소상하게 알고 떠났었죠. 그런데 그곳 병원에서 당직야근을 하다 보면 별어처구니없는 일을 다 겪어야 하는 거예요. 술주정꾼을 병원으로 데려오기가 예사더군요. 더러는 어깨뼈가 빠지거나 턱뼈가 퉁그러져 오는 사람도 있지만 주정뱅이라도 일단은 황제 다루듯 다루어야 합니다. 심장마비나 뇌출혈을 우려해서, 혈압도 재고 심전도 검사도 하고…… 의사들이 오히려 엄살이지요. 호들갑을 떨어대는 모양이 우스울 지경이었습니다. 대개는 응급실 옆에 대기 입원을 시켜 놓고 매시간마다 체크를 합니다. 그러면 아침에 술이 깨어 부스스 일어나서 목욕하고 아침 먹고 멀쩡하게 쓱적쓱적 병원을 떠나는 꼴이 태반이에요. 나는 그런 것을 볼 때마다, 우리나라 시골 사람들을 생각하면서 눈에 불을 켜곤 했지요."

"그 후에도 연구는 계속하셨을 거 아닙니까?"

의사는 향기가 좋은 커피를 두 잔 만들어 탁자 위로 가져왔다.

"드세요. 더우실 텐데 선풍기를 틀까요? 아, 네, 선풍기 바람을 싫어하시는 건 저하고 같으시군요." 그는 탁자를 가운데 두고 마주앉아 한가로운 표정으로 찻잔을 들며 말을 이었다. "공부야 계속했죠. 그 공부가 오래되다 보니까 더러운 게 욕심이어서 우리나라 벽촌에 대한 생각을 잊어버리게 되더군요. 내과에서도 그중 힘들다는 심장을 붙잡고 씨름하던 끝에 배짱 좋게 개업까지 하기에 이르렀어요. 개업을 한 데에는 그만한 이유가 없었던 것도 아니었습니다. 처음에는 종합병원에 몸담고 일을 했어요. 피부가 노란 종자라는 조건 때문에 공부 도중에도 골탕을 먹은 경우가 있었지만, 한 사람의 의사가 되고 나니까 노골적으로 딴지를 걸어 오는 거예요. 그 고장에서 의사가 크는 길은, 그런 종합병원에서 일을 할 때 당직 날짜를 확보하는 게 제일 큰일이거든요. 응급실 일을 착실하게 맡다가 보면 자기 환자가 따로 생기는 겁니다. 그래서 되도록, 일이 생겨서 못 나오는 의사들의 당직까지 배당받는 것이 그중 유리한 길이었어요. 그 응급실에서 만나던 환자들 중에 그 의사를 기억하고 그 의사를 원하게 되면 그것이 의사의 승급昇級과 마찬가지인 거예요. 그런데… 이렇게 말씀드려서 될는지… 제 기술이 질투의 대상이 되었달까, 내과주임이 바뀌면서 그 당직 특혜를 깨끗하게 잘라 버린 데다 당직 날짜도 싹 줄여버리는 거예요. 그때의 충격이 나로 하여금 개업할 만용을 부리게 한 겁니다. 그러나 개업이라는 건 혼자서는 안 되는 일이예요. 인근에 있는 다른 병원들의 협조를 받아야만 하지요. 서로 환자에 대한 정보를 나누고 환자를 보내주지 않으면 운영이 안 되지요. 시작은 몇몇 미국인 의사들의 도움을 약속받고 손을 댔습니다. 그러나 일 년을 못 버티고 문을 닫았어요. 처음 반 년 동안은 이게 웬일이냐 싶게 갑자기 인기상승이더니 햇병아리 의사가 돈을 번다는 소문이 그들을 노엽게 했던가 봅니다. 저는 병원을 걷어치우고 실의에 빠져 이곳저곳 선배들이 살고 있는 델 찾아다녔어요. 좀 유지가 된다고 하는 병원은 의사가 아귀처럼 일을 하고 있더군요. 연중 내내 휴가 한 번 못 떠나고, 어쩌다 친구 초대로 저녁을 먹으러 갈 때에도 삐삐를 차고 다니는 거예요. 잠시라도 비우면 환자를 빼앗긴다는 근심 때문이 피크닉 한 번 못가는 인생을 살고 있더군요. 그런데 저는 오지랖 넓게, 병원 개업 초년생이 무료진료에 외상이네 해서 이웃들을 놀라게 했고, 독신 할머니의 경우에는 자동차가 없다면 내 차로 직접 모셔다 드리는 이상한 짓을 했으니… 그런 건 미국에서 이상한 짓으로 간주되거든요. 십 년 공부 나무아미타불이라고, 나는 그만 지쳐 버리고 말았습니다. 그런데 무엇이 나를 지치게 했나를 곰곰 생각해 보니 그건… 나의 욕망이었습니다. 환자에 대한 친절도 내 욕망의 뒷면이었어요. 그것을 깨달았을 때 두 손 털고 내 나라로 나올 수 있게 된 것이죠."

의사의 꾸밈없고 소탈한 이야기는 오히려 실감하기 어려운 정도여서, 기분좋게 듣고 있던 그는 허탈하게 웃었다. 그리고 의사의 결단을 뒷받침해 주었을 다른 여건에 대하여 되짚어 질문했다.

"글쎄요. 자기 자신의 욕망의 어떤 추한 면을 스스로 발견했다고 해서 그렇게 간단히 돌아설 수 있었을까요. 물론 개인의 성격차도 있었겠지만, 적어도 미국이라는 나라는 과학자들에게는 지상천국이랄 수 있을 정도로 기회가 많은 나라가 아닙니까. 전자공학, 원자력, 물리, 화학, 금속공학, 생물학 등 과학 어떤 분야든 원도 끝도 없이 공부할 수 있는 나라가 아니겠습니까. 수고한 만큼 보수도 보장되고, 자기 전공분야를 깊이로나 넓이로나 맘껏 뻗어 갈 수 있는 조건이 기다리고 있는 나라 아닙니까. 그런데 그렇게 간단히 떨치고 돌아오셨습니까?"

의사는 미소 띤 얼굴로 끝까지 성실하게 귀를 기울이고 있었다. 퍽 여유 있는 표정이었으나 상대방의 진의眞意 앞에 겸손했다. 그는 조금도 서둘지 않고 대답을 시작했다.

"미국, 좋지요. 좋은 나라입니다. 말씀대로 기회가 널려 있는 나라죠. 무슨 일이든 붙잡으면 돈이 되어 나오는 곳입니다. '금 나와라 뚝딱 은 나와라 뚝딱' 하는 도깨비 이야기는 바로 그 나라에 들어맞는 이야기일는지도 모릅니다. 심지어는 우리나라의 목사들까지 너도 나도 하며 앞을 다투어 밀고 들어가는 곳이 미국이 아닙니까. 그들이 무엇하러 간다고 생각하시죠? 어떤 의미로든 한몫 보러 가는 사람들이죠. 선교宣敎를 위해서 간다고요? 이 땅에도 아직 닿지 못한 부분이 너무 많은데요? 또 그들이 참으로 미국사람들에게 선교하기 위해서, 그 목적으로 건너갔다면 그건 그럴듯한 이야기가 안 되는 것도 아닙니다. 실상 미국은 그런 뜻에서는 우리에게 은인恩人의 나라임에는 틀림없으니까요. 우리나라가 미국을 상대로 문호를 열면서부터 미국이 안고 들어 온 것이 예수교였습니다. 그들은 성경을 안고 들어오면서 학교를 짓고 의료원을 짓고 성경을 가르쳤습니다. 초기 공교육을 위한 우리나라의 학교는 거의가 그들이 설립한 것들입니다. 물론 초기의 일이기는 합니다만 배재, 이화, 경신, 호수돈, 숭실 허다하죠. 미국의 정치적 뱃심 이면에 무슨 꿍꿍이가 있었건 어쨌거나 복음福音이라는 걸 안고 온 그들이 한 일들은 고마운 일들이었지요. 그들이 제삼국에게 그런 일을 하고 있는 동안, 이를테면 그리스도의 사랑을 나누고 있는 동안 미국은 국력이 자랐습니다. 세계에서 가장 강한 나라가 되었지요. 그들이 맨손으로 성경책 한 권만을 들고 메이플라워 호號를 타고 대서양을 건너 아메리카에 상륙했을 때, 그들은 겸손 이외에 그들의 신神에게 드릴 것이 아무것도 없었던 무리였습니다. 그들은 대지에 무릎을 꿇고 빈 손, 가난한 마음으로 하나님만 의지했습니다. 그들의 겸손은 아메리카라는 기름진 땅에 더할 수 없는 비료가 되었습니다. 온유한 자는 복이 있나니 저희가 땅을 기업으로 받을 것임이요, 라고 약속되어진 약속의 실현이 그들에게 주어졌어요. 그들이 겸손으로 자기들이 섬기던 하나님을 제 뜻대로 부려먹기 시작한 것은 소유욕과 허욕이 싹트면서 부터였습니다. 원주민인 인디언을 마구잡이로 잡아 죽이기 시작한 거죠. 인디언의 머리 하나 잘라다 주면 당시의 돈 40달러를 받을 수 있었다던가요…… 하여간 그렇게 시작된 욕심이 흑인들을 사냥질하는 데까지 뻗쳤습니다. 남부에서는 흑인노예 소유를 하나님이 허락하신 축복이라고들 해석했고요. 그래도…… 이차대전 직후까지는 청교도 정신과 개척정신의 두 수레바퀴가 그런대로 잘 굴러갔던 셈입니다. 메이플라워에 대한 기억과 그때의 정신이 아주 지워졌던 건 아니었지요. 그런데 욕심이 잉태하면 죄를 낳고… 하는 말을 그들은 잊었던 모양입니다. 욕심이, 미국의 끝없는 탐심이 이기심을 발동하기 시작한 거죠. 물질의 풍요를 자기네들끼리 퉤 나게 누리면서도, 백 년 전 한국을 향해 투척했던 그런 헌신은 간 곳 없고, 오직 장삿속 잇속 채우는 일 아니고는 움직이려고 하지 않는 나라가 된 겁니다. 미국의 음흉한 속셈을 무슨 수로 짐작이나 하겠습니까. 미국이 낭비하고 퉤가 나서 내뱉은 것만 쓸어 모아도, 현재 십여 억 인구가 배고픔으로 고생하는 이 참상은 얼마간 구제가 될 일인데도… 미국인 일인당 에너지 소모량은 우리나라 인구 일인당 소모량의 백배랍니다. 겁 없이 버리며 사는 사람들이죠. 정신 못 차리고 마구 버리며 사는 사람들입니다. 그들이 못사는 이웃을 생각해요? 그건 옛날 얘깁니다. 메이플라워? 성경책? 그리스도의 사랑? 그건 이제 그들에게 다 시시한 얘기가 되었고요. 그런 것은 고리타분한 얘기다…, 인공위성, 반도체半導體, 어마어마한 과학문명이 상냥하게 웃으며 인사를 하고 있는 터에 무슨… 나 먹다가 싫으면 내 맘대로 버리는 거지, 내 것 내 맘대로 버리는데 누가 뭐랄 거냐. 너희들 없어서 굶어 배고프면, 배 터져 죽는 우리를 구경이나 하고 죽어라, 이런 심보예요. 공부할 기회가 좋다 해서 그 바닥에 어울려 공부를 해야 합니까. 또 돈 벌 기회가 많다고 해서 그 사람들 틈을 비집고 들어가야 합니까. 그들이 내세웠던 그리스도의 정신이 이제는 물질문명에 파묻혀 어디에 있는지 찾아보기 힘든, 그런 땅으로 우리나라 목사님들이 찾아가는 것, 옛날에 우리나라에다 교육을 심어 주고 신앙을 심어 주었다 해서 그 은혜를 갚으러 가는 것인 줄 아십니까. 그 많은 목사 중에 흑인의 할렘가나 빈민촌에 들어가, 너희가 우리에게 안고 왔던 그리스도의 사랑을 이제 우리가 다시 너희에게 나누어 주마 하고 일하는 목사는 한 사람도 볼 수 없었습니다. 그들이 불러 모으는 것은 이민 가 있는 한국 사람들일 뿐이에요. 말이 서툴고 적응이 어려워 지칠 대로 지쳤거나, 생활 안정이 어느만큼 되었다 해도 무언가 허전하고 불안해하는 한국 사람들을 불러 모으는 게 고작입니다. 아주 드물게는 흑인 빈민가를 들어가 무료진료를 하고 있는 크리스천 한국인 의사도 있다는 이야기를 들었습니다만, 긍정적이고 생산적인 화제보다는, 싸우고 터지고 갈라져 서로 반목하고 있는 화제가 계속 속출할 뿐이었습니다. 만일 한국인 목사들이 예수의 뜻을 따라, 그리고 우리나라에게 베풀어 주었던 미국교회의 사랑에 대한 것을 갚을 뜻이 있었다면, 그들은 저 차디차게 식어가는 아메리카 대륙을 신앙적인 사랑으로 다시 덥혀 주는 일을 스스로 해내어야 할 사람들입니다. 그러나 그들의 목적은 그게 아니었습니다, 물론 이민을 가 있는 한국 사람들부터 신앙의 울타리 안에 끌어넣고 그리고 미국인들에게는 그 다음이다 하는 생각을 지니고 있는 것인지도 모를 일입니다만, 기실 미국의 타락은 인류 전체에게 지대한 영향을 가져온다는 것을 생각할 때, 기독교를 표방하여 속속 미국 쪽으로 달려가는 목사들의 발길을 우리 같은 사람은 무엇으로 해석하고 받아들여야 할까요? 그렇지 않습니까. 선생께서는 기독교를 어떻게 생각하고 계신지 알 수 없지만, 하필이면 미국 땅 구석구석에 한국인 교회가 무수히 세워지고 있으니 애깁니다. 누구를 통해서 받은 것인데 그것을 방편 삼아 끼리끼리 뭉쳐 돌아가면서, 너희들이야 썩어지건 자빠지건 내 알 바 아니다 하며 십자가를 내어 거는 이 모습들을 어떻게 해석해야 합니까. 사실 미국 사회에서의 한국인 교회는 묘한 체질을 가지고 독자적으로 불어나고 있거든요. 미국은 미국 나름으로 옛날 각오 다 걷어차 버리고 멋대로 문드러져 가는데, 한국 교회는 또 그것 나름으로 똘똘 뭉쳐 따로 돌고 있으니, 미국이 안고 한국으로 왔던 복음이라는 건 어떤 거였으며, 요즘 한국 쪽에서 안고 미국으로 가는 복음이 어떤 것인지 참 갈피를 못 잡을 일이거든요. 미국도 안간힘을 쓰느라고는 합니다. 무엇, 내가 이야기한 액면만으로 금방 어떻게 되어질 나라는 아닙니다. 그러나 안간힘을 쓰는 사람은 극히 일부분의 몇 사람이겠지요. 뉴 프론티어 정신을 외치던 케네디의 허망한 죽음은 아주 상징적인 것 아니었습니까. 내게는 미국이 편리한 나라이긴 했지만 결코 아름다운 나라는 아니었습니다. 솔직히 말씀드려서 나도 그 편리에 아주 중독中毒이 될 처지였습니다. 두려웠어요. 자신이 없었습니다. 이거 너무 장황한 얘기를 계속 떠들어 댔습니다. 용서하십시오. 기실은 내 마음 어느 구석에인가 미련이 있는 것인지도 모를 일이죠. 제법 도통한 것처럼 내용을 미화했습니다만 저라고 해서 별다른 사람이겠습니까." 의사의 기나긴 이야기는 진솔하고 뜨거웠다. 치료를 받았던 환자는 자기가 그의 환자였다는 사실을 잊어버리고 의사의 말에 완전히 사로잡혀 있었다. 머리통을 욱신거리게 하던 아픔도 대수롭지 않았다.

'나는 사람 하나를 만났다. 참 사람으로 믿어지는 사람을 만난 것이다.' 생각하며 궁금한 것에 대하여 사양하지 않고 묻기로 했다.
"용서하십시오. 치료해 주신 것만도 감사한 일인데, 제게는 너무 놀라운 사실이어서 궁금한 것을 계속 좀 질문해볼까 합니다. 미국에서 돌아오시게 된 동기는 그렇다 하고, 어떻게 이런 벽지 어촌으로까지 오실 결단이 서신 겁니까. 서울 같은 곳에서 더 많은 사람에게 더 많은 혜택을 주실 수도 있는 일 아니었습니까. 무언가 아깝다는 느낌이 들어서……."

의사는 소박한 웃음을 웃었다.

"제게는 복잡하게 살아 낼 실력이 없습니다."

"복잡하게 사는 실력이라니요?"

"대도회에 사는 생활말씀입니다. 크고 유명해지는 길로 들어서면 그게 다 좋은 줄 알고들 있습니다. 그러나 저는 그걸 감당할 위인이 못 됩니다. 이를테면 대도회의 생리랄까 하는 게 있을 것 아닙니까. 큰 병원에서 일하거나, 개업의가 되고, 이름이 있어야 하고, 그런 것을 감당하려면 고급승용차가 있어야 하고, 모임엘 자주 가야하고, 골프를 쳐야 하는 것 등등 말씀입니다. 그런 일들이란 모두 '나 자신을 지불하는' 일이거든요. 저는 그런데 금방 바닥이 나는 겁니다. 그 복잡한 것을 휘답을 못한다는 말씀입니다. 복잡한 것에 쫓겨서 밀려 온 것이죠. 그저 겨우 이 자리쯤에서 저는 저 자신을 조금씩 달래가며 살아가는 겁니다. 무슨 슈바이처 박사 같은 위대한 사람의 흉내라도 낼 수 있을까 하는 생각 같은 것은 아예 해 본 일도 없고요. 아마 선생께서도 서울서 사시는 분이겠지요? 서울이라는 곳의 어지러움을 알고 계시지 않습니까. 그 현란한 생활을… 좀 더 많은, 좀 더 많은 관객을 필요로 하면서 그 관객 앞에서 자기의 이름을 알아 달라고 애를 써야 하고 사람들에게 현시하는 데에 필요한 재물을 지켜야 하고, 또 사교적인 예의는 어떻습니까. 그 끝없는 지불보증支拂保證을 누가 해주어야 말씀이죠. 나라는 인간은 나를 저축해 둘 줄 몰라서요. 그런 데서 어울려 산다는 건 정말 겁나는 얘깁니다."

그렇게 말하고 있는 의사에게 혹시 무슨 반감 같은 것이라도 있는 게 아닌가 하여 면밀하게 살폈으나, 그는 만고에 편안한 사람이었다. 얼마나 편안하고 구수하던지, 묻는 사람 편에서 미안해하거나 망설일 필요가 없다고 느끼게 만들었다.

"가족이 함께 와 계시겠군요."

"아직 결혼도 하지 못했습니다."

"아."

눈치 없는 질문을 했구나 싶어서 속으로 앗 차! 하는 판인데 의사는 빙긋이 웃으며 괜찮다는 손짓까지 했다.

"뜻 맞는 사람이 있었다면 함께 와 있었겠지요. 하지만 불행하게도 그런 사람을 못 만났습니다. 지금 세상에 이런 길 가겠다고 나서는 여자가 어디 그리 쉽겠습니까. 대도회가 아니면 사람 축에 못 끼는 것처럼 생각하고 있으니 밀집한 도회의 건물 사이사이에서 온갖 악취가 솟구치는 것 아니겠습니까. 저어 건너 언덕 위에 낡고 허술한 교회가 하나 있어요. 아니죠. 교회는 거기뿐은 아니에요. 이 구석 저 구석에 세워지긴 했습니다. 그런데 오래 붙어 있는 목사가 없어요. 이런 벽지 어촌을 지키고 있다는 것은 실패한 목사나 할 짓이라는 듯 틈만 보이면 비집고 빠져나가는 거죠. 좀 더 큰 곳으로 좀 더 번화한 곳으로, 좀 더 사람도 많이 모이고, 목사 대접을 제대로 받을 수 있는 곳으로 가겠다고 몸을 빼는 겁니다. 이런 곳엘 어떤 여성이 나타나겠습니까. 이를테면 나 같은 괴물한테 말입니다. 사실은 가족이라는 것도 나를 지불하라고 강요하는 강제집단이 되는 경우도 많거든요. 좀 성가신 문제지요. 때로는 무섭기도 하고요. 하지만 이 바다나 하늘이나 저 무심한 산들은 나를 요구하거나 강압하질 않습니다. 나를 지불해 줄 일이 없는 겁니다. 뭐 그럭저럭 지내보는 것이죠."

"그런데… 문 박사께서는 목사에 관한 말씀을 자주 하시는데 크리스천은 아니라고 하시면서 성경을 인용하실 때는 놀라울 만큼 정확하시더군요. 그리고 목사들의 거취 문제에 대해서는 날카로운 관심을 가지셨더군요."

의사는 허허 웃었다.

"몽둥이를 휘둘렀던가요. 그러자는 것은 아니었습니다. 제가 의사질을 하고 있다 보니, 이 육신이라는 게 단순한 감각만 끼고 있는 게 아니라는 걸 알게 되었습니다. 이게 모두 정신과 이어져 있더라는 것입니다. 육체란 참 오묘하면서도 단순하거든요. 몸을 함부로 쓰는 사람이 일찍 쇠해서 끝나게 되는 경우도 많지만, 마음을 어지럽게 쓰거나 스스로 들들 볶아가며 사는 사람의 몸 또한,

이건 쉰 풀 자루 같은 겁니다. 그래서 저는 한때 목사에게 관심을 많이 가졌습니다. 그들은 영혼을 치료하는 의사들 아니겠습니까. 그래서 그분들과 잘 의논해가며 의료원을 운영하면 환자들에게 큰 도움을 줄 수 있을 것이라는 희망을 가졌었죠. 그런데… 내가 워낙 엉뚱한 위인이었던가 아니면 요즘 목회를 한다는 그들이 근본적으로 잘못 출발하고 있거나, 하여간에 제가 기대했던 것과는 너무 멀었습니다. 그래서 아주 포기한 건 아니지만 좀 뜸을 들여가며 지켜보고 있는 중입니다."

"인간의 영혼을 궁극적으로 치료하는 것은 목사가 아닐 텐데요."

"아, 무슨 뜻인지 알겠습니다. 그러나 목사가 적어도 길잡이는 되어야 하지 않겠습니까. 등대 역할은 하고 있어야 하는 것 아일까요. 나는 정직하고 성실한 목사를 만나고 싶습니다. 나 자신을 위해서도 절실합니다."

의사의 막막해 하는 심경이 잠깐 표정에 떠올랐다. 그는 참 이웃을 필요로 하고 있었다. 서로 이해하고 도와주며 더 어려운 사람들을 위해 함께 일할 동조자를 아쉬워하고 있었다.

"왜 이곳을 택하셨습니까."

"오래전 학교에서 무의촌 진료를 나섰을 때 이곳을 다녀간 일이 있습니다. 이상하게 미국에서 공부하던 동안에도 자주 생각나고는 했던 곳이었습니다."

"곧 익숙해지셨던가요?"

"그럼요. 곧 안착했죠. 누구 한사람 뭘 억지로 하자는 게 없는데 왜 적응이 안 되겠습니까. 순하게 잘 익어 가더군요."

'그렇다면 이 의사는 저 청초도 여자에 관해서도 소상하게 알고 있겠지… 어쩌면 뜻밖의 사실을 알려 주는지도 모른다.' 그는 기대에 부풀어 다시 질문을 했다.

"이곳에서 일을 하신 지는 얼마나 되십니까?"

"한 삼 년 넘습니다."

"그러면 저 청초도의 여인을… 아까 그 이 씨라는 사람의 주인을……."

"아, 그 오백 살의 여인 말씀이시군요. 네, 잘 아는 사이지요. 자기의 나이가 오백 살이라고 우기는 것과 죽음의 순리를 빼앗긴 고통 운운 하는 일만 아니면 아주 괜찮은 여성입니다. 그분은 이 근방에 사는 가난한 어부들과 산골사람들을 위해 아무도 모르게 돈을 많이 내놓고 있습니다. 우리 의원에도 그분이 적립해 놓은 돈이 꽤 있지요. 제가 예수의 말씀 중에 기이하면서도 지극히 합당하다고 생각되는 말씀이 '네 이웃을 네 몸과 같이 사랑하라' 하신 한마디입니다. 몸… 인간은 제 몸을 생명으로 알고 지킵니다. 살아 있는 동안 몸이 절체절명입니다. 예수께서는 그 몸을 들어 '이웃을 네 몸과 같이 사랑하라' 하셨습니다. 몸… 몸이지요. 제 몸보다 치 떨리도록 소중한 것이 어디 있겠습니까. 예수께서 말씀하신 몸과 같이는… 어머니, 어머니의 마음 아닐까요. 그분이 아바 아버지라 부르신 하나님은 그분의 말씀대로라면 어머니의 사랑이 아닐까 싶습니다. 그분은 당신의 그 몸을 십자가에 달려 허물어가면서 죄의 용서와 죽음의 해결을 이루신 것 아니겠습니까. 그런데 인간은 몸으로 살고 있으면서도 몸의 의미를 모르고 살아갑니다. 더구나 현대인들은 그 몸을 무시무시하게 망치고 있습니다. 쾌락, 환락, 식탐, 약물, 화학제품의 무수한 약을, 비둘기가 콩 주워 먹듯하네요. 이 어촌의 어부들의 몸을, 몸으로 지켜 드릴 수 있을까… 저의 희망입니다. 청조도 여성의 후원에 전적으로 협조는 하고 있습니다만, 폐스럽게도 덕분에 내가 착한 의사라는 소문을 듣고 있습니다."

"그러면 문 박사께서도 그 여성의 이야기를 믿지는 않으시는군요."

"글쎄요."

의사는 빈 찻잔을 내려놓으며 애매한 웃음을 띠었다.

"그 여성의 정신 상태는 정상이라고 생각하십니까?"

"저는 정신과 전공은 아니지만 결함은 없는 것으로 알고 있습니다. 임상심리 쪽에서 말하는 편집증偏執症의 증세 같은 건 발견하지 못했으니까요. 그는 쾌활하기도 하지만 겸손한 데도 있더군요. 감정이 격해지는 것을 볼 수 없었고… 또 분명 찮은 적의敵意 같은 것을 드러낸 일도 없었습니다."

"그렇다면 그 오백 살의 근거는 무엇일까요. 죽을 수 없는, 죽어지지 않는 고통에 대한 호소는?"

"그 개인의 역사로 사실일는지도 모르는 일 아닐까요?"

"믿고 계십니까?"

"굳이 믿고자 애써 본 일도 없지만, 꼬집어서 거짓말이라고 트집 잡을 일도 아니잖습니까. 그 일로 인해서 내가 고통 받을 일이란 없으니까요."

"그런 일이… 그런 일이 있을 수 있을까요?"

"불가사의란 언제나 존재합니다. 인간은 기적과 불가해한 불가사의를 겪으면서도 그것의 정체를 궁금해 할 줄도 모르는 청맹관이들 같지요. 매 순간이 기적이어도 그것이 기적이라는 것을 알지 못하고 알려고도 하지 않는 것이 인간 아닙니까. 인간이 증명해 보이겠다는 과학이란… 불가사의의 비늘 하나를 이리 뒤집고 저리 뒤집는 정도인 거예요." 순하게 풀리는 의사의 말에 감동하는 환자를 두고 의사가 웃으며 물었다. "혹시 선생님께서 다치신 이 부상이 청초도 그분의 그 사건과 무슨 관련이 있으신지요?"

"아, 네, 그런 것은 아니지만, 어쩐지 그 이야기가 쉽게 납득이 되지 않으면서도 마음에 걸려서……."

"혹시 두려워하고 계신 것은 아닙니까?"

"그 감정의 정체를 저도 잘 모르고 있는 형편입니다."

"두려워하실 것 뭐 있어요. 부딪쳐 보시는 거죠. 혹시 그 오백 살은 진짜 오백 살일 수도 있지 않겠습니까?"

"죽음의 순리를 빼앗긴 고통도 사실일까요?"

"그야 오백 살이 진짜라면 죽어지지 않는 괴로움도 사실이겠지요. 사실… 인간이 죽지 않는다고 생각해 보십시오. 거, 너무 잔인하고 무서운 일 아닙니까. 생명이란 제한되어 있기 때문에 아름다운 것 아니겠습니까. 제한되어 있기 때문에 긴장이 있고, 긴장이 있는 곳에 사연과 아름다움이 동반하는 거겠죠. 그런데 그게… 정말 죽을 수 없는 처지라면 거… 무서운 고통이 되겠죠."

"문 박사께서는 여유 있는 우스개로 돌려 말씀하실 수 있는 아량이 있으시겠지만……."

"성경에도 있지 않습니까. 구약에 보면 아담은 930세를, 그 아들도 거의 같은 나이를, 그 다음도 그다음도 계속해서 천 년 가까운 세월을 살았다고 기록되어 있지 않습니까. 그렇게…… 노아의 아버지 라멕까지 보통 오백 년 이상을 살지 않았던가요. 하나님께서 하시고자 하시 면야 오백 살, 오천 살인들 뭐가 이상하고 어렵겠습니까. 그 여인의 경우에는 모두가 육칠십밖에 살아 내지 못하는 세상에서, 온갖 죽음을 구경하고 겪으며 혼자 질깃질깃 남아 있으려니 그게 끔찍해서 그러는 것이겠죠."

"하나님 계심을 믿으십니까?"

"물론 믿습니다."

"크리스천이 아니라고 하셨던 것 같았는데."

"크리스천만의 하나님은 아니라고 생각하고 있죠."

"그러면 어떻게 예배를 드리십니까?"

"이 세상에 주어진 모든 것을 열심히 선하게 누리며 사는 것이 예배라고 믿고 있습니다만."

"그 모든 것을 열심히 선하게 누리는 데에는 조건이 있지 않을까요?"

"어차피 이 모든 것은 인간이 누리지 않으면 그 존재가치가 의미를 잃는 것 아닐까요. 인간에게 주어진 것을 인간이 누리는 데에 무슨 조건이 있을까요."

"인간악人間惡이 생기지 않았습니까. 그것은 있어서는 안 될 것을 인간이 훔쳐 가졌습니다. 그 값을 치르지 않고서는 순리를 누릴 권리가 없는 것 아니겠습니까?"

"크리스천이시군요."

의사는 웃고 있었다. 마치도 순진하디순진한 어린애들 바라보듯 티 없는 웃음을 띠고 그의 대답을 기다리고 있었다.

"예, 나는 목사입니다."

남자는 때를 놓치면 대답을 할 수 없을 것 같은 다급함으로 서둘렀다. 그는 그렇게 대답해 놓고 창 쪽으로 고개를 돌렸다. 뜨겁게 끓고 있는 창밖의 풍경을 바라보았다. 목사, 목사. 그것은 무엇이었던가. 그는 그 단어가 지금처럼 생경하게 들린 일이 없었다. 목사가… 무엇이었어? 내가? 내가? 직업이었나? 성직聖職이라고? 왜 그렇게 대답을 했지? 그는 너무도 갑작스러운 자신의 대답이 무안하여 자리에서 일어났다. 의사는 갑자기 기습을 당하기나 한 듯 당황해 하며 난처한 표정을 지었다. 그리고 한참 만에 입을 열었으나 말을 더듬었다.

"아, 이거… 원, 어떻게 하다가 제가 큰 실례를 저질렀습니다. 이런 실례를… 목사님께… 못 알아 뵙고…그만…."

"아, 아닙니다. 괜찮습니다. 제게는 뜻밖의 귀한 수확이었습니다. 괘념치 마십시오."

손님은 담담하게 웃었다.

"아 그렇지 않습니다. 저는 어쩌다가, 저를 이해해 주실 만한 분이 찾아오셨구나 싶어서 실마리를 풀었던 것이… 그만… 이럴 수가… 정말 이 무례를 용서하십시오."

"원 천만의 말씀을, 무슨 그른 말씀을 하셨어야 말이죠. 너무도 당연하고 또 우리가 함께 생각할 문제들이 아니었습니까. 저야말로 많은 것을 얻어 가지고 갑니다."

"아, 역시 목사님이셨군요. 그런데 도무지 어디에도 그런 티가 나타나질 않고… 아 참 저로서는 귀중한 분께 그만 큰 무례를 저질렀습니다."

"제가 좋은 의사 선생님을 만난 것이지요. 두고 두고 잊히지 않을 만남의 아침이었습니다. 정말 감동이었어요."

"시간이 허락되시면 좀 더 계시다가 점심을 함께……."

"아닙니다."

손님은, 의사의 권유를 뿌리쳤다.

"가시겠습니까?"

"예, 아마… 오늘은 떠나야 합니다."

왜 떠나야 하는가. 무엇을 위하여. 그렇지. 오늘은 수요일. 저녁에는 삼일예배가 있다. 이천여 명의 교회 식구들. 이천여 명… 교회. 그를 부르는 것은 그 성도들과 교회였다. 그가 매여서 끌리는 것, 그 질긴 끈은 교회와 성도들이었다. 강대상 아래 촘촘히 박혀 있는 눈, 눈들… 그 눈들이 지금 너는 어디 있느냐고 일제히 소리 지르고 있다. 그는 그 눈들 앞으로 돌아가야 하는 것이다. 그러나 그는 오직 한 분 그분이 부르시는 소리를 들을 수가 없었다. 들리지 않았다. 이제는 돌아가야 한다는 영혼의 간절함이 없었다.

 수요일. 새벽. 새벽기도 시간이 가까워지고 있다. 하늘은 이미 희끄무레하게 벗겨지기 시작했다. 여름밤은 들떠서 뒤채다가 날이 밝는다. 도회지의 여름밤은 더욱 짧다. 신흥주택지의 언덕 위. 뒤쪽으로는 숲을 두르고 발치로는 고급주택지를 굽어보는 자리에, 그가 시무하는 예배당은 서 있었다. 종이 울리기 시작했다. 살아있는 소리였다. 전자음電子音을 타고 흘러나오는 차임벨의 찢기는 소리가 아니라 새벽 공기와 부드럽게 입 맞추는 생명 있는 소리였다. 종소리는 크지 않았고, 오래 울리지도 않았다. 사람들이 하나 둘 모여들고 있었다. 더러는 아직도 잠을 다 털어 버리지 못하고 걸음마다 뒤뚱거리는 잠을 이끌고 느릿느릿 걸었다.
 "사모님."
 컴컴한 입구에서 부목사가 속삭이듯이 부인 하나를 불러 세웠다. 사모님이라 불린 사람은 걸음을 멈추고 부목사를 향해 고개를 돌렸다. 두 사람은 표정도 알아볼 수 없는 컴컴한 곳에서 마주섰다. 그러나 두 사람은 마주 섰어도 아무 말이 없었다. 한동안을 그렇게 잠잠하게 마주볼 뿐. 한참만에야 아낙네 쪽에서 무겁게 고개를 가로저었다. 부목사는 잠깐 고개를 숙이는 듯 무엇을 생각하는 모양이더니 그대로 몸을 돌려 예배당 안으로 들어갔다. 나머지 한 사람도 그 뒤를 따라 들어갔다. 자다가 일어난 목소리들이 반주도 없는 찬송을 부르기 시작했다. 여운 없이 찬송가가 끝나자 부목사는 간단히 기도했다. 다시 시작되는 하루를 주님께서 맡아 주시고, 어제 연약했던 우리를 오늘은 주님의 말씀으로 새롭게 무장할 수 있게 도우소서, 기도했다.

"여호와는 나의 목자시니 내가 부족함이 없으리로다, 그가 나를 푸른 초장에 누이시며 쉴 만한 물가로 인도하시는도다, 내 영혼을 소생시키시고……." 시편 23편을 읽는 부목사의 음성은 잔잔했으나 말씀을 증거할 때의 그의 눈빛은 잠깐씩 흔들렸다. 그의 눈은 이따금, 뒷자리 끝에 앉아 있는 목사의 부인께 머물렀다. 부인은 아미를 숙이고 말씀에 귀 기울이는 듯했으나 골똘한 자기 생각에 빠져 있는 것이 눈에 띌 정도였다. 창백한 얼굴은 지난밤에 잠을 이루지 못했다는 증거이리라. 부인은 고개를 들어 앞을 바라보았다. 정면 벽에 걸린 목제木製 십자가 외에 화분 두 그루. 장식이라고는 아무것도 없는 예배당. 그 중앙에 서서 제사장祭司長의 역할을 하던 남편, 그는 지금 어디에 있는가. 오늘 이 시간에도 저 자리에 서 있어야 할 그 사람은 지금 어디에 있는가. 갑자기 그 자리가 낯설었다. 남편이 없는 그 자리는 서먹하고 허전했다. 새벽마다 모이는 오십여 명의 성도들은 아무 말 없이 새벽 예배를 드리고 있으나, 오늘이 벌써 수요일이다. 오늘 저녁에는 삼일예배가 있다. 남편이 오늘도 오전 중으로 돌아오지 않는다면…… 오늘도 돌아오지 않는다면…… 십자가를 바라보던 부인의 눈이 어느 틈에 부목사의 얼굴로 향했다. 두 사람의 시선이 잠깐 마주쳤다. 아무런 대책 없는 불안한 눈길. 두 사람은 당황해 하며 시선을 피했다.

각자의 기도 시간이 되자 불은 하나씩 소등되었다. 커튼 저쪽으로는 이미 아침이 다가와 있었으나 제가끔 기도의 장막 속으로 들어가며 그들은 제각기 자기의 주님을 찾아 기도를 시작했다. 이곳 저곳에서 주님을 찾는, 아버지를 찾는 기도소리가 낮게 울렸다. 더러는 아침 바쁜 시간에 쫓겨 총총 교회를 나서는 사람도 있었으나 적지 않은 사람들이 상체를 깊숙이 파묻고 기도하고 있었다. 부인은 그들처럼 엎드렸으나 기도의 실마리도 잡히지 않았다. 남편의 행방에 대한 궁금증이, 순명順命의 기도를 방해했다. 기도가 아닌 깊은 근심의 호소. '주님 어떻게 해야 하나요? 이 땅에서 일어나는 어떤 것도 주님의 주권 안에 있음을 알고 있습니다. 주님, 이 난관을 어떻게 건너가야 할는지… 오늘은 남편이 돌아오도록 주께서 인도해주소서. 교회 당회장 목사가, 한 가정의 가장이, 한 마디 말없이 사라져 소식 없이 지내고 있다니….' 목사의 아내는 그저 앞이 캄캄했다. 고개를 들고 부목사가 기도하는 자리를 바라보았다. 부목사도 일어서는 중이었다. 그들은 예배당 문 밖에서 다시 만났다.

"박 목사님, 어떻게 하면 좋겠습니까?"

이번에는 목사의 아내 쪽에서 먼저 입을 열었다. 그렇게 물으면서도 그는 내심 혀를 찼다. '어떻게 하면 좋겠는가를 박 목사에게 묻다니······.' 박 목사는 어두운 표정을 감추려고도 하지 않고 난감해하는 눈으로 마주보았다. 그리고 한참만에야 별 대책 없이 입을 열었다.

"별일만 없으시다면 좋겠습니다만······."

"이렇게 되었을 때에야 별일이 없을 수가 있겠어요?"

목사 아내가 지친 얼굴로 말할 때, 기도를 끝낸 사람들이 밖으로 나왔다. 그들은 이미 환하게 밝은 아침 햇빛 속에서 목사 사모님을 발견하자 활짝 웃는 얼굴로 인사를 했다.

"목사님 아직 안 오셨어요?"

"목사님 아직 안 오셨군요."

"목사님이 오늘도 못 오시나 보죠?"

"목사님은 금명간 돌아오십니까?"

새벽기도에 계속해서 참석하는 사람들은 목사의 거취에 대해 예민했다. 새벽기도 출석자가 아니더라도 마찬가지였겠지만, 특히 새벽기도에 참석하는 사람들은, 이유 없이 목사가 불참할 때 궁금해 한다. 목사는 아무런 사전통고 없이 교회를 떠나는 일이 없기 때문이다. 두 사람은 더 이상 그 자리에서 머뭇거릴 수가 없다는 것을 알았다. 기도를 끝내고 나오는 사람들마다 한마디씩 인사삼아 목사의 안부를 물었고, 혹시 삼가는 사람의 경우라도 두 사람의 안색을 민감하게 살피고 있다는 것을 알 수 있었기 때문이다.

"집으로 잠깐 올라가시겠습니까?"

목사 아내는 박 목사와 함께 목사관으로 향했다. 두 사람은 집 안으로 들어설 때까지 아무 말도 하지 않았다. 거실 의자에 마주 앉으면서 거의 동시에 묵도했다. 그러나 묵도가 끝난 뒤에도 그들은 계속해서 침묵했다. 무미 담백한 거실 분위기에 맞춰 놓은 사람처럼, 그들은 그저 먹먹하게 앉아 있었다. 거실에는 팔걸이가 있는 안락의 네 개뿐이었다. 그것도 잿빛의 낡은 것으로 깨끗한 흰 벽과는 묘한 대조를 이루었다. 유리문은 맑고 투명하기가 티 하나 없었고 커튼은 없었다. 정결한 느낌을 넘어서서 냉혹하고 선뜩할 만큼 분명하기만 한 실내였다. 그 분위기의 주조主調를 이루고 있어야 할, 그 실내의 주인은 지금 이 자리에 없다.

"오늘 저녁예배 설교 준비를 박 목사님께서 하셔야겠지요?"

드디어 목사아내가 운을 뗐다. 박 목사는 잠잠하게 부인을 건너보다가 천천히 말문을 열었다.

"혹시 오전 중으로라도 돌아오시지 않을까요?"

"오늘 오전 중으로 돌아오실 분이었더라면 어젯밤까지는 돌아오셨을 겝니다. 아니면 못 오신다는 연락이라도 주셨겠지요."

목사 아내는 의자 팔걸이에 위 손등에다 이마를 얹으며 눈을 감았다. 이럴 수가… 정말 이럴 수가… 없는 일이다. 박 목사가 혼잣말처럼 중얼거렸다.

"지금껏 단 한 번의 실수도 없으셨던 분이……."

"교회에다 통보를 하지 않았기 때문에 일이 더 어려워지고 있어요. 오늘도 새벽기도에 참석했던 사람들은 모두 의아하게 생각하고 있어요."

"목사님께서 이틀째 새벽기도엘 나오시지 않으니까 어디 불편한 데라도 있으신가 해서 그랬겠지만, 오늘 저녁에는 어쩌면 제직회에서 정식으로 문의해 올는지도 모르겠군요. 사모님, 김 박사께는 연락해 보셨습니까?"

"어젯밤 늦게 전화를 드렸어요. 그랬더니 김 박사께서는 아주 가볍게 여기시듯 웃으시면서 '이따금씩은 숨통을 틔게 해줘야지 그렇게 졸라매 가며 채찍질만 해서야 되겠느냐' 고 계속 웃으시던걸요. 너무 걱정 말고 기다려 보라고 하셨어요? 김 박사가 당신의 승용차를 내주시면서 그러셨대요. 맘 내키면 한 주일이고 두 주일이고 실컷 쏘다니다 오시라고 했다는군요. 세상에 어쩌시려고……."

"글쎄…… 그건 김 박사의 말씀일 뿐이고, 우리 목사님께서, 더구나 친구의 승용차를 빌려 떠나신 뒤에 사흘씩 소식이 두절된 채 돌아오시지 않는다는 건 상상이나 할 수 있는 일입니까? 목사님의 그 깔끔한 성격에, 남의 물건 빌리는 것을 질색하시던 분 아니었습니까. 더구나 카메라나 자동차 같은 기계류를 빌려달라는 건 몰염치한 일이라고 생각하시던 분이었는데. 아무래도 이번 일은 이상합니다. 더구나 오늘이 수요일, 떠나시면서 삼일예배에 관한 말씀이 한마디도 없었던 걸로 보아, 그 안에 꼭 돌아오실 예정이셨을 텐데… 이렇게 감감 무소식이라니……."

"월요일 새벽예배 직후에 집을 떠나시면서 그저 잠깐 다녀오리다, 하시기에 범연하게 여겼었죠. 볼일의 내용을 낱낱이 말씀하지 않는 분이니까 그저 무슨 볼일이 있겠거니 했었어요. 잘하면 당일에 돌아오고 아니면 하룻밤쯤 지내고 다음날 아침결에 오시겠지 싶어, 어제 오전까지는 심상하게 기다렸어요. 그런데 해가 저물고 깊어져도 아무런 연락 없이 감감무소식인 채 밤을 지내 버렸으니……."

"혹시 어느 기도원으로 가신 것 아닐까요?"

"기도원으로 가셨으면 왜 연락을 안 하시겠어요?"

"골똘하게 기도하시다가 모든 걸 잊으신 게 아닐까요?"

"그분 성품에 그렇게 몰입은 못하시죠. 당신 책임을 그냥 버려둔 채 그렇게 쉽게 잊어버리겠어요? 그리고 통신 연락이 안 되는 기도원엘 가셨다 해도, 다른 사람을 시켜서라도 연락을 하실 분이에요. 지금까지 이런 일은 단 한 번도 없었거든요."

"요 근래, 목사님께서 무엇 불편해 하실 일이라도 있었습니까?"

"얼마 전부터 두통을 앓으시는 것 같았는데, 그분이 정신을 잃고 쓰러지기나 한다면 모르거니와, 어디 아픈 데 있다는 걸 말씀으로 하는 분이던가요? 여간해서 약도 안 드시는 분인데 얼마 전에는 김 박사 처방이라면서 약을 가져오셨더군요. 그런데도 두통은 멎지 않는 것 같았어요. 그 밖의 일이야 박 목사님께서도 거의 같이 생활하다시피 하셨으니 제가 알고 있는 것이나 마찬가지 아니겠습니까."

"혹시… 김 박사님께서는 다른 무엇을 알고 계시지 않을까요?"

"글쎄요, 워낙 가까운 분이기는 하였지만 신앙문제에서는 생판 다른 세계에 속해 있는 분들이었으니 목사님께서 무얼 의논하셨을 라고요?"

"하지만 김 박사의 전공이 정신신경과니까 혹시 멀리 둘러서라도 이것저것 알아보시지 않았을까요?"

"박 목사님께서는 우리 목사님께 무슨 문제가 있었으리라고 생각하고 계십니까?"

목사 아내는 창백한 얼굴로 박 목사를 정면으로 바라보았다. 박 목사는 당황해하며 그 눈길을 피하고 서둘러서 대답했다.

"하기야 우리 교회에나 목사님 가정에나 아무리 살펴보아도 문제가 될 만한 것은 아무것도 없지 않습니까. 그러니까 더욱 알 수 없어 답답할 뿐이지요."

"하여간, 오늘은 김 박사를 직접 찾아뵙겠습니다."

두 사람은 다시 마주보았다. 하지만 미궁에 빠지기는 마찬가지였다. 교회에도 가정에도 문제가 될 만한 것은 없었다. 더구나 목사의 성격에 눈에 띌 만한 것을 드러낼 리 없었다. 목사에게 만일 문제가 있었다 하더라도 그것을 눈치채게 할 그가 아니다. 문제는 목사의 완벽주의에 있는지도 모를 일이었다. 두 사람은 제가끔 낯을 돌려 창밖으로 눈길을 옮겼다.

눈금 한 금 어그러지게 하는 일 없이 살아왔던 당회장 목사. 깔끔한 분. 빈틈없는 사람. 완벽한 교역자. 깨끗한 성직자. 부지런한 목회자牧會者. 쉬는 일 없는 목사. 다재다능한 목사. 실패를 모르는 사람. 목회 이십여 년. 어느 교회에서 시무施務를 하거나 모든 일을 어김없이 해냈던 교역자다.

그런 사람이 집을 떠나 사흘이 되도록 돌아오지 않는다. 월요일 새벽, 새벽기도를 마친 뒤, 집을 떠난 뒤 수요일인 오늘까지 아무 소식이 없다. 더구나 친구 김 박사의 승용차를 빌려가지고 떠났다. 떠나는 날은 곧 돌아올 사람 같았다. 오늘은 수요일, 저녁 때 삼일예배가 있다. 부목사인 박 목사가 있지만 주보에는 삼일 저녁 설교도 당회장 정鄭 목사로 기재되어 있다. 사전통고 없이 부목사가 설교를 맡는다는 것은 거북한 일이다. 더러는 의아하게, 더러는 그저 인사 삼아 목사님의 행방이나 안부를 물을 것이다. 그때 무엇이라 대답할 것인가. 적당히 어물거릴 수 없는 일이다. 아, 도대체 이것은 무슨 일인가. 무슨 일이 벌어지고 있는 것인가. 박 목사가 자리에서 일어서며 입을 열었다.

"아직은 아침입니다, 사모님. 이른 아침이니까 시간은 있습니다. 기도하면서 기다려야겠습니다."

"그래야겠지요. 기도하겠습니다."

부인은 거의 들리지 않는 목소리로 나직이 중얼거렸다.

정신신경과 병동의 복도는 내과나 외과의 외래와는 다르게 한산했다. 내과·외과·산부인과의 외래에는 복도마다 기다리는 사람들을 위한 장의자가 양쪽 벽에 있고, 어느 의자에나 사람들이 촘촘 앉고도 모자라서 많은 사람들이 서성거리게 마련인데, 정신신경과의 복도는 섬뜩할 만큼 한산하다. 장의자도 없었고, 담당의의 이름패가 붙어있는 문들은 꼭꼭 닫혀 있었다. 정 목사 부인은, 사람이 아무도 보이지 않는 그 복도를 숨죽여 걸었다. 복도의 벽시계는 오전 열 시. 저녁예배 전까지는 아직도 많은 시간이 남아 있다. 그는 적진敵陣정찰 임무를 수행하는 병사처럼 김 박사의 방으로 접근해 갔다. 남편은, 아니 정 목사는 아직도 돌아오지 않았다. 아니, 아무런 소식도 없다. 저녁예배 시간까지는 아홉 시간도 넘는 시간이 남아 있었다. 그러나 그 시간은 정 목사의 귀가歸家와는 상관없는 시간임을 부인은 이미 알고 있었다. 김 박사의 방은 복도 끝에 있었고, 복도 끝은 묵중한 철문이 무겁게 물려 있었다. 그리고 김 박사의 방문도 이가 꼭 맞게 닫혀 있었다. 그러나 김 박사는 기다리고 있었다는 듯 반갑게 일어서며 맞아들였다.

"바깥 날씨는 대단하죠? 오늘은 일찍부터 찌는데 이렇게 오셨군요. 자, 이쪽으로 앉으십시오."

김 박사는 앉을 자리를 권하며 맞은편에 자리를 잡았다. 친구의 아내와 약속해놓았다는 일 때문에 그랬을까, 부속실의 간호사며 직원들이 들락거리지 않도록 지시를 해놓은 듯 방안은 깔끔하게 정돈되고 조용했다. 김 박사는 반갑게 맞아들이기는 했지만 말문을 먼저 열지 않고 미소뿐 잠잠했다. 그러나 거북하거나 부담스러운 느낌 없이 그저 편안했다. 머리에 희끗희끗 서리가 내리기 시작했지만 얼굴은 나이보다 훨씬 젊어 보였다. 깨끗한 풍모에 깔끔한 성품을 지닌 사람이라는 것을 알고는 있었지만, 그 눈은 언제 마주쳐도 예리했다. 그의 외양에서 정신신경과 의사다운 데를 찾아본다면 그 눈 한군데뿐일 것 같다. 정 목사부인은 그가 정신신경과 의사라는 것을 이따금 기이 하게 생각했다. 저런 사람이 왜 저런 전공을 택했을까. 그의 가문의 배경이나 그 자신의 성품이나 그의 다감한 재능으로 보아 정신병을 다룰 사람 같지 않았기 때문이다. 그는, 대대로 법관을 지내던 집안의 자손으로, 가정적으로나 금전적으로나 또 사회적 위치로나 어려운 일을 겪어 본 일 없이 살아온 사람이다. 정 목사와는 중학교 동창이었고 동창 중에도 자별한 사이였다. 그들은 어렸을 때 기독교의 문제를 놓고 서로가 의견줄다리기를 하면서 가까워졌다고 했다. 졸업하면서 김 박사는 철학과를 택했고 정 목사는 신과대학으로 갔다. 김 박사는, 인간지식의 힘으로 스스로를 구원할 수 있다는 신념을 가지고 희랍철학 스콜라철학을 섭렵했다. 그리고 반드시 원전原典을 가지고 공부해야 한다며 히브리어·희랍어·라틴어에까지 손을 댔고, 그는 놀라운 속도로 라틴어로 시세로를 읽고, 희랍어로 소크라테스의 대화까지 읽어 냈다. 그렇게 일사천리로 내닫던 그가 갑자기 의과대학으로 적을 옮기는 일이 생겼다. 그의 가족, 친구들, 그를 가르치던 교수들이 그 화제를 두고 한동안 무척 바빴다. 분명한 동기를 그 누구도 알지 못하면서 그 동기에 관한 뒷소문은 분분했다. 얼마가 지나서 그 화제도 가라앉을 무렵, 주위의 사람들은 김 박사가 뜨겁고도 냉철한 외과의가 되거나 주도면밀한 내과의가 되리라고 생각했다. 그러나 예과를 거쳐 의과대학을 졸업하고 곧장 미국으로 건너간 그는 십 년 만에 정신신경과 의사가 되어 돌아왔다. 정 목사는 미국으로 신학공부를 하러 갔던 동안 몇 번 김 박사를 만났기에, 김 박사의 전공에 대해 그 나름의 이해가 있었던 듯했지만, 주위사람들은 또 한 번 놀랐다. 김 박사가 귀국하고 종합의료원에 자리를 잡은 뒤에도, 정 목사와는 소원하게 느껴지지 않을 정도로 왕래가 계속되다가 근간 수삼 년 동안은 각자의 일이 점점 바빠지면서 만나는 일이 뜸했다. 그러다가 최근에 두 사람은 자주 만나는 듯했다. 무슨 일인지 제 삼자에게는 알려지지 않았지만 정 목사가 김 박사를 찾는 횟수가 잦았다.

정 목사가 김 박사의 승용차를 몰고 온 것은 지난주일 오후였다. 저녁 찬양예배가 있기 두어 시간 전, 정 목사는 난데없이 차를 몰고 돌아온 것이다. 정 목사가 주일에 출타하는 일은 별로 없던 일이다. 주일에는 예배가 세 번. 그 예배시간 외에는 묵상하고 기도하고 성경 읽는 일 이외에 다른 일을 하지 않았다. 그런데 그날 오후에 그는 친구인 김 박사의 승용차를 빌려가지고 돌아왔다. 김 박사는 운전수를 따로 쓰고 있지 않았고 직접 차를 몰고 다니던 사람이다. 그 차가 없으면 옹색한 대로 병원차를 빌려 쓰거나 택시를 이용하게 될 형편이었는데 정 목사에게 차를 내어준 것이다. 정 목사는 남의 것이라면 눈도 주지 않는 성격이었고 더구나 크고 작고 간에 빌리는 것을 질색하던 사람이었는데, 아무리 흉허물 없이 지내는 친구 사이라 해도 불쑥 승용차 빌려가지고 돌아왔을 때 무언가 심상치는 않았다. 게다가 당일 돌아 올 것 같던 사람이 하루가 지나도 소식조차 없이 행방이 묘연해졌다.

"김 박사님, 저희 집에서 차를 빌려갈 때 무슨 말씀 없었습니까? 혹시 김 박사께만 말씀드린 무슨 일이 있지 않았을까 싶어서……."

김 박사는 별로 심각해지는 기색 없이 미소를 띠고 입을 열었다.

"부인께서는 그렇게도 걱정이 되십니까?"

"오늘이 사흘째예요. 이제 몇 시간만 있으면 삼일예배가 있습니다. 그리고 내일은 어느 집회에서 설교를 해야 할 예정이 오래전에 잡혔어요. 그런데 글쎄 아무런 연락도 없이…… 김 박사님, 저희 정 목사 신상에 무슨 일이 생겼습니까? 지금껏 목회를 해오는 동안 이런 일은 없었거든요. 그 양반의 성질을 김 박사님께서도 아시니까 하는 말이지만, 이 양반이 어디에 편안히 있으면서 이렇게 무심하게 있을 사람이 아니잖습니까?"

"부인, 왜 그렇게 근심하세요? 지금 부인의 얼굴은 사색이 되어 있네요. 그렇게 정 목사를 못 믿으십니까?"

김 박사는 여유 있는 표정으로 웃었다.

"아니… 어떻게 이리 태평 무심할 수가 있겠어요?."

"글쎄, 뭐 좀 사정이 생겼겠지요. 하지만 큰일이야 있겠습니까. 곧 돌아올 겝니다."

"혹시 운전을 하다가 무슨 실수라도……."

"하! 부인께서는 그렇게 오랫동안 부부생활을 해 오셨으면서 남편을 그렇게 모르고 계십니까. 그 사람이 운전을 하다가 실수를 해요? 그 사람이⋯⋯."

김 박사는 또 한 번 껄껄 웃었다. 목사 아내는 좀 야속하게까지 느껴져서 원망스러운 눈으로 김 박사를 바라보았다.

"요새 교통사고가 나는 것은 어디 이쪽 잘못만으로 나는 겁니까. 모두들 정신없는 사람들처럼 차를 몰아대다가 애먼 사람까지 다치게 하니까 문제지요"

"글쎄 너무 걱정하시지 마세요. 요 근래 하도 두통이 심하다고 하기에 제가 바람이라도 쏘이고 오라고 권유했습니다. 차도 내 쪽에서 떠안기다시피 했어요. 이 친구, 이렇게 소식 없이 마냥 있을 수 있는 것, 오히려 다행스럽게 아셔야 할 일입니다."

부인은 놀란 얼굴을 치켜들었다. 원, 세상에 이럴 수가⋯ 막역한 친구라는 사람이 이럴 수가⋯ 김 박사는 계속해서 예사롭게 빙글빙글 웃고 있었다.

"그 친구의 너무도 네모반듯한 성격이 문제거든요. 거, 세상을 살면서 그렇게 눈금 한금 어긋나는 일 없이 살 내려고 하니⋯ 인간에게는 한계가 있는 것 아닙니까. 사람은 태어난 뒤 떠밀려가면서도 선택하고 스스로 선택한 길을 또 떠밀려가면서 책임을 져야하고⋯ 그러면서 갈등하고 고뇌하며 더러는 넘어지고 더러는 상처입고 또 입히고⋯ 그렇게 살아가게 마련되어진 것 아니겠습니까. 그저 살면서 살아가면서, 이리 부딪치고 저리 부딪쳐 가며 자기가 누구인지 배워가는 것이지요. 그런데 그 친구는 오직 남의 시선 속에서 남을 위해 살려고 하는 사람이었거든요."

"그건… 그이의 신앙 문제였어요. 소명召命을 무거운 짐이 될 때도 있었겠지만 일체를 하나님께 의지하고 살아온 목사였습니다."

"맡겼습니까?"

"물론이죠. 맡기지 않고 어떻게 감당이 되었겠습니까?"

"그가 모든 것을 하나님께 맡겼다고요? 정말 그가 모든 것을 맡기고 살았을까요. 그것을 부인은 믿고 계십니까?"

"저의 신앙은 하나님과 남편뿐이었습니다."

"그러나 그의 신앙과 소명의식이 그의 삶 전부라 했어도, 사모님… 그도 사람입니다. 갈등도 없고 고뇌도 없었다면 인간이 아니지요. 겉으로 드러낼 수 없었던 그의 내면, 영적靈的인 흔들림 없었다면 그는 사람이 아닙니다. 저는 그 친구의 갈등, 회의懷疑, 수치심과 두려움이 오히려 그의 신앙과 목회자의 길에 도움이 되리라 믿고 있었는데요."

김 박사는 웃음을 거뒀다. 그는 친구의 부인에게서 무엇을 찾아내려는 사람처럼 상반신을 곧추세웠다.

"김 박사님, 그는 성직잡니다. 그가 주님께 모든 것을 맡겨 드리지 않았다면 그는 지금처럼 목회를 하고 있을 수가 없었을 거예요."

목사 아내의 깊은 내면에 감추어 왔던 불안이 흔들리고 있었다. 목사의 아내는 누구인가를 향해 항변하듯 고개를 저었다. '아니다!

아니다! 나의 남편 정 목사는 순명順命의 사람, 순종順從의 종이다. 영혼의 아버지 되시는 하나님께서 인간 내면을 못 보시겠는가. 그이는 주님 앞을 떠나 흔들릴 사람이 아니다!' 잠깐 뜸을 들이는 듯 하던 김 박사는 단정한 얼굴에 다시 웃음을 띠고 어조를 약간 누그러뜨렸다.

"부인… 성직자라고 해서, 반드시 하나님이 원하시는 틀 속에 스스로 들어가, 꼼짝없이 그 틀에 맞춰 가면서만 살게 되어 있진 않습니다. 성직자들도 사람이거든요. 우리와 똑같은 사람입니다. 그들이라고 해서 우리들과 다른 능력과 자제력을 타고났거나, 갈등과 회의와 분노를 마음대로 조절한 에너지가 특별하게 부여된 것이 아닙니다. 부인도 그 점을 알고 계셔야 합니다." "글쎄요. 목회자들도 우리와 같은 사람이기는 하지만, 일단 성직의 길을 택하고 그 길로 들어선 사람들은 자신만의 신앙 안에서 능력을 얻을 수도 있고, 신비체험을 통해 평신도에게 없는 특별한 자제력을 지니고 있을 수도 있지 않을까요."

"그러면 정 목사는, 아내인 부인께도, 평범한 남편들과는 다른 사람이었겠군요."

"네 그이는 저도, 저의 남편이기 전에 하나님께서 불러주신 대제사장大祭司長으로 섬겼습니다."

"부인은 그렇게 소명을 받은 목사를 위해 어떻게 살아가고 계십니까?"

"그가 훌륭한 목회자의 역할을 마칠 수 있도록, 오직 그 일만을 위해 살아가고 있습니다."

"부인의 친정댁은 몇 대째 계속되는 목사님 댁이라고 하셨죠, 아마."

"할아버지 대에서부터 삼 대째입니다.."

김 박사의 표정이 잠깐 어두워졌다. 그는 정 목사부인을 잠잠하게 지켜보더니 무엇인가를 결심한 듯 입을 열었다.

"부인, 부인께서는 이번의 이 일을 전적으로 남편에게 맡기고, 그 무거운 근심에서 놓여나실 수가 없으실까요? 어쩌면 부인의 그 근심이 정 목사에게는 더 큰 짐이 되고 있을지도 모를 일입니다."

"정 목사는 아내인 저로 인해 지장을 받을 그런 사람이 아닙니다."

목사 아내는 결연했다. 감 박사가 무겁게 입을 열었다.

"제가 뵙기에는 부인의 완벽주의가 정 목사의 완벽주의를 앞질러 가시는 것 아닐까 싶네요."

"아, 그렇게 보셨습니까? 저는 완벽주의자가 아닌데요. 늘 모자라는 인간, 목사의 아내로서 모자라는 여자라고 자책하며 살고 있습니다만,"

"물론… 부인의 겸손이 스스로를 그렇게 몰고 가시겠지요. 그런 자각自覺이 완벽을 요구하고 있는지도……."

목사 아내의 눈이 두려움에 떨렸다.

"김 박사님, 지금 무서운 선언을 하고 계시네요. 정 목사와 저에게 아주 심각한 문제가 있음을 지적하고 계신데, 우리가 신앙 안에서 몰라보는 그것을 김 박사께서 알아보신 걸까요? 박사님의 전공과 친구로서의 정성이 찾아낸 문제입니까? 우리가 정신과 치료를 필요로 하는 질환자들일까요?"

"불쾌하셨다면 용서하십시오. 그러나 친구인 제가 정 목사를 위해서 할 수 있는 관심의 전부였습니다. 이번 이 일에 제가 하고 싶은 말은 너무 근심하지 말고 우선 정 목사의 인격이나 양심, 그리고 그 성품에다 모든 것을 맡기고 잠잠히 기다리시라는 충고뿐입니다. 모든 것을 두 분이 믿으시는 주님께 맡겨 드릴 수 있다면 더욱 좋은 방법이겠고요, 그것이 잘 안 된다고 해서 지금 실종 신고를 하시겠습니까? 심인尋人 광고를 내시겠습니까! 또 무턱대고 찾아 나설 수도 없는 일 아니겠어요? 기다려 보실 수밖에요…."

"김 박사님… 혹시 정 목사에게, 남모르는 무슨 문제가 있었을까요?"

김 박사는 보일 듯 말 듯 미소를 띠면서 대답했다.

"이 세상에 살아 있는 인간치고 문제가 없는 인간이란 없습니다."

부인도 힘없이 혼잣말처럼 중얼거렸다.

"알 수 없는 일이군요. 정말 알 수 없는 일입니다. 교회 사목司牧의 일을 벅차하는 기색을 본 일이 없었거든요. 그 어려운 예배당 건축도 그렇게 잘 감당했고, 교회의 온갖 일을 묵묵하게 잘해내던 사람이… 그렇다고 집안에 어려운 일이 있었던 것도 아니었어요."

"너무 근심하시지 말고 더 기다려 보시죠."

"다음 주일까지는 아직 사흘이 더 있지만……."

"하하 사흘이면 이 우주의 역사도 몇 고팽이를 바꿔칠 수 있겠습니다."

"김 박사님, 그렇게 선뜻 차를 빌려 주셔서 많이 불편하실 텐데요."

"만일 그 친구에게 무슨 일이 생겼다면… 부인만큼 충격을 받기야 하겠습니까만 저도 그 다음쯤으로 충격을 받을 사이가 아닙니까. 그저 무사할 것으로 믿고, 저는 자가용 생각 같은 건 잊고 있던 중이었어요. 별일 없으리라 믿고 더 기다려 보시죠. 또 설사 무슨 일이 있다 하더라도 그것은 그가 앞으로 나아가기 위한 도약대라 생각할 수 있지 않겠습니까."

김 박사에게서 물러나며 목사 아내는 머리가 빠개질 듯 아팠다. 이곳을 찾아올 때까지는 그저 단순하게 무슨 사고가 나지 않았을까 하던 불안뿐이었는데, 김 박사와 이야기를 나누는 동안, 정 목사의 내부에서 일어나고 있을 그 어떤 심각한 갈등 쪽으로 각도가 달라졌기 때문이다. 밖으로 나온 부인은 뜨거운 뙤약볕 속에서 걸음을 멈추었다. 김 박사의 표정 하나가 불쑥 떠올랐다. '맡겼습니까? 그가 모든 것을 하나님께 맡겼다고요? 그것은 '맡기지 않았습니다. 맡기고 살았던 사람이 아닙니다.' 라는 뜻이 아니었을까. 부인은 불현듯 김 박사의 방으로 되돌아가고 싶었다. 무엇인가 그는 알고 있다는 생각이 들었다. 그러나… 그렇게는 안 될 일. 그것은 목사의 아내로서, 안 될 일이었다. 그는 뙤약볕 속을, 차꼬를 차고

여섯째 날의 오후 **141**

끌려가는 포로처럼 무겁게 걸었다. 이 무슨 일인가. 목사가 홀연히 증발해 버리다니. 더구나 나의 남편 정 목사가… 상상도 할 수 없는 일이다. 떠난 지 사흘인데 전화연락 한번 없이. 단 한 번도 흐트러진 모습을 보여준 일 없던 목회자였다. 무엇이 그를 괴롭히고 있을까. 웬만한 고통이면 고통을 내색도 하지 않는 사람인데, 무엇이 이런 상황을 만들었을까. 교회에는 아무런 문제가 없다. 예배당을 신축하는 데 이 년 가까이 걸렸지만 의견충돌 한 번 일어난 일이 없지 않았던가. 목사는 건축헌금에 관하여 입도 떼지 않았다. 여간해서 그는 교회 단상에서 돈 이야기를 하지 않았다. 또 무리해 가며 예배당 짓는 일을 달가워하지 않는 목사였다. 그러나 신자들은 자꾸 불어났고, 신자들 스스로가 예배당 공간을 필요로 해서 시작된 일이었다. 신흥주택가 푸른 녹지대 동산 위에 얼마나 아름다운 예배당이 세워졌는가. 그리고 또 그의 설교에 신자들은 얼마나 번번이 감동 감탄하는가. '말씀의 은사를 받으신 목사님!', '성령 충만하신 목사님!' 그의 설교는 그대로가 교회의 역사가 되고 있지 않은가. 도대체 무엇이 부족했을까. 왜 이런 일이 생겨야 했을까.

그는 목사관인 집으로 들어가기 전에 교회의 사잇문을 열고 예배당 안으로 들어갔다. 절절 끓는 바깥 공기를 차단해 놓은 높은 천장의 건물 속은 시원했다. 그는 뒷자리 한구석에, 의자에도 앉지 않고 곧장 무릎을 꿇었다. '주여, 도우소서. 이 일이 무엇을 뜻하는 것인지를 바로 알게 하소서.' 기도하려고 엎드렸으나 어느 사이엔가 오늘 저녁예배를 근심하고 있었다. 오늘 저녁 저 단상에는 어제 새벽과 오늘 새벽예배를 인도하던 박 목사가 다시 서게 되리라. 교인들은 아무런 광고 없음을 의아해 하면서 우선은 예배를 끝마치겠지……. 그런 다음에, 그런 다음에… 모두들 돌아가는 길에 정색을 하고 물을 것이다. 당연한 일이다. 그때 무엇이라고 대답을 해야 하나. 누가 그 대답을 해야 하는가. 오오, 이럴 수가, 이럴 수가… 바로 지난주일. 정 목사의 청청한 음성이 이 교회를 가득 채웠었다. 주일 낮 대예배 때, 그리고 저녁 찬양예배 때 그 설교는 사막에 쏟아지는 소나기처럼 시원했다. 그리고 다음날 새벽에도, 그는 얼마나 신실하게 신자들 가정을 위해 기도했던가. 새벽에는 강대상을 쓰지 않는다. 그리고 성경 읽기를 마치면 각자의 기도 순서다. 그때 정 목사는 강대상으로 올라가는 계단 아래에 맨 바닥에 꿇어 엎드려 간절히 기도한다. 그때 그는 무슨 기도를 했을까. 무엇을 위하여 기도했을까. 전날 오후에 친구로부터 차를 빌려다 놓고 떠나기로 한 그가 무엇을 위하여 기도했을까. 목사 아내는 하나님께 기도하고 있는 것이 아니라 끝없이 꼬리에 꼬리를 물고 일어나는 의문과 의문의 고리에 줄 긋고 있었고, 그것이 사슬이 되어 그를 무겁게 옭아매기 시작했다. 그때 김 박사의 표정이 다시 한 번 불쑥 떠올랐다. '맡겼습니까? 정 목사 그가 모든 것을 하나님께 맡겼다고요? 그리고 부인, 부인께서도 그렇게 하셨습니까? 모든 것을 그분께 맡기신 것입니까? 부인은 깊이 신음하면서 그대로 바닥에 쓰러졌다.

*

"안색이 몹시 창백하신데, 좀 더 앉아 쉬셔야 하지 않을까요?"

문 의원은 정 목사를 따라 일어나며 근심스러운 얼굴로 만류했다.

"머리의 상처 때문에 그러는 게 아닐 겝니다."

"그러면……."

그는 의사의 말에는 대답을 하지 않고 말머리를 돌렸다.

"그 청초도의 여주인… 돈이 많다 하셨는데, 그 돈의 출처를 혹시 아실 수 있을까요? 지나친 질문 같지만 도무지 혼란스럽고 의혹이 너무 어두워서……. 질문이 무례했다면 용서하십시오."

"예, 뭐 그렇게 무례하달 것도 없겠죠. 제가 알기로는 꽤 여러 개의 사업체를 가지고 있습니다. 소형선박이기는 해도 배를 여러 척 가지고 있고, 준설선, 골재채취선도 몇 척 있는 것으로 압니다. 그만하면 여자 홀몸의 살림으로야 작은 규모가 아니죠."

"청초도의 여주인은 이 고장 사람들에게 잘 알려져 있습니까?"

"다들 알고 있습니다. 가까이 접촉하는 일은 별로 없지만……."

"그가 주장하는 오백 살의 나이에 관한 것은 어떻습니까?"

"글쎄요, 그 이야기를 몇 사람이나 알고 있을까요. 그는 아무에게나 그 이야기를 하지는 않는 것 같더군요. 잠깐 더 앉으시지요."

"아닙니다. 이대로 가겠습니다. 그런데 문 박사께서는 그 청초도에 가보신 적이 있으십니까?"

"몇 번 갔었습니다." 그렇게 대답하면서 상대방의 얼굴에 떠오르는 약간의 놀라움을 읽으며 문 의원은 말을 이었다. "그 집에 오십 줄의 가정부가 한 사람 있는데, 그 사람 일로 왕진을 갔던 일이 두어 번 있습니다." 의사는 구김살 없이 자세한 대답을 해주면서 따라 나오다가 덧붙여 물었다. "떠나신다고 하셨는데 어디로 가시는 겁니까?"

"서울입니다."

"서울… 무슨 차편으로 가실 건데요? 그렇게 꼭 서둘러 가셔야 할 일이라도……."

"가야 합니다. 가지 않으면 안 될 일이 있습니다. 버스라도 타고 가야 합니다."

"글쎄, 뭐 위험할 정도는 아닐 것 같지만 오늘은 안정을 하시는 게 좋을 것 같은데요."

"이 상처… 문 박사께서 다시 보셔야 합니까?"

"꼭 그래야 한다는 정도로 심각하지는 않지만, 한 번쯤 더 볼 수 있으면 좋겠지요. 하지만 피치 못할 일이라면 조심하시면서 떠나십시오."

마침 의사를 찾는 환자가 있어서 그들은 진찰실에서 헤어졌다. 진찰실 밖으로 나와 보니 청초도의 이 씨가 쭈그리고 앉아 있다가 벌떡 일어나며 다가왔다.

"모시고 오랍시는데요."

"지금… 못 가겠는데……."

거절하는 그의 태도는 애매했고 말투는 어정쩡했다. 그러자 눈치를 슬금슬금 보던 이 씨가 다시 입을 열었다.

"그러면 가시는 데까지 모셔다 드리고 오랍시던데요."

"나 혼자 가겠소."

"그렇게는 하지 마십쇼. 모셔다 드리겠어요. 제가 마님께 혼이 납니다."

이 씨는 헐떡이면서 서둘러 나섰다. 밖은 지글거리는 한낮이었다. 바다는 푸른 빛으로 끓고 있었고 부두의 배들은 하얗게 타고 있었다. 조금씩 일렁거리는 바람은 눈부신 햇빛의 불티였다. 태양은 끓는 몸으로 발가벗었지만 모든 사물은 그 태양 밑에서 음험할 만큼 깊은 욕망으로 번쩍였다.

이 씨는 부두 쪽을 향해서 부지런히 걸었다. 건어물시장은 판자들이 다 제쳐졌고 멸치, 마른새우, 홍합, 오징어들이 무더기 무더기로 쌓여, 말라 찌든 바다 냄새를 풍기고 있었다. 상처 입은 그의 머리통이 쿵쿵 울렸다. 배어 나온 피가 말라붙는 것일까, 이따금 찌릿한 통증이 전류처럼 스쳐갔다. 그런가 하면 다음 순간, 그것은 문득 청신한 쾌감으로 중추를 자극해 왔다. 그리고 그는 그 통증과 쾌감 속에서, 아무것도 걸치지 않은 적나赤裸의 생존을 만났다. 그는 그 자리에 쓰러져 버리고 싶은 충동에 빠졌다. 육체를 점령한 섬광, 그 섬광에 불타 버리고 싶었다. 처절한 고통과 이어진 황홀함이었다. 감각의 마디마디가 눈이 되어 생명의 원형질을 불꽃처럼 만났다. 그런데 그 불꽃 속에 살아 있는 얼굴이 있었다. 청초도의 여주인. 그는 걸음을 멈추고 고개를 들었다. 태양이 눈 속으로 쏟아져 들어왔다.

"어이구, 많이 편찮으신가 본데요?" 어느 틈에 이 씨가 다가와서 그를 부축했다. "다시 문 의원으로 가실까요?"

아니라는 뜻으로 그는 고개를 저었다. 그러나 그것은 괴로움을 참기 힘들어서 그랬던 것이 아니다. 황홀한 쾌감을 다칠세라 조심했던 몸짓이었다. 그는 이 씨가 부축하는 대로 청초도의 흰 배에 올랐다.

"선실로 내려가시죠."

그는 선실로 내려갔다. 넋 나간 사람처럼 바다를 향해 멀뚱하게 앉아 있었다. 그러나 그는 방금 전에, 그 몇 초에 걸쳐 겼었던 뚜렷하고 가득 찼던 의식세계가 무엇이었나 생각했다. 혹시 간질환자의 전구증상(AURA)이 아니었을까. 그것은 인간의 느낄 수 있는 어떤 쾌감보다도 진하고 깊다고 했다. 특히 도스토옙스키의 경우, 그것은 너무도 황홀하여 만일 그 시간을 곱절로 연장해 주기만 한다면 생명과도 바꾸겠다고 했을 정도로 황홀한 것이었다고 하지 않았는가. 사람에 따라 전구증상이 불쾌감으로 오는 경우도 많다고도 했지만. '그러나 나는 지금 아무렇지도 않지 않다.' 쓰러지지도 않았고, 거품을 물지도 않았고, 사지에 경련을 일으키지도 않았고, 멀쩡하다. 무엇이었을까. 일찍이 경험해 본 일 없었던 황홀한 순간이었다. 그것이 무엇이었을까. 그 황홀함은 어디로부터 온 것일까. 그것을 느낀 것이 정신이었을까, 육체였을까. 그것은 분명히 감각으로부터 시작이 된 것이었는데 황홀함을 누린 것은 육체였을까, 정신이었을까. 감각의 주인은 어느 쪽일까, 육체인가 정신인가? 아니면… 영혼인가?

"손님, 어떻게 하시겠습니까?"

"청초도로 가겠소."

부끄러움을 감추듯 그는 던지듯이 말했다. 말해 놓고 그는 눈을 감았다. '내가 아무래도 미쳐가고 있다. 이것은 미친 짓이다.' 그렇게 엉뚱하고 부당한 짓이라는 생각이 들었지만 불안하지 않은 것이 이상했다. 불안을 강요하는 것은 오히려 서울 쪽이었다.

선착장은, 얕은 바다에 잠겨있는 큰 바위 턱에 있었다. 통나무를 가지런히 엮어 놓고 그 위에 삼줄로 엮은 널찍한 발판을 깔아 발을 내어딛기 편했다. 이끼와 굴, 홍합 등이 촘촘하게 박혀 있는 바위는 얼른 보아 험상궂었지만 바닷물은 모래 무늬까지 환하게 드러내며 맑고 잔잔했다. 청초도는 바다가 키워 낸 한 그루의 소담한 나무 같았다. 육지에서 외떨어져 바다 위에 홀로 사는 것이 쓸쓸할까 보아, 바다는 청초도 주변에 온갖 것을 다 마련해 놓았다. 미역, 파래, 해파리, 붉은 빛 갈색 빛의 해초들, 그리고 부끄러운 속살처럼 바다 밑에서 뽀얗게 빛나는 흰 모래에 드문드문 숨어 있는 바위와 바위에 붙은 굴 딱지들, 홍합딱지들, 더러는 조개와 전복이 숨어 있을 것이었다. 그는 이 씨가 옆에서 기다리고 서 있는 것도 잊어버리고, 선착장 옆에 구부려 앉아 하염없이 물속을 들여다보았다. 바다는 숨 쉬고 있었다. 그러나 이렇듯 거대한 바다가 호흡하는 숨결이, 이렇게 숨죽은 듯 부드러울 수가 있을까. 물 위로는 바람 한 점 없는데도 진 초록빛의 파래가 바다의 숨결을 좇아 흔들리고 있다. '아아, 아름다우신 주님.' 그는 그 자리에 그대로 무릎을 꿇고 싶어졌다. 이 씨는 아무 말 없이 진득하게 기다리고 있었다.

"이렇게 좋은 곳이 있었네요, 참 좋습니다. 참 좋아요!"

그는 이 씨에게 미안해져 몸을 일으키며 감탄했다.

"안쪽 뜰에도 보실 게 많습니다."

"이 씨는 이 댁에서 일보신 지 오래되십니까?"

"예, 좀 되는 셈이지요."

"얼마나 되시는데요?"

"대대로 예서 살았다니까 그런 줄만 압지요."

"대대로?"

"그랬다고 하더군요. 저는 아버지를 떠나서 타관에 있다가 아버지의 유언을 따라서 다시 이곳으로 왔으니까요. 그렇게 돌아온 지 한 십 년 됩니다."

그는 묻는 것을 그만두기로 했다. 점점 더 미궁으로 빠져들게 하는 질문을.

집은 숲속에 자리 잡고 바다를 향해 앉아 있었다. 뜰에 있는 나무 중에 천리향의 흰 꽃이 숲 전체를 조용히 흔들고 있었다.

"감사합니다, 목사님." 나무 그늘에서 여주인이 웃으며 나왔다. "놀라시지 마세요. 모시러 간 이 씨조차 하도 소식에 없기에 문의원에 전화를 했어요." 여자의 탄력 있는 웃음은 밝고 싱싱했다. 그는 하얀 셔츠에 간편한 푸른빛 스커트를 입고 있었고 몸에는 아무런 장신구를 붙이지 않았다. "목사님, 저는요 목사님의 숙제가 되고 싶진 않아요. 목사님께 어떤 것도 강요할 수 없겠지만, 설사 강요할 수 있다 하더라도 저는 그렇게는 하지 않겠어요. 목사님, 점심때가 가까워진 시간이지만 아침을 준비해 놓은 게 있습니다. 무슨 일이든지 편하신 대로 하시기예요."

"나를 위해 아침을 준비했다니 고맙소. 준비한 것을 지금 주시겠소?"

여주인은 그를 나무 밑으로 안내했다. 그곳에 조촐한 식탁이 이미 마련되어져 있었다.

"전복으로 죽을 장만했는데 괜찮으시겠어요? 죽을 아주 질색하시는 분도 계셔서……."

"나는 그렇지 않아요."

그는 망망한 바다 쪽으로 눈을 주며 대답했다. 그러자 바로 옆에서 대기하고 있었던 것처럼, 말쑥한 인상의 오십대 여인이 죽그릇을 대령했다. 여자는 머리를 단정하게 빗어 쪽 찌고 있었다. 옥색 치마 위에 모시적삼을 받쳐 입은 모습이 정결했다. 전복죽은 적당히 따뜻하고 부드러웠다. 여주인은 그의 맞은편에 앉아 차를 마시며 남자가 이따금 바라보는 바다 쪽으로 고개를 돌렸다. 이상하게도 그 자리와 그 시간, 그리고 모든 풍경이 낯설지 않았다. 천년 오랜 세월이 바닷속과 같은 고요함으로 그렇게 이어져 왔다는 환각에 잠겼다. 새롭지도 않았고 낯설지도 않았다. 감미로운 안일함이 의식意識의 예각銳角을 녹였다. 이제 그 식탁에서 물러앉기만 하면, 더할 수 없이 달콤한 혼곤함에 젖어 다시는 깨어나지 않을 잠속으로 빠져들 것 같았다.

"나를 아랫마을 어촌까지 데려다 주시겠소? 이 씨에게 부탁드렸으면 하는데."

그는 혼신을 다해 탈출을 결심한 듯 스스로에게도 결연하게 들리는 말을 여자에게 했다. 여자는 신선하게 이 씨를 시켜 배를 띄우고, 밝은 얼굴로 선선하게 작별했다.

"목사님, 안녕히 가십시오. 기도하실 때 그 기도 속에 저를 불러 주시고, 주께서 어떤 말씀으로 저를 도우라 하시면 그때 달려와 주세요. 기다리겠습니다. 언제까지나."

남자는 고개를 돌리지 않았다. 청초도 주인의 말을 바닷바람에 흘려보냈다. 로렐라이 언덕을 피해 달아나듯 이 씨가 모는 모터보트의 쾌적한 속력에다 마음을 실었다.

어촌으로 돌아왔을 때, 막다른집 노인은 정강이쯤 차는 바닷가에 다리를 담가놓고 허리를 굽혀 무엇인가를 씻고 있었다. 바닷가에서 놀던 아이들은 청초도의 하얀 배를 보자, 와아 하고 물을 튕기며 모여들었고, 흘낏 돌아보던 노인은 배에서 내리는 그를 발견하자 히죽이 웃었다.

"아니, 어디서 싸우다 왔소? 그리고 그 배는 청초도 집 배 아니오?"

그는 물속으로 뛰어내리며 이 씨에게 고맙다는 인사를 건네고 노인 쪽으로 다가갔다. 노인은 그가 다가오는 것을 보자 다시 허리를 굽히고 하던 일을 계속했다. 노인의 손에는 보통 크기의 해삼보다 너덧 배는 커 보이는 흐물흐물 하는 생물이 들려 있었고, 그것을 바닷물에 흔들자 어두운 보랏빛 물감이 바닷물을 널찍이 흐려 놓았다.

"그게 뭡니까?"

"물군수라는 게요. 대단한 맛은 아니지만 먹을 만합니다."

노인은 대답하면서 손에 들었던 것을 두어 번 더 물 속에서 흔들더니 허리를 펴고 일어났다. 그리고 눈을 가느스름하게 뜨고 웃으면서 은근한 투로 물었다.

"진 거요, 이긴 거요?"

"아직은 모릅니다."

그는 노인이 자기의 머리에 난 상처를 보고 묻는 줄 알아차리고 빙긋이 웃으며 구수한 맞장구를 쳤다.

"밤새도록 싸우고도 때려뉘질 못했소? 난, 영 죽었나 했소. 어젯밤에 슬머시 빠져나가는 걸 알았거든. 그런데 해가 치받혀두 나타나지 않는단 말씀요. 일 당했나 보다 했소."

"죄송합니다."

두 사람은 물 밖으로 슬슬 걸어 나갔다.

"그 청초도 배는 웬일이오?"

노인의 옆얼굴은 무뚝뚝했으나 묻는 말투는 심상했다. 그는 대답 대신 묻는 말을 질러 넣었다.

"그 청초도 여주인을 아십니까?"

"이러쿵 저러쿵 말들을 많이 합디다만, 다 제 인생 저 알아 사는 거 아니겠소? 남들이야 무어라든……."

"떠도는 소문에 관한 것 말고, 혹시 그 사람의 근본을 아시나 해섭니다."

"근본 같은 건 알아서 뭘 하게? 혼인이라도 하시려우?"

노인은 픽 웃었지만, 이거 아무래도 무엇 심상찮은 일이 생기려는 게 아닌가 하는 표정으로 그를 돌아다보았다. 그러나 그는 노인의 기색을 묵살하고 끈질기게 묻기로 했다.

"누가 알겠습니까, 이렇게 해서 혼인길이라도 열릴지?"

"허, 그 양반, 마누라 하나 가지고 신물이 모자라는가? 거 공연한 남의 일에 머리 들이미는 일 그만두는 게 좋을 게요. 세상살이란 다 저 생긴 대로 제게 주어진 분복대로 주어진 것만 가지고 살면 탈 없는 게요. 뭘 알아보려고 하는지 모르지만, 거 다 부질없는 일일 게요. 그만두시우."

그는 노인과 함께 마당으로 들어서면서 정색을 했다.

"혹시 어떤 사람이 딱한 곤경에 빠져 도움을 청하는 것이라면……."

"도움? 도움은 내 앞치레 끌끌하게 해놓고 남는 자가 하더라도 허술한 뱁이오. 하물며."

'보아하니 네 앞 치레도 제대로 못하는 위인 같은데, 무슨 남의 곤경 운운하나?' 노인의 말투는 그렇게 나무라듯 투박했다. 노인의 투박한 어투에 적잖은 충격을 받았는데, 노인은 부엌에서 마주 나오는 마나님한테 내던지듯 말했다.

"여자들이 잘 알겠구만. 저 청초도 안주인 말이오. 거 뭘 하는 여자랍디까?"

작달막한 노파는 가로 퍼진 코에 입만 보이는 듯 한 얼굴로 눈이 감긴 듯 웃으며 되짚어 물었다.

"갑재기 그 애긴 왜 묻소?" 고쟁이 같은 힐렁한 바지를 무릎까지만 입고, 남자들 러닝셔츠 떨어진 것을 걸친 모습은 얼기설기한 넝마 판초를 뒤집어쓴 것 같았지만, 아낙네의 목소리는 암팡지고 다부졌다. "부잣집 첩이라구들 안 합디까? 그 여편네 영감이 어마어마한 부자랍니다. 허지만 이 마을에서 누가 그 여편네 코빼기나 봤어야지? 사내가 더러 다녀간다고두 허구, 사내는 오는 일 없이 여자 쪽에서 다녀온다고도 하지만 어느 쪽이 제 말인지 알 도리 없에요. 누구는 그 여자가 무척 젊고 잘났다고도 허구, 어느 입은 이젠 별수 없이 늙어 비틀어져 볼품없는 늙은이라고들 하니까, 그게 원 도섭을 하는 겐지……."

"옛소, 할망구. 그만 지껄이구 점심준비나 하시오." 노인은 손질 끝낸 물군수를 노파 앞으로 불쑥 내밀며 수다에 빗장을 지르고 혼잣말처럼 중얼거렸다. "도섭이야 어디 그 여자만 부리는가? 계집치구 도섭 안 부리는 계집 있던가? 첩살일 하구 살아도 제 밑천이구, 본때 있게 살아 낸대도 제 푼수지. 헛… 그래, 손님은 그렇게 부상까지 당하고 어쩔 셈이오?"

노인은 거북 발 같은 손을 툭툭 털며 손님이 걱정스러운 듯 물었다.

"우선 좀 쉬어야 할까 봅니다."

"밥도 안 자시고?"

"아침을 이제 먹었습니다."

"그럼 방 안에서 좀 쉬시오 그려."

그는 방으로 들어가, 찌들고 딱딱한 베개에 머리를 얹고 누웠다. 좁은 방, 낮은 천장에 토벽은 멋대로 배를 내밀고, 몇 군데서는 흙이 비죽비죽 미어지고 있었다. 스며든 빗물에 몇 해째 절었을 벽지는 한옆으로 삭아 떨어지면서 차츰 번져나가는 지도를 표시했다. 파리가 무섭게 들끓었다. 돼지우리와 두엄발치 뒷간을 함부로 헤집다가 왔을 놈들인데, 무슨 일로 방안을 차지하고 윙윙거리며 나갈 생각을 않는다. 맞은편 벽에는 '축 결혼'의 낡은 사진틀이 걸려 있었다. 누런 봉황이 부리를 서로 엇물어 꼬리를 좌우로 측 늘어뜨렸고 백색 구름이 뭉게뭉게 일고 있는 한옆에, 붉은색 하트가 도장처럼 찍혀 있었다. 그리고 한가운데에는 큰 사진이, 좌우로는 중간 크기의 사진들이 줄을 맞춰 붙여졌는데 그 사진 양

옆에 붉은색으로 종주먹 대듯이 '忍耐'라고 인쇄해 놓은 것이 두드러져 보였다. '축 결혼'이 주제主題인 사진들인데 축 결혼의 글자는 눈을 씻고 보아야 간신히 눈에 들어올 정도로 작았고, 인내라는 글자만이 붉은 힘줄처럼 두드러져 있는 것이 이상했다. 축 결혼, 인내. 축 결혼, 인내. 이제 바야흐로 시작되는 인내를 축하하겠다는 뜻인가. 고작 결혼이란 인내해 보기 위해 시작되는 것인가. 결혼이란 인내의 시금석試金石이란 말인가. 인내, 인내… 아내의 얼굴이 떠올랐다. 하나님의 딸, 목사의 딸, 믿음의 어머니. 아내인 그는 남편 섬기기를 교회가 그리스도를 섬김같이 일념으로 섬겨 왔다. 남편이 제사장의 직분을 다할 수 있도록 최선을 다해 도왔다. 교회를 위해 봉사했고, 신자들을 위해 헌신했고, 목사인 남편을 위하여 목숨도 아깝지 않은 아내였다. 어느 구석에도 흠이 될 만한 데가 한군데도 없었다. '완벽하지, 완벽해! 그런데 왜 아내의 얼굴은 인내의 벽이 되어 지금 그의 앞을 턱 가로막는 것인가.' 그는, 교회 한구석에서 엎드려 울며 기도하고 있는 아내의 모습을 떠올렸다. '제사장의 직분을 다할 수 있게 해주소서. 그가 시험에 들지 않도록 지켜 주소서. 마귀가 틈타지 않게, 주님의 강한 팔로 잡아주소서…….' 그는 그 환영을 계속해서 보는 것이 두려웠다. 반듯하게 누웠던 몸을 왼편으로 돌려 뉘며 눈을 감았다. 피로가 바닷물처럼 온몸에 감겨왔다. 그는 바다 속으로 가라앉듯 잠들었다.

그 여자는 나비가 되어 그에게로 날아왔다. 하얀 나비는 푸른 바다를 배경으로 가라앉을 듯 무겁게 날고 있었다. 구원을 간원懇願하는 몸짓으로- 바다는 영겁처럼 넓고 푸르렀다. 나비는 바다를 벗어나야 한다는 일념인 듯 팔랑거렸다. 남자의 몸은 바닷물 위에 섬처럼 떠 있었다. 나비가 그의 가슴 위에 내려앉았다. '아, 너는 아키시스 여왕이 구해 준 나비가 아니냐?' 그는 반가워 알은체했다. 나비의 날개에는 여왕의 지문이 아름다운 무늬처럼 찍혀져 있었다. 아니, 그것은 무늬가 아니라 운명의 예시였다. '너는 아키시스 여왕이 구해 준 나비가 아니냐? 나비는 가만가만 날갯짓을 하며 숨을 가라앉히더니 비밀한 이야기를 건네듯 은밀하게 속삭였다. '나는 나비가 아니네요. 아키시스 여왕이에요. 자세히 보세요, 여왕 아키시스에요.' '아니다, 너는 나비다. 아키시스의 지문指紋을 가진 하얀 나비 아니냐?' '아이, 나는 나비가 아니라니까요. 나를 도와주세요. 나는 이 넓은 바다에서 벗어나야 해요. 그런데 이 바다의 끝이 어디인지를 모르겠네요… 목사님, 나를 안고 가 주세요. 나를 안고 헤엄쳐 가 주세요. 목사님이 아니고는 저를 이 증오의 바다에서 벗어나게 해줄 분이 없는 거예요.' '너는 나비다.' '믿어주세요. 저는 나비가 아니에요.' '너는 나비다.' '아아, 목사님 저를 보세요!' 그것은 그 여자였다. 아무것도 입지 않은 맨몸의 여자가 그의 몸 위에 겹쳐져 있었다. 그의 몸은 이미 물 위에 반듯하게 떠 있을 때 한 겹의 옷도 걸치지 않은 적신赤身이었는데—. '믿지 않으니까 이렇게 되는 거예요. 어떻게 하지요? 이제 우린 어떻게 하지요?' 남자는 놀라 전신을 떨며 몸부림쳤다. 그러자 그들의 몸은 겹쳐진 그대로 바다 속으로 바다 속으로 가라앉아 갔다. 바다의 깊이가 그의 부끄러움을 감추어 주었다. 그는 여자를 보지 않기 위하여 눈을 돌렸다. 바다 속에서는 푸르고 붉은 해초들이 머리를 풀고 노래를 부르고 있었다. 자홍색 산호가 현악기가 되어 노래를 읊조리고 있었다. 남자가 말했다. '나는 떠나야 해. 나는 가야 한다고!' 그러면서 몸부림쳤다. 그런데 몸부림은 그대로가 쾌감이었다. '나는 떠나야 해. 나는 가야 한다고!' 남자의 몸부림이 극렬해졌다. 그는 여자로부터 달아나겠다는 일념으로 몸을 뒤챘다. 깊은 바다 해저海底에 여자를 안고 누워 있던 그의 몸이 뒤집혔다. 그러나 그의 몸은 여자로부터 떨어지지 않았다. 그는 이를 악물고 여자를 난타하기 시작했다. 여자의 코에서 분수처럼 피가 솟았다. 막다른집 노인이 잡아온 물군수의 몸속에서 쏟아지던 보랏빛 분비물처럼 바닷물을 흐려 놓았다. 바다는 점점 캄캄해지기 시작했다. 그 캄캄한 어둠 속에서 남자는 하는 수 없이 여자를 단단히 끌어안았다. '너를 데려다 주지. 너를 데려다 주겠다. 바다 끝, 죽음이 있는 곳으로 너를 데려다 주겠다.' 쾌감이 절정에 이르는 순간에 그의 눈이 번쩍 뜨였다. 그의 하체는 계속 경련으로 이어지고 있었다. 그는 바다에서 방금 헤엄쳐 나온 사람처럼 땀으로 젖었다.

방안은 여름날 오후의 열기로 물컹해 있었고 파리들은 썩는 시체를 만난 듯 그의 전신을 에워싸고 윙윙거렸다. 그는 모로 엎드린 채 한동안 꼼짝도 할 수가 없었다. 이제 그 자리에서 그가 움직인다는 것은 파멸과 죽음으로 돌진하는 길뿐이었다. 꿈속에서 겪은 황홀함이 현실로 눈이 뜨이면서 수치심과 불쾌감으로 뒤엉켰다. 몽정夢精, 하체가 흥건했다. 수치심과 함께 울컥 구토가 치밀었다. 대낮 꿈에 청초도와 몸을 섞었다. 이럴 수가… 사망死亡의 유혹이 뱀의 혓바닥처럼 그를 향해 날름거리고 있었다. 그는 자기혐오를 뛰어 넘을 수 없는 절망에 몸을 떨었다. 떨고 떨면서 구토에 빠졌다.

"이 손님 오늘도 못 떠나시는가?"

발을 내린 방 밖에서 노인이 기침을 곁들여 큰소리로 물었다.

"못 가겠습니다."

그는 외마디소리로 대답해 놓고 엎드러진 그대로 팔에다 얼굴을 묻었다. 이천여 명이 모이는 주일의 대예배. 강대상 앞에 서서 그럴 듯이 설교하던 목사. 칭송받던 목사…. '아! 껍데기, 가짜! 영적가면假面의 인간.' 껍데기, 껍데기, 껍데기였다. ' 피차 타인끼리 만나는 시선視線. 남자 앞에 모여든 인간군人間群도 껍데기들이었다. 허상虛像이었다. '지금 이 자리의 이것이 나다. 이것이 나의 실상이다.' '이것을 끌어다가 그 이천여 명의 앞에 내어놓을 수 있을까.' '이제는 숨자, 숨어 버리자.'

밖에서 노인은 다시 한 번 기침했다.

"낮잠치고는 길게 주무셨소. 이제 그만 바람 쏘이시오. 안줏감이 좋은 게 있는데 술도 못 하신다니 안주라도 집으시오."

"예, 좀 있다 나가지요."

그의 기억 속에서 그가 최초로 쓰라린 고립감을 겪은 것은 여섯 살 나던 해의 겨울이었다. 어느 날 밤, 그만 오줌을 흥건하게 싸고 말았다. 할아버지 할머니로부터 영특하다는 칭찬과 자랑을 받으며 자라던 그로서는 이만저만 부끄러운 일이 아니었다. 흥건한 이불 속에서 눈을 떴을 때, 그는 어린 마음으로도 큰일이다 싶었다. 미적미적 일어나지 못하던 자리에 어머니가 들어오셨다. 이불을 걷어 젖히고 사태를 파악한 어머니는 잠시 밖으로 나갔다가 들어오셨다. 우선 아버지께 의논하고 할머니께도 통고한 뒤에 단단히 버릇을 가르치러 들어오신 눈치였다. 바가지를 든 소년에게는 질질 끌릴 만큼 큰 키가 씌어졌다. 그리고 문 밖으로 쫓겨났다. 칭찬 받던 아이, 그는 갈 곳이 없었다. 칭찬에 칭찬을 계속 듣던 그로서는 그 칭찬의 눈부신 벽을 뚫고 어느 한 집에 쉽게 들어가 소금을 구걸할 곳이 없었다. 생각이 깊은 어머니는 그가 계속 칭찬만 듣고 자라는 아이라는 것을 은근히 염려하고 있었다. 자기 자신이 저지른 실수에 대한 것을 통감시키고 그것에 대해 책임지는 길이 무엇이라는 것을 가르치기 위하여 할머니를 통해서 할아버지의 재가裁可까지 얻은 뒤에 그 일을 시작했다는 것이 나중에 밝혀졌다. 여섯 살짜리 어린애는 바가지를 들고 키를 질질 끌며 느티나무 밑으로 갔다. '어느 집에서고 소금을 얻어 내지 못하면 집에 못 들어온다.'는 엄명이 추상같았다. 이집 저집 바라보아도 모두가 칭찬하며 웃던 얼굴들뿐인데 그중에 누구를 향해서 이 꼴을 보이며 '소금 줍쇼.' 구걸하겠는가. 얼마 못 가서 추위에 몸이 얼기 시작했다. 아침도 못 먹고 쫓겨난 판이니 배도 고팠다. 그는 느티나무 밑에 쭈그리고 앉아 제 집을 바라보았다. 오줌을 싸기 전까지 그곳은 낙원이었다. 쫓겨나와 있는 곳에서 바라보니 그곳의 따뜻함은 정말 낙원이었고 그곳의 배부름은 한없는 은혜였다. 그는 어린애였지만 실낙원失樂園한 자기의 처지를 슬피 울었다. 하지만 울어보았자 아무 소용이 없었다. 눈물 흐른 볼은 강추위가 물어뜯어 찢기는 듯 쓰리기만 했을 뿐, 소금을 얻는 일에 도움이 되지도 않았고 낙원으로 돌아가는 일에도 도움이 되지 않았다. 어떻게, 어떻게 해서 불을 뒤집어쓰는 듯한 부끄러움으로 소금을 얻고 집으로 돌아가기는 했지만, 그 실낙원 했던 쓰라림과, 소금을 주던 집에서 그가 쓰고 있던 키를 부지깽이로 득득 쓸어내리고 땅땅 두들기며 오줌싸개를 징계해 대던 소리는 두고두고 잊히지 않았다.

몽정으로 하체를 적시고 일어나기가 부끄러웠던 그는, 그 옛날, 오줌을 싸고 이불 속에서 일어나지 못하던 어린 시절의 두려움에다 절망감까지 겹쳐 끌어안고 엎드려 있었다.

"아니 머릴 그렇게 해가지구 어떻게 물에 가시려우?"

노인은 바다로 내려서는 그의 차림새를 보며 놀란 얼굴로 눈을 크게 떴다. 이마에는 아직 붕대가 그대로였다.

"너무 더러워요. 몸만 좀 담갔다가 들어오렵니다."

그는 사정射精으로 젖은 아랫도리부터 씻어야 했다.

"그리 하시오만, 그 매일 한 가지씩 일이 터지는데 괜찮으시겠소? 첫날은 자동차를 잃어버리더니 어제는 머리를 깨 가지고 오셨소 그려."

노인은 일 저지른 말썽꾸러기 사내아이를 타 이르듯 걱정스러워했다.

"머리는 오늘 새벽에 그랬습니다."

"좀 앉으시오. 몸 씻으러 가기 전에 여기 앉아 보시우. 해삼하고 멍게가 있으니 한 젓갈 집으시오 그려. 거 술도 담배도 전연 못하신다니 이따금 무료한 걸 무얼로 끄면서 사셨소?"

그는 노인의 성화에 엉거주춤 마루 끝에 걸터앉아 멍게 한 점을 집었다. 싱싱한 바다 향기가 목젖을 흔들며 전신으로 퍼졌다. 에라! 아랫도리쯤 젖었기로- 그는 멍게를 씹다가, 노인이 앞에 허실수로 채운 소주잔을 입에 털어 넣었다.

"아이고! 술도 넘길 줄 아는 가베? 잘되었소. 그렇게 한잔하고보면 마음도 널널해지고 세상도 돈짝만 해 지는 게 그리 나쁘지 않은게요! 진작에 그럴 일이지 원!"

노인은 무슨 신기한 일이나 만난 듯 신명이 났다. 남자는 그러는 노인을 물끄러미 바라보다가 물었다.

"어른께서도 적적하실 때가 있습니까?"

"거 인생에 적적함이나 무료한 맛 곁들이지 않고 인생의 맛을 어찌 알겠소. 요즘 사람들은 적적한 것 무서워하고 무료한 게 겁이 나서 한시 잠깐도 가만 못 있고 미친 듯 겅정거리는데, 그렇게 인생 흘러버리는 게 인생을 사는 게요? 인생은 가다가다 적적해지는 데에 참맛이 있는 게요. 무료할 때 그 무료에다가 내 모습을 비춰볼 수 있는 게고. 나 말이오, 사람 좀 볼 줄 알아서 하는 애긴데, 손님이 지금 이럭하고 있어도 손님이야 말루 정신없이 바빴던 사람일 게요. 그렇소, 안 그렇소?"

노인은 소주 한 잔을 반쯤 비우고 나서 해삼에다 초고추장을 듬뿍 찍어 입에 넣더니 그것을 천천히 씹으며 그를 마주보았다. 그는 대답 대신 빙그레 웃고 말머리를 돌렸다.

"이 근처에 예배당이 있습니까?"

"있소, 그것도 한군데가 아니고 각기 다른 파가 여기저기 흩어져 널려 있소."

"어른께서는 예배당에 가보신 일 없으십니까?"

"하나님이 어디 예배당에만 계신답디까? 이 천지가 다 하나님 것 아니오? 하나님이 어디, 하나님 아버지! 하나님 아버지! 소리쳐 부르는 사람한테만 오냐, 대답하시는 게요? 이렇게 초막토방에 앉아 있긴 하지만, 아침 해 뜰 때에 그해 만들어 이렇게 매일매일 보내 주시는 하눌님께 감사하구, 또 저녁 해 넘어갈 때면 해 넘어가기까지 물에 빠져 죽지 않고 차에 치어 죽는 일 없이 잘 살아 냈구나 해서 감사하니, 그러면 된 거지 그 이상 뭬 더 바랄 게 있겠소?"

"그곳의 하나님, 예수께는 영생이 있다고들 하는데요."

"영생을? 하나님 주신 것 이만큼 누리고 살았음 됐지, 예서 더 살겠다는 건 허욕이지, 난 언제 죽어도 여한 없는 사람이오. 이제 아무 때고 숨 끊어지면 흙 보탬 해주고, 그러면 그뿐 아니겠소? 더 살겠다고 버둥거릴 일 없고, 덜 살았대서 앙앙거릴 일도 없는 게요. 내겐 그저 하루하루가 그득한 게요."

남자는 노인이 한 말의 여운을 등지고 모래밭으로 내려섰다. 저 노인의 저 걸릴 것 없는 자유는 어디에서 온 것일까? 신앙이 저쯤 자유로운 것이라면, 저이가 숨 쉬고 먹고 자고 생각하는 모든 것이 예배가 될 수도 있는 것 아닐까? 매인 데 없는 자연인. 정직하게 화내고 막힌 데 없이 웃을 수 있는 사람들. 나는 왜 저 사람과 달라야 하는가. 그는 숨이 막혔다. 그는 사람들이 버글거리는 곳을 피해서 호젓한 바닷가로 가서 얕은 물에 몸을 담갔다. 꿈을 씻어 버리듯이 하복부를 씻어 냈다. 그렇게 박박 문질러 씻어낸 뒤에 하체를 물에 잠근 채 모래톱에 얼굴을 드러내고 엎드렸다. 물새 한 쌍이 종종종 작은 몸을 재게 놀리며 다가왔다. 몸에 비해서 날렵하고 긴 부리로 재게, 재게 모래를 쪼아 대며 가까이 다가왔다. 꼬리가 없이 다리와 부리만이 날렵한 새였다. 물이 밀려 내려가면 종종종 따라 내려가고 물이 밀려들면 재빨리 뒷걸음질 쳤다. 한 번씩 물이 들어왔다가 밀려나는 모래톱에는 아주 작은 새우가 말갛고 투명한 몸을 감추지 못하고 팔딱팔딱 뛰었고 새들은 눈을 밝혀 그 모이를 신나게 쪼아댔다. 그가 몸을 한 번 뒤채이자 새들은 아주 가볍게 일직선을 이루며 물거품을 박차고 날아가 버렸다.

'아아, 저 노인처럼 살 수는 없을까. 저 새들처럼 자유로울 수는 없을까.' 바다 속에 아무리 오래 몸을 담고 있었지만 그의 꿈은 지워지지 않았고 하복부의 끈끈함도 그 감각이 그대로 남아 있었다. 그러나 눈을 감으면 바다 밑으로 가라앉았던 꿈이 다시 전신으로 되살아나는 것을 어쩔 수 없었다. 그는 해를 올려다보았다. 서쪽으로 기울기 시작한 여름 해가 그의 눈을 초조하게 자극했다. '수요일 삼일예배가 있지, 삼일예배……' 그는 몸을 일으켰다. 돌아갈 수는 없다 하더라도 연락은 해야 한다는 결단이 섰다.

노인은 그늘에서 그물을 깁고 있었다. 그가 뜰로 내려서는 것을 보고 빙긋 웃더니 손을 계속해서 놀리며 말했다.

"끝내 지셨소, 그래 나 같으면 그까짓, 한 번 내뺀 김에 수리소문 없이 한 석 달 열흘은 견디다 가겠는데… 겨우 사흘 만에 전화연락이오?"

"하던 일이 있어서요."

"하던 일? 하던 일이란 꼭 내가 아니더라도 누구인가의 손을 빌려 돌아가게 마련인 게요. 사람들은 모두가 꼭 자기가 있어야 세상이 돌아갈 것처럼 알고 있지만 그런 것만은 아니잖소? 그저 할 수 있을 때 힘닿는 데까지 하는 게구 억지로는 안 해도 되는 게 인생살이 아니겠소?"

노인은 한담하듯 놀며, 놀며 하는 말이었으나 그에게는 새로운 세상의 엄숙한 교훈이었다.

"다녀오겠습니다."

그렇게 항구 도시에 닿은 것은 오후 여섯 시가 다 되었을 때였다. 그는 우편국에 부설된 전신국 야간업무부로 찾아가 서울전화를 부탁했다. 목사관의 전화는 곧 이어졌고 전화를 받는 것은 아내였다. 아내는 남편의 음성을 확인하자 전화 줄 속으로라도 달려들 듯한 목소리와 말투로 황급하게 소리쳤다.

"어디 계세요? 지금 어디에 계신 거예요?"

"미안하오, 어쩌다가 연락이 늦어졌소."

"미안하다니요? 그게 내게다 하는 말씀이세요? 도대체 무슨 일입니까. 교회 일은 어떡하시겠어요? 오늘은 못 돌아오십니까?"

"당분간은……."

"아니, 당분간이라니! 거기가 어디예요? 무슨 일이 생긴 겁니까?"

"나는 무사하오. 아무 일도 없소."

"아니, 도대체 무슨 일이… 어떻든 빨리 오세요. 오셔야 됩니다! 오세요. 돌아오세요, 일은 이미 벌어진 거예요."

"당분간은 박 목사께 교회 일을 맡기도록 하시오. 그리고 김 박사한테 연락해서 내가 따로 전화를 하겠다고 전해 주시오."

"안 됩니다, 안 돼요! 여보, 목사님! 이렇게는 안 돼요! 내일이라도 오셔야 해요. 오셔야 합니다. 이 교회를, 교회를 어떻게 하시려고……."

아내는 토막토막 끊기는 목소리로 터지려는 울음을 참아가며 전화가 끊길 것만을 두려워하듯 서둘렀다.

"너무 근심하지 말아요. 별로 심각한 일이 벌어진 건 아니오. 마음도 몸도 좀 쉬어야 할 것 같아서 그러는 거요. 되도록 빨리 돌아가도록 하리다."

남자는 전화를 끊었다. 아내의 탄식하는 모습이 떠올랐다. 아내는 틀림없이 사탄의 훼방이라 믿고 쓰러져 통곡할 것이다. '여염집 남편도 아닌 사람이 이럴 수가 있는가, 이럴 수가……' 아내는 땅을 치며 탄식할 것이다. 그는 그 탄식의 소리를 장단 삼아 거리로 나갔다. 긴긴 여름 해는 아직도 한낮이었다. 그는 조금 외진 곳의 교회를 찾기 위해서 주위를 둘러보았다.

바다를 발아래 둔 싸리재 고개 솔밭 밑으로 희끗한 건물과 십자가가 눈에 보였다. '어느 교파의 교회일까?' 그는 무의식중에 그런 생각을 하다 말고 소스라쳐 놀랐다. 교파, 교파… 무슨 군더더기 같은 생각을… 그는 지금까지 편의상 자기가 공부하던 신학대학의 교파를 따라오긴 했지만, 그것이 신앙과 무슨 상관이 있는가를 혼자 눈살 찌푸려 왔다. 그리고 이제 제사장의 제의祭衣가 벗겨진 것 같은 이 상태에서, 누구의 눈에도 띄지 않을 자리에서 은밀하게 예배를 드리고 싶은 일념뿐이었는데, 어느 사이에 교파를 따지고 있었다니… 타성惰性은 얼마나 두껍게 자라고 있었던가. 그는 예배당을 향하여 천천히 걷기 시작했다. 목사로서가 아니라, 어느 목사가 들려줄 설교를 들으러 가는 발걸음은 가벼웠다.

예배당의 종루鐘樓와 십자가는 크레용 그림처럼 소박했다. 비탈을 깎아서 다듬은 흙 계단에, 크기가 각기 다른 돌들이 귀가 맞춰져 얹혀있고, 계단 양쪽으로 백일홍이 가지런히 심겨져 알락알락 피운 꽃이 있었다. 예배당 옆 숲 그늘에는 염소 두 마리가 말뚝에 매어져, 그 유리알 같은 눈을 쳐들고 입 안에 있는 풀을 새김질하고 있었다. 발치로 멀리 바다가 내려다보였고 잡다한 시가지와 함께 오밀조밀한 부두가 한눈에 들어왔다. 예배당 문은 잠겨 있지 않았다. 예배당은 가난해 보였지만 정결했다. 강대상이며 헌금탁자는 서툰 솜씨로 포도송이와 십자가가 조각되어 있었으나 생나무의 향긋함이 그대로 배어 있었고, 생나무 빛깔 그대로 길들어 가는 모양이 부드러웠다. 정면 중앙에 세워진 십자가와 그 앞에 펼쳐진 성경. 어디선가 찌륵, 찌르륵 풀벌레가 울었다. 그는 끝자리 구석에 앉았다. 헐벗은 영혼으로, 어지럼증 타는 영혼으로, 걷잡을 길 없는 헛헛함으로, 기도할 바를 잃은 허탈함으로. 지금쯤, 그는 삼일예배 순서를 위하여 준비된 설교를 앞에 놓고 기도하고 있었어야 할 시간이다. 교회를 촘촘하게 메운 형형한 눈길을 똑바로 마주보며 설교할 시간이다. 그러나… 그 지금까지 너무도 당연하게 너무도 당당하게 강대상 앞에 서서 말씀을 대언한다던 그는 누구였는가. 그의 영혼의 고향은 과연 예수 그분이었는가. 그의 설교 속에 하나님의 영광이 계셨던가. 그의 예배순서와 기도 속에서 그분은 정녕 함께 계셨는가. 규모가 크고 아름답고 거룩하게 설치된 예배당 안에 그분은 좌정해 계셨는가. 성도들의 신망과 존경을 한 몸에 받으면서 계속 앞으로만 치닫던 목사의 영혼은 때가 묻지 않았는가. 명성名聲, 찬탄讚嘆, 그리고 교인들이 어려워하며 우러러 보던 교역자의 지위는 탄탄했던가. 정 목사 그가 교회를 개척하면 놀라운 수효로 교인이 늘어났고, 잠깐 사이에 예배당이 우뚝우뚝 세워졌다. 이번에 신흥주택가에 교회가 세워질 때도 만찬가지였다. 바쁘고 고단하기는 했지만 자랑스럽기도 했고 뿌듯했다. '그런데 무엇이 너를 이 자리로 밀어냈는가. 누가 너를 그 탄탄한 자리, 거룩한 지위에서 떠나라 했는가. 아무도 너를 박대하지 않았다. 모두가 너를 위해 합심해서 기도했고, 모든 것이 풍요하게 돌아가는 교회 한가운데에 너는 살아 왔다. 아무도 너를 깎아내릴 사람은 없었다. 아무도 너를 색다른 눈으로 보려는 사람도 없었다. 너를 슬며시 이 낯선 곳으로 몰고 온 것은 누구냐?'

그것은 헌당예배가 있었던 지난 연말을 지내놓고 한 달쯤 지났을 때의 일이었다. 대예배가 있던 주일 아침 강대상 앞에서 설교하던 그는 문득 어느 뜨거운 눈과 마주쳤다. 예배당을 가득 채운 사람들의 촘촘한 눈 중에서 유난히 뜨거운 눈이었다. 여자였고 처음 보는 얼굴이었다. 그 눈은 뜨겁지만 날카롭고 예리했다. 그 영혼의 불꽃이 보였다. 설교자의 눈길은 그 눈 있는 데서 자주 걸렸다. 안 되겠다고 의식하면 할수록 눈길은 자석에 끌리듯 그쪽으로 끌려갔다. 그날, 축도와 송영으로 예배가 끝나고 좌석 통로를 걸어 나올 때 그의 등이 무엇에 찔린 듯 섬뜩했다. 까닭 모를 땀이 흘렀다.

그 여인이 누구인지 알아볼 방법 없이 두어 달이 지나갔다. 젊었다. 두드러지게 이지적인 얼굴에 눈이 아름다웠다. 아니다. 그 눈은 아름다운 눈이 아니라, 쏘는 듯 뜨거운가 하면 상대방을 강력하게 끌어당기는 흡인력의 눈이었다. 첫 순간의 마주침, 두려움이었다. 마주치는 순간에 본능적으로 피해야겠다는 생각부터 솟았다. 아니, 아니, 그것은 정직한 얘기가 아니다. 너무 강력한 견인력이 단숨에 이쪽을 흡착해 가는 것을 막지 못하면서 일어난 반동적인 생각이었을 뿐이다. 어느 사이엔가 목사는 회중會衆에서 그 눈길을 피하는 것이 버릇이 되었다. 그런데 그 눈은 언제나 회중 밖으로 튕겨져 나와 목사를 향해 날아들었다. 그의 설교는 어느 틈에 회중을 제쳐두고 그 튕겨져 나와 있는 한 사람을 향해 불이 되기 시작했다. 목사는 이미 회중이 보이지 않았다. 그 사실을 의식하고 오호라, 깜짝 놀랄 때에는 이미 형편없이 허둥거리고 있는 자신을 확인해야 했다. 강대상 앞으로 올라서는 순간 번번이 그는 그 눈의 임자부터 찾게 되었다. 굳이 그러지 않으리라고 마음을 고쳐먹으면 고쳐먹을수록 강대상에서 그는 허둥거렸다. 그 허둥거림은 지금까지 겪은 일 없던 두려움이 되었다. 설교하고 있는 자기음성을 자신의 전신으로 듣게 되는 현상. 설교의 음성이 자꾸만 자신에게로 되돌아왔다. 밖으로 나가야 할 열정의 설교가 안으로 튕겨져 들어왔다. 당황하면 당황할수록 그것은 더욱 걷잡을 수 없이 그를 뒤흔들었다. 무슨 일일까. 두려움이 엄습했다. 예배가 끝난 뒤 혼자 있을 시간에 그는 하나님 앞에 그 문제를 적나라하게 드러내고 자기가 빠져 있는 상황을 고백했다. '주여, 무슨 일입니까. 이것이 무슨 시험입니까. 어떻게 피해 가야 합니까? 시험에 들지 말게 하소서! 악에서 피하도록 도우소서. 실족하지 않도록 붙잡아 주소서. 아닙니다, 실족을 거쳐야 할 일이 오면 그 실족의 자리에서도 주님을 바라보게 하옵소서.' 그러나 그 묵상과 기도는 얼마 안 가서 단절의 벽에 부딪쳤다. 주님은 그곳에 계시지 않았다. 그의 기도는 토막, 토막 끊기기 예사였다. 그 수렁은 그의 내면에서 점점 깊어지는 늪지가 되었다. 새신자로 등록된 이름들을 살펴보았으나 교적敎籍 카드에 기재된 사항에는 그 여인이라고 짚어질 만한 인물은 보이지 않았다. 그는 등록하지 않고 출석하는 사람일시 분명했다. 그 여자는 주일예배에는 물론 주일 저녁의 찬양예배와 수요일 저녁의 삼일예배도 거의 거르는 일 없이 참석했다. 그 교회에서는 등록을 강권하거나 권유하는 일이 거의 없다. 본인이 등록을 하기 전에는 그가 누구인지를 알 길이 없다. 여자는 누구와 더불어 어울리는 일 없이 소리 없이 왔다가 그림자처럼 스러져 가고는 했다. 예배가 파하고 교인들이 흩어질 때에, 목사는 문 앞에서 교인들을 배웅하기 마련인데, 그때에도 그 여자는 다소곳이 고개를 숙여 목례를 대신할 뿐 누구도 쳐다보는 일없이 떠나간다. 찬송을 할 때에 그의 눈이 자주 눈물에 젖는 것을 목사는 볼 수 있었다. 기도를 할 때면 완전히 몰입하는 그의 모습을 확인할 수 있었다. 그 여자를 에워싸고 있는 공기는 늘 아우라였다. 목사가 만들어 낸 환각이었을까. 이지적인 것은 그의 분위기였고, 여인은 아름다웠다. 그것은 얼굴이나 몸매의 아름다움이 아닌, 그리고 세월의 흐름 속에서 늙어갈 그런 것이 아닌, 영혼의 향기 아련한 그런 아름다움이었다. 교만해 보이지 않았고, 고통을 모르는 단순성 아닌, 고뇌가 남다르게 승화된 모습이었다. 어느 때부터인가 설교를 준비하던 목사는 설교를 준비하다 말고 그 여인의 환영 앞에 우두커니 앉아 있고는 했다. 그러다가 깜짝 놀라 수습하기도 했지만 당황해하기 시작했다. '이 나이에 이 무슨 해괴한 현상인가.' 그는 젊었을 때도 연애감정 같은 것에 시달려 본 일이 없었다. 그런 것들이 부질없는 감정이라는 것을 그는 어렵지 않게 일찍 깨달았다. 얼마나 짧은 인생인데, 도무지 한 번밖에 살아 볼 수 없는 인생인 데다가, 복음福音을 위해 해야 할 일이 얼마나 크고 어려운 것인가를 알고 있었다. 그는 결혼도 예수 신앙을 위해서, 아이를 낳는 것도 먹고 마시는 것도, 마치 바울의 신앙고백을 따라가듯 했다. 그런데 목회 이십여 년, 불혹의 나이를 거쳐 오십이 다 된 이제 와서 여자에게 미혹迷惑을? 그러나 그것을 단순하게 미혹이라고 규정할 수 없었고, 그 상대를 의식하면서 설교가 더욱 생기를 얻고 있다는 사실도 외면할 수 없었다. 하지만 그것은 오래 이어지지 않았다. 부활절이 지난 첫 주일부터 그 여자는 나타나지 않았다. 처음에 어떻게 해서 그 교회에 오게 되었는지, 왜 그만두게 되었는지 아무도 아는 사람이 없었다. 더구나 그 여자의 이름이 무엇인지 무얼 하는 사람인지에 관해서도 캄캄이었다. 처음 몇 번은 혹시나 하는 기대로 그가 나타나기를 기다렸다. 그러나 여자는 종내 나타나지 않았다. 아마 먼 나라에서 살다가,

몇 개월 다니러 온 사람이었을까… 아쉽고 서운했다. 무슨 연모戀慕의 감정도 아니었고 오히려 아름다운 여운만을 남겨놓고 잘 지나갔구나 하는 다행스러움에 한숨 놓일 정도였지만 때때로 떠오르는 것은 그리움이었다. 시간이 흐르고 모든 것은 또다시 정상적인 궤도에서 활기를 얻게 될 것이라 여기고 그는 몰래 가슴을 쓸어내렸다.

목사가 또 하나의 날카로운 시선으로 감시를 당하기 시작한 것은 그 무렵부터의 일이었다. 그 눈은 지금까지 목사 자신의 내면 깊은 곳에 감추어져 있다가 나타난 것 같은 그런 눈이었다. 갑자기 강렬하게 목사 자신의 내면을 파고드는 난데없는 눈이었다. 자신의 일거수일투족을 일일이 간섭하기 시작했다. 그 눈은 끊임없이 번쩍거리며 목사의 생각이나 말이나 행동을 트집 잡았다. 주일 대예배를 드리러 목사관을 떠나면서 기도할 때면, 그 눈은 목사의 기도를 비웃었다. '겉껍데기 기도로군! 자네가 주님을 사랑한다는 것 정말이야? 참으로 경외하는가 말이야. 너는 지금 무릎만 꿇고 있어. 진정 예수 그가 누구인가를 알아? 기도의 알맹이는 어디 갔어?' 목사가 교회 사무실에서 가운을 입을 때도 그 눈은 차갑게 웃었다. '그 옷은 정말 너무도 잘 어울리는군 그래. 오, 자네의 그 실패를 모르는 귀공자다운 얼굴을 위하여 그 벨벳을 적당히 장식한 검은빛 가운이랑 정말 자네를 위해 만들어진 것이네! 하지만 그 가운 안에 있는 건 도대체 누구야? 잘 길들여진 목사? 잘 훈련된 목사? 그런데 자네는 누구를 위한 목사인가? 무엇을 하기 위한 목사인가? 그 번쩍이는 눈은 단 한순간도 잠들 때가 없었다. 기도가 부서지고 잠이 깨어졌다. 번쩍이는 그 눈은 너무도 절묘하게 사실 파악을 했다. 그 눈초리가 들이대는 고문拷問 앞에 늘 발가벗겨지는 결과를 피할 길이 없었다. 목회牧會 일상이 흐트러지기 시작했지만 무엇으로도 회복할 길이 보이지 않았다. 지치고 지친 끝에, 친구와 의논하고 그 눈을 피하여 승용차를 빌려 타고 도망친 것이다.

그는 앞자리 등받이 위에 두 손을 얹고 그 위에 이마를 얹었다. '주님…' 외마디뿐 더 이어지지 않았다. 빌 바를 모르는 어리친 영혼… 막막했다. 문소리가 나면서 사람들 모여드는 소리가 들렸다. 더러 낮은 목소리로 소곤거리기도 하며, 의자에 앉고 일어나는 소리 등 어둡기 시작하는 실내에서 예배 준비가 시작되고 있었다. 불이 켜졌을 때, 그는 옆자리의 인기척에 눈을 떴다. 그때 눈에 띈 것은 험 하디 험한 손, 모지라지고 갈라진 두 손이 기도하는 손이었다. 흙으로 빚어진 듯한 손, 하늘과 땅밖에 모를 것 같은 손이 기도하고 있었다. 손톱이 모자라져서 손톱 밑살이 굳어졌고, 그 굳은살이 다시 터지고 갈라져서 난자당한 듯 험한 손. 그 손의 임자는 오십을 바라보는 촌부村婦였다. 윤기 없는 머리는 바다 바람과 햇빛에 오래 시달린 듯 검은빛을 잃었고 옆모습의 얼굴은 여자의 얼굴이 아니라 시커멓게 찌들어 쓸모없이 된 두껍고 뻣뻣한 가죽이었다. 안락으로부터 버림받은 얼굴, 휴식으로부터 외면당한 육체, 땅 위에 널려있는 즐거움 중에 단 한 가지도 만나 본 일 없었을 육신. 머리털 끝부터 말끝에 이르기까지 힘하고 또 험한 육신이었다. 그러나 그 육신을 이끌고 교회로 나와 두 손 합장 기도하고 있는 모습은 거룩했다. 보탤 것도 덜어낼 것도 없는 그 두 손의 간구는 그대로 하늘나라에 닿는 순종이었다. 정 목사는 그 손을 엿보고 있는 것조차 불경스러워 눈을 감았다. 그러나 감고 있는 눈 속으로 떠오르는 것은 방금 바라본 그 손뿐이었다. 그 손을 바라보면서 그의 가슴과 눈이 눈물로 젖기 시작했다. 그는 바닷가 시골 가난한 예배당에서 신앙의 진정한 본보기를 만났다. 땅 위의 것으로 채워진 것이라고는 단 한 가지도 없는 가난함, 그 가난 안에 깃든 더할 수 없이 순결 신실한 합장한 손을 보았다. 그는 주님 앞에 겨우 한걸음 가까이 나아간 마음으로 겸손히 무릎 꿇었다. '주님, 이 손의 임자를 만나게 하시니 감사합니다. 제 삶의 실상이 어디까지 이르렀는지를 보게 하시니 감사합니다.' 그는 자기의 신분에 관한 것을 깨끗하게 잊었다. 자기가 어디로부터 온 자인지가 어디로 가야 할 자인가도 잊었다. 무슨 근심이 있었는지, 앞일에 관한 불안이 어떤 것인지도 잊었다. 나이도, 소속도, 어제의 일도 내일의 일도 떠오르지 않았다. 예배당에 앉아 예배를 기다리는 한 작은 聖徒가 되어 있었다. 그의 마음은 진정 가난했고, 가벼웠다. '아아 천국이 있다면 이런 평안이겠다. 그렇다… 바로 이것이었어!' "심령이 가난한 자는 복이 있나니 천국이 저희 것임이요." 심령이 가난한 자라는 것은 마음에 아무것도 담긴 것 없이 깨끗하게 비어 있는, 오직 천국만을 그리는 마음이다. 그는 자기의 신분이 드러나지 않는 자리. 그 어느 누구의 시선도 꺼려할 일 없는, 한 작은 자리의 편안함에 눈물지었다. 그 자리에서 한량없는 평안함을 누렸다. '이것이로구나. 겸손의 무릎 꿇음이 있는 자리에, 자기를 깨끗하게 비운 자리에 천국이 내 것으로 오나니. 이 무슨 놀라운 축복인가. 내게도 이런 평안함이 주어질 때가 있었구나, 내게도. 은혜와 축복이라는 것이 이런 것이로구나. 내가 내 이름과 내 직책을 기억하고 있는 한, 그것을 먼저 내세우게 되는 한 나는 정말 만나야 할 것을 만나지 못하는 질고에 빠졌었구나.' 예배당으로 들어오는 사람마다 수굿하게 자리를 찾아가 앉는 대로 고개를 숙이고는 묵상기도를 한다. 수굿한 뒷모습, 텁수룩함, 구부정한 어깨와 등. 그 예배당 안에는 단 한 가지도 말쑥한 것이 없었다. 틈입자闖入者 서울 목사는 누구의 눈에 띄는 일 없이, 감시당할 일 없이 편안했다. 가난한 자리였지만 자유로웠다.

  예배가 시작되어, 강대상 앞에 나선 인도자를 바라보았을 때, 그는 다시 가슴이 뭉클했다. 이렇게 조용하고 평화로울 수가… 나이는 사십을 바라보는 듯했는데 체질이 허약해 보였다. 얼굴은 해풍에 그을려 있었고 눈빛이 형형했다. 설교는 말씀의 증거라기보다 감사와 기쁨의 간증이었다. 넘치는 샘물처럼, 쏟아지는 봄볕처럼 그랬다. '아, 이게 웬일인가. 방금 몇 순간 전에 생생하게 떠올라 구체적인 은혜로 깨닫게 된 이 성경 말씀이 오늘의 설교 제목이라니.' "심령이 가난한 자는 복이 있나니 천국이 저희 것임이요."
  무릇, 땅 위에 살고 있는 사람들은 어떠한 형태로든 복福을 기원

祈願한다. 더러는 그 복을 건강에다 두는 사람이 있고, 누구는 그 복을 재물과 직결시키는 사람이 있으며, 부귀·권세·명예·수명 등 그 모든 것이 복이라는 것과 관련이 되어 있는 것으로 믿는다. 그러나 진정한 복은 심령心靈이 가난한 자의 것이다. 몇 끼 굶어, 오직 먹을 것만 간절하게 바라는 굶주린 위장胃腸처럼 그렇게 심령이 가난한 자, 그렇게 오직 하나님만을 바라는 자의 복이 진정한 복이다. 땅 위에서 얻는 것들은 땅 위에서 끝나며, 땅 위에서 변질된다. 그러나 하나님 나라의 복, 곧 하나님을 믿는 믿음의 기쁨을 소유할 수 있는 심령은 영원한 기쁨을 얻는다. 오직 신령한 것에 대한 무한한 갈망과 하나님의 뜻을 알고자 함에 있어 굶주린 자처럼 되어 있는 심령. 지식을 자랑하는 제 심사心思가 자랑으로 가득 차 부유富饒하거나, 도덕적으로 완벽한 인간이라고 스스로 믿는 자가 있다면 그의 마음은 자부심으로 넘친다. 그리고 자기의 신앙이 누구 못지않게 훌륭하다고 뻐기는 자의 교만한 심령은… 넘치는 재물로 늘 배부른 자는 돈의 힘으로, 지식, 권력 인격 신앙까지를 다 함께 누릴 수 있어 지상에서 스스로 성공한 자라 믿어 배가 터진다. 영적인 부요富饒를 누리는 사람은 진정, 무엇이 저에게 꼭 있어야 하는지 모르면서 자기 의義에 도취하여 배가 터진다. 그러나 심령이 가난한 사람, 진정, 단 한 가지 하나님을 믿는 한 가지만으로 지상의 양식糧食을 삼는 사람들의 가난한 심령은 천국으로 들어간다.

작은 교회 목사의 얼굴은 순면純綿처럼 부러웠다. 눈은 초롱초롱

빛났고 목소리는 청청했다. 교회 안은 여름의 열기 대신 신령한 것을 갈망하는 향기로 가득 찼다. 모두들 숨도 크게 쉬지 않고 귀를 기울이고 있었다. 예배의 끝 순서가 되어, "주님 가르치신 기도로……." 인도자의 말을 따라 모두가 고개를 숙이고 "하늘에 계신 우리 아버지, 이름이 거룩히 여김을 받으옵시고…." 주기도문을 봉숭하기 시작할 때, 뒷자리에 앉았던 그는 자리에서 슬쩍 일어났다. 아는 사람이 있을 리 없었지만, 사람과 마주치는 일을 피하고 싶었다. 그때, 강단에서 내려와 출입구 쪽으로 오던 인도자는 바람처럼 소리 없이 빠른걸음으로 그에게 다가왔다.

"목사님, 못 가십니다." 작은 교회 목사는 일어서려는 사람의 팔을 붙잡더니 빠르게 속삭였다. "이대로는 못 가십니다. 이건 하나님께서 마련해 주신 자립니다. 앉아 계십시오. 잠깐이면 끝납니다."

작은 교회 목사는 상기한 얼굴로 가쁜 듯 말하며 입구 쪽으로 갔다. 교인들이 웅성웅성 일어나며 서로 반겨 인사하고 풍금소리가 그들을 배웅했다. 그들은 기쁜 낯으로 목사님께 허리 굽혀 감사하면서 교회를 떠났다. 칠십여 명쯤 되는 교우들이 거의 다 흩어지자, 작은 교회 목사는 정 목사 쪽으로 달려왔.

"목사님… 저희 교회에… 어쩐 일이십니까. 저는 단상에서 단박에 알아 뵙고 예배 도중 내내 가슴이 뛰어서 혼이 났습니다. 목사님, 감사합니다. 아니 이런 자리를 허락하신 주님께 감사드립니다. 세상에 어떻게 이런 일이… 목사님……."

작은 교회 목사는 계속 벅차서 어쩔 줄을 몰라 했으나, 정 목사는 아무리 해도 기억나지 않는 얼굴이어서 조심스럽게 미소 지을 수밖에 없었다.

"목사님은 제가 누군지 아실 수가 없겠지만, 저는 목사님을 평생 잊을 수 없는 사람입니다. 기억하시겠습니까, 목사님? 이십 년도 훨씬 전에 K고등학교에 오셔서 전도강연을 하셨던 일. 저는 그때 고등학교 일학년 학생이었습니다. 그날 복음을 받고 저의 인생은 방향이 바뀌면서 확고해졌습니다. 그때 일을 기억하시겠습니까? 제 이름은 박성연입니다."

작은 교회 박 목사의 열띤 이야기를 들으며 기억을 더듬어 가던 그는 박 목사가 이야기 하는 지점에서 기억이 살아났다. 그때의 자기 모습도 떠올랐다. 신앙의 불길이 한창 타오르기 시작하던 때의 그 순결하던 열기. 그는 온 생명을 쏟아 붓듯, 영혼의 전부를 바쳐, 각 고등학교로 전도 강연을 다녔다. 순수한 열정이 타오르던 때였다.

"목사님, 저는 그 뒤 고등학교를 마치고 신학대학에 진학하면서, 목사님이 주관하시는 집회마다 열심히 찾아다녔습니다. 그랬으면서도 개인적으로 목사님을 찾아뵙지 못한 것은 제가 그런 결심이 설 때마다 목사님은 공부하러 외국으로 떠나시곤 했기 때문이었어요. 그래서 저는 그 뒤로부터는 목사님의 저서를 찾아 읽거나 옛날 노트를 펼쳐 보면서 만족하기로 했지요. 그런데 오늘… 저희 교회, 그것도 맨 끝자리에 앉아 예배를 드리시다니… 어찌된 일입니까, 목사님?"

"마침 이 근처를 지나가던 길이었습니다."

"그러시기로서니 아무 동행자도 없이 이렇게 호젓하게 교회 끝자리에 앉으시어… 저를 이토록 놀라게 하시다니."

박 목사의 얼굴로 땀이 줄줄 흘러내렸다.

"그곳이 내 앉을 마땅한 자리였습니다. 오늘 예배, 내게는 참으로 은혜가 깊었습니다. 그러면 이만……."

"아, 아닙니다. 목사님, 무슨 일이 있으신지는 모르지만, 잠깐 땀이라도 들이시고 좀 앉으셨다가 가세요. 이렇게 그냥 가시다니, 저를 부끄럽거 서운하게 만드십니다. 그렇습니다… 목사님께서 끝자리에 앉으셨던 이 교회… 저는 은혜를 백배로 받으면서 저의 모든 것을 바치겠습니다. 바로 뒷 터에 저의 집이 있습니다. 잠깐 들르셔서 쉬었다가 가십시오."

그 순수한 정열을 사양할 도리가 없었다. 그때, 젊고 아름답지만 안색이 무척 파리한 부인이 그들 옆으로 조심스럽게 다가왔다.

"아, 인사드려요. 목사님, 저의 집사람입니다."

부인은 조용하게 허리를 굽혔다. 그리고 맑은 눈을 건네며 입을 열었다.

"먼 곳에서 오신 목사님이실 텐데 저희가 미처 못 알아 뵈어서 죄송합니다. 목사님, 제가 솜씨는 시원찮지만, 마침 저녁 준비를 해놓았는데 저녁을 함께 하신다면 저희가 더없이 기쁘겠습니다. 부디……."

박 목사도 어린애처럼 졸랐다.

"무척 바쁘시겠지만, 목사님 좀 더 함께 모시고 있고 싶어 그럽니다. 혹시 약속이 있으신다면 무례한 청입니다만, 저희들에게 전화가 있으니 조금만 늦춰 주시지요."

"약속은 없습니다. 저녁을 주신다면 나그네의 즐거운 한 끼가 되겠습니다만."

박 목사 부부는 정 목사의 승낙에, 눈물을 글썽거려 기뻐했다. 교회 뒤 터에 있는 집은 판잣집을 간신히 면한 토담집이었다. 마루를 가운데 두고 방이 양쪽으로 있었지만, 키 큰 남자가 발을 마음 놓고 뻗어서는 안 될 정도로 작은 방들이었다. 그나마 건넌방 쪽에 병아리를 부화시켰는지 삐약대는 병아리들의 바장임이 한창이었다. 작은 부엌에는, 예배에 왔다가 들른 듯한 아낙네 두엇이 손님 시중을 어떻게 해야 할 것인가 궁금한 듯 밖을 기웃거리고 있었다. 박 목사는 마루에 돗자리를 펴면서 소년처럼 들떴다.

"목사님… 목사님께서 이렇게 저희 예배당을 찾아 주시다니 정말 기적입니다. 훗날에 우리가 예수님을 다시 뵙게 될 때는. 이런 반가움과 놀라움이 백배 천배 되겠지요?"

그는 어린애처럼 즐거워 어쩔 줄을 몰라 하면서, 마침 방에서 나오는 소년을 불러 세웠다.

"목사님께 인사드려라. 제 아들입니다."

소년은 건강한 얼굴, 빛나는 큰 눈에 웃음을 가득 담고 절을 꾸벅했다. '오오, 맑고 투명한 영혼들. 천사의 얼굴들이여……' 이들 가족은 모두가 어찌 이리도 맑고 아름다운가. 서울 목사는 두 손으로 소년의 손을 잡았다. 가슴 깊이 기쁨이 출렁거렸다. 부인은 시원한 유리그릇에 찰랑찰랑하도록 물을 담아 왔다.

"목사님, 토종꿀입니다. 그리고 저희 집 샘물이 참 시원합니다."

정 목사는 꿀물 그릇을 받아 놓고 두 손을 모으고 눈을 감았다. 현존하시는 그분, 사랑의 실체를 만나 뵙는 자리였다. 전신이 감격에 떨렸다. 신자信者가 음식 앞에서 드리는 의례적인 기도가 아니었다. 박 목사 부인이 자리에서 일어설 때, 눈물이 반짝였다. 이지적이면서도 따뜻하게 느껴졌지만 창백했다. 마루 한 옆으로는, 영어와 불어로 된 동화책들이 여남은 권 채곡채곡 쌓여 있었다. 이 집과는 어울리지 않을 만큼 장정이며 그림들이 호화롭게 꾸며진 책들이었다.

"좋은 책들이로군요."

손님이 화제를 만들자 주인은 수줍어하면서 띄엄띄엄 설명했다.

"예, 집사람이 동화를 쓰는 한편 번역을 합니다만… 뜻대로 안 풀리는 것 같아 애를 태웁니다. 대학에서 불문학과를 마쳤습니다만……."

부인이 밥상을 받쳐 들고 올라서며 낯을 붉혔다. 자기가 하고 있는 일이 화제가 되고 있다는 것을 눈치로 안 듯했으나, 그 일에 관해서는 아무 말도 하지 않고 수줍어하며 권했다.

"풋것들이지만 맛은 있을 거예요. 열심히 만든 것입니다. 많이 드십시오."

호박전, 깻잎볶음, 풋고추에 멸치볶음, 그리고 된장찌개와 오이냉국이 있었다. '그런데 왜 저 부인이 저리 창백하지?' 창백했지만 움직임은 경쾌했다. 그의 미소는 주위에 있는 모든 것을 밝게 만들었고, 나직나직 부드러운 음성은 따뜻했다. 박 목사는 식탁에서 서울 목사의 시중을 들어가며, 그 부근 실정에 관한 것을 보고하듯 자분자분 말 머리를 풀었다.

"목사님, 우리나라가 6·25 전쟁을 치른 지 삼십여 년, 1980년대로 들어서고도 또 몇 년이 흘렀습니다. 놀랍게 근대화되고는 있다지만, 아직 구석구석에 박혀 있는 가난한 잔뿌리가 너무도 깊어요. 오히려, 한옆으로 눈부신 근대화가 이루어지고 있기 때문에, 그 그늘의 비참이 숨겨지고 있습니다. 저는, 이 근처 어촌의 복음화를 서원誓願 하며 이곳으로 들어왔습니다. 이제 십오 년 째예요. 전도사로 왔다가 이곳에 눌러앉으면서 목사안수를 받았습니다. 십오 년 동안 열심히 하느라고 했지만… 낙담에 빠질 때도 많았습니다. 아, 목사님, 식사 하시는데 제가 너무 장황하게 떠들고 있습니다. 음식은 입에 맞으시는지요."

서울 목사는 묵묵하게 밥그릇을 비우면서 경청하던 그대로 대답했다.

"아, 시골밥상이 참 좋습니다. 며칠 만에 아주 맛있게 먹고 있으니, 말씀 계속하세요."

시골목사는 잠깐 낯을 붉히다가 말을 이었다.

"우리나라가 가난을 벗어났다고 하지만, 돈 다발이 이리저리 날아다니고, 편리한 생필품이 넘쳐나면서 인심이 옛날 같지 않습니다. 도무지 이 세대世代와 세태世態가 너무 바쁘게 돌아가고 있습니다. 이렇게 정신 못 차리게 바쁠 수가 없습니다. 옛날의 가난은 못 먹고 못 입더라도 이웃지간에 인정은 있었고, 뼈 빠지게 일을 했어도 시간적인 여유와 공간적인 여유가 있었지 싶습니다. 그런데 요즘의 가난은 무턱대고 바쁘기만 합니다. 이웃도 없고 우스개도 없고 시간도 없이 모두가 그저 줄 다름입니다. 돈을 벌면서, 쓰면서, 경쟁하면서, 따지면서, 이 눈치 저 눈치 보면서, 끝없이 불안해하면서, 악착같이 달리기만 하면서, 옆에서 누가 무슨 말을 하는지 귀도 빌려주려고 하지 않는 겁니다. 죄송하지만 이 바닥에는 오직 생존자生存者들만 득실거리고 있어요. 특히 부둣가나 새벽의 어판장엘 나가 보면 그만 기가 막혀 주저앉고 맙니다. 그 악착스러움이 눈 부릅뜬 현실이고, 그들의 현실 앞에서 저는 입도 뗄 수가 없어집니다. 그들에게 '귀 좀 빌리시다.' 할 엄두가 나지 않습니다. 그 비정한 삶의 현장이 저에게는 때때로 절망이었습니다. 전도할 용기를 잃었습니다. 펄펄 뛰는 그들 앞에서 그저 무력해지고 말았습니다. 이 바닷가의 삶은 거칠기 짝이 없습니다. 사람들에게 순박한 점도 있지만 다른 곳과 달리 억세고 뻑뻑한 곳이 이곳입니다. 목사님, 이렇게 뜻밖에 만나 뵈었는데… 당돌한 부탁을 드려도 되겠는지요."

"나 때문에 식사도 제대로 못하면서 이곳 정황을 보고하셨으니

식사마저 하시지요. 무슨 부탁인지 들을 만하면……."

서울 목사는 부드러운 눈길로 젊은 목사에게 용건을 물었다. 작은 교회 박 목사는 흥분한 기색을 감추지 못하고 어렵스럽게 입을 열었다.

"이곳 고단한 사람들을 위해 집회를 한 번 허락해 주신다면……."

"집회를……."

선배목사는 넋이 나갔다. '이 형편의 내가 누구에게 어떻게 복음을 전하겠다고… 나에게 무엇이 남아 있는가. 놀랍도록 규모를 크게 만들어 놓은 예배당의 당회장이라서? 불과 몇 년 사이에 수천 명을 모을 수 있었던 성공한(?) 목사라서? 신학공부를 많이 했고 후배양성을 많이 했대서? 그래서 나는 철통같은 신앙인이 되어 다른 이들을 수천 수만 인도할 수 있다는 말인가? 집회를? 이곳 사람들을 모아 놓고 부흥회를?' 그는 상상해 보았다. 바닷바람에 그을린 구릿빛 얼굴들. 깊게 파인 주름진 얼굴. 소금기 버석거리는 몽당 머리털에 그 갈퀴 같은 손… 그들을 불러 앉힌 자리에 나서서 무엇을 말하랴. 어떻게 입을 떼랴.' 오히려 그들 앞에 꿇어앉아 용서를 빌어야 마땅할 일이었다. 손님은 당황해 하며 가까스로 거절의 말문을 열었다.

"무슨 집회가 필요하겠습니까. 오늘 드린 예배처럼 그렇게 예배드려 가며 나날을 꾸준하게 나아가면 그것이 전부가 아닙니까."

"목사님, 이 부근에는 아직도 무언가를 기다리는 사람들이 많습니다. 아직 만나지 못해서, 예수 그분을 만나지 못해서 어영부영 하루 세끼 밥 먹고, 바다로 나가 물질하고, 더러는 풍랑에 쓸려간 시신을 찾지 못하면서도 무엇인가를 기다리는 사람들입니다. 그런데 저는 그들을 하늘나라로 인도하지 못하고 있습니다. 예수님 앞으로 데려 오지 못하고 있습니다. 부두가의 사람들이 밤이면 술을 퍼마시고, 더러 싸움패들이 되고 하지만, 모두들 기다리는 사람들입니다. 바짝 마른 그 영혼에다 불을 지펴 줄… 그 불을 당겨 주지 못해서 너무 안타깝습니다. 한 번 불만 당겨 주면 순수하게 타오를 사람들이에요. 목사님께서 이런 벽지 어촌에서 우리 교회에까지 오시게 된 일, 그렇게 뜻 없이 스쳐갈 일은 아닐 것입니다. 그 뜻에 귀를 기울여 주십시오, 목사님."

손님은 답답해서 숨이 막힐 지경이었다. '정직해지자. 정직해지는 길밖에는 나갈 길이 없겠구나.' 서울 목사는 한동안 숨을 가다듬다가 조심스럽게, 고해성사 하듯 입을 열었다.

"고백을 하지요. 나는 지금 텅 빈 상태입니다. 그동안 너무 오랫동안 나를 파먹고만 지낸 결과입니다. 내 영혼의 우물이 말랐어요. 기도의 저금통장은 바닥이 나다 못해 부도 남발입니다. 설교는, 기도를 의지한 성령의 도우심으로부터 끊어져 신학강의가 되기 시작한 지 오래됐고요. 나는 요즘 주님을 못 뵌 지 오래되는 정도가 아니라, 내가 어디에 있는지 내가 누구인지조차 알 수 없어 헤매고 다니다가 이곳까지 흘러왔습니다. 나는 어느덧 자신이 성공한 목사로 자처하고 있었습니다. 성공… 성공… 목사의 성공이 무엇입니까? 유명해지는 것? 예배당을 크게 짓는 것? 교인 수효가 어마어마하게 불어나는 것? 칠십년 대에 남한 땅에 불길로 일어나던 성령의 불속에서 성공한 목사들이 너무 많이 늘어나고 있지요. 서로 기웃거려가며 방법을 훔쳐보며, 교인 늘리기, 예배당 크게 짓기, 헌금 쌓이기… 설정한 목표를 위해 별의별 방법을 다 동원하고 있다는 것 알고 있지 않습니까. 나에게는 고뇌가 없었습니다. 실패가 없는 길을 걷는 동안 내 영혼에 군살이 붙기 시작했어요. 영혼의 눈에는 백태가 끼고, 귀에는 귀지가 가득 차다 못해 교만 쪽으로 굳어져가고 있다는 것조차 의식하지 못하고 지냈습니다. 나는 어찌어찌 이곳까지 흘러와서 희미하게 내 모습을 만나 볼 수 있게 되었습니다. 빈껍데기가 되어 있는 내 몰골을… 내면에 남아 있는 것이라고는 아무것도 없는 빈껍데기를… 지금까지 내가 하나님께 드렸던 것은, 그 빈껍데기를 이렇게 저렇게 치장해가면서 이어가던… 전혀 세상적인 계산計算과 세상적인 성과의 실적뿐이었습니다. 아닙니다. 그것은 하나님께 드렸던 것도 아닙니다. 나 자신한테 바쳤던 거죠. 지금은… 오직 말씀대로 살아가는 박 목사 당신이 나를 도와주어야 할 자리입니다. 주께서 나를 불쌍히 여기시고 이곳 교회로 나를 데려다 놓으셨어요."

"아니 목사님, 무슨 그런 말씀을… 도무지 무슨 말씀을 하시는지……."

대선배 목사의 고백을 듣는 동안 젊은 목사는 좌불안석이었다. 고백의 실마리를 풀기 시작한 선배는 차츰 마음을 가라앉혔다.

"아니오, 볼 것을 똑바로 보아야지요. 매일 매 순간의 회개悔改가 기적임을 깨닫고 있어요. 신앙은 매 순간 내 꼴 보이는 것이 신앙입니다. 내 말을 부디 깊이 이해해 주시고… 이때에, 주께서 나를 이곳 교회로 인도하시고 은혜를 주시니, 부디 나를 거짓말하는 자리로 끌어내지 마십시오. 이제 나는 비로소, 깊은 어둠 속에 빠져 있는 나의 영혼과 만나는 중입니다. 내 삶의 실패 앞에 정직한 눈을 뜨고 있는 중이니 여기서 곁길로 빠지지 않도록 도와 주세요, 부디."

"목사님……."

젊은이는 그렇게 불러 놓고 다음 말을 잇지 못했다. 선배 목사는 씁쓸한 미소를 띠며 말했다.

"박 목사께서 나를 알아보고 극진하게 선배 대접을 해주며, 원로 대접을 해주시니, 내가 오히려 열 배나 더 초라하게 느껴집니다. 내가 하는 이야기를 깊이 이해해 주시는 것 같으니 감사합니다." 손님은 자리에서 일어났다. 그리고 말을 덧붙였다. "사실은, 남모르는 갈등에 쫓겨 떠나온 길입니다. 아직 영혼의 밤길 어둠에서 벗어나질 못했고… 지금은 확답을 할 수가 없지만 … 잊지 않고 있다가 집회를 해낼 수 있을 때 연락을 드리기로 하지요. 그리고 이곳에 머무는 동안 부두와 어판장 사람들의 생활을 좀 더 자세히 알아보도록 하겠습니다."

"안내를 해드리겠습니다."

"아닙니다, 혼자서 하겠어요." 손님은 다시 한 번 허리를 굽혔다. "우연히 들렀다가 따뜻하고 맛있는 저녁까지 대접을 받았습니다, 고맙습니다. 두고, 두고 잊히지 않는 저녁이 되겠습니다."

뜰로 내려서니 언덕 아래로 항구의 불빛이 영롱하게 반짝였다. 바다는 무거운 침묵에 잠겨 있었으나 잠들어 있지는 않았다. 불빛을 흔들며 떠나가는 배가 있었고, 멀리 바다 가운데에 떠 있는 등대가 껌벅껌벅 손짓하고 있었다. 손님은 무연한 표정으로 밤바다를 바라보았다. 다시는 돌아서거나 움직이지 않을 사람처럼, 어느 무엇과도 닿지 않는 막막한 외로움에 목이 메었다. 단절감이었다. 그분께로부터 외면당한 것 같은 단절감이었다. '주님만이 나의 반석, 나의 구원, 나의 요새이시니…' 그 하나님으로부터 멀리 쫓겨난 단절감이었다. 왜, 언제, 무엇 때문에, 어느 손이 그를 떠밀어냈는지 알 수 없이 쫓겨나 향방을 알 수 없는 사막에 던져진 듯 외로웠다. 그는 지금 아름다운 사람들로부터, 더할 수 없이 따뜻한 대접을 받았다. 그 작은 교회의 가족들은, 이 뜻밖의 손님을 벌벌 떨며 왕처럼 대접해 주었다. '훌륭하신 목사님이시란다.' '유명하신 분이지.' '놀라운 영력靈力과 말씀증거의 은사를 가지신 분이시다!' '아아, 어떻게, 저렇게 크신 분이 우리 교회에까지 오시게 되었을까?' 부엌에서 들뜬 말투로 수군거리던 말들이 토막토막 들렸다. 너무 부끄럽고 당황스러워 가뭇없이 스러지거나 녹아 없어지는 길은 없는 것일까… 서울 목사는 너무 부끄러워서 빨리 달아나고만 싶었다.

박 목사 내외는 손님을 방해하지 않으려는 듯 저만치에 그림자처럼 서 있는데, 그때까지 머뭇거리던 소년이 서울 목사에게 조심스레 다가오더니, 손님의 소매 끝을 살며시 잡아끌었다.

"목사님, 제 이야기 좀 들어주세요."

소년은 나직하고도 빠른 어투로 속삭였다. 밤바다로부터 얼굴을 돌린 손님은 소년의 얼굴을 내려다보았다.

"말해 보렴."

"목사님, 우리 어머니는 많이 아파요. 병원엘 열 군데나 다녔어요. 그런데 나을 수 없대요. 무서운 병이라는데 폐암이라고들 말해요……. 목사님, 우리 어머니를 위해 기도해 주세요. 저도 매일 기도를 하는데 하나님은 지금까지 아무 말씀도 안 해 주셔요."

소년의 눈은 어둠 속에서 영롱하게 빛났다. 별이 이슬 위에 내려앉은 듯 그 눈망울이 눈물에 잠겨 있었다.

"얘야, 너 무슨 말씀을 드리고 있는 거냐."

소년의 아버지가 급히 다가오며 황망해 했으나, 손님은 허리 굽혀 키를 소년에게 맞추며 소년을 가슴에 품었다. 그는 아무 말도 할 수 없었다. 가슴에 안고 있는 소년의 등을 포근한 손바닥으로 쓸어 주며 눈을 감았다. 그의 눈 속이 뜨겁게 젖었다. '주님, 감사합니다. 사랑입니다. 사랑… 저에게 사랑을 안겨 주셨습니다. 기도의 문이 열리는 사랑입니다. 소년… 기적의 열매를 안겨 주셨습니다.' 서울 목사의 품에서 울음을 억지로 삼키고 있던 소년의 어깨가 조금씩 떨리더니 흐느낌으로 변했다. 그는 소년을 좀 더 힘주어 끌어안았다. 손님의 황량하던 영혼에 불이 켜졌다. 소년은 영혼의 불이었다. 불빛이었고 등대였다.

"그래, 기도하자. 우리 함께 열심히 기도하자. 내가 이곳을 떠나더라도 계속 기도할 게다."

소년을 안고 있는 그에게서 눈물이 흘렀다. 하염없이 흘러내렸다. '이 어린 가슴이 혼자 얼마나 타 붙었기에 처음 만난 어른에게 기도를 부탁했겠는가'

아들과 정 목사를 바라보고 있던 소년의 아버지가 목 메인 입을 열었다.

"목사님… 죄송합니다… 어린 것이……."

"아닙니다." 소년을 품에 안은 채, 정 목사가 눈물 젖은 얼굴 그대로 말을 이었다. "지금… 이 자리에 주님이 오셔서 기도의 문을 열어주시네요. 주께서… 주께서 오셔서 기도의 문을 열어 주셨습니다."

정 목사는 소년을 품고, 그 자리에서 소년의 아버지, 그리고 소년의 어머니의 손을 잡았다. 네 사람이 한 몸이 되었다. 그리고 기도는 눈물의 강을 이루었다. 발아래로 아롱다롱 불 밝힌 부두의 여름밤이 있고, 머리 위로는 교회의 종탑이 서 있는 뜰. 백일홍이 피어있는 화단의 꽃들이 흔들렸다.

늦은 밤, 작은 교회 가족들과 헤어져 부두로 내려온 목사는 부두의 불빛에 이끌리듯 선창가 주막 골목으로 들어섰다. 여름밤의 부두는 이미 취기 젖어 있었다. 찐득한 취기로 집과 집이 엉켜 출렁거렸다. 남루한 판잣집 술청도 불빛만은 찢어지게 밝았다. 여자들의 교성과 남자들의 고함소리가 곧 무슨 일을 저지를 듯 위태롭게 터졌지만, 그들은 제각기 그 위태위태한 절정을 즐기며 자지러졌다. 하루의 피곤이 탈바꿈하는 시간, 살자고 버둥거리던 하루를 힘껏 짓뭉갤 수만 있다면 얼마든지 뭉개버리려는 듯 그들은 기고만장 악을 써 댔다. 그 하루를 흔적도 없이 지워 버려야 내일의 얼굴이 분명해진다는 약속이나 있는 것처럼. 점포 없이 시장터에 물건을 널어놓고 팔던 사람들은 하루를 걷어치우고 일어섰고, 시장 안 좌판의 주인들은 돈주머니를 뒤집어놓고 지전과 동전을 가려가며 셈하는 일이 바빴다. 술집 골목은 걸쭉했다. 얼룩진 어둠과 더위, 그리고 찝찔한 갯내음과 섞여 취기와 교성으로 반죽이 된 세상. 술청 문 밖에 퍼질러 앉아 파를 다듬고 있는 젊은 여자가 유행가 가락을 목청껏 뽑아내고 있다. 파 다듬는 일만 끝내 놓으면 술청에 올라앉을 자격이 생기고, 그 자격을 행사할 때에 써먹을 일을 준비하듯, 그는 정성껏 유행가를 불렀다.

　나그네는 흥청거리는 부두의 취기 속에서 길을 잃었다. '부두의 취기, 그리고 이 여름밤의 요기妖氣를 뿜어내는 이 사람들. 이 사람들에게 줄 수 있는 것은 무엇인가. 이들이 받아들이든 받아들이지 않든 간에 건네어야 할 그것⋯⋯ 그것을 나는 과연 가지고 있는가. 이런 세상, 이런 사람들이 살아있다는 것을 알고나 있었으며, 또 찾아볼 생각을 해본 일이 있었던가. 내가 이들에게 손을 건넨다면 언제 어떻게 손을 내어 밀어야 하는가. 누구에게 먼저 어떻게 해야 하는가. 이, 바닷바람을 알지 못하던 피부와 바닷물에 젖어 본 일이 없는 손을 이들에게 내어밀었을 때 이들은 어떤 얼굴을 할 것인가.'

그는 선창가로 나가서 언덕 위 저쪽에 있는 교회를 올려다보았다. 교회의 모습은 보일 리가 없었지만, 작은 교회 목사부부와 그 아들아이의 모습이 향기로운 꽃처럼 그의 눈앞에 피어났다. 폐암으로 죽음을 눈앞에 둔 젊은 아내. 그러나 그는 조금도 시들지 않은 기색으로 얼마나 가볍고 정성스럽게 손님 시중을 들었던가. 기쁨으로 오직 기쁜 얼굴로. 그리고…… 기도를 부탁하던 소년의 애절함. 그 아버지의 뜨거운 믿음과 믿음에서 우러나오던 전도의 사명감. 그들은 모두가 하늘나라 길을 가고 있는 사람들이었다. 그리고 이 바닥을 구석구석 알고 있는 사람들이다. '그런데 지금 이 사람들 가운데로 들어와 있는 나는 누구인가?' 영혼이 어둠에 갇혀, 자신이 누구인지도 모르고 있는 존재. 주님이 아득하여 어디 계신지 모르고, 세상천지가 낯설어 몸을 어디로 끌고 가야 할는지조차 몰라 서성거리는, 텅 빈 허깨비가 된 자. 영적靈的 사막을 헤매고 있는, 이름만 목사인 자가, '하나님은 사랑이시라!' 가르칠 수 있을까.

그는 도망치듯이 그곳을 빠져나왔다. 그리고 노인의 집이 있는 바닷가 마을까지 서둘러 돌아갔다. 그러나 집안으로 들어가지 않고, 집으로부터 멀찍이 떨어진 바닷가로 내려섰다. 사람과 마주치는 일이 두려웠다. 불빛도 싫었다. 입을 열어 말할 일이 없었다. 백사장으로 내려 간 그는 구겨진 곳에 모로 쓰러지듯 엎드리며 눈을 감았다. 그러나 기도는 다시 감감했다. 언덕 위 교회 목사의 가족들과 함께 있던 자리에서 반짝 켜졌던 영혼의 불이 다시 스러졌다. 영혼도 육체도 지쳐 숨 쉴 수 없었다. 어디부터 어디인지 알 수 없는 어둠. 어떤 죄였는지조차 알 수 없는 죄책감에 짓눌려, 아무리, 아무리 몸부림쳐도 그분의 임재에 닿지 않았다. 선창가 술집 골목의 느끼한 시끄러움이 뒤범벅이 되는가 하면, 청초도 여인의 환영이 밀물처럼 밀려왔다. 그는 난파된 배 조각이 기슭에 널린 것처럼 엎어져 있었다.

바닷가의 아침이 비에 젖으며 희부옇게 열렸다. 비에 젖은 항구는 침침하게 가라앉았다. 갯비린내는 무거운 기류가 되어 골목골목을 채우고, 항구의 취기는 객주집 문전에 질펀하게 퍼져 있었다. 극장 옆에 세워진 간판에는 난잡한 솜씨로 그려진 일류급 여배우가 어색하게 웃고 있었고, 군데군데 벗겨진 붉은 함석지붕 우체국은 다시는 열릴 것 같지 않게 굳게 닫혀있었다. 새벽길을 달리는 자동차가 몇 대 있을 뿐, 거리는 우울하게 비에 젖었다. 해운대 출장소와 나란히 붙어있는 목재상 앞에 치쌓인 나무에서 빗물을 뚝뚝 흘렀다.

새벽 어판장이 열리는 부두는 금방 나타날 것 같더니, 기웃기웃 들어선 골목은 갈래가 여럿이어서 그럴 듯한 길이 얼른 짚이지 않았다. 어떻게 어정거리다보니 시커먼 석탄이 산처럼 쌓여있는 석탄 저장소가 나왔고, 다시 방향을 틀어 꺾어지니 그대로 방파제였다. 방파제 밑으로 벽을 의지하여 세워진 움막이 몇 채 보였다. 낡은 배를 헐어 내면서 골라 낸 목재를 이리저리 맞춘 지붕이 비에 젖어 무거워 보였으나, 바닷바람 한 번 건듯 불면 무너져 내릴 것 같은 움막이었다. 그 근처 방파제 윗동네도 더 나을 것은 없었다. 가마때기를 걸친 헛간에서는 악취가 흐르고, 아무렇게나 내굴린 연탄재는 비에 퉁퉁 불어 뒹굴고, 요강과 물지게 물통이 천연스레 함께 나뒹굴고 있었고, 굴뚝은 형체가 있기는 했지만 끝까지 제 키를 다 견디지 못하고 중간 중간 허리가 끊긴 채 위태롭게 매달려 있었다. 그래도 그 마을에 돼지도 꿀꿀, 닭도 있었다. 전이 뭉턱 달아난 새우젓 독에 담긴 돼지 먹이가 빗물에 섞여 줄줄이 흘러내렸고, 나무반자에 비닐을 씌운 방 문짝은 건성 매달려 흔들거렸다. 물지게와 어망이 후줄근하게 걸려 있고, 빨래판과 귀 떨어진 비닐대야가 널브러진 옆에서, 비에 젖은 닭들만 뒤뚱거렸.

사람들은 보이지 않았다. 더러 꿈틀거리는 사람들이 있기는 했지만 그 골목과 그 집을 배경으로 움직이는 모든 것들이 느릿느릿 부유浮游하는 정령들 이었다.

그는 우산도 펴지 않고 골목 가운데에 우두커니 서 있었다. '이것이, 이곳 항구 한 귀퉁이에 있는 생존현장이다. 내 이웃이 사는 현장이다.' 아직도 이렇게 사는 사람들이 있었느니라… 아직도… 그러나 그것은 아직도 가 아니라 언제까지고 계속될 현장의 붙박이였다. 다만 알려고 한 일이 없었고 그것을 외면해 왔을 뿐이다. 그는 어린 나이에 6·25전쟁을 겪었지만, 신학교를 거쳐 목회 현장으로 들어선 뒤, 절망적 가난에 관심이 없었다. 세상 어느 구석에 찌들고 찌든, 내일이 없는 가난을 돌아볼 겨를이 없었다. 그저 막연하게 훌륭한 목사, 세련된 목회자가 되기를 바라는 길을 걸어왔다. 국내에서 시작한 신학神學을 미국에서 매듭지어 가지고 왔다. 전도생활도 성공적이었고 부목사 시절도 수월했다. 수월했을 뿐만 아니라, 충분히 두각을 나타낼 수 있었던 기회였다. 가는 곳마다 부흥이었다. 그의 설교는 지식층을 매료했다. 지식층은 냉철한 교양으로 그의 설교를 분석했다. 그는 언제나 거룩한 제의祭衣를 걸친 눈부신 제사장이었다. 제의祭衣… 그 옷 속에 있던 자신을 뿌듯하게 여기던… 쇼펜하우어의 글 속에 이런 대목이 있었지….
"순수한 수도자는 최고로 영예로운 존재다. 하지만 거의 대부분의 경우, 수도사가 입고 있는 옷은 단순한 가장假裝에 지나지 않는다. 마치 가장무도회의 경우처럼, 그 수도사의 옷 속에 진정한 수도사가 겸손하게 숨어있는 경우는 드물다." 그동안 예배 때마다 걸쳤던 술 달린 검정 가운은 가면무도회의 가장假裝이었던가. 몸이 떨렸다. 선교를 위한 여행이라면서 이리저리 돌아다니며 얼마나 많은 비참을 보았던가. 파키스탄의 빈곤과, 방글라데시의 기아 현장을 돌았고, 기독교가 근접할 길이 없었던 네팔이나 태국의 암담한 가난과 처절한 생존현장도 눈으로 보았다. 이따금 신문에서 아프리카의 빈곤과 기아문제를 읽기도 했다. 그뿐이랴. 국내 구석구석에는 이웃의 손길을 기다리는 어둡고 추운 지대가 너무나 많다는 것도 알고 있었다. 나환자마을, 벽지의 어촌이나 산골사람들, 우범지대, 교도소 등 얼마든지 손을 필요로 하는 곳이 있다는 것을 알고 있었다. 한때는 그 일에 자기를 전부 투신하지 못하는 것을 부끄러워하기도 했다. 그러나 교회를 세우고 부흥에 열을 올리고, 다시 세우고 또 일으키는 동안 그는 갈등 없이 스스로를 합리화에 맡겼다. '그러나 각자 받은 은사恩賜가 따로 있으니 하나는 이러하고 하나는 저러하니라.' '형제들아 각각 부르심을 받은 그대로 하나님과 함께 거하라.' 그 말씀에 의지하여 오직 맡겨진 일에 최선을 다하고 한눈을 팔지 않겠다는 각오에다 스스로를 맡겼다. 전도에 고심하지 않아도 지식층과 부자들이 계속 불어났다. '그렇다. 우선 이 사람들에게 복음을 심는 거다. 그리고 그들이 튼튼하게 자리를 잡았을 때, 그들은 주님의 나라를 위해서 훨씬 효과적인 일을 해낼 수 있을 것이다.' 그는 스스로를 그렇게 미래로 밀고 나갔다. 벽지농촌, 가난한 어촌, 부두의 노동자들, 나환자마을, 판자촌 등 복음의 손길을 기다리는 곳이 얼마든지 있다는 것을 알고는 있었으나, 눈앞으로 몰려오는 지식인과 부유층의 요구를 받아들이는 것을 우선했다. 또 체력이나 성격으로 보아, 육체적으로 감당해야 할 험한 일이나, 사나운 성정의 사람들을 감당할 수 없다는 것을 계산했다. 인위적人爲的인, 겉만 번지르르한 목사가 계속 성장속도를 가속화 해 갔다.

그는 비를 맞고 서서 지난날의 자신을 낱낱 돌아보았다. 그리고 다음 순간, 지난밤의 술집 골목을 떠올렸다. 그 골목, 찢어지게 밝혀진 불빛 속에서 킬킬거리며 삶을 물어뜯듯 고래고래 소리쳐 대던 그 사람들. 피곤한 하루를 넌더리내듯, 하루를 갈아 마실 것처럼 악착스레 짓뭉개던, 피곤에 절은 사람들. 그는, 그들이 하룻밤을 자고, 새롭게 맞이하는 아침의 현장을 찾아 나선 것이다. 그들은 아직도 꿈꾸고 있으리라. 밤배를 타는 사람들이면 그 잭취미성의 취기에 젖어 밤바다로 떠났을 것이고, 육지에서 잠잘 차례였다면 아직도 저 비에 젖어드는 움막 속에서 깊은 잠에 빠져있을 것이다. 그리고 억울해서 비참해서, 썩어가는 이빨로 물어 뜯기던, 어제라는 하루를 아직도 꿈속에서 희롱하고 있을 것이다.

그는 구정물이 고여 있는 땅을 굽어보았다. '지금의 내가 저 사람들에게 무엇을 전해 줄 수 있을까. '하나님은 사랑!'이시라' 고… 내가 그 사랑을 모르는데. 지금까지 몇 십 년을, '하나님은 사랑이시라.' 머리로 믿으며, 내가 그 사랑 안에 있는 자라고 믿으며 달려왔지만, 머리로만 알고 있었을 뿐, 가슴이 텅빈 신학神學 위에 서서 입으로만 떠들던 내가… 편한 길, 쉬운 길만을 골라 걸어왔던 내가, 내 손에는 체온도 사랑도 없다. 부끄러운 빈손, 부끄럽게 차가운 손….' 그는 막막한 심정으로 발길을 돌렸다.

새벽의 어판장은 비에 젖어 무겁고 우중충했다. 입찰자入札者들은 이곳저곳에 무리지어 서서 웅성거리고 있었고 수산협동조합 계단에는 한 떼의 부녀자들이 으스스한 얼굴로 웅크려 앉아 있었다. 누렇거나 검게 탄 얼굴들은 수면부족으로 부석부석했고, 그들이 걸친 옷은 눅눅한 누기 속에서 쉬척지근한 냄새를 풍겼다.

부두는 촘촘하게 들어선 고깃배로 빈틈이 없었다. 더 이른 새벽에 출하出荷가 끝난 고깃배는 잠에 빠져 조용했고, 더러는 얼음 녹는 김이 꾸역꾸역 쏟아져 나오는 냉동 선창에서 오징어 짝을 신나게 부려대기 시작했다. 얼음덩어리들이 뿜어내는 써늘한 김을 배들이 허리를 걸치고, 배가 정박한 어판장 안으로 차갑고 무거운 안개가 되어 뭉게뭉게 몰켜다녔다. 보름 만에 회항한다는 오징어 배가 선창에다 뱃머리를 들이대자마자 오징어를 부리기 시작했다. 궤짝에 담지도 않은 그대로 누우런 얼음 덩어리와 함께 냉동실에서 퍼내는 오징어는 어판장 바닥에 아무렇게나 나동그라지며 치쌓여 갔다. 그때까지 한구석에서 웅성거리고만 있던 여인네들이 한꺼번에 와르르 그 앞으로 몰려들었다. 그들은 제가끔 눈에다 불을 켜고, 들고 온 자루며 들통에다가 얼음을 주워 담기에 바빴다. 눈도 빨랐고 손도 빨랐다. 더러는 리어카를 들이대고 주워 실었고, 몇몇은 한 가족이 한조組가 되어 흩어지는 얼음을 주워 담고여 나르고, 다시 빈 그릇을 들고 달려드는 사람으로 한동안 아수라장을 이루었다. 그래도 선주船主나 조합 측에서 누구 하나 말리는 사람이 없는 것은, 어차피 얼음을 치워야 할 판에, 쓸모 있어 걷어가는 사람들이 있으니 서로 득이 된다는 것을 계산했기 때문이다. 얼음을 주워 가는 사람들은 객주집 사람들이다. 그들은 한여름 장사에서 얼음 값을 아끼느라고 새벽마다 어판장으로 나와서 얼음을 주워 간다. 오징어물이 누우렇게 물든 얼음이기는 했지만 생선을 냉동시키는 데는 얼음의 질이 어떻든 상관할 게 없었다.

한옆으로 노가리배가 뱃머리를 들이밀었다. 동그란 눈과 은빛 배를 길게 늘이고 몇 겹씩 치쌓인 노가리 궤짝이 척척 부려졌다. 궤짝을 들어내는 하역부 중에 산뜻해 뵈는 젊은이가 두엇 끼어 있었다. 겉모양부터 그 장면에 어울리지 않았으려니와 무척 힘에 겨워하고 있어 그들을 유심히 바라보고 있으려니까 옆 사람이 귀띔을 했다.

"저 녀석들 서울 학생들이지요. 바닷가로 놀러왔다가, 돌아갈 차비까지 기분에 깡그리 날리고 저 짓 하는 거예요. 그래도 저 정도는 피차 간단한 일이지만, 어느 놈들은 남의 공사장에 부득부득 끼어들었다가 일도 제대로 못하고 날짜 채우지 않은 채 이 핑계 저 핑계로 노임만 뜯어가지고 날르는 녀석들도 있구요… 이 근처는 한여름만 되면 여름놀이꾼들 때문에 별의별 일을 다 겪지요……."

젖은 생선의 사정없는 무게 때문에 털썩털썩 부려지는 노가리 궤짝에서 으레 한두 마리씩은 땅에 흩어지고, 흩어진 것들은 더러 밟히고 궤짝 밑에 치어서 물크러졌고, 몇몇 아낙은 사람들의 발길 사이에서 그것을 줍느라고 엉금엉금 바빴다. 드디어 이 구석 저 구석에서 입찰이 시작되고, 입찰자들은 이 눈치 저 눈치 재빠른 계산을 줄타기하며 이리 뛰고 저리 뛰기에 바빴다. 더러는 오징어를 에워싸고 더러는 노가리를 에워싸고, 또 한 옆에서는 삼치며 광어를 둘러싸고 열띤 수화手話가 오갔다. 비록 소리를 빌리지 않은 수화였지만, 소리만 내지 않았을 뿐, 으르렁거림에 가까운 표정에다, 수틀리면 찔러 버리고 말 것 같은 치열한 손가락놀음이었다. 그러다가 어느 한 사람에게 낙찰이 되면 그 자리는 갑자기 봇물이 터지듯 왁자한 시끄러움으로 열기를 띠었다.

정 목사는 벅적대는 어판장을 등지고, 여름날 새벽 비를 촉촉이 맞으며 정박한 고깃배 쪽으로 천천히 걸어갔다. 갈매기 떼가 날고 있었다. 하얀 재티가 빗속으로 흩날리는 것 같았다. 그는 망연하게 서서 생각했다. '…너희는 가서 모든 족속으로 제자를 삼아…'(마 28:19) 너희는 가서… 가서… 어디든지 가서… 모든 족속, 사람이면 누구든지 간에 제자를 삼아… 그는 문득 예수 그분이 살아계셨을 때의 갈릴리 바다를 떠올렸다. 그분의 제자는 태반이 어부였거늘… 그러나 그때의 갈릴리 바다는, 이렇게 무서운 곳은 아니었으리라. 이렇듯 각박한 아귀다툼이 있었던 곳은 아니었으리라. "갈릴리 해변에 다니시다가 두 형제 곧 베드로라 하는 시몬과 그 형제 안드레가 바다에 그물 던지는 것을 보시니 저희는 어부라. 말씀하시되 나를 따라오너라. 내가 너희로 사람을 낚는 어부가 되게 하리라 하시니 저희가 곧 그물을 버려두고 예수를 좇으니라."(마 4:18-20). 나를 따라 오라는 말씀 한마디에 곧 그물을 버려두고 따라 나선 그들 형제. 곧, 금방 그 자리에서 미련 없이 털고 일어선 두 사람. 그는 생각에 성서 속 인물들을 떠올려 생각에 잠겨 있는 자신을 향하여 잠깐 실소했다. 자기는 이 어판장의 이방인異邦人. 이 방인이다. 그 이방인은 이 어판장 어느 구석으로도 비집고 들어갈 길을 찾아낼 수 없다는 것을 절감했다. 그는 망연하게 서 있던 자리에서 돌아섰다. 그리고 열뜬 사람들 등 뒤쪽으로 슬금슬금 빠져나갔다. 어판장 벽에는 생선 비린 물에 절었던 것을 말린 궤짝이 산처럼 쌓여 있었고 녹슨 드럼통이 배를 내어밀듯 겹겹이 자리 잡고 있었다.

어판장 지붕이 끝나는 자리쯤에 이르렀을 때, 그저 무심하게 그곳을 벗어나려던 그는 걸음을 멈추었다. 초라한 고깃배 선실 입구에 놓여 있던 것. 그의 시선은 그 자리에 얼어붙었다. 고깃배라야 오십 톤 안팎의 낡은 목선. 그 선실 입구에 쪽 떨어진 두 겸상 크기의 밥상이 놓여 있고, 그 위에서 촛불이 하늘거렸다. 촛불은 빗속에서 무겁고 힘겨워하며 간신히 타고 있었다. 그것은 현실 저쪽의 빛이었다. 비가 내리는 여름의 새벽 부두. 지쳐서 회항한 작은 목선 위에 밝혀진 한 자루의 가느다란 초. 그는 그 불빛에 이끌려 한 걸음 두 걸음 다가갔다. 양철 쪽처럼 얄따란 스테인리스 촛대는 촛농과 그을음으로 더러웠다. 그리고 나머지 그릇들은 빛바랜 플라스틱 접시들이 서너 개, 엉킨 머리칼처럼 엉켜 있는 질긴 줄기의 콩나물 한 젓갈, 두부부침 서너 쪽, 대가리만이 커다란 비쩍 마른 명태 하나, 그리고 반쯤 남아 있는 2홉 들이 소주병이 더러운 유리잔과 함께 진설되어 있는 초라한 밥상이었다. 상머리에는 선실 입구 기둥에 기대듯 세워 놓은 주민등록증이 망인亡人의 사진을 대신하고 있었다. 빗방울이 촛불 심지에 떨어질 때마다 촛불은 치직치직 잠깐씩 몸을 떨었다. 누구인가 저승으로 간 자의 제사상…….

중년어부 하나가 선실로 들락거리며 비설거지를 할 뿐, 사람이 더는 보이지 않았다. 사내가 선실 이쪽으로 돌아올 때, 목사는 가까스로 주눅 들린 입을 열어 나직하게 물었다.

"몇 살 된 사람이었습니까?"

사내는 의외라는 듯 눈을 잠깐 흡뜨더니, 별… 성가신… 얼굴로 금방 자기 할 일에 손을 놀리며 내던지듯 대답했다.

"스물일곱이었소! 군대에서 돌아온 놈인데, 배 탄 지 얼마 되지도 않았에요."

"어쩌다가……."

"왜 그렇게 되는지 우리두 모를 때가 많쇠다. 밤바다에서는 배가 잠깐 방향을 바꿀 때에 뱃전에 섰다가도 빠지고, 더러는 오줌 누다가 떨어지는 놈도 있에요. 빠진 뒤에 뱃길에 휩쓸려 버리면 아무리 소리쳐도, 배 위에 있는 사람들헌테꺼정은 들리지 않는 게요!"

"그러면 시체도……."

"거두어 줄 사람 없을 땐, 수장水葬이 외려 깨끗허죠."

어부는 더 해줄 말이 없다는 듯, 둘둘 말아 쥔 밧줄을 훌쩍 어깨에 둘러메더니 선실로 들어가 버렸다. 바람 없는 선창가에 비는 계속해서 심심찮게 내리고, 주민등록증을 기대 세운 초라한 제상

祭床 위에서는 초 한 자루가 계속 시나브로 타고 있었다. 주민등록증만 남겨 놓고 떠나간 영혼은 어느 곳을 헤매고 있는자-.

어느 날 캄캄한 한밤중에 뱃전에 나와 있던 젊은이 하나, 앗차 하는 순간에 물속으로 떨어져 내리고, 끝내 그 외침이 선상船上의 동료들에게 닿지 않은 채 그는 뱃길 소용돌이에 빨려들면서 배는 혼자서 달아나고⋯ 젊은이는 그때 소리쳐대면서 무엇을 생각했을까. 목숨의 주인이 누구라고 생각했을까. 그때 바닷물 속으로 빠져들던 육체로부터 떠나간 영혼은 어디로 갔을까. 그 영혼이 육체와 함께 있던 동안에도, 영혼의 참 주인이 누구라는 것을 모르는 채였다면, 영혼이 육체로부터 떠나갈 때에, 그 영혼은 육체를 떠나면서 어떻게 되었을까. 갈 곳을 잃은 영혼, 갈 곳이 정해져 있지 않은 영혼, 어디로 누구를 찾아서 가야 할지 그 길을 알지 못하는 영혼. 그래서 그러한 영혼은 하릴없이 떠돌아다닐 수밖에 없을 것이다. 그렇게 떠돌다가 심심하고 무섭고 혼자라는 것이 싫어서, 누구 또 하나 자기와 같은 처지의 영혼을 길동무하기 위해서 걸근거리며 찾아다닐 것이다. 그러다가 자기처럼 갈 곳이 어딘지를 몰라 하는 영혼을 움켜잡고 벗하여 짝패가 될 것이다. 짝패가 생기면 힘이 생기고, 힘이 그렇게 생기고 보면 공연한 짓, 헤살 놓는 짓, 저 살던 것에서 더 아래로 내려앉는 짓을 예사로 하게 되겠지.

시름없는 비가 계속 내리는 바다를 바라보며, 그는, 이미 젊은 육체를 떠나 갈 곳 잃고 헤매고 있을 영혼을 받아주시기를⋯ 그렇게 가난한 기도를 드렸다.

문 의원으로 향한 길은 무거운 꿈속처럼 회색빛 빗물에 젖어 있었다. 사람들의 내왕도 없이, 망창이 걸려있는 현관은 조용했다. 그는 우산을 접어 물을 찌우며 망창을 밀고 현관으로 들어섰다. 어제의 그 무표정한 간호사가 접수구 저쪽에서 고개를 기웃했다.

"선생님 뵈올 수 있을까요?"

"네, 지금 환자를 보구 계세요. 좀 기다리세요."

더는 거들떠보지도 않는 간호사 등 뒤를 돌아, 그는 진찰실 문 옆 대기의자로 갔다. 날짜가 하루 늦은 어제 석간을 한동안 뒤적이고 있자니까 진찰실 안쪽에서 문 박사의 밝은 목소리와 함께 환자인 듯한 중년의 사내가 밖으로 나왔다.

"거, 기분하고 혓바닥한테만 맞춰서 술을 대중없이 들이부었으니 위장이 가만있겠어요? 사람의 기분이라는 건 떠돌이와 같은 것이고, 위장이라는 건 엄연히 뱃속에 좌정해 있는 건데 기분에만 맞춰서 술을 들이부었으니 위장이 골이 난 겝니다. 거 뭐 그렇게 놀랄 일 같지 않으니 마음 놓으세요. 대신에 한 삼사 일 기분을 귀양 보내고 위장한테 속죄하여야겠죠. 대수롭잖은 일이니까 겁낼 거 없어요."

의사는 환자의 등을 친근하게 두드리며 웃었다. 중년의 사내는 수십 년을 두고 바다에 단련 받았을 검고 두꺼운 살갗 위로 굵은 주름을 접으며 의사에게 허리를 굽혔다. 의사는 곧 이쪽을 향해 돌아서더니 표정을 크게 지으며 반가워했다.

"아, 아직 떠나지 않으셨군요. 환부에 통증이 남았던가요?"

"아닙니다. 그저 다시 한 번 들러보고 싶었습니다."

"아, 좋습니다. 그럼 오셨으니 우선 상처를 한 번 더 보죠."

진찰실을 거쳐 안으로 들어서자, 어제는 볼 수 없었던 해맑은 얼굴의 간호사가 대기하고 있다가 재빨리 치료준비를 했다.

의사는 일체의 복잡한 절차를 제쳐두고 상처를 잠깐 들여다보다니,

"살성이 순한 편이군요. 말썽을 부리지 않고 잘 아물고 있습니다. 서울 가시더라도 웬만한 곳이면 실을 뽑는 건 간단하니까요." 가볍게 이야기하면서 환부에 붙이는 거즈만을 바꿔 댔다. 의사는 손을 씻으면서 익숙한 사람에게 말하듯 날씨 이야기를 했다. "비가 오니까 덥잖아서 좋군요. 그런데 이런 날은 항구가 더 깊이 취해 버리곤 하죠. 바닷가의 사람들은 바다에 취하듯 늘 술에 취해 있다시피 하니까요. 그런데 이렇게 날이 궂은 날은 바다와 술에다 비까지 얹어서 그들을 죽도록 취하게 만들어요. 그들은 술 마실 일 때문에 바다로 나가는 사람 같아요. 참 끈질기게 마시는 사람들이죠. 목사님, 가실 길이 급하시지 않으면 어제처럼 차 한 잔 끓일까요?"

"좋습니다."

"그런데 이렇게 이른 아침에 더구나 비가 오는데 예까지 어떻게 오셨는지요?"

"부두의 비가… 그리고 비를 맞고 있는 바다가 나를 취하게 만드는군요. 여기다가 술까지 마실 수 있다면 저 항구의 사람들을

좀 더 알 수 있을까 하는 생각에 빠졌다가 이곳에 이르렀습니다."

"아, 목사님은 술을 이해하십니까?"

"대강은 알고 있죠. 술을 왜 마시는지, 마시면 마시는 정도에 따라서 사람이 어떻게 달라지는지 그 정도는 알고 있습니다."

"기독교에서는 왜 술을 금기시하지요? 성찬식聖餐式 할 때는 모두가 포도주를 마시면서……"

"포도주도 술이지요. 유대인들에게는 술이기보다 음료였지요. 예수께서 첫 이적異蹟을 행하신 일도 잔칫집 항아리의 물을 포도주로 만드신 일이 있듯이 그들에게는 물이면서 술이었어요. 우리나라에서 술을 금기한 것은, 첫 선교사들이 입국했을 때, 우리나라는 가난에다 불결에다 전염병이 한 번 돌면 떼죽음이 일어나는 지옥에 빠져 있는데, 일본이 쳐들어 와 나라를 점령하고, 농토를 빼앗겨 입에 풀칠하기도 어려운 한 옆에서, 술에다 노름에다 도무지 정신 못 차리는 행태가 전염병 보다 더 무섭게 번져가는 것을 막아보려고 선교사들이 엄격하게 세운 신앙생활 지침이었지요. 술에 취한 상태는 영혼이 타락하기 쉬운 시험을 받게 마련이니까 그것을 막으려 한 것이었어요."

"그러면 목사님께서도 술을 마셔 본 일이 있으십니까?"

"있었습니다. 지금도 나는 방금 그런 말을 했죠. 바다와 비에 취해서 여기까지 왔으니 이제 여기에 술까지 취할 수 있다면 저 항구의 사람들을 알 수 있을 것이라고 말입니다. 하지만 술이라는 게 누구에게나 다 똑같은 건 아닌 거죠. 물론 체질문제라도 있겠지만 그것이 문제가 아니라 술을 마시게 되는 그 사람의 형편이 문제가 되겠지요. 어떤 상황에서 어떤 기분으로 마시게 되는지. 술을 마실 수밖에 없는 동기와 상황이. 내가 아무리 술을 퍼마시고 취한다 한들 저 사람들이 취하게 되는 그것과 같은 취기에 빠질 수 있겠습니까?"

바다 쪽으로 트인 창문은 우울한 잿빛이었다. 의사가 끓이는 커피 향이 창문으로 들어오는 여름비의 눅눅함과 함께 가슴 깊은 곳으로 스며들었다.

"어제는 떠나실 일이 급하신 것 같았는데……."

의사는 찻잔을 들어다 놓으며 의미 있는 시선으로 손님을 바라보았다.

"실은 서울에도 긴한 일들이 있긴 있었어요. 그러나 어제의 심정은 어서 이곳을 벗어나겠다는 조바심이었습니다. 이 바닥에 살고 있는 사람들과 어울릴 수도 없고 그들을 깊이 이해한다는 것도 불가능하고, 그들을 똑바로 바라볼 용기가 없었어요. 그리고 청초도 여주인에 관한, 정체를 알 수 없는 불안이 족쇄였고요."

"… 족쇄라… 목사님을 떠나지 못하게 만든 족쇄라… 그 후에 청초도 주인을 만나 보셨던가요?"

억양이 거의 없는 의사의 질문이 갑자기 목사의 가슴을 기습했다. 어제 낮 낮잠을 자면서 꾸었던 꿈이 생생하게 되살아나면서 전신에 꺼림한 불이 일었다. 아내와 잠자리를 함께한 지가 몇 년인데… 낮잠에서 몽정을… 얼굴이 붉어지는 것을 감추기 위해 속으로 안간힘을 썼다.

"청초도에 갔었습니다."

"어제 목사님이 이곳을 떠나신 직후에 전화를 걸었더군요. 치료가 잘 끝났는지 궁금해 하면서… 청초도 주인께서는 무슨 일인지, 목사님께 아주 열중해 있더군요."

목사는 얼결에 서둘러 대답했다.

"엉뚱하게도, 내가 자기에게 죽음을 가져다 줄 사람이라 믿고 있습니다."

의사는 찻잔을 입에서 떼 내며 입 안에 든 차를 꿀꺽 삼키더니, 파안하며 껄껄 웃어 댔다. 눅진하던 공간에 뜨거운 기류가 출렁거렸다.

"목사님, 그건 참 보기 드물게 진한 구애求愛의 표현이었군요. 저도 청초도를 예사롭게 보아온 게 아니거든요. 무슨 사연이 깊게 얽힌 사람임에 틀림없다는 느낌이 들었습니다만, 지나가던 객客인 목사님께 죽음을 구걸하다니요. 그것은 구걸이 아니라 구애의 다른 표현 아니었을까요? 안 그렇습니까?"

의사의 말은 다시 그의 가슴을 불로 지폈다. 상상할 수 없었던 수치심이었고 그 수치심의 깊이에 비례하여 생생한 본능이 끈질기도록 머리를 치켜들게 만들었다. 얼마나 오랫동안 깊이 숨겨 두었던 본능이었던가. 다시는 되살아날 일이 없다고 여겼던 원초적인 본능이었다. 다시는 찾을 일이 없다고 밀어두었던 본능이 아니었던가. 그런데 이제 그것이, 녹슨 칼처럼 푸른 바다 가운데 꽂혀 있던, 녹슨 배를 통하여 되살아나고 있다. 그것도 꿈을 빌어서 육체를 흔들고, 이제 현실의 표면 위로 감히 떠오르다니. 그는 달아오르는 몸을 감출 수가 없어 그 자리를 서둘러 떠나려 했다. 그러나 의사는 천진한 표정으로 바짝 다가앉아 물었다.

"그래서 어제 떠나시려다가 못 떠나신 건 아닙니까?"

"그 일 때문만은 아니었습니다마는……."

"그실… 객쩍은 일이었다고 무시해 버리기에는 너무 인상이 강한 분 아니던가요? 바로 그이가 지닌 생명력 아닐까요. 그런데 목사님, 그이가 그토록 맹렬하게 찾고 있는 죽음, 그이의 죽음은 어떤 뜻일까요. 일테면 사랑에 목숨 거는 그런 것은 아닐는지. 아니면 죽음을 딛고 넘어간 곳, 그 저쪽에 있을 그 무엇에 도달하기 위해 목사님의 희생이 필요한 것은 아닐는지… 그가 주장하는 오백 살의 나이가 환상적인 것이든 상상의 세계 속에서 만들어 낸 것이든, 아니면 그의 주장대로 그것이 사실이든 간에 그가 한사코 죽음을 찾고자 하는 것에는 그 나름의 깊은 뜻이 있을 게 아닙니까." 의사는 김이 피어오르는 찻잔을 손님 앞에 대접하며 의미심장한 눈으로 손님을 향해 말을 이었다. "어떻든…… 목사님께서는 지금 뜻밖의 경험을 하고 계신 셈입니다. 그런데 제가 알고 싶은 게 한 가지 있습니다. 목사님은 아내 이외의 여성에게서 매력을 느끼게 되는 경우, 그 감정처리를 어떻게 하고 계신지요? 기실 내가 결혼을 못하고 있는 것은 누구 하나 괜찮다고 믿어지는 여성과 결혼을 하고 난 뒤에 또다시 '아 이거다!' 싶은 여성이 나타나면 어떻게 하나 하는 두려움도 있거든요. 건달패 같은 이야기로 들리시겠지만, 사실 한 여성에게 모든 것을 걸게 되는 결혼에 대해 자신이 없다고 할까… 결혼 못한 이유가 그것이 전부는 아니지만 하여간 그렇습니다. 그래서 무례를 무릅쓰고 말씀드립니다만, 목사님들께는 특별한 조절장치라도 있는 것입니까.”

손님은 한 모금 마신 찻잔을 내려놓으며 빙긋 웃었다.

“어렵군요. 정직하게 열어 놓기 힘든 질문이라는 뜻입니다. 내 경우는 아예 뚜껑을 닫고 그 위에 든든한 자물통을 채워 놓은 것처럼 지냈습니다. 물론 열쇠는 다시 찾을 수 없는 데다 버렸고요. 모든 것을 목회, 곧 목사 노릇 하는 일에 매달리다 보니 그런 문제에 눈 돌릴 틈도 없었고, 또 자연 멀어지기도 하더군요.”

“만일, 만일…, 만일 말입니다. 목사님이 버렸다는 그 열쇠를 직접 찾아들고 달려드는 여자가 있다면 그건 일 나는 것 아닐까요.”

“장담할 수 없겠지요.”

의사는 진지한 표정으로 말머리를 잡았다.

“그러니까 전혀 없다는 뜻은 아니로군요. 닫아 두었다 뿐이지 에로스가 없는 건 아니라는 고백을 하신 셈입니다. 그런데 제가 과학에 매어 있는 인간이라 그런지 저는 아직까지 도무지 여자라는 존재를 명료하게 알아낼 수가 없네요. 남자보다는 훨씬 정서적인 존재라고 믿다보면 이건 도무지 걷잡을 수 없이 동물적이기 예사고… 그래서 예라 모르겠다 간단하게 어울리자, 간단하게… 하고 생각해서 좀 단순하게 어울릴까 하다 보면 감당 할 수 없게 만드는 걱정이나 고통이 터지게 만드네요. 그러면서도 저는 아직 '이거다!' 하는 여자를 만나지 못했습니다. 연애… 영원성을 띤 연애라는 게 과연 있는 것일까요? 젊은 베르테르의 롯데나, 단테의 베아트리체는 이루어지지 않았기에 영원으로 이어진 것 아닐까요."

손님은 공허한 눈으로 빈 찻잔을 내려다보았다.

"영원성… 이 땅, 지상에, 무슨 그런 것이 있을라구요. 말씀하신 것처럼, 단테의 사랑 같은 것을 두고 영원한 사랑이라고들 말하는 것은 단테와 베아트리체가 만남을 이루지 못하고 헤어질 수밖에 없는 관계였기에, 신비로 남은 것이지요. 끝장을 내지 않은 덕이라고요"

"끝장이라니?"

"결혼이죠. 아니면 서로 몸을 섞어 신비의 옷을 벗어버린 그런 관계 말입니다."

"아니, 남녀가 어울려 사랑을 나누는 육체적 관계가 그렇게 타기唾棄당할 일이던가요? 목사님은 어떤 결혼을 하셨기에, 연애가 아닌… 연애 예방을 위한 그런 결혼이었습니까? 남녀의 육체적 결합이라는 것을 그렇게까지 밀어붙이시다니……."

"아닙니다. 육체적인 결합 자체를 타기하자는 것이 아닙니다. 다만 인간이란 무한갈등의 존재여서 그렇게 열망하던 어떤 대상과 일단 몸을 섞은 뒤에 오는 허망함, 비슷한 감정을 극복하기 쉽지 않다는 뜻이랄까… 인간은 신비와 욕정의 양면 칼날을 한 몸에 지닌 존재거든요. 상대방이 신비일 때는 갈애渴愛로 몸부림치다가 육체를 알고 나면 시들해지고 싫증나서 헤어지고 싶어지는 괴상한 본능을 타고 났다고 할까요. 끝장을 보았다는 허탈에 빠지기 십상이지요. 그 허탈감을 방지해 주는 것이 결혼제도요 출산出産이요 공동생활이 아니겠습니까. 단테는 베아트리체를 놓쳤기 때문에, 베아트리체를 영원 저쪽에 두고 변치 않는 사랑으로 아로새길 수 있었던 거죠."

의사는 진지해 하는 한편 퍽 재미있어 하며 자기의견을 피력했다.

"반드시 그런 것만도 아닐 것 같은 생각도 듭니다만, 정신적인 사랑으로도 나무랄 데 없이 완벽한데다, 감각의 사이클까지 신기하게 들어맞을 경우, 그 한 쌍은 정말 지상의 걸작품이랄 수 있지 않을까요.?"

"우리가 직면한, 그리고 끌려가는 현실이란 단조롭고 단순합니다."

"그러나 뚜껑을 덮어 두었다고 해서, 인간의식의 문제가 끝까지 감추어질 수는 없지 않겠습니까. 단조로운 것을 단조롭도록 내어 버려 두지 못하는 것이 인간이겠고요."

"싸움이지요. 끝나지 않는 자기 자신과의 싸움입니다."

"왜 반드시 싸워야 합니까?"

"자유를 선택하기 위한 거겠죠."

"자유에 무슨 선택이 있습니까?"

"저지르지 않기 위한 자유의 출구를 찾겠다는… 앗차 하는 순간에 얼마나 기막힌 짓들을 저질러 놓고 아우성을 칩니까? 인간이라는 존재가."

"왜 자유가 필요할까요."

"궁극적으로 존재감을 찾는 길이겠죠. 무슨 대단한 철학문답처럼 되어 버렸습니다만, 인간의 궁극적 목적이란 자신의 본질을 만나는 데에 있지 않을까요. 그런데 생각이나 말이나 행동이 함부로 살아 얽혀 흙탕물이 되면, 자기가 실종되고 허무의 단애斷崖에 이르는… 인간실존의 답이 아닐는지… 사람들이 되는 대로 살고 싶은 충동에 늘 사로잡혀 있으면서도, 자신을 함부로 내던지지 못하는 것이 그런 두려움 때문일 것 같군요."

"그렇겠군요. 아 참, 무언가 뜻밖의 선물을 받은 것 같은 날입니다. 제가 이곳에서 일해 온 이래, 이렇게 마음껏 내면을 드러내어 터놓고 대화를 해본 일이 없었습니다. 참 소중한 대화가 허락된, 복된 날입니다. 목사님, 진심으로 감사드립니다."

"그랬습니까. 나는 문 박사의 그 건강한 자유가 부럽습니다. 사랑이라는 걸 내세우지 않고 몸소 실천하고 있는 그 자연스러움이 퍽 부럽습니다."

"저를 부끄럽게 만들지 마십시오. 그저 이렇게 사는 것이 내가 기껏 살아 내는 한계일 뿐입니다. 그건 그렇고 저 청초도 여주인의 문제를 어떻게 하실지 궁금해지는군요. 그가 주장하고 있는 오백 살의 나이와 그 죽음의 문제가 그렇게 간단히 풀릴 것 같지 않다는 생각이 듭니다만."

손님은 비에 젖은 먼 바다를 바라보며 자신에게 들려주듯 나직하고 느리게 입을 열었다.

"인간은 죽음을 압니다. 죽음이란 인간이 태어날 때 실체의 그림자로 생명과 함께 탄생하는 것 아닙니까. 그것은 경험과는 상관없이 생명 그 자체가 생명만큼 뚜렷하게 인지하고 있는 것이지요. 생명이란 때로는 그 죽음이라는 어둠 위에서 더 밝게 빛나는 것이기도 하고요.. 죽음이란 일차적인 선線에서는 절망이겠죠. 끝나는 것을 의미한다면 그렇지요. 그러나 그 죽음이 또 다른 차원에서는 새로운 탄생인 겁니다. 우리는 죽음의 절망에서가 아니면, 참 절망의 상태에서가 아니면 하나님을 찾을 줄 모릅니다. 인간이란 그런 존재입니다. 죽음 없이는 하나님을 찾지 못해요. 죽음이란… 하나님을 찾게 만드는 출구라고도 볼 수 있는 거죠. 청초도의 그 여자는 이제 구원을 원하고 있는 것이겠지요. 죽음은 그 구원의 절차를 찾아가는 관문이 아닐까요."

"처음부터 그는 목사님을 목사님으로 알아보았을까요?"

"그렇지는 않았을 겝니다."

"그가 목사님께 구하는 것은……"

"아가페적인 것 위에……"

"그렇겠군요. 그도 육신을 입고 있는 인간의 한계를 벗어날 수가 없겠지요. 에로스란, 사실증명 같은 것 아닐까요. 어떤 형태로든 에로스적인 단계를 딛고서야 아가페 쪽으로 갈 수 있는 것 아님니까. 아가페, 그리고 형이상학적인 것이라 해서 현상계現象界의 현상을 생략할 수 있는 건 아닐 테니까요." 의사는 빈 찻잔을 내려놓으며 무엇인가를 깊이 생각하는 얼굴로 다시 입을 열었다. "목사님께는 위험한 유혹이었겠는데……."

"그렇죠… 유혹은 밖에서 오는 것이 아니라 내부에서 기지개를 켭니다. 유혹이란… 언제나 안에서 일어나는 겁니다. 밖에서 온다고들 이야기하는 것은, 반영된 자기 모습을 타인이라고 생각하기 때문이죠."

"제게는 좀 어렵습니다만 종교적인 방법의 해석이시겠죠. 비겁하지 않고 깨끗해서 좋군요."

"비겁하지 않다는 것만 가지고는 도움이 되지 않습니다. 알기 때문에 더욱 무력하고 때로는 무지보다 훨씬 교활해지겠지요."

"그래도 무지보다는 알고 있는 그 힘이 희망적인 것 아닐까요. 모른다는 것, 무지라는 것은 제동制動이 없는 상태랄까요. 모르는 데야 어떻게 브레이크가 걸리겠습니까. 그러나 알고 있다는 건 안다는 힘 자체에 제동이 이미 걸려 있다고 저는 믿고 있습니다."

"바로 그것이죠. 안다는 것과, 그 아는 것 속에서 아는 것만큼의 비중으로 걸려있는 제동制動, 곧 억제, 양심, 회심, 수치심, 죄책감 같은 것들이 온갖 무기를 동원하여 찔러 올 때, 그때부터 시작되는 그 갈등을 겪는다는 것은… 제동과 싸우는 무서운 전쟁입니다. 무서운 일입니다."

"그래서 목사님께서는 한사코 갈등을 피하시려는 건가요?"

"할 수만 있다면……."

"하지만 갈등이라는 것은 또 하나의 형태로 연소되어 가는 인생의 불꽃같은 게 아닐까요. 글쎄요… 갈등을 억지로 숨기려 들면 감출 수도 있겠지요. 그러나 그것이 감추어진다고 해서 아주 지워지는 것은 아닐 겁니다. 그것은 타다 만 나무 등걸처럼 숨 막히는 낸 내를 연기로 피워내며 다른 것의 연소까지 방해할 겝니다. 갈등을 억제하며 억지로 감추어 둔다는 것은 다른 불꽃까지를 타지 못하게 방해하는 것뿐이라고 생각되는데요. 갈등이 일어날 때, 그 갈등과 부딪쳐 끝장에 이를 때까지 씨름해야 하는 것 아니겠어요? 그러면 어느 한순간에 불이 확 붙어 버릴 테니까요. 그 불에 의해서 갈등은 타 버리고 단련된 나는 남겨지는 거겠지요. 그걸… 무서워하신다는 건 목사라는 신분 탓은 아닐까요?"

"그럴는지도 모르지요."

의사는 우울한 얼굴로 손님을 건너다보았다.

"목사라는 직책은 인간을 우선 졸업해야만 하는 겁니까?"

그것은 항의에 가까운 질문이었다. 그러나 손님은 무연한 얼굴로 비에 젖는 바다를 내다보면서 드문드문 말을 이었다.

"인간을 졸업할 수야 있나요. 각자 자기 죄짐을 지고 이 땅에 옷 건 모두가 마찬가진데요. 다만… 제의祭儀를 입은 것이 다를 뿐이죠. 그러니까 스스로에게까지 '너는 다른 사람들과는 달리 살아야 할 사람이다', '너는 다른 사람들과 같아서는 안 된다', '너는 보통 사람들이 생활하는 생활의 울타리에서 멀리 떠나라, 떠나 있어야 한다' 고 끊임없이 눈 부릅뜨고 있고, 그 옷 속에다 가두어 둡니다. 하지만, 제의祭衣라는 옷은 껍데기에 불과하지요, 쇼펜하우어의 글에 이런 대목이 있어요. "순수한 수도사는 최고로 명예로운 존재다. 그러나 대부분의 경우, 수도사가 입고 있는 옷은 단순한 가장假裝에 지나지 않는다. 마치 가장무도회의 경우처럼 이 수도사의 옷 속에 진정한 수도사가 숨어있는 경우는 드물다." 그렇게 무서운 옷을 입혀주신 분 앞에 자신을 양도讓渡하고 따라가며 자기부정自己否定에서 벗어나서는 안 되는 길이 목회자의 길이지요."

"그것은 절대적인 하나님의 계명입니까?"

"물론 계명입니다. 그러나 내 경우에는 내가 서둘러서 쳐놓은 울타리였습니다. 스스로 울타리를 쳐놓고 나 혼자를 그 안에 가두어 둔 채, 나도 나가지 않고 남도 물론 침해하지 못하게 하며 일차적으로 안심하고 살았던 겁니다. 그런대로 별 큰일 없이 몇 십 년이 흐른 겁니다."

"그런데 왜 이제 와서 별로 큰일도 아닌 일에 그토록 눈에 띄게 고통을 당하고 계신지요. 어제 새벽에 치료를 끝내 놓고 차를 나눌 때, 목사님께서 스스로를 목사라고 밝히시기 이전에 말입니다. 저는 이미 그때 목사님의 머리에 입은 상처와는 비교도 할 수 없이 심각한 상처가 목사님 어디 깊은 곳에 있다는 걸 직감했었거든요. 미안하지만… 그리고 저는 그 내용에 관한 것은 단 한 가지도 아는 바 없습니다만, 목사님의 눈은 이미 무엇을 저질러 버린 눈이었습니다. 무슨 결정적인 것을 저질러 버린…… 목사님이 이곳을 나가실 때에 어쩐지 혼자 보내서는 안 될 것 같다는 묘한 불안감에 사로잡히기까지 했었습니다. 저는 어제 청초도의 여주인에게서 전화를 받았을 때, 일부로 목사님의 칭호를 여러 번 빌어가면서 이야기를 했습니다. 제깐에는 그 여인에게 무엇인가를 간청하자는 뜻이 있었지요. 그러나 그의 반응은 아주 담담했습니다. 저는 주제넘게도 목사님을 뒤따라 볼까 하는 충동에 사로잡히기까지 했었습니다. 그러다가 목사님의 상처는 이곳에서 비롯된 것이 아니라 목사님이 계시던 그 자리, 서울 그곳에서부터 시작된 일일 것이라는 생각이 들었기 때문에… 목사님의 눈이 이미 무엇을 저지른 사람 같다던 느낌은, 그 눈이 이곳에 오신 후에 흔들린 것이 아니라, 이미 무엇에 씌워 이곳까지 오시게 된 게 아닐까 하는 느낌이 들었습니다. 용서하십시오. 차 한 잔을 청하신 분께, 이렇게 부담을 드렸습니다. 그러나 이제 체면치레 인사성 같은 것은 생략해도 되겠지요. 이상하게도 저는 어제 목사님을 처음 뵙던 순간부터 줄곧 무언지 모를 중압감에 눌렸습니다. 지나가던 행인 중에 한 어질고 착한 사람이 까닭 없이 매 맞는 것을 지켜보고 있는 기분이랄까… 곧 참견하며 말려야 할 것 같으면서도 어쩐지 겁이 나서 그렇게 해서는 안 될 것 같은 생각이 들기도 하는… 단순치 않고 무거운 느낌이 들던 그런 기이한 조우였습니다."

손님은 창 밖에다 시선을 던진 채 무겁게 중얼거렸다.

"내 고통의 진원지는 청초도의 여주인이 아닙니다."

"그러면……?"

"나 자신이지요."

"어떻게 이제 와서 이렇게 새삼스러운 고통에……."

"믿음은 순종이라는 가르침을 받고 목회의 길로 들어섰습니다. 오직 순종의 길을 가고 있다는 믿음으로 여기까지 왔습니다. 그런데 몇 십 년 만에 나는 누구에게 순종하고 있는지, 그 대상, 하나님을 만나지 못하고 있다는 자각에 소스라쳤어요. 내가 걸어 온 길이 과연 순종의 길이었는지도 알 수가 없어졌고요."

"그래서 오백 살 여인을 위한 죽음의 교량 역할도 두려워하고 계신 겁니까?"

"지금의 나로서는 자신 없는 일입니다."

"그 여인의 구원요청이 목사님께 맡겨진 하늘의 명령이라도?"

"나는 비겁자예요."

"그러면 이곳에서 빨리 떠나시는 길밖에 도리가 없겠군요."

"그렇게 생각하고 있습니다."

"하지만 이곳을 떠나신다고 해서, 이곳에서 있었던 사실까지 아주 지워지지는 않을 텐데요. 만일… 목사님께서 수행하셨어야 할 일을 기피해 가신 것이라면, 그래서 이곳을 떠나신 후에라도, 목사님의 양심 어느 구석을 계속 찔러 대는 사건이라면 어떻게 하시겠습니까?"

"못해 낸 탓으로 벌을 백배로 받는다 해도 나는 그 쪽을 택할 수밖에 없네요."

의사는 난감해 하는 얼굴로 손님을 건너다보았다. 그리고 얼얼해진 입으로 띄엄띄엄 말했다.

"갈등 때문입니까? 회의 때문입니까? 목회에 대한 후회입니까? 현재가 병들었습니까? 이 중에 어떤 것이든… 신앙의, 아니 신학적神學的인 벽에 부디친 것이 아니라. 목사님의 정신적 쇠약이 아닐까요? 목사님의 자아自我가 눈을 뜨고……." 한동안 말을 끊었던 의사가 조심스럽게 말을 이었다. "자아自我라는 것, 다른 어떤 것과도 타협이 안 되는 그 무엇… 자아라고 밖에는 표현할 길이 없겠군요. 목사님은 그분, 하나님께 자신을 양도讓渡하지 못한 자아를 감추고… 있는……."

"자아… 자아?"

손님의 참담한 표정 위로 쓸쓸한 웃음이 잠깐 스쳐갔다. 그제서 의사는, 손님이 자아라는 것이 무엇인지를 몰라서 물은 것이 아니라는 것을 깨달았다.

손님은 빙긋 웃으면서 창밖으로부터 눈길을 돌려 의사를 바라보았다..

"자아라는 걸 고집하고 고집할수록, 자아를 끌고 가는 인생길이 한없이 고달프기 마련인데 인간은 대체로 그 자아를 놓지 않겠다고 버둥거리고 있지 않습니까?"

"목사님, 자아라는 것을… 연필 깎듯이 깎아 쓸 수만 있으면 좋을 텐데요, 자기를 누구인가에게 내어주고 그로 하여금 마음대로 깎아 쓸 수 있게 하면 자기가 져야 될 짐의 무게도 줄어들 것 아닙니까."

의사는 두 사람 사이의 무거운 공기가 힘들어진 듯 찻잔을 들고 일어섰다.

"한 잔 더 하시지 않겠습니까?"

"그렇게 할까요."

의사는 차 끓일 준비를 다시 시작하며 가볍게 물었다.

"현재도 교회를 맡고 계십니까?"

"그렇습니다."

"그러면 주말 안으로 떠나셔야 하시겠군요."

"떠나긴 떠나야죠. 그러나 이제 자기정리 없이 어떻게 떠날 수 있겠습니까. 서울을 떠나기 전 보다 훨씬 혼란만 가중한 채… 교회가 목적지가 아닙니다. 자아가 누구인지 만나지 못한 나를 찾아보기라도 해야… 떠나고 말고도 결정 할 수 있는데… 이 마을을 떠나는 것이 문제가 아닙니다."

"하지만 떠나시려고 서두르고 계신 것 같은데요."

"그저 조급해 하고 있을 뿐이지요. 오래된 습관입니다."

"조급증은 해결의 열쇠를 손에서 떨어뜨리게 만들 텐데요."

"나는 이미 열쇠를 놓쳐 버린 사람입니다."

의사는 차 향기가 피어오르는 찻잔을 들고 오며 가볍게 한숨을 토했다.

"이상한 일이군요, 목사님. 저는 저에게 찾아오는 환자의 일 이외에는 주변에서 일어나고 있는 일에 대하여 별로 개입하는 일이 없었는데, 왜 목사님의 일에 대해 이렇게 마음이 쓰이는지 알 수가 없군요."

의사는 손님 탁자 위에 찻잔을 올려놓았다. 찻잔을 옮겨놓는 의사의 깨끗한 손에는 표정이 있었다. 손님은 정결한 의사의 손을 바라보며 입을 열었다.

"내가 퍽 우유부단한 인간으로 보였겠지요. 지금 내가 겪고 있는 심리적인 갈등을 환하게 들여다보고 있는 유일한 이웃이 닥터 문입니다. 내가 이렇게 별 거북함을 느끼지 않고 술술 얘기가 나오게 하는 걸 보면 닥터 문의 심안心眼이랄까… 하여간 마음 놓고 말할 수 있는 분위기를 터주신 넉넉함에 감사를 드립니다."

"아닙니다. 제가 오히려 너무 많이 떠들었지요. 아는 체 해가며… 부끄럽습니다. 그보다도 청초도의 여주인 일이 무언가 윤곽이 잡혀 가는 것 같습니다. 지금까지 그저 가볍게 듣거나 흘려 넘겼던 일들이 새로운 의미로 떠오릅니다. 그 여성이 주장하는 오백 살의 나이와, 아들을 찾겠다는 일념으로 바다를 증오하며 죽음의 순리를 역행했다는 이야기들이, 지금, 목사님의 상태와 겹쳐지면서 꿈틀거리기 시작합니다. 저는 이따금 이상한 환상에 사로잡히고는 하거든요. 목사님도 더러 겪어 보신 일이 있으실 거예요. 어느 장면, 어느 한순간, 지상에서의 시간이 정지되는 것과 함께, 문득 언제인가 그것과 똑같은 일을 이미 겪고 경험했던 것 같은 현장 안에 서 있는… 기시감이랄까…그런 일 말입니다. 그것은 진공 상태와도 같지요. 어쩌면 그 순간 속에 우리가 잃어버렸던 영원이라는 것의 열쇠가 있을는지도 모릅니다. 그렇지 않을까요. 우리들이 경험하고 있는 지금의 이 시간이라는 것은 영원이라는 질서 속에서 이탈되어 나온 변칙적인 것인지도 모르지 않습니까. 그런 것과 비슷하게, 그 여인이 주장하는 오백 년이라는 세월이, 내가 지금 서 있는 이 공간과 시간 속으로 갑자기 뛰어든다는 느낌이 들지 않습니까? 지금까지 여러 차례 그 이야기를 들었지만 별로 마음이 쓰이지 않았거든요. 농담이라면 농담치고는 좀 황당하구나… 하지만 농담이 아닐 수도 있다… 하고 생각했던 적도 있었습니다. 그 여인의 오백 년은 지금 우리가 서있는 이 시간의 바깥쪽에 있다가 갑자기 우리의 시간 속으로 뛰어들고 있는지 모르지요. 우리들 인식認識의 추錘에 매어 달려 있는 시간이라는 것을 초월해 만나게 되는 신비가 아닐까요. 그런데 목사님은 그가 여성이라는 이유 때문에 꺼려하고 있으신 겁니다. 그 금기禁忌는 누가 만들어 놓은 것인가요. 왜 여자라는 이유 한 가지만으로도 금기가 됩니까. 음욕淫慾의 대상이 될 수 있다는 이유 때문입니까? 지금 목사님께서는 스스로 금기의 대상을 만들어 두려워하고 있습니다. 하지만 그 금기를 눈 똑바로 뜨고 들여다 보십시오. 어린애들이 넘어져 무릎을 깨거나 혹은 무섭다고 느끼는 벌레를 만났을 때, 첫 순간에는 거의 반사적으로 눈을 가리고 울음을 터뜨립니다. 그러나 곧 눈을 가리고 있던 손을 조금 열어 손가락 틈새로 피가 흐르는 상처나 벌레를 들여다보면서 울거든요. 생명의 자연스러운 요구입니다. 눈으로 보고 스스로 확인하지 않고는 난관을 뛰어넘을 수 없다는 것을 알고 있기 때문입니다. 그런데 신앙의 계율 때문에 눈감고 피해 가야 한다는 것은, 현재 목사님의 처지에서는 부자연스럽다는 느낌이 드는군요. 만일 그 여성이 이때를 기다려, 그 여인의 구원의 문제가 반드시 목사님께 부여된 역할이라면. 그런데도 두려워서 피해 가신다면, 그 다음에 닥칠 더 깊은 고통을 어떻게 하시렵니까? … 그래서 그 역할을 거절하신 까닭으로 지금보다 더 깊은 갈등과 회한과 자책의 채찍에 맞게 된다면 어떻게 하시렵니까?"

손님은 초점 없는 시선을 다시 바다 쪽으로 던지며 거의 들리지 않을 목소리로 중얼거렸다.

"목사의 역할… 목사가 해야 할 의무… 모든 일을 완벽하게 해냈다고 믿었던 나는… 아니었어, 나를 여기까지 끌어 온 것은 신학神學이었어. 하나님, 그분의 손길이 아니었어. 마이스터 에크하르트(Meister Eckhart)가 그렇게 기도 했어. '나는 하나님을 만나기 위해 하나님을 버리게 해 달라고 기도한다!' 그런데 나는… 그분을 버리지도 못해, 나에게 현존, 계신분이라야 버릴 수도 있는데, 그분은 안 계셔. 그분이 나를 만나주시지 않는 것인지, 내가 그분을 못 알아 보는 것인지… 나에게는 지금 하나님이 계시지 않아. 그런데 내가 무엇을 할 수 있겠어. 나는 그저 바닥이 보이지 않는 공허, 공허일 뿐이야."

닥터 문은 정 목사의 고통 속으로 말려들어간 것처럼 고개를 숙이고 무겁고 어두운 표정으로 한동안 묵묵하게 있다가 나직하게 입을 열었다.

"어떻게 하다가 그런 자괴감에 빠지셨는지, 너무 깊숙이 자기혐오에 빠지셨군요. 하지만 그 절망으로 발판을 만드셔야지요. 그것을 딛고 올라서면 지금의 그 무력감에서 헤어날 수 있겠지요. 창조란 혼돈에서 시작되는 질서가 아니겠습니까. 목사님, 무엇을 두려워하고 계십니까. 스스로의 질서를 만드십시오. 당신 손으로 새로운 문을 열어야 합니다. 그건… 새로운 관계를 의미합니다. 관계의 시작이죠. 목사님이 이렇게 머뭇거리시다가 그 혼돈 속에 매몰되고 마실 겁니까. 저는… 목사님이 왜 이 항구엘 오셨는지를 몰랐습니다. 또 굳이 알아야 할 일도 아니었습니다. 또 목사님이 왜 선뜻 이곳을 떠나지 못하시는지 그것도 모르는 사람입니다. 목사님이 이곳에 오시기 전에 무슨 일을 겪으셨는지, 또 이곳에서는 어떻게 지내고 계신지도 알지 못합니다. 그러나 저는 어제 처음 목사님을 만나는 순간, 무겁고 힘든 짐을 지고 있는 사람의 얼굴을 보았습니다. 치료가 끝나 문 의원을 떠나시면서 청초도의 이 씨를 따라가는 뒷모습에서 문득 족쇄足鎖 소리를 들은 듯했습니다. 발목에 채워진 쇠고랑을 끌고 가는 듯한 소리를… 그리고 왜 그런 느낌이 들었는지 알 수 없는 일이지만 목사님은 자신도 모르는 혼돈 속으로 들어가고 계신 것 같았습니다. 그런 뒤로, 하루 종일 이렇다 할 뚜렷한 이유도 없이 계속 우울했습니다. 오후에는 문득 청초도에 가볼까 하는 생각이 들 정도였습니다. 그 여성이 목사님에게 던져 드린 문제의 그림자라도 엿볼 수 있을까 해서였습니다."

첫잔을 비운 손님은 자리에서 일어났다. 그리고 의사를 한동안 무연히 건너다본 뒤에 인사로 고개를 숙였다.

"가시겠습니까?"

"예, 혼자 있어야겠어서… 감사합니다."

"혹시 제가 드린 말씀이……."

"아닙니다. 문 박사의 이야기는 기이하게도 내 내면의 소리와 일치하던 걸요. 아까 말씀하시던 영원과 현재의 문이 열린 듯했습니다. 우리가 인식하고 있는 이 시간이라는 것은 영원이라는 질서 속에서 잠깐 이탈되어 나온 것인지도 모르겠다는 그 말씀… 우리 두 사람의 대화 속에서 영원의 문을 동시에 엿볼 수 있었던 시간과 공간… 기이한 만남이었습니다. 혹시 다시 들러도 괜찮다면 한 번 더 들를 일이 있을지도 모르겠습니다."

문 의원을 등지고 걷기 시작한 그는 약속되어 있는 장소로 급히 가는 사람처럼 바닷가로 곧장 걸어갔다. 우산을 받았지만 바닷바람 따라 사선斜線으로 내리치는 빗발은 그의 하체를 금방 적셨다. 여름비는 항구 도시를 무거운 잿빛 꿈속에 가라앉혔다. 그는 잿빛 꿈속을 헤치고 나아가듯 바닷가로 갔다

휘어져 나온 포구를 돌아들자 청초도의 거뭇한 형체가 비안개 저쪽에서 흔들리고 있었다. 그것은 어두운 손짓이 되어 그를 불렀다. '청초도야, 너는 좌초선의 정령精靈인가. 나의 영혼을 좌초시키려고 손짓하는 괴기의 꽃인가. 나의 영혼을 침몰시키려고 노래가 되어 들려오는 정령의 목소리인가.' 바닷가의 시계視界는 비안개

속에 꿈꾸듯 잠겨 있고, 바다는 그 큰 몸을 주체할 수 없어 신음하듯 뒤챘다. 제방을 내려서자 허옇게 거품을 물고 달려드는 파도가 바위를 물고 늘어졌다. 바다는, 꿈쩍 않고 우뚝 서 있는 바위를 향해 몸부림쳤다. 버티고 서 있는 바위에 머리를 부딪고, 허무한 포말이 되어 빗물에 무너졌다. 바다의 깊은 신음을 들었다. 바다 전체가 본능이 되어 오직 한길 욕구를 위하여 몸을 틀고 있는 바다. 파도가 으르렁거리며 그를 불렀다. 청초도의 여인을 끌어안고 한없이 가라앉던 꿈속 바다의 깊이가 생시生時가 되어 그를 손짓했다. '들어와라, 깊고 깊은 이곳으로 들어와라. 너의 부끄러움도 불안도 다 감추어 줄 테니 이리로 들어오라.' 여자의 몸무게를 더욱 밀착시켜 주던 바닷물의 수압水壓이 은근한 눈짓으로 그를 불렀다. 그는 뒷걸음질 쳤다. 청초도는 어두운 그림자가 되어 머리를 풀어 날리며 따라오듯 계속 흔들리고, 바다는 더욱 깊은 신음으로 뒤챘다. 여자의 목소리가 들렸다. '나는 이 끝없는 바다에서 벗어나야 해요. 나를 도와주세요. 나는 이 끝없는 바다에서 벗어나야 해요. 나를 안고 가 주세요. 나를 안아 헤엄쳐 가 주세요. 당신이 아니고는 저를 이 증오의 바다에서 벗어나게 해줄 사람이 없어요.' 그는 계속 뒷걸음질 치며 머리를 흔들었다. '아니, 아니라고! 나는 지금 무력하다. 나 혼자 이 바다를 헤엄쳐 건널 수 없는 무력자다. 아무것도 할 수 없는 무기력에 빠져있는 하께비다!' 파도는 한입에 그를 삼키고 말 듯 으르렁거리며 달려들었다. 그는 청초도로부터 눈길을 돌리고 발을 빼듯이 그 자리를 떠났다. 그러나 그가 이른 곳은 좌초선의 바닷가 대포리였다. 더는 멀리 갈 수도 없었고 다른 곳으로 피하지도 못했다.

시뻘건 녹을 빗물에 흘리며, 비안개 자욱한 바다 위에 유령처럼 떠 있는 좌초선. 바다는 잿빛으로 끝없이 흘러가고 있었건만, 그 배는 한스러움을 품고 그 자리를 떠나지 못하고 있었다. '네가 나를 불렀느냐. 네가 나를 이곳까지 끌어왔느냐. 너는 누구냐? 왜 나를 끌어왔느냐? 나를 불러 놓고 왜 계속 침묵하고 있느냐?' 배는 회색빛 바다에 반쯤 빠져 녹을 흘리며 웅얼거렸다. '나에게 죽음을 주세요. 나를 죽게 해 주세요 완전한 죽음을 죽을 수 있게 도와주세요. 이 지독한 녹에서 벗어나게 해주세요. 순한 죽음으로 떠나가게 해주세요.' 그는 좌초선을 향해서 눈을 똑바로 뜨고 머리를 흔들었다. '나는 죽음의 사자가 아니다!' 빗발이 녹슨 배의 흐느낌을 실어왔다. '그러나 당신은 열쇠를 갖고 있는 사람이라고 합디다.' '그래서 나를 끌어왔는가?' '당신을 부른 것은 우리가 아닙니다.' '우리라니, 또 누가 있는가?' '영원을 향해 떠나갈 죽음을 허락받지 못한 자들… 그 반열에 끼지 못한 자들입니다. 해도海圖도 나침반도 없이 항해하다가 궤도에서 이탈한 자들입니다.' '너희는 악마들의 족속들인가?' '악의 유혹을 받고 휩쓸렸지만 악에서 건져지기를 기다리는 자들입니다.' 질서가 파괴된 녹슨 혼돈의 덩어리. 그 배는 관계關係의 끈에서 끊겨지고, 생명 외곽에 버려져 있는 음침한 지옥이었다. 그리고 그 좌초선을 찾아오는 여자는 좌초선의 지옥을 벗어나 증오의 바다에서 자유를 찾으려는 최후의 실험인간이다. 그렇게 순리로 관계의 회복을 꿈꾸는 최후의 실험인간. 그가 원하는 관계의 회복이란 순리요 질서였다. 그 여자는 죽음의 순리를 회복하면서, 영원의 길을 가는 사랑이 눈을 뜬다는 것을 비로소 깨달은 실험인간이다. 비로소 생명을 사랑하고 그 생명이 생명을 누릴 수 있는 자유를 만나고, 모든 것을 포용할 수 있는 새 세상을 얻겠다는 열망에 몸부림치는 실험인간이다.

여름비에 전신을 내맡긴 바다는 음울한 잿빛에 취하여 계속 꿈틀거렸다. 청초도의 여자도, 좌초선도, 비에 젖는 바다도, 그 사내를 향하여 끈질기게 대답을 강요하고 있었다, 그들 셋은 저들끼리 단단하게 결속하고 그를 계속 끌어들이려고 몸부림 치고 있었다. 빗속의 바다 위를 떠도는 한 척의 배. 그러나 그 배는 어느 항구에서 출범했는지, 항해일지도 없이 기억의 닻을 잃어버린 배였다. 그 배 위에 나타났던 여자……. '그는 산호초인가. 기억의 닻을 끊긴 배를 유인하는 산호초인가. 아니면 저, 몸을 숨기지 못하고 죽음의 순리에서 쫓겨난 좌초선의 유령인가. 죽음을 구걸하는 유령인가. 그런데… 그런데, 나는 도대체 무엇 때문에 지금 이 자리에 이렇게 서 있어야 하는가. 왜 여기까지 와 있는가. 그리고 그 대답은 어디에 있는가?' '나는 이곳을 빨리 떠나 돌아가야 한다. 돌아가지 않으면 안 된다.' 그는 스스로를 향해 명령하듯 힘주어 말했다. 하지만 다음 순간 누구인가 그를 쥐어박듯 물었다. '그러나 무엇 때문에 꼭 가야 한다는 거야?

　교회. 설교. 이천여 명의 신자들. 구령산업救靈事業에 관련된 온갖 사업. 주님의 이름이 간판이 된 사업. 그 일을 돕고 있는 신자들, 신자들을 위하여… '가야 한다.'는 그 생각은 또 하나, 가장 깊은 곳에 숨어 있던, 좁은 길이 아니라 넓은 길로 치닫는 소리는 아니었을까. 교회 일을 보고, 설교를 외쳐 대며, 끊임없이 전도하고, 신자들에게 발생하는 크고 작은 일들을 돌보아 주던 그 간단없는 행동의 바다, 그 깊은 바닥에 숨어 있던 또 하나의 자신은 아니었을까. 그 온갖 행동의 가장 합리적인 정점頂點에서, 자기만족의 열매를 아무도 모르게 계속 따먹는 것으로 살쪄 왔던 비밀한 자신. 행동의 진폭이 크면 클수록 더 깊은 곳에 감추어져, 그 행동의 진폭에 회심會心하며 고개를 끄덕이던 자신. 지금, 돌아가야 한다고 우기고 있는 것은 바로 그러한 자기다. 그는 해도海圖와 나침반을 잃어버리고 폭풍을 만난 한 척의 배. 갈 바를 알 수 없는 해도 잃은 배였다. 갈 곳이 어디인지를 알 수 없었다. 청초도로 가야 하는가? 그럴 수는 없었다. 애당초 자기는 그럴 가능성을 타고 나지 못한 인간이었다. 하지만 꿈에서 겪은 그것은? 내부에서는 끊임없이 부정否定하는 부정의 외침이 미친 듯이 들끓고 있었지만, 몽정夢精은 현실로 떠오른 사슬이 되었다. 그것을 지워버리려면… 한시 바삐 서울로 돌아가야만 한다. 그 길만 해답이다. 그런데 무엇인지 알 수 없었으나, 되돌아가야 하는 그를 떠나지 못하게 하는, 그를 꼼짝도 못하게 붙잡고 늘어지는, 정체를 알 수 없는 무엇이 있었다. 비바람은 미친 듯 달리는 말갈기처럼 휘날리며 그를 후려쳤다.

폭풍의 비바람은 그를 후려치는 회초리가 되었다. 문득 소스라쳤다. 아아, 죽을 수 없는 자여. 사망에서 이탈된 자여. 그는 자기의 고뇌와 고통이 무엇이었는지 깨달았다. 십자가 위에서 그분과 함께 죽었다고 믿었던, 신자들에게, 모두들 십자가 위의 예수와 함께 죽어야 진정한 신자가 된다고, 그렇게 죽어 그분을 닮아가라고 떠들던 자기가 아직 시퍼렇게 살아있었다. 십자가 위에서 예수와 함께 죽었다고? 아니었다. 말로만 그랬다. 아니었다. 징그럽게도 시퍼렇게 살아있으면서 강대상 위에서 교우들을 속여 왔다.

그는 비바람을 고스란히 맞아 뼛속까지 젖어가며 몸을 떨었다. 죽지 못하고 떠도는 혼, 죽음을 찾아서 끝없이 헤매는 혼, 그것은 청초도 여자의 문제만이 아니었다. 오백 년 동안 죽지 않고 살아서 끊임없이 방황하던 여자, 이제는 신랑 기다리듯 죽음을 기다리고 있으나, 좀체 사망을 만나게 될 것 같지 않아 절망에 잠긴 여자. 완전한 죽음만이 구원임을 깨닫고 죽음의 순리에 데려다 줄 인연을 찾아 헤매는, 사망을 놓친 혼. 청초도의 여자는 곧 자기 자신이었다.

비바람 속에 버티고 서서 그는 살 맞은 맹수처럼 울부짖었다. 그것은 곧 자기의 문제였다. 완전한 죽음을 거치지 못하고, 생존의 체증滯症에 걸린 혼. 그는 그것을 교묘하게 감추고 지금까지 곡

예하듯 살아왔다는 것을 깨달았다. 오백 년… 오백 년을 살면서 죽지 못한 여자, 오백 살의 여자. 그 오백 년을 지구 위의 계산법으로 헤아렸기 때문에 여자의 이야기가 이상하게 들렸지만 이제는 그것이 그를 비추는 거울이 되었다.

시퍼렇게 살아있는 자기는, 그 여자보다 더 많은 천 년을 그렇게 웅크려 왔을 혼이었다. 세상에서의 나이 오십은… 그 오십 년이라는 것은 산출 근거가 단세포적인 이 세상의 숫자다. 죽지 않고 떠돌던 혼이 천 년을 지냈을지 이천 년을 지냈을지 알 수 없는 일이다.

죽음의 순리를 찾아 헤매는 그 여자는 지혜자일까. 죽음을 만나지 못하는 고통이 무엇인지를 알고 있는 그 여자는 선지자先知者일까. 완전한 죽음만이 분명한 구원이 된다는 것을 알고 있는 그 여자는 지혜자다. '죽음 없는 세상의 두려움을 알라. 죽음이 주어지지 않는 세상의 공포를 깨달으라. "그날에는 사람들이 죽기를 구하여도 얻지 못하고 죽고 싶으나 죽음이 저희를 피하리로다."(계시록 9:6) "땅에 거居하는 자들이 저희의 죽음을 즐거워하고 기뻐하여 서로 예물을 보내리라."(계시록 11:10) 죽음에 관한 계시록의 몇 구절이 그의 뇌리로 칼처럼 날아들었다. '어떻게 해야 합니까? 어떤 길이 완전한 죽음의 길입니까. 완전히 죽는 길은 어디에 있습니까.' 황량한 기도였다.

이제 비바람은 그의 몸을 갈가리 찢으며 휘몰아쳤고, 그의 몸은 뼈 속까지 젖었다. '어떻게 알았을까. 그 여자는 어떻게 알아냈을까. 완전한 죽음만이 구원의 길이라는 것을 어떻게 터득했을까. 그리고 그는 죽음의 방법도 이미 알고 있다. 그는 분명 완전한 죽음의 방법을 알고 그때를 찾아 기다리고 있다. 오백 년의 고독이었을까, 오백 년의 방황이었을까, 오백 년 동안 벼린 고통이었을까. 그는 불현듯 청초도를 향하여 몸을 돌려 세웠다. 그는 사납게 울부짖는 비바람 속을 거쳐 청초도 앞으로 갔다. 그러나 막상 그 앞에 이르러 얼어붙은 듯 굳어져 한걸음도 나아가지 못했다. '왜 나는 이곳까지 한달음에 달려왔는가.' '누가 나를 떠밀었는가?' '막상 이 앞에까지 와 놓고 왜 더는 앞으로 가지 못하는가.' '무엇이 나를 불렀는가.' '무엇이 나를 제지하는가.' 그는 뼛속까지 젖어 헐떡였다. 짙은 안개 저쪽에서 누구인가 그를 손짓해 불렀다. 두려움이 안개 속으로 녹아들어가고 있었다.

  그는 이미 청초도의 손바닥 위에 있었다.

  청초도는 키 없이 바다 위에 떠 있는 의문疑問의 배였다. 비바람이 나무들의 머리채를 휘휘 감았다. 사람이 사는 곳 같지 않았다. 인적人跡을 만나 본 일조차 없는 듯 휘휘했다. 의문의 현장에 이끌려 왔건만, 인적 없었던 것처럼 의문도 없었다. 청초도의 집은 안개 속에서 희미하게 그를 거절했다. 지금까지 그를 뒤흔들던 의문은 바다 저쪽 비바람 속에서 흔들리고 있었다. 이제 다시 그 의문을 따라간다면 그는 바다 속으로 들어가야 했다. 침침한 눈으로 바다를 바라보았다. 흔들리고 있는 의문이, 가까워졌다 멀어졌다 안개뭉치가 되어 떠 있었다. 비안개와 바다 안개가 뒤엉켜 말을 한다.

"들어오세요." 꿈속에서처럼 문이 열리며 여주인의 얼굴이 나타났다. "아, 이렇게 흠뻑 젖어가지고……."

여자는 남자의 손을 잡고 집 안으로 들어섰다. 물귀신처럼 젖은 손님은 앞 못 보는 사람처럼 그에게 이끌려 들어갔다. 여자는 그에게 아무것도 묻지 않았다. 잠잠하게 욕실까지 안내한 뒤에 욕실 문을 열고 나직하게 말했다.

"더운물이 있습니다. 옷은… 문 뒤에 걸려 있어요. 그냥 입으시면 됩니다. 편하게 입으실 수 있는 옷입니다."

욕조 안으로 들어가 더운물에 몸을 담그자 그는 아무것도 생각나지 않았다. 의식意識의 기능이 마비된 듯. 물에 잠겨 눈을 감았다. 어머니 자궁 속에 안전하게 들어앉아 있는, 아직 태어나지 않은 아이였다.

욕실 문 뒤에 걸려 있는 옷은 발등까지 내려간 홈 없는 긴 가운이었다. 소매도 넉넉하고 품도 넉넉한 무명옷은 포근하고 편안했다.

"젖은 옷은 그곳에 그냥 두세요." 욕실 밖으로 나오는 그를 기다렸다는 듯 여자는 그렇게 말하며 약상자를 들고 다가왔다. "머리의 상처가 엉망이 됐군요. 오세요, 통증 없이 치료해 드리겠어요."

그는 등의자에 눕듯이 비스듬히 앉혀졌다. 남자의 이마를 소독하며 약을 바르는 여자의 숨결이 향긋했다. 풋풋한 체취가 따뜻한 향기가 되어 그의 시야를 흐려 놓았다. 억세게 내리퍼붓는 빗소리가 현실現實 한끝을 물고 사납게 흔들었다.

"아프세요?"

"아니오." 약 냄새가 여자의 체취와 싸웠다. "비를 그렇게 흠뻑 맞으셨는데도 상처는 거의 다 아물어가네요."

상처를 닦아 내고 뒷손질까지 끝낸 여자는 잎차의 향기가 은은한 따뜻한 차를 들고 왔다. 두 사람은 아무 말 없이 뜨거운 차를 마셨다.

"무엇하러 왔느냐고 묻지 않소?"

그는 눅눅한 공간위로 피어오르는 차 향기 너머로 여자를 바라보았다.

"청초도가 선생님께 얼마나 아득하고 멀었을 섬인데 이렇게 오셨으니… 결론입니다."

"결론이라니?"

"해답입니다."

"해답? 나는 의문에 떠밀려 이곳에 이르렀는데."

"우리가 존재하는 이 공간과 시간은 매듭의 연결이면서 종국終局입니다. 완전을 뜻합니다. 우주질서의 궤도 안에서는 그 어떤 미립자도 그 자체가 완전한 의미인 것처럼……."

"그런 확신 속에 살고 있는 사람이 왜 죽음의 순리를 버렸소?"

"사랑을 잃은 영혼이 증오의 이빨에 물렸지요. 이미 말씀드렸을 텐데요."

남자는 찻잔을 내려놓으며 언도言渡를 기다리는 죄수처럼 무겁게 입을 열었다.

"내가 왜 이곳을 찾아왔는지, 스스로 찾아온 것인지, 무엇에 이끌려 온 것인지, 어떻든… 청초도가 내 실체의 거울인지 모르겠소.'

"실체의 거울이라니요?"

"죽음에서 쫓겨난 내 영혼의 거울……."

"아, 목사님께서도 죽음의 순리에서 쫓겨나셨다고요? 세상에! 이제 무슨 그런 말씀이……."

"당신은 처음부터 나를 알고 있었소. 아니, 좌초선 위에서 나를 만나기 이전부터 나를 알고 있었소. 나를 좌초선으로 끌어간 것은 당신이었소."

"그런 결론입니까? 좌초선을 찾아오신 것이 스스로 찾아오신 것이 아니라 영묘靈妙한 주술呪術에 끌려오신 것이라고요? 그랬을까요? 그랬다면 그것은 저의 주술이 아니라, 같은 고통, 같은 의문, 같은 형벌을 받고 있던 쌍생아雙生兒를 찾아오신 것은 아니었을까요? 고뇌하는 영혼에게는, 고뇌를 모르는 영혼에게는 없는, 예지의 힘이 있습니다. 그 힘은 상대방의 고뇌를 알아보는 예지예요. 서로를 알아보는 신비입니다. 신비의 거울이지요. 목사님은 그 신비에 이끌려 청초도까지 오신 것입니다."

"그렇다면 당신의 고뇌가 훨씬 깊은 모양이군, 내 쪽에서 끌려왔으니."

"저의 고통스러운 방황이 훨씬 오래되었다는 뜻이겠지요." 넋이 나간 남자의 공허한 시선이 허공에 머물렀다. 혼란은 수렁이었다.

"사랑 없는 기나긴 세월의 고통이고 형벌입니다.."

"사랑은… 애당초 나에게도 없었소."

"하지만, 목사님이 떠난 순례길은 목표가 사랑 아니었습니까?."

"순례의 길을 떠났지만 목적도 목표도 없었다면… 오히려 운명에 저항한 아니 반항만도 못한 것 아니었을까. 당신은 오백 년이라는 세월을 분명한 증오로 버텼지만… 나는 지금까지 죽음을 잃은 방황이 언제 시작된 것인지조차 모르는 멍청이었소."

"그래서… 어쩌면 청초도는 종점終點이 될는지도…….."

"지금 나는 생각의 기능까지 잃었소. 차라리 미쳐버리는 편이 결론에 이르는 가까운 길이 될 것 같소."

"두려움 때문입니까? 무엇이 두려운데요? 두려움의 대상이 어떤 것이기에?"

쏟아지는 질문이 칼끝처럼 예리하게 그의 폐부를 찔렀다. '그래… 나는 무엇을 두려워하고 있는 것인가. 두려움의 대상이 무엇인지도 모르면서- 왜 떨고 있는가? 멈출 것 같지 않은 이 떨림을 언제까지 어디로 끌고 갈 것인가.' 그는 자신의 육신이 갑자기 거추장스러워 그 자리에서 달아나고 싶었다.

"언제까지 두려움과 씨름을 하실 건가요? 아니 씨름은 시작도 되지 않았어요. 그저 향방 없이 피해 다니시잖아요?" 그는 피의자처럼 쫓기고 있었다. 여자는 대답을 기다리지 않고 말을 이어갔다. "그 두려움은 좌초선의 첫 만남에서 생긴 게 아닙니다. 그 훨씬 이전부터, 아니 목사님의 출생 이전부터 숨어 있던 씨앗이었지요. 그것이 좌초선 위에서 씨눈이 터지면서 드러난 것이지요. 이제 그 두려움 앞에 용감해지세요. 두려움을 똑바로 보셔야 그것을 이겨낼 수 있습니다. 언제까지 두려움에 포박되어 있을 겁니까? 탈출하셔야지요. 벗어나세요."

그는 여자의 말을 들으면서 풋잠과 함께 꿈속으로 들어가는 사람처럼 몽롱하게 중얼거렸다.

"탈출, 두려움으로부터 탈출을… 공포는 불신不信이지. 사랑에는 두려움이 없다, 하셨는데… 신앙에 두려움이 있을 수 없는 건데… 구약성경에는 두려워 말라! 놀라지 말라! 는 말씀이 수없이 기록되어 있거든… 인간은 두려움을 타고 난다는 뜻이기도 하지. 신약 사복음서에서도 예수님은 우리에게 두려워하지 말라고 계속 달래셨어. 그런데 나는 수십 년 선교에서 신자들에게 두려워 말라! 고, 두려워하는 사람은 믿음도 사랑도 없는 사람이라고 갈파해 왔지… 나는 나의 내면 깊숙하게 숨어있던 두려움을 감쪽같이 숨기고 거룩함을 가장假裝한 목사였어……."

말끝을 흐리던 그는 깜짝 놀라 벌떡 일어났다. '아니 내가 왜? 내가 왜? 여기 앉아있지? 입고 있는 이 옷은 무어며? 이게 도대체…….' 그의 눈은 맹수에게 쫓기는 두려움에 떨고 있었다. 여자가 일어나 남자의 손을 잡아 앉히며 달래듯 말했다.

"목사님, 이곳에 혼자 스스로 오신 것 아닙니다. 좌정하세요. 그리고 두려움의 정체가 어떤 것인지 찾으셔야지요."

"당신은 알고 있소? 알아내었소? 알면서 묻고 있는 것이오?"

"타인의 목소리로 듣기보다 자신의 내면의 음성으로 꼭 들어야 할 일이 있습니다."

"지금 자백을 권하고 있소?" 남자는 계속 떨면서 말을 이었다. "도대체 당신은 누구요? 당신의 정체는?"

"전후좌우에 아무런 배후가 없는, 그저 죽음을 원하는 가난한 영혼일 뿐인데 아직 못 알아보시겠습니까? 죽음에 주려 지친 영혼을… 목사님을 묶어 놓고 있는 두려움 때문에 보이지 않는 것이겠지요."

"지금 나는 자신이 누구인지도 모르고 있소. 왜 이 자리에 앉아 있는지, 누구에게 떠밀려 와 있는지, 그리고… 당신도 내 두려움의 대상이요."

"속고 계신 겁니다. 기만당하고 계십니다."

"아! 지금까지 높고 거룩한 강대상 위에 서서, 남의 목소리만 빌려 떠들던 나를 왜 못 알아보았을까? 왜 기만당하고 있다는 것을 몰랐을까?"

그는 회오悔悟와 수치심에 떨었다.

"그동안 두려움 모르고 계속 달리기만 하시다가 이제 두려움과 마주치셨습니다." 여자는 속삭이듯 물었다. "자의식이 두려움의 장벽障壁이었을 것입니다. 목사님의 자의식은 어디에 뿌리를 내리고 있었을까요?"

여자의 목소리는 남자를 혼몽함에 빠지게 만드는 약효처럼 스며들었다. 그는 마취사의 말에 따라 심호흡을 하듯 숨을 들이 쉬며 나직하게 말했다.

"세속… 세속이 요구하는 내 혼의 욕구요."

그는 말끝을 흐리면서 그 자리에 몸을 뉘었다. 완전히 마취된 사람 같았으나 숨을 고르게 쉬며 잠들었다. 여자는 실내의 등을 껐다. 폭풍의 비바람은 여전히 유리창을 훌 두드리며 몸부림치고 있었다. 한낮이었으나 눅눅한 공간은 어둠침침했다. 여자는 가벼운 덮개를 그의 몸 위에 조심스럽게 덮어 준 뒤에 물러났다.

잠들어 있는 남자는 안락安樂했다. 청초도의 거실 한 옆은 아늑하고 조용했다. 그러나 남자의 영혼은 안락함에서 뒷걸음질 치기 시작했다. '아직은 안 된다. 아직은, 아직은… 서울에서, 그 교회에서 아무도 모르게 떨고 있는 내 영혼을 구하러 가야 한다. 도망치듯 와 있는 이 자리에서 편안함에 빠져 있을 수 없다. 안 될 일이다, 안 될 일이야.' 그의 영혼은 그 자리를 슬며시 빠져나갔다. 그리고 비바람 폭풍 속을 뚫고 목사관으로 돌아갔다.

*

아내는 외출준비를 하고 있다가 깜짝 놀라며 남편을 맞이했다.
"아니, 당신! 목사님! 언제 오셨어요? 그동안 어디 계시다가……."
"당신이 나를 목사라 불렀소? 내가 당신의 목사요? 당신은 내 아내요, 나는 당신의 남편이고."
"아닙니다, 당신은 제사장이십니다. '제사장마다 사람 가운데서 취한 자이므로(히브리서 5:1) 성경이 말씀하셨습니다. 이 존귀尊貴는 스스로 취하지 못하고 오직 아론과 같이 하나님의 부르심을 입은 자라야 할 것이니라(히 5:4) 하셨습니다. 목사님, 이제 와서 저에게 남편임을 주장하시다니… 갑자기 무슨 망발입니까. 이천여 명의 양들이 목사님을 잃고 괴로워합니다. 목사님, 속죄제贖罪祭를 드리십시오. 백성을 위하여 속죄드림과 같이 또한 자기를 위하여 드리는 것이 마땅하니라, 하셨습니다."

"속죄제를 드리라고 하시오? 내가 속죄제를 드려야 한다고? 그러면 당신이 내가 속죄제를 드릴 수 있도록 도와주시겠소?"

"저의 도움을 필요로 하신다면 무슨 일이라도 하지요."

"내가 완전한 속죄제를 드릴 수 있는 오직 한 길은, 이 교회를 떠나는 길뿐이오."

아내의 창백하던 얼굴에서 파랗게 질린 입술이 부들부들 떨렸다.

"아니, 무슨 말씀을, 이럴 수가… 이럴 수가… 목사님이 사탄에 붙잡혀 있는지… 사탄이… 세상에, 무엇에게 묶이셨나요?"

아내는 공포에 질려 뒷걸음질 쳤다. 그는 뒷걸음질 치는 아내 앞으로 다가갔다.

"부부는 하나님이 짝 지워 주신 한 쌍이오. 이러므로 남자가 그 부모를 떠나 아내와 연합聯合하여 한 몸을 이룰 지로다 하신 말씀을 다시 한 번 기억하시오. 당신은 나의 아내요. 그런데 아내의 도리를 무엇으로 채웠소? 당신은 내가 당신에게서 여자를 느끼도록 허용하지 않았소. 나는 당신에게서 여성의 부드러움을 만져 본 일이 없소. 지금도 당신은 내가 귀신 들렸나보다 의심의 눈초리로 나를 경원하고 있지 않소? 당신이 어떻게 내 아내요? 당신이 내 아내요?"

아내는 뒷걸음질 치다 말고 반격해 왔다.

"부드러움이니까? 그것만이 아내 된 도리라 생각하십니까? 나는 아들도 낳고 딸도 낳았습니다. 벽지의 가난한 목사 부인에서 시작하여, 몇 번째 옮겨 다니는 교회 뒷바라지를 해냈고, 그동안 여러 번 예배당 짓는 일을 함께 해냈습니다. 목사님은 저에게 이제 무엇을 원하시는 겁니까. 아내가 창부와 같은 여자이기를 원하십니까? 무엇 때문에 이제 와서 흠을 잡고 나무라시는지요? 목사님의 지금 형편이 내 탓입니까? 아내의 잘못입니까?"

그는 펄펄 뛰는 아내를 무연히 바라보며 무력하게 입을 열었다.

"아내의 따뜻한 품이 그립소."

"하나님께서 목사님을 무한 사랑하신다는 것을 잊으셨나요? 지금까지 그 믿음으로 모든 일을 얼마나 훌륭하게 수행해오셨습니까?"

"하나님의 사랑을 의심해 본 적은 없소. 하지만 내 영혼이 공허하오. 그 영혼을 품어 줄 품이 그립소. 이제라도 아내의 품에서 위로받고 싶은 거요."

"이제… 목사님의 그 나이에, 사람의, 아내의 위로를 필요로 하신다고요? 하늘에서 내리시는 위로 외에 바랄 것이 못 된다는 것을 잘 알고 계시잖습니까. 기도하십시오. 기도만이 해결입니다. 기도로 성령 충만하심을 받고 위로를 받으세요. 저도 함께 기도하겠습니다."

"이 교회를 떠나기 전에는 기도조차 할 수가 없소. 나는 이 교회를 영영 떠날 것이오."

아내는 두 팔을 벌리고 경직된 얼굴로 남편에게 다가왔다. 이번에는 남편 쪽에서 뒷걸음질 쳤다.

"못 떠나십니다. 그럴 수는 없어요. 그건 파멸이요, 멸망이에요. 못 가십니다!"

"오해하지 마시오. 내가 하나님 전을 떠나겠다는 게 아니오. 여기는 내가 아니더라도 신령한 예배를 드릴 수 있는 곳이 되어 있소. 그런데 이 좁은 땅 곳곳에 아직도 복음의 그림자조차 스쳐간 일이 없는 곳이 널려 있소. 누가 그 일을 하겠소? 때가 급해요. 이 교회를 떠나서, 더 가난하고 더 괴로워하고 더 지친 사람들에게 가려는 것이오. 그 길만이 온전한 속죄제를 다시 드리는 길이라고 깨달았소. 이래도 나를 떠나지 못하게 하겠소?"

아내는 힘없이 팔을 내리고 고개를 숙였다. 그리고 힘없이 중얼거렸다.

"떠나시더라도 이렇게 가실 수 없잖습니까. 마무리가 있어야지요. 이곳 교회의 교인들이 시험 들지 않도록 설득하신 뒤에 떠나셔야지요. 그리고……." 아내는 눈을 들었다. 남편을 똑바로 바라보면서 엄격한 목소리로 말을 이었다. "그리고… 목사님께서는 지금 어디에서 어떻게 하고 계신 거죠? 지금 어디에 계신 겁니까. 무엇을 하고 계신 겁니까? 아내요 당신 교회의 교인敎人인 저에게 밝혀 말해 주셔야 합니다. 이곳을 떠나시겠다는 목사님, 과연 복음을 접해 본 일 없는 가난하고 괴로움 당하는 사람들만을 돌아보시고 그 일 때문에만 떠나실 결단이 서신 겁니까? 주님의 부르심입니까? 분명 주께서 그리 하라 하셨습니까? 저에게 정직하게 말씀해 주시겠습니까?" 아내의 입가에서 문득 냉소가 떠올랐다. "목사님은 지금 사탄에게 묶여 달콤한 잠에 빠져 있습니다. 그 잠든 곳을 둘러보시지요. 그곳이 가난한 사람의 방입니까? 그곳이 괴로움에 빠진 사람들의 방안입니까? 거기 누워 가난한 자, 주린 자들에게 복음을 전하겠노라 하십니까? 이곳 양떼를 아무런 해명 없이 팽개치고 떠나실 수가 있습니까? 우리는 예수께서 가르쳐 주신 주기도문 중에… '시험에 들지 말게 하옵시고… 다만 악에서 구하옵소서' 기도를 하루에도 여러 차례, 평생 기도해 온 주기도문을 잊으셨습니까? 아! 주님! 하나님 아버지, 저희를 시험에 들지 말게 하옵소서, 시험에 든 정 목사를 구해 주소서, 악에서 구해 주소서… 부디……."

아내의 얼굴이 눈물로 젖었다. 그는 아내 앞에서 태연하려 했지만 태연할 수가 없었다. 아내 앞에서 발가벗겨져 떨었다. 아내가 다시 두 손을 내어밀었다.

"못 가십니다. 이제는 단 한 발자국도 이곳을 떠나시지 못하십니다."

"아니, 더 머물 수 없소."

"하지만 못 가십니다."

"나는 내 육신을 어느 섬에 남겨 둔 채, 영혼이 잠깐 다니러 온 것이오."

"그렇더라도 다시는 그곳으로 돌아가서서는 안 됩니다."

"육체 없이 영혼만으로 돌아왔달 수가 있겠소?"

"육체 없는 영혼으로 죄를 짓지 않는 일이, 육체 있는 영혼으로 죄를 짓는 쪽보다 낫습니다. '네 손이나 네 발이 범죄케 하거든 찍어 내버리라. 불구자나 절뚝발이로 영생에 들어가는 것이 두 손과 두 발을 가지고 영원한 불에 던져지는 것보다 나으니라. 만일 네 눈이 너를 범죄 케 하거든 빼어 내버리라. 한 눈으로 영생에 들어가는 것이 두 눈을 가지고 지옥 불에 던져지는 것보다 나으니라 (마태복음 18:8-9) 하신 말씀을 잊으셨습니까? 정녕 잊으셨습니까?"

남편은 조심스럽게 입을 열었다.

"죄를 짓는 것은 육체만이 아니오. 그 혼이 육체를 미혹하여 육체로 하여금 실족케 하는 게 죄 아니겠소? 나는 속죄제를 드려야 하오. 속죄제를 드리려면 영육靈肉이 함께 온전한 상태라야 하지 않겠소? 돌아가게 해주시오. 일단 갔다가 돌아와서 나머지 일들을 정리하겠소. 꼭 그렇게 할 테니 믿어 주시오."

아내가 다시 울기 시작했다. 눈물이 폭우처럼 쏟아지기 시작했고, 그 눈물이 남편 앞으로 범람하는 강이 되어 가로놓였다. 남편은 눈물의 폭우로 몸을 흠뻑 적시고, 황당해하며 강물을 굽어보았다. 강을 건너야 했다. 뛰어들어 헤엄쳐서라도 건너지 않으면 안 될 일이었다. 그는 몸을 던지기로 작정하고 숨을 크게 들이쉬었다. 그리고 강물을 향해 뛰어들려는 순간 누구인가의 손이 그를 붙잡았다.

*

"땀으로 흠뻑 젖으셨군요. 아무래도 무리하셨던가 보네요." 부드러운 여자의 목소리에 그는 눈을 떴다. "악몽에 시달리시는 것 같아서 제가 무릅쓰고 들어 왔습니다. 그리고 이제 무엇, 요기 좀 하셔야 할 시간도 되었고요."

"아……."

그는 황망해하며 일어났다. 그리고 유리창 밖을 바라보며 낭패한 듯 중얼거렸다.

"아직도 비가 계속 오고 있군요. 비가 억수네요. 돌아가야 할 텐데……."

그는 비가 그치기만을 기다리고 있던 사람처럼 창밖을 향하여 실심한 표정으로 계속 중얼거렸다.

"목사님, 옷은 다 말려서 다림질까지 끝내 놓았습니다만……."

여자는 그의 하녀가 된 듯 공손하게, 주인의 분부를 기다리 듯 서 있었다.

"죄송합니다, 이렇게 매일 찾아뵐 일이 생기는군요."

정 목사 부인은 김 박사의 방으로 들어서면서 고개를 숙였다.

"괜찮습니다, 밖에는 아직도 비가 꽤 많이 오고 있지요?"

김 박사는 밝은 표정으로 친구의 부인을 맞이했다. 그는 입고 있던 가운을 벗어 벽에 걸면서 손님에게 의자를 권했다.

"어제 저녁에 전화가 왔더라고요?"

"예, 제가 받았습니다."

"어디에 있다고 밝히지 않던가요?"

"말 않더군요. 그저 무사하다는 것과 당분간 못 돌아오겠다는 것과, 김 박사께는 따로 전화 연락드리겠다는 이야기뿐이었습니다. 되도록 빨리 돌아오겠다고 말은 했지만… 장거리 전화의 여운은 불안했어요."

부인은 숨죽여 말을 맺더니, 빗물이 줄줄 흐르는 유리창을 멍한 표정으로 바라보았다.

"뭐… 별일 아니겠군요. 제 생각 같아서는 곧 돌아올 것 같습니다."

"김 박사님 보시기에는 이 일이 별 것 아닌 것 같으신가 보죠?"

"뭐 그리 심각한 일입니까?"

"그의 직분과 교회의 입장에서는 심각한 일입니다."

김 박사는 단정한 얼굴에 여유 있는 웃음을 떠올리면서 손님을 바라보았다.

"직분이란 무엇입니까. 교회는 또 무엇을 하는 곳입니까. 만에 하나 무슨 일이 있어 그 친구가 목사의 직분을 내어놓게 된다 해도, 그 사건 자체가 그 친구의 신앙에 변화를 일으키는 것은 아니잖습니까. 그는 이미 십자가에서… 그분… 예수와 함께 죽은 사람 아니던가요?"

"제가 두려워하는 것은, 회개悔改, 신앙, 세례의 가르침, 안수, 부활. 영원한 심판에 대해서… . 한번 빛을 받아 하늘의 은사恩賜를 맛보고 성령을 받고, 하나님의 선한 말씀과 장차 올 세상의 권능을 맛본 사람이 타락하면… 그것이 얼마나 두려운 일인가를 알고 있는 저로서는……."

부인의 눈시울이 젖었다. 김 박사는 다소 경직된 어조를 입을 열었다.

"만일 정 목사가 직분을 떠나야 한다고 결심을 했거나 돌이킬 수 없는 지경에 이르렀다면, 그때… 부인은 어떻게 하시겠습니까?"

"남편이, 목사가 돌아올 때까지, 언제가 될는지 모르지만 그때까지 금식으로, 금식 기도할 생각입니다."

"부인은 남편에 대해 너무 엄격하시군요. 아내의 역할이 아니라 감시자 같습니다."

김 박사는 웃으면서 농담 비슷이 말하고 있었지만 눈빛이 날카로웠다. 손님은 그 눈빛에 내심 놀라, 몸을 곧추 앉으며 남편의 친구를 바라보았다.

"감시자라니요?"

"지나친 표현이었다면 용서하십시오. 하지만 부인께서는 늘 목사의 목사 노릇만을 위하여 엄격한 기준을 세우고 사셨던 것 아니었습니까?"

"그건 처음도 끝도 정 목사를 위해서였습니다."

"목사를 위해서였습니까, 남편을 위해서였습니까. 정확하게 어느 쪽이었던가를 부인은 알고 계실 것 아닙니까?"

"목사를 위해서 한 일은 곧 남편을 위해 한 일입니다."

'고집이 보통이 아니네… 아니 신앙 계율인가… 정 목사 그 친구… 엄처시하였구먼…….' 김 박사는 친구의 아내를 바라보며 잠깐 난감함에 빠졌다. 친구의 아내는 오십이 다 된 나이였지만 아직도 옛날의 미모가 남아있었다. 중년을 넘어선 여자 같지 않게 군살이 붙지 않은 가벼운 몸매에 윤곽이 옛날처럼 곱게 남아있었다. 오래 전 새색시 적에는 갓 쳐놓은 생율처럼 신선하고 여문 모습이었던 것이 지금도 기억에 새롭다. '미인이로구나!' 친구들은 눈이 휘둥그레질 만큼 감탄하며 부러워했다. '좀 차갑겠는 걸…….' '아무리 그래봐야 남자 쪽에서 다루기에 달렸지.' '대대로 내려오는 목사 집안의 딸이라니 까딱하다간 엄처시하지!' '목사 집 자식들이라고 낳는 족족 고분고분한 줄 알아?' 더러 뒷말을 심심찮게 들 했지만 그 미모와 똑똑함을 일단은 부러워했다. 흘러가는 세월 속에서 그의 아내는 여일했다. 언제나 차분했고 분명했으며 무슨 일에든 틀림없는 주부였다. 아이 낳고 살림하고 목회를 맡은 남편 뒷바라지하며 남편이 외국으로 공부하러 떠난 뒤에도 혼자서 모든 것을 처리하며 살아 냈다. 어떠한 경우에도 흥분하는 일 없는 여자였다. 어떻게 기쁜 일에도 크게 웃는 법이 없었다. 어느 누구도 그가 파안하며 크게 웃는 것을 본 일이 없고, 크게 소리치는 것을 들은 일이 없다. 그의 눈물을 보았다는 사람이 있을 리 없었다. 김 박사는 친구의 아내를 잠잠하게 뜯어보며 상념에 젖었다. '그렇다면… 지금 이렇게 초조해 하고 불안해하는 이유는 오직 교회 때문일까. 보통의 경우 여자들이 쉽게 드러내는 희로애락의 표정을 밖으로 드러내는 일 없이 극히 조용하게 잘 다스리던 목사의 아내가 이렇게 좌불안석을 하는 이유는 무엇일까. 남편인 정 목사와 함께 쌓아올린 목회자의 명성 때문일까. 혹여, 그 명성에 흠이 갈 것은 불안해하는 것일까.'

"김 박사님, 죄송하지만… 혹시 두 분이 따로 약속한 일은 없으신지요."

정 목사의 부인은 무엇을 찾아내려는 듯한 시선으로 남편의 친구를 바라보았다.

"약속이랄 거야 없지만, 하여간 혼자 서울을 떠나서 머리라도 식히라고 차를 빌려준 장본인이야 저 아니겠습니까."

"목회자가 머리를 식히다니요… 무슨 사업가도 아니고… 저로서는 정말 이해가 안 되네요. 김 박사께서는 아무래도 저 모르게 무엇인가를 알고 계십니다."

"부인은 정 목사가 근래에 두통에 시달리고 있다는 사실을 알고 계셨습니까?"

목사 아내는 불안에 쫓기면서, 재빨리 머릿속으로 근간 몇 개월 간의 남편을 짚어보았다.

"근래에… 계속 과로였어요. 피로가 누적되어 견디기 힘들어 하는 것이나 아닌 가 잠깐씩 마음이 쓰이기는 했었지만… 정 목사에게는 그쯤 과로 정도는 기도로 극복하고도 남을 일이었습니다. 당사자도 그렇게 믿고 있었음에 틀림없고요."

"그랬을까요……. 제가 보기에 정 목사의 두통은 심각한 것 같았는데요."

"설령 심한 두통의 증세가 있었다 해도, 쓰러질 만큼 아픈 것이 아닌 한 그는 남에게 그것을 호소하는 일이 없었습니다."

"부인이 남입니까?"

친구의 아내는 얼굴을 붉히면서, 남편친구에게 되물었다.

"김 박사께 그 두통을 호소해 오던가요?"

"의사에게 증세를 말한 것뿐입니다."

"그는 친구를 의사로 믿고 자기의 증세 같은 것을 말하진 않았을 겝니다."

"노여워하지 마십시오. 기왕 이야기가 나온 김에 그동안의 두 분 사이를 냉철하게 돌이켜보시는 것도 좋은 일일 텐데요. 두통 문제 이외에, 혹시 교회생활 중에 무언가 달라진 점을 느끼신 일은 없었습니까? 이따금 이유 없이 얼굴이 붉어진다든가 말하던 중에 다음 말을 잇지 못하며 당황해한다든가 하는……."

"그런 일이 있을 까닭이 없습니다. 근래에 목사의 설교는 놀라울 만큼 신자들을 감동시켰어요. 말을 하던 중에 다음 말을 잇지 못하다니요?"

"그건… 부인만의 생각이실 수도 있지 않을까요. 그 친구는 얼마 전부터… 심각한 난관에 부딪쳐 있었어요. 남모르게 오랫동안 고민했던 것 같습니다."

목사아내는 자신 잃은 표정으로 중얼거렸다.

"그럴 리가……."

손님은, 약품을 다루는 일도 없는 김 박사의 방에서 문득 지독한 약품의 냄새를 맡은 듯 현기증을 일으켰다. 흰색의 단조로운 벽이 점점 좁혀지면서 남편의 몸에, 아니면 정신 속에 일어나고 있는 병적인 사실들이 눈을 번득이며 협박해 오고 있는 것 같았다. '오, 주님, 무슨 일로 이 어둡고 매운 연기가 우리들을 휘감아 왔습니까. 그렇듯 온전하던 정 목사에게 일어나고 있는 이 해괴망측한 일은. 도대체 무슨 까닭으로 생긴 일입니까. 왜 남편은 아내인 나를 제쳐놓고 정신과 의사인 친구를 찾아 자기의 증상을 의논했을까요?' 그의 눈에는 남편 친구인 김 박사의 얼굴이 갑자기 이상하게 보이기 시작했다. 정상적인 사람의 얼굴로 보이지 않았다. 남편의 오랜 친구, 막역한 사이의 친구가 아니라, 감쪽같이 마법을 부리며 골탕 먹이고, 아무도 모르게 혼자 흐뭇해하며 웃고 있는 그 무엇 같았다. 정 목사를 옭아매고 있는 끈을 마음대로 늦췄다 당겼다 하며, 겉으로는 함께 근심해주는 척하는 마성魔性의 그 무엇 같았다. 김 박사의 얼굴을 감쪽같이 빌려 쓰고 앉아 있는

…….

"부인… 부인께서는 정 목사의 목회 생활, 그리고 설교를 거의 완벽한 것으로 알고 계시지만… 정 목사 자신은 그렇지 않습니다. 놀라운 숫자로 불어나고 있는 신자들을 그는… 그것조차 두려워하고 있었어요."

"글쎄요… 김 박사님께 무슨 이야기를 어떤 방향으로 열었는지 모르지만, 정 목사의 신앙이 죄악에, 율법律法 묶인 사람일 수는 없는… 신앙으로 자신을 충분히 추스를 수 있는 목회자였습니다. 끊임없는 죄책감도 겸손이 아니라 죄라는 것을 그이가 몰랐을 리 없습니다. 하기는… 이미 하나님 나라를 경험하고 살아가지만 '이미'와 '아직' 사이에 방황하는 경우도 없지는 않지만… 그러나 정 목사는 이미 시작된 소망, 하나님의 주권을 절대적으로 따라가던 목회자였습니다."

부인은 새로운 기력을 회복한 전사戰士처럼 얼굴을 들었다. 그런 친구 아내의 모습을 바라보며 김 박사는 조심스럽게 입을 열었다.

"어쩌면 부인께서는 남편의 더 깊은 내면에 쌓여 있는 문제를 짐짓 외면하고 계신 것은 아닌지요. 남편의 당당한 면, 자랑스러운 면만을 계속 확장해 가려는… 의욕의 벽이 그것을 막고 있었는지도 모르겠군요. 그 욕심의 벽을 거두실 뜻은 없으신지요. 그리고 남편을 목회자가 아니라 한 남성, 아내의 따뜻함을 바라는 남편으로 받아들이시면……"

"저는… 정 목사의 아냅니다. 아무리 친구가 가깝다 하더라도 몇 십 년을 함께 살아온 아내와 비교가 되겠습니까."

"부인은 정 목사에게 진정한 의미의 아내이셨을까요?" 친구의 아내가 미처 대답하지 못하고 있는 사이에 김 박사는 계속해서 포문을 열었다. "부인… 대답은 안 하셔도 좋습니다. 두 분의 부부생활은 어떠했는지, 그 친구나 나나, 이제 장년의 문턱에 서 있다지만 우리는 아직 노인은 아닙니다. 그러나 아마, 그 친구는 오래 전부터 남편으로서의 기능을 잃어버렸을 것 같습니다. 그런 말까지 오고가지는 않았지만… 저의 추측이 잘못된 게 아닐 것 같은데요."

정 목사의 부인은 더욱 핼쑥해진 얼굴로 자리에서 일어났다.

"김 박사님의 추측이 백 번 맞았다 하더라도 우리 사이에서 그것은 그리 심각한 문제가 아닙니다."

"그런 것이 절대로 문제가 아니라고 생각하시는 그 점이 문제가 될 것 같은데요, 부인."

두 사람 사이에 어색한 침묵이 흘렀다. 빗발은 바람을 만났는지 유리창을 할퀴듯 빗겨 훑으며 굵은 물줄기가 되어 흘러 내렸다. 정 목사 부인의 입가에 애매한 미소가 잠깐 떠올랐다.

"겨우, 그것이 부부 금실 문제 때문에… 이 무거운 여름비 속 어느 곳에 우두커니 던져져 있을 사람… 정 목사가 그런 사람일까요?" 목사의 아내는 기를 쓰듯 말을 이었다. "김 박사님이 그이의 증상을 그렇게 잘 진단하셨다면, 도대체 정 목사가 왜 말없이 서울을 떠났는지, 어디에 가 있는지는 알고 계실 것 아닙니까?"

"그는… 무엇인가로부터 도피하고 싶었던 것은 아닐까요. 어디로 가 있는지 저도 알 수 없지만, 무엇인가를 피해서 간 것은 틀림없을 것 같군요."

"무엇을 피해 갔을까요? 아내인 저를? 교회를?"

"글쎄요… 어쩌면 목회자인 자기 자신이었을는지도 모르죠. 그러나 바꾸어 말하면 무엇인가를 찾으러 떠났다고도 할 수 있겠지요. 새로운 자신을 찾으러 떠났다고도… 피해서 떠났다는 것은 소극적인 표현이고, 찾아서 떠났다는 것은 적극적인 쪽이 되겠지만 그것은 한 가지 사실의 양면이 아니겠습니까. 그러나 하여간, 그는 돌아옵니다. 반드시 돌아옵니다."

부인은 일어섰던 서슬에 비하여 힘없이 고개를 떨구고 자신 없다는 듯 힘없이 고개를 가로저었다.

"이제는… 그가 돌아온다 해도, 저로서는 무엇을 어떻게 해야 는지 알 수 없으니… 그저 막막합니다. 막막… 합니다."

"그런데 부인께서도 무엇인가를 두려워하시고 계신 것 같은데, 무엇을 두려워, 아니 꺼려하고 계십니까?" 김 박사는 애당초 대답을 기대하지 않았던 듯 곧 잇대어 다시 물었다. "이제 대단한 기세로 부흥되어 가는 교회의 목회자로서, 그가 그 자리에서 실추될까 싶은 문제입니까, 아니면… 남편의 신앙상의 어떤 문제인가요? 아니면… 혹시 그가 늦바람이라도 났을 것 같은?… 그렇습니까? 기왕 이야기가 나왔으니 터놓고 의견을 나누는 것도 나쁘지는 않겠군요."

"아! 늦바람이? 그이에게… 차라리 그런 가능성이라도 있다면…

하지만 목회자로서 실추는 목사로서는 끝장이지요. 그리고 남편의 신앙에 어떤 시련이 닥친 것이라면… 그것은 너무 많은 사람들에게 상처가 될 것이기에……."

"신앙의 어머니, 목사의 아내에게 여쭙는 질문입니다. 부인은 하나님 앞에 완전무결한 순종이 가능하다고 믿으십니까?"

"그 가능성은 인간이 쥐고 있는 게 아닙니다. 순종 또한 인간의 능력이라고 생각지 않습니다. 순종을 허락하시는 분도 그분이십니다. 인간이 하나님 아버지께 자신을 완전 양도讓渡하면 그분이 순종을 허락하십니다. 김 박사님도 크리스천은 아니시지만 아브라함의 순종을 알고 계시잖습니까."

"저도 아직 은혜체험을 하지는 못했지만 아브라함의 절대 순명順命은 아들 이삭을 하나님께 바치는 그 사건이죠, 아마. 그러나 그 순명의 자리에 이르기까지 아브라함의 인생행로라는 것은 얼마나 뼈가 녹는 고통이었을까요. 심지어는 자기 일신의 안전을 위해서 아내를 누이로 행세케 한 사건이라든지, 하나님께서 아들을 주시겠다고 약속하신 약속을 기다리다 못해, 편법으로 아내의 몸종인 하갈을 취하여 다른 아들을 미리 얻어 낸 사건 등… 이런 것이 다 무엇을 뜻하는 것이겠습니까. 인간이 하나님께서 약속해 주신 축복을 받는 일 외에, 처음부터 끝까지 완전무결한 순종을 하는 일이란 불가능하다는 것 아니겠습니까? 저는 생각합니다. 바로 이것이 벗어 버릴 수 없는 원죄原罪의 무게가 아닐까 하고요. 그 원죄의 무게, 그 무게의 정체는 무엇일까요. 인간의 자의식自意識이 라는 것 아닐까요? 아브라함도 하나님 앞에서 순종의 길을 가려 했겠지요. 어느 것 하나 어긋나기를 원하지 않았을 겝니다. 하지만 하나님 보시기에 온당찮은 짓을 계속 저질렀습니다. 그건 곧 불순종이었죠. 왜 이런 일이 일어났을까요. 하나님께서도 원치 않으셨고, 아브라함 자신도 원치 않았던 이런 일들이 왜 생겼을까요? 그것은… 육체가 있는 인간이었기 때문이었죠. 육체가 요구하는 원초적인 욕구, 그것은 육체가 죽을 때에야 소멸되는 것 아니겠습니까? 그 육체는 자기 보존의 방법을 끊임없이 모색하여 끊임없이 연출해내고자 합니다. 그리고 인간의 자의식이란 타인 지향적 가치판단에 늘 몰리게 되어 있습니다. 물론 더욱 깊은 자기 내부를 향한 성찰의 눈도 있을 수 있겠습니다만, 그 어느 쪽도 가볍게 다루어질 성질의 것은 아닙니다. 자의식과의 싸움은 아마 육체가 죽은 뒤에도 계속되는 게 아닐까 싶군요. 다만 인간의 값은 그 싸움이 어떤 형태의 싸움이 되게 하느냐에 달려 있는 것 아니겠습니까? 그 싸움이 참 진리와 참 선한 것을 위한 싸움이 될 때에 순종의 의미가 살아나는 것 아닐까요? 아마도 정 목사는 그 싸움을 전신전력투구 싸우기 위해 떠났을 것 같군요. 저는 그렇게 믿고 싶습니다."

"하지만 이번 일은 정 목사 개인의 일로 끝나는 게 아니라 교회의 일이 걸려 있습니다."

"교회와 연관된 책임을 정 목사에게 자꾸 얹어 주시지 마십시오. 이 경우에는 그에게 교회 정도가 문제가 아닐 것 같습니다. 그의 궁극적인 영혼의 문제가 해결 되면 주위와의 모든 것은 새롭고 순조롭게 전개되겠지요. 부인께서 염려하시는 교회문제는, 결국 정 목사가 그 교회에서 계속 시무할 수 있느냐 아니면 떠나게 되느냐 하는 문제 같습니다만……. 부인 쪽에서 보신다면야 참 어떻게 이룩한 교회인데… 정 목사의 전 생애 마지막 열정을 걸었다고 보셨겠지요. 그런데다 지금도 계속 놀라운 성장을 하고 있는 중인데 여기서 무엇이 잘못되어 정 목사가 이 교회를 떠날 일이 생긴다는 것은, 두 분께만 아니라 주변 모든 사람들에게도 크나큰 충격이 되겠지요. 하지만 이 점에 관해서 우리는 무엇인가 근본적인 것을 고쳐 생각할 필요가 있지 않을까 싶네요. 설령 정 목사가 이 교회를 그만두어야 할 일이 발생한다 해도 그것이 왜 충격입니까? 그 교회는 정 목사 개인의 교회가 아닙니다. 하나님, 주님의 교회 아닙니까? 목회자가 떠날 일이 있으면 아무 때고 떠나야 하는 것 아닙니까? 아니, 교회 창립에 예배당 건축까지 끝났다면 당연히 떠나는 것이 원칙 아닐까요? 다시 개척해야 할 자리를 찾아서 떠나는 것이 성경적으로 사는 길 아니겠습니까. 지금 그 교회를 꼭 정 목사가 맡아야 한다는 법은 없는 것 아닙니까. 정 목사가 떠나면 또 누구인가가 대신하여 그 자리에 서겠지요. 사람들은 어느 직책에 있는 동안, 자기가 아니면 아무도 그 일을 해낼 사람이 없다고 생각하기 쉬운데, 그것은 과장된 자기 위안自己慰安, 내지는 자기현시自己顯示입니다. 그러나 이 땅에 살던 사람들은, 그가 누구든, 그가 죽어가도 세계는 여전히 돌아갑니다. 아무리 큰 인물이라 할지라도 그가 없기 때문에 세상이 멈추거나 하지는 않거든요. 부인께서는 정 목사가 이 교회를 떠나는 일이 생길지라도 당황해하지 마십시오. 떠날 수 있는 결단을 가진 사람이 아니고는 새로운 세계로 건너 갈 수 없다는 걸 아셔야 합니다. 만일 부인께서 지금 이 교회를 두고 집착하시고 애착을 가지신다면 그것이 정 목사에게는 보이지 않는 압력이 됩니다. 담백해지셔야 합니다. 언제나 빈손 빈 마음으로 새롭게 출발할 각오가 되어 있어야 한다고 생각합니다. 저의 이 충고가 불쾌하고 아니꼬운 느낌 들겠지만, 저도 친구 정 목사를 누구보다 아끼고 있는 친구로서 드리는 말씀입니다. 불쾌하더라도 부디 참고해 주시면… 지금 정 목사에게는 어떤 새로운 전기轉機가 온 것 아닐까요? 그는 지금 영혼의 열병을 앓고 있을 겁니다. 대단한 열병…을…….”

"김 박사님… 어디서 어떻게 시작된 열병일까요?"

"원인은…… 우리 모두가 뜨거운 피를 가진 인간이기 때문입니다."

"인간이라고 해서 모두가 이런 고통을 겪는 건 아니잖습니까."

"영혼을 포기하지 않으려는 사람들이면 모두가 겪습니다. 그것이 각자의 문제이기 때문에 외부에 구체적으로 알려지지 않는 것뿐이지요."

"그래도 저는 수십 년 함께 살아온 아내이면서 이렇게 감감 모르고 있었다니…….”

"혹시 그가 무엇을 기록해 놓았을는지도 모르겠네요. 근간에 그런 기색을 눈치채신 일은 없으셨습니까?"

"그이는 많은 시간 혼자 있어요. 방안에 혼자 있을 때는 아무도 그곳에 얼씬하지 못해요. 하지만… 일기라거나 그 비슷한 것을 쓰는 것 같진 않았어요. 뭐, 이제 와서 새삼스럽게 그런 일을 했겠습니까? 설교준비, 다른 교회에서 부탁받는 강론이며 부흥회 일만도 태산 같았는데요."

"글쎄요, 근래 그 친구의 분위기로 보아서는 기도 이외에 자기정리를 위한 무슨 기록 같은 것이 있을 법도 하게 느껴져서……."

김 박사는 말끝을 애매하게 흐렸지만 그 말은 마력을 가지고 친구의 부인을 사로잡았다. 여자의 내심은 이미 손끝의 촉각을 예민하게 일으켜 세우고 남편의 서재 이곳저곳을 더듬고 있었다. 김 박사는 약간 지친 듯한 표정으로 혼잣말처럼 중얼거렸다.

"우리는 이따금 믿음이라는 것으로 겹겹이 울타리를 쳐놓고 나도 나가지 못하고 남도 들어오지 못하게 하는 경우가 있지요. 믿음이란 그 자체가 선한 질서요 영원으로 가는 길이기는 하지만… 진정한 믿음 안에서는 사랑의 질서만 있는 것이지만… 내 믿음 네 믿음이라고 구분해서 말할 수 없는 것 아니겠습니까?"

손님은 이미 김 박사의 이야기가 귀에 들어오지 않았다. 그는 자리에서 일어서며 인사치레에 불과한 말을 건넸다.

"혹시라도 무슨 연락이 오면 곧 알려 주시겠지요. 그리고 혹시 그이에게서 김 박사께 전화가 걸려오면 권면해 주십시오, 속히 돌아올 수 있도록."

*

아내는 목사관 골방에 엎드려 있었다. 무겁게 쏟아지는 여름 빗소리가 그의 생각을 가닥가닥 찢어 놓았다. 남편인 정 목사는 이 비를 어디에서 맞고 있을까. 도대체 그는 왜 표연히 서울을 떠났을까. 아니, 그것은 표연히 떠난 것은 아니었겠지. 그럴 수는 없었으리라. 그러나 더욱 아내를 초조하게 만드는 일은, 지금 어느 곳에서 무엇을 하고 있는지 알 수 없는 남편에 대한 일이 아니라, 남편의 서재 어딘가에 있을지도 모를 노트에 관한 궁금증이었다. '안 된다, 안 될 일이다. 남편의 방을 뒤지다니, 남편의 물건들을 뒤지다니.' 아무리 현재사태를 해결할 실마리가 된다 하여도… 선의의 목적이라 할지라도 안 될 일이었다. '그렇게 빈틈없이, 그리고 매사에 철두철미하던 목회자 남편이, 까닭 없이 교회를 떠나 돌아오지 않는다니… 이것은 일종 의문의 실종失踪이다, 하나님께서 무엇을 예비하고 계시기에 이런 일이 닥쳤는가. 설사 정 목사의 일기를 찾을 수 있다 해도, 그 기록으로 현재의 막막한 이 일을 풀어갈 수 있는 실마리를 찾을 수 있다 하더라도… 어떻게 남편의 허락 없이 그의 기록을 훔쳐본다는 말인가. 갈등이 불길이었다. 얼마를 뒤채이던 그는 일어났다. '내가 흉한 죄인이 되자. 시험에 드는 길이라 할지라도 뛰어들자.' 누구에게 이끌리듯 그는 서재로 들어갔다. 평소 아내가 남편의 서재를 함부로 드나들지 않는 다는 것을 알고 있는 남편은 특별하게 무엇을 감추어두는 일이 없었다.

아내는 남편의 서재에서 낯선 노트를 한 권을 쉽게 찾아냈다. 노트는 손쉬운 곳에 얌전하게 놓여 있었다. 그것은 남편이 아내의 성품을 믿고 있다는 증거였다. 결혼 이후 지금까지 남편의 승낙 없이 서재를 드나든 일도 없었고, 더구나 남편의 소지품에 함부로 손을 댄 일이 없던 아내다. 남편은 그러한 아내를 믿고, 모든 것을 있던 그대로 두고 떠난 것이다.

아내는 노트 위에 손을 얹고 눈을 감았다. 부모님으로부터 받았던 엄격한 교훈과 자존심과, 부부 사이에 지켜져 왔던 불문율을 깨뜨려야 할 만큼 이 사태는 정말 위급한 것일까. 노트를 덮어 두는 것보다는 여는 것이 그에게는 더 고통스러운 일이었다. 그는 고통의 길을 택했다. 남편에게 심상치 않은 일이 발생한 상태에서 아내가 남편에게 도움이 될 길을 찾아야겠다는 고통스러운 명분의 명령이 그의 손으로 하여금 노트의 책뚜껑을 열게 했다.

1978. 3.

이제부터 기록하려는 이 글이 무슨 종류의 기록이 될는지 나 자신도 알 수가 없다. 일기가 될는지 고백록이 될는지, 아니면 그저 단순한 느낌이나 생각을 잠깐씩 묶어 두는 단상斷想의 기록으로 끝날는지ㅡ. 쓰려고 작정했지만 왜 쓰지 않으면 안 되는가도 분명치 않다. 쓰겠다고 작정한 마음은 어느 사이엔가 비밀의 문을 닫고, 누구의 눈에도 띄지 않는 곳에 숨는다. 이상한 일이다. 무엇을 쓸 것인지 왜 쓰려고 했는지 어느 쪽도 뚜렷하지 않은 터에, 왜 쓰겠다는 사실을 처음부터 비밀의 장막 저쪽에다 숨겨가며 시작하려고 하는가.

스무 살 전까지는 착실하게 일기를 썼다. 신학대학에서 공부를 하는 동안에도 일기 형식의 기록을 계속 이어갔다. 그러나 목회를 하면서부터는 그럴 시간도 없었거니와, 별로 도움이 될 것 같지 않아 중단하고 말았다. 그런데 새삼스럽게 왜 이제 와서 무엇인가 감추어야 할 것을 따로 숨기듯 이 글을 쓰고 있는 것일까.

그동안 어려운 문제가 생겼을 때는 혼자 골방에 엎드려 있었다. 그 문제가 힘든 것이면 힘든 것일수록 오래 기도했고 혼자 묵상했다. 어느 때는 문호文豪의 글에서 읽은, 연옥煉獄의 칠층 정죄산淨罪山에 머물러 연옥의 불이나 하나님 사랑의 불만이 태워버릴 수 있는 칠죄종七罪宗, 교만 음욕, 인색, 분노, 탐욕 질투 게으름 등 인간 본능의 죄를 고백하며 눈물로 회개할 때도 있었다. 그러다가, 기도로 아뢰었으면 그만이지 목회자에게 무슨 일기같은 기록이 필요한가. 무엇 때문에 쓰겠는가. 누구에게 보일 글인가. 자기중심적인 그 글을 써서 어떻게 하겠다는 것인가. 그것은 남겨서 무엇에 쓸 것인가. 꼭 기록해야 할 일이 생길 때면 기도문으로 남겼다.

내 생명의 중심이신 분은 오직 그분뿐인데, 문제가 생겼을 때 기도 외에 무엇을 할 수 있었겠는가. 일기라는 것은 약간은 비겁한 자기 위안 같은 것이다. 이미 기록하고 있다는 그 사실은 어느만큼은 진실의 손상을 각오하고 들어가는 행위가 아닌가. 그런데 이제 와서 나의 내부에서 일고 있는 갈등을 기록이라는, 별로 정직하지 않은, 둔한 칼끝으로 헤집으려 하는가.

언제부터인지 기도가 허황된, 공허하기 짝이 없는 행사가 되었다는 것을 스스로에게 감출 수는 없었다. 골방에 엎드려도 그분이 계시지 않았다. 그분 앞에 엎드려 그분과 단둘이 되기를 목마르게 원했으나 그분이 계시지 않았다. 황망 당황해했지만 나는 그저 혼자였다. 오직 그분과의 대면을 위해 기도실로 들어왔으나, 내 열망熱望은 식어버렸고, 나는 빈 껍데기였다. 빈껍데기인데 어둡고 무거웠다. 이런 나를 감추고, 나는 칠일 동안, 두 번의 예배, 새벽기도 인도 여섯 번, 그리고 금요일 철야기도를 인도해 왔다 교인들에게는 '성령 충만하심을 위해 기도하십시오! 주님의 임재를 기원하십시오!" 외쳐댔다. 혼자 있게 되는 시간에는 설교준비로 숨이 찼다. 이런 빈껍데기와 마주치는 것이 두려워 더욱 열심히 예배, 설교, 심방尋訪, 교인들의 상담을 맡았다. 지금도 오락가락하는 것은 강대상에서 열렬하게 설교하고 있는 모습, 심방 때 담소하는 담임목사의 따뜻한 분위기, 상담할 때 어버이 같던 내 모습만 떠오른다.

육신이 땅속으로 가라앉고 말듯이 무거웠지만 어디가 아픈지 알 수도 없다. 고통의 실체도 보이지 않는다. 아무도 모르게 종합적인 검사를 받았으나 병은 없었다.

1978. 6.

오늘 새벽기도회에의 나는 어떻게 했는가. 사십 분쯤 진행되는 그 시간을 어떻게 견뎠던가. 천근 무게의 꿈속 같았다. 억지로 새벽잠을 털고 새벽 예배실로 가자마자, 강대상 밑 계단 앞에 무릎 꿇고 기도했고, 교인들 앞에서 성경을 펼쳐 놓고 말씀을 전했다. 영원한 생명원천으로 향한 예배를 드렸지만, 나의 말은 내 귀에서 둥둥 떠다녔다. 입술이 무겁고 크게 부풀어 따로 뒤뚱거리는 것 같았다. 내 그 둔한 입술 끝의 말은 내 목소리 같지 않았고 귀에 설고 기이했다. 그런데 그것을 듣고 있었던 것은 귀가 아니고 나의 혼이었다. 내 혼은 따로 나앉아 빙긋빙긋 웃어 가면서 천연스레 머리를 저었다. '아닌데, 아닌데… 이건 아니라고….' 어디서 나타났는지 모를 남루한 자아自我가 새벽 기도를 인도하고 있는 나를 흘금거리며 '가짜야! 가짜야! 가짜라고!' 속삭였다.

오늘 새벽의 사십분은 길고 지루한 고통이었다. 새벽기도회가 끝나면 소등消燈. 각자 자리에서 기도하는 시간이었고, 그 시간에는 나도 나의 자리에서 기도를 계속해야만 한다. 그런데 나는 오늘 어떻게 했던가. 성경을 덮으며 주기도문으로 새벽기도회를 마친 뒤 눈을 떴을 때, 이미 환하게 밝은 여름의 아침이 나에게는 절망이었다. 그 순간 달음질쳐 그 자리를 벗어나고 싶기만 했다. 그러나 나는 또 그 충동 앞에서 얼마나 황당해 했던가. 나는 어찌할바 모르고 당황해하고 있는 자신 때문에, 환하게 떠오르는 아침해 앞에서 다시 절망에 허덕였다. 겨울의 그 시간이면 아주 캄캄하다. 봄이나 가을의 새벽도 대개는 어둡다. 그러나 여름날 새벽은 머뭇거리는 일 없이, 사물은 갑자기 태양 앞에 발가벗는다.

　나는 당황하고 있던 자신을 가까스로 달랜 뒤에, 강대상 계단 앞에 다시 무릎을 꿇고 엎드렸다. 이미 해 아래 드러난, 아침 햇빛 속에 내 몸은 엎드려 있었으나 캄캄했다. 나의 혼은 보이지 않는 저쪽 어둠속에서 음흉하게 웃고 있었다. 혹은 천근같이 무거운 몸 뒤에 숨어, 몸으로 내 영혼靈魂을 캄캄하게 만들며 빙글거렸다. 교인들이 하나 둘 조심스럽게 나가는 소리를 들었다. 그놈이 육신의 뒤에서 가만가만 말했다. '저 신자들은 지금 네가 얼마나 깊이 기도하고 있는지, 네 엎드린 뒷모습을 거룩하게 보며 감동하고 있어. 저 사람들은 오늘 새벽기도에서 넘치는 은혜를 받았다고 좋아하며 돌아간다. 지금도 너의 기도를 방해하지 않으려고 숨죽여가며 저렇게 발끝으로 조심스럽게 물러가고 있지 않아? 너는 지금 엎드려서 무얼 하고 있는데? 기도하고 있어? 왜 엎드려 있는데? 네가 목사라는 것을 교인들에게 확인시키려고? 그들에게 보여주려고?' 그놈은 캄캄한 저쪽에서 계속 공세를 취했다. 신음이 절로 새어나왔다. 그놈은 신음을 가로채며 말했다. '교인들은 이 신음소리를 듣고도 은혜라 하지. 네 기도가 하늘에 닿았다고, 때로는 통회痛悔의 기도라고 믿는다. 어서 더 신음해라. 더 깊게 신음해라.' 벌떡 일어나고 싶었지만 일어날 수 없었다. 대낮같이 밝은 예배실 안에는 아직도 교인들이 남아 있었다. 그중 누구 하나와도 마주칠 것이 두렵고 싫었다. 나는 엎드린 그대로 땀을 흘렸다. 내가 엎드린 계단 위쪽으로는 나무 십자가가 걸려 있다."그리스도 예수의 사람들은 육신과 함께 그 정욕을 십자가에 못 박혔나니…."(갈라디아 5:24). 예수가 나의 구주가 되는 순간 나의 죄는 예수와 함께 십자가에 못 박혔다.' 기정사실이다. 그리고 지상에서의 내 인생도정人生道程에서 그것은 오래 전에 이루어졌다. 그런데 왜 지금 나는 이토록 캄캄한 자리에서 괴로워하고 있는가. 십자가의 구원은 이미 이루어졌고 나는 새 생명을 얻은 자다. '주님! 외쳐 불렀다. "내 영혼아, 네가 어찌하여 낙망하며 어찌하여 네 속에서 불안하여 하는고. 너는 하나님을 바라라, 그 얼굴의 도우심을 인하여 내가 오히려 찬송하리로다."(시편 42:5). 시편 말씀… 으로, 그런데 '내 영혼아…' 부르는 그가 누구인지 알 수가 없었다. '내 영혼아…' 하고 불러, 주님 앞에 나앉게 할, 그 부르는 자의 정체가 공중에서 공허하게 떠돌고 있었다.

나는 더 버티지 못하고 자리에서 일어났다. 교회에는 서너 명의 신자들만 남아서 아직 기도를 계속하고 있을 뿐, 거의 다 돌아가고 없었다. 도망치듯 교회를 벗어났다. 교회 옆 언덕에 있는 목사관을 향해서 걷던 나는 갑자기 되돌아서야겠다는 충동에 사로잡혔다. 교회가 아닌 곳, 목사관도 아닌 곳으로 달아나고 싶었다. 왜 이럴까. 사탄의 꾀임…? 시험에 든 것일까? 아니, 그런 것이 아닐게다. 너무 피로해 있다. 괴로다. 좀 쉬어야 하는 게 아닐까.

목사관으로 들어서니, 아내는 정신이 번쩍 들 만큼 아름답고 청결한 모습으로 아침준비를 끝내 가고 있었다. 아침을 들면서 아내에게 피로감을 호소했다. 아내는 그러한 나를 바라보며 미간을 약간 찌푸린 듯 그러나 조심스럽게 입을 열었다. "목사님, 일이 너무 많아요. 기도 할 시간이 모자라는가 보네요. 설교시간을 좀 줄이면 어떨까요. 취침시간을 늘리면… 아마 아내인 저의 기도가 부족했던가 보네요. 기도가 부족한 거예요. 성령 충만하시면 피곤 같은 것 그리 오래 가지 않지요. 목사님의 피곤해 하는 모습은 은혜롭지 못하네요. 혹시 신자들이라도 그런 모습을 눈치채게 된다면 피차 은혜가 안 되지요. 더구나 당신은 어디가 아프다거나 하는 이야기를 쉽게 하던 분이 아닌데……. 피곤을 호소하시다니 당황스럽네요. 기도하세요. 저는 금식 기도원으로 가겠습니다." 아내의 말은 위로가 아니라 일종의 책망이었다. 섭섭함을 내색하지 않고 식탁을 떠났다. 내 방으로 돌아온 나는 침대 위에 쓰러져 누웠다. 머리맡 시계는 아침 일곱 시 반을 가리키고 있었다.

시계, 네모반듯한 손바닥만 한 자명종, 새벽 네 시면 어김없이 울부짖는 시계. 오늘도 저 시계는 어김없이 네 시에 나를 흔들어 깨웠다. 새벽기도를 인도하라고 외쳐 불렀다. 이십 년 가까이 새벽 기도를 인도해 왔다. 이제는 자명종 없이도 반사적으로 깨어야 할 일이건만, 머리맡에는 여전히 그 시계를 두어야 한다. 대개는 그 시간에 이미 반쯤은 깨어 있다가, 시계가 울릴 때 익숙하게 팔을 뻗쳐 울림 꼭지를 누르며 일어나 앉는다. 어둠 속에서도 그 일은 거의 자동기계다.

그런데 오늘은 그게 아니었다. 시계의 울림은 유난히 찢어지는 듯했고, 한참 만에 팔을 뻗쳤으나 시계가 얼른 손에 잡히지 않았다. 간신히 더듬어 잡은 뒤에도 울림꼭지가 얼른 손가락에 짚이지 않았다. 시계는 손안에서 사납게 울부짖어 댔고, 내 한쪽 손은 쫓기듯이 계속 허둥댔을 뿐 좀체 울림꼭지를 찾아내지 못했다. 시간적으로 불과 사오 초에 불과했지만 퍽 비참하게 느껴지던 기나긴 시간이었다. 잠이 덜 깨었던 탓이었을까, 겹친 피곤 때문이었을까. 하여간에 정신을 차릴 수 없었던 몇 순간이었다.

그런데 사실은 오늘의 이 일이 처음 있었던 일이 아니다. 얼마 전부터, 언제부터였는지 분명치는 않지만 얼마 전부터 이와 비슷한 일이 종종 일어났었다. 다만, 오늘 그것이 분명히 나를 몹시 불안하게 만들었다. 간신히 시계의 울림을 멈추고 그제서 머리맡 전등을 밝힌 나는 그때까지도 허둥거리고 있는 자신의 몰골에 다시 당황해하며 더욱 허둥거렸다. 어둠 속에서 시계를 더듬어 잡고 울림꼭지를 내리는 이유는 곧 일어나 앉으며 불을 밝히기 전에 묵상하기 위함이었다. 그런데 오늘은 그렇게 허둥거리며 시계의 울림을 멈추어 놓고 이어서 불부터 켰다. 그리고 쏘듯이 밝혀진 불빛 속에서 발가벗겨진 듯 황망해하며 또 허둥거렸다. 그 길로 세수했고 정장을 했다. 그러나 그 새벽, 새벽기도를 인도하던 동안 내 몸은 견디기 어렵도록 느른하고 무거웠다. 족쇄를 찬 사람처럼 무거운 몸을 이끌고 견뎠다.

그런데 아내는 내가 피곤함을 호소했다고, 새초롬히 남편인 나를 성서적으로 나무란다. 나의 내면까지 꿰뚫어 보는 눈으로 - 그 아내를 피하여 방으로 돌아온 것이다. 그렇게 돌아와서 누워 있는 나는 그 시간, 무엇인지 모를 이상한 존재로 내어던져진 것 같았다. 목사? 아니었다. 말씀을 전하고, 양떼를 먹이고, 신자들의 어려운 형편을 위로하고, 해결하며, 주님의 사랑 안에서 생명수와 같은 사랑을 나누는 존재?… 아니었다. 남편도 아니었다. 아버지도 아니었다. 침체의 바다에 가라앉아, 떠오를 가망 없이, 조금씩 숨을 쉬고 있는 이름 붙지 않은 생물체였다. 어이없는 일이다, 이 상황은. "항상 기뻐하라, 쉬지 말고 기도하라. 범사에 감사하라." (데살로니가 전서 5:16-18) 신앙의 진수眞髓다. 강령綱領이다. 그분의 십자가, 그 십자가 위의 그분의 사망이, 죄의 사망을 이기고 사망을 없애버린, 영원한 생명으로 부활한 기적이 이루어진, 그분의 사랑이다. 나의 영혼이 하나님 사랑에 안겨, 영원한 생명 생수를 마신 순간, 내 영혼은 새로 태어났다. 그때 다시는 빼앗길 염려 없는 기쁨이 눈을 떴다. 하나님 사랑의 기쁨, 용서할 수 없는 인간의 배신을, 당신이 피 흘려 죽으신 그 죽음으로, 갚을 길 없었던 빚을 탕감 받고 용서 받은, 해방된 죄인의 기쁨이었다. 그 기쁨은 존재의 확증이었다. 존재는 곧 사랑의 실체였다. 그렇게 시작된 행로는 신학神學을 거쳐 전도자가 되고 교회를 일으켜 세운 목회자가 되고, 충실을 다하며 달려오지 않았는가.

그런데 기쁨이 사라졌다. 어떤 일에서도 감사와 기쁨이 꽃처럼 피어나던 기쁨이 빛을 잃었다. 식탁 앞에 앉으면 음식 앞에서도 영혼이 떨리는 감사와 기쁨으로 황홀했다. 무릇, 우리가 먹는 음식은 그것이 곧 생명이었다. 생명을 받는 떨리는 감사가 있었다.

인간은 자신의 생명을 위하여 간단없이 남의 생명을 먹고 마신다. 식탁은 생명을 위해서 생명이 바쳐지는 제사상이었다. 감격이었다. 그런데 그 감격을 잃어버렸다. 밥맛도 없었고 소화도 잘 되지 않았다. 위장에는 아무런 장애가 없다는 검사 결과를 받았지만, 그 증세는 조금도 나아지지 않았다. 깊고 달게 자던 잠을 잃었다. 거의 매일 이곳, 저곳에 집회가 있고, 나고 죽는 일의 의식儀式을 주관해야 하며, 며칠씩 부흥회를 인도해야 하는데, 깊은 잠을 이루지 못하면서 초조해하고 불안해하며 두려움에 쫓겼다. 무거운 육신을 채찍질해 가며… 어떻게든지 주님 앞으로 나아가려고 안간힘을 쓰고 있지만, 어둠 속에 갇힌 영혼이 헤어날 길을 찾지 못하고 있다.

1978. 6.
무엇이, 실존을 조명해 주던 빛을 가로막고 있을까. 내 영혼을 캄캄함에 빠뜨리고 육신을 짓누르는 이것의 정체는? 이 기록을 시작하면서 문득문득 소스라치게 만드는 시선視線이었다. 그 시선은 잠시도 쉬지 않고 나를 감시하며 이따금 느물느물 속삭인다. 낭패였다. '어이, 당신 설교 언어의 연금술만큼 괜찮던데? 좋아, 좋아, 아주 좋았어!' 강대상 위에 섰을 때도 나타났다. '어이, 교인들 좀 보라고, 홀린 듯이 눈을 반짝거리고 있잖아? 그런데 너는 앵무새를 닮았어. 얼마 전에 다른 교회 부흥회 때 써먹었던 내용을 또 써 먹고 있네, 그렇게 너는 너의 명예의 바벨탑을 수월하게 쌓아가고 있잖아. 설교에 열광하는 신자들을 바라보며 흥분하지? 너는 대형화해가는 작금의 다른 교회 목회자들하고 달라야 한다고 작심했거든. 헌금에 대해 입에 올린 일 없는, 네가 창립한 교회에는 예배 끝에 헌금자들의 이름을 부르는 짓을 접었지. 십일조 헌금, 감사헌금, 선교헌금 낸 교인들의 이름을 호명하는 일을 없앴어! 돈에 초연한 목사라고 이름났지. 헌금 바구니 같은 것 없애고 예배실 입구에 헌금함을 두었어. 하나님은 사랑! 예수는 우리의 죄 때문에 십자가에 못 박혔다고! 그분이 하나님이시라고. 그대의 설교 단상壇上 주제는 오직 그 한 가지였어. 그런데 그대에게서 점차… 이따금 머리를 들고 노려보는 회의懷疑의 날카로운 눈이 있거든. 그대는, 인류역사상 가장 끔찍했던 20세기의 대량살상에 몸부림치고 있어. 눈부신 과학 발달로 인간은 옛날 임금님보다 더 호화롭게 사람 대접받아가며 살고 있는데도 인간은 왜 행복해 하지 않는지…….

스탈린은 집권 이후 1300만 명 학살, 마오쩌둥 650만, 캄보디아의 폴 포트는 총알을 아낀다고, 어린아이들에게 죽창을 들려주어 어른을 죽이게 하고, 그것도 아깝다고 비닐봉투를 씌워, 제 나라 인구의 4분의 1인 200만 명을 죽인 사건 있지 않아? 유대인 600만 명을 가스로 죽인 히틀러를 잊을 수는 없지. 어디 그 뿐인가? 전쟁 만들어 집권자가 저지르는 학살 말고, 인종 학살人種虐殺은 어떻고? 20세기에 발발한 전쟁에서 희생된 숫자가 1억 이상이라지만, 종교가 다르다고, 사상思想이 다르다고 서로 찔러 죽인 숫자는 대략 2

억에 가까워. 이 숫자는 1900년대 전세계 인구의 1할이라고… 그
대는 점점 고통하고 있어. 하나님이 사랑이시라고 하면, 하나님이
인간의 죄를 대신해 사람으로 오셔서 십자가에 피를 흘리셨다면,
왜 인간세계에 점점 더 극에 달한 죄악이 늘어 가는지. 왜 지구
위 여기저기에서 지진이 터지고, 해일이 덮쳐 수십만 명씩 떼 주
검이 생기는지. 그렇게 영문 모르고 휩쓸려 죽은 한 생명 한 생명
에 대한 하나님의 사랑은? 그렇게 비참하게 그렇게 창조의 질서를
무자비하게 짓부숴가며 죽은 생령生靈은 어디로 갔는지. 그대는 망
연자실, 기도가 끊기는 때가 늘었어.

이미, 대단히 성공한 목회자라고 자타가 공인하고 있는 형편에…
그대의 성공 사례는 이미 고전古典이 되었지. 신자들의 절대적인 신
망信望, 그 담장 속에서 보장받고 있는 느긋함을 너무 오래 누렸어.
그대가 나타나는 곳에서는 언제나 대환영 칙사 대접이지. 그대는
이미 귀족이야! 나날이 귀족다워졌어. 그대는 과연 하나님의 칙사
勅使인가? 아무도 모르게 고통을 키워가는 그대 내면의 모습이 거짓
없는 자아상自我像인가. 그런데 자신은 현재의 이 상황이 곧장 하늘
나라로 가는 지름길이라고는 믿고 있지 않아! 비극이지!

1978. 7.

그 시선視線은 탐조등처럼 끊임없이 나의 내면을 파고든다. 양심
일까? 성결로 가는 과정의 자의식自意識인가? 그것이 어떤 종류의

시선이든, 갈등과 고통 속으로 끌어들여 헤어나올 수 없게 만드니 숨 막힌다. 탐조등은 때로 능글맞게 웃는다. '오! 성공한 목사님, 그 근엄하심이 잘 어울리시네요. 예, 아주, 아주 그럴 듯하게 어울립니다 그려. 절대로 어색하지 않다고요! 그렇게 몸에 잘 배어 있을 수가 없군요. 신자들은 그대의 외양만 가지고도 거룩한 천국문 앞에 선 듯, 환호하더군요.' 피해 갈수 없는 탐조등이었다.

'어떤 것이 너의 참 모습인가. 어느 쪽이 거짓 없는 너 자신인가를 보라. 주님의 발아래 꿇어 엎드린 것이 참 너인가. 그렇게 꿇어 엎드려 교회에 관한 온갖 것을 획책하고 있는 것이 진정한 너인가. 너는 이 물음 앞에서 형편없이 당황해 하며 후자를 부인하려고 서두르고 있다.

너는 오직 주님 앞에 너의 전 존재를 양도하고, 있는 그대로를 다 드렸노라고 외친다. 그러나 과연 그럴까? 너는 다시 한 번 자신 있게 네 목숨이 주님께 바쳐진 순결한 목숨임을 고백할 수 있겠는가? '그대는 과연 조건 없이 자신을 그분께 양도讓渡했던가?' 탐조등은 새로운 문제를 가차 없이 비추기 시작했다. '언제인가 이런 일이 있었어. 당신이 변두리의 개척교회를 맡은 지 일 년쯤 되던 해 봄이었지 아마. 그 교회의 부녀자들은 새로 부임한 목사에게 열광했어. 당신은 근엄 일변도로 극력 조심하며 대했고, 개별적인 면담 같은 것을 되도록 삼갔지. 그러나 그렇게 하면 할수록 여신도들은 애끓게 목사님을 사모하고 그리워했어. 어떻소? 그때도 당신은 여자들의 심리적 동향을 면밀하게 측정하고 있었지. 그대는 은밀하게 그것을 즐겼지 아마. 많은 여인들의 선망의 대상이 된다는 것에 대하여 혼자 은밀하게 회심의 미소를 띠었지. 그대는 분명, 여자에 대해 알아야 할 무엇을 다 알 수 없었던 것에 대하여 조금은 억울해 했어, 그것이 무엇인지 알 수는 없지만 아내에게서는 채워지지 않는 무엇이 다른 여자에게는 있으리라는 상상도 했어. 그것은 억제하고 있는 것이지 답안지를 제출한 결과는 아닌 거야. 아내 이외의 여자에게 있을 그 무엇, 그리고 채워진 일 없는 그 무엇을 두고 그대는 때로 궁금해 했어. 목회를 하면서, 많은 여자들을 이성異性으로 여기지 않고 교인으로 대하면서, 때때로 그중에 눈에 띄는 어떤 상대를 바라볼 때, 경이驚異로운 눈이 뜨이기도 했어. 그대는 참을성 있고 영리하게 그저 건너다보면서, 자기를 달래 왔어. 그런데, 그렇게 참았던 인내에 금이 가기 시작한 거야. 목회라는 단면單面에 묶였던 인생이 갑갑하고 단조롭다는 느낌이 들기 시작했지. 많은 여인들의 선망의 눈길을 바라보면서 선망 건너편에 무엇이 있을까 궁금해졌어, 그래도 당신이 면대한 현실 앞에 그대는 별로 흔들리지 않고, 영원히 폭발할 일 없는 안전판을 달아 두었어, 그 안전판은 다름 아닌 신앙의 계율이고 당신은 그 계율에 숨어, 눈만을 내어놓고 그들을 바라보았지. 여자는 아내 말고 너무도 많은 유형의 여성들이 눈부실 만큼 많았는데 말이야. 당신도 사내면서… 사내가 아닌 것처럼 살려고 피나는 노력을 했다고!

어찌되었건, 그대는 그 무렵의 어느 봄날 오전에 있었던 일을 지금도 기억하고 있잖아? 미묘하다면 미묘하고 아름답다면 아름답다고도 할 수 있는 일이었어. 어느 집 담장 가에 개나리가 만발해 있었어. 그때 그대는 그대가 시무하고 있는 교회의 교인인 한 노파와 만났지. 그 노파는 아침 일찍 서둘러 나들이를 나섰던 모양인데, 목사인 당신과 마주치자 황망해 하며 인사를 하는데 그 얼굴이 진달래빛으로 붉게 물들었어. 그는 칠십도 넘긴 늙은 여자였는데. 또 목사인 당신을 만났대서 황망해 할 아무런 까닭이 없는 사람이었는데. 다만, 그는 여자였던 것뿐이야. 너무 뜻밖에 마주친 목사 앞에서 그냥 수줍고 부끄럽고 그랬어. 당신은 그때 그 노파의 얼굴이 진달래빛임을 알아보았지. 비록 늙은 얼굴이었지만 그 붉은빛이 아름답다고 느끼면서 미소했어. 그러면서 칠십 노파를 십대 소녀로 바라보았어. 이루 말할 수 없이 수삽羞澁해 하던 노파의 표정과 몸매를 그윽한 눈길로 바라보며 얼마나 흐뭇함을 맛보았던지. 그대는 지금도 그 장면을 역력히 기억하고 있잖아. 그대는 종일 그 일을 떠올리며 이따금 은밀한 미소를 떠올리고는 했었지. 그러면서 여자들로부터 받은 그 흠모의 정을 대견해 하지 않았던가? 그런 정도로 다 누리지 못한 것을 보상받고자 했지. 오, 근엄의 표상表象이신 목사님, 이것이 바로 당신의 실체란 말이오.'

1978. 7.
보아라, 이 위장僞裝의 선수야. 깊이 감추어 두었던 너의 모습을 이 기회에 분명하게 익혀 두어라. 그대는 지금도 한때 네 설교단 상 아래에서 눈을 유난히 빛내며 설교를 듣던 그 여자를 못 잊고 있어. 정월달 추운 겨울에 나타났다가 부활절 즈음하여 사라져 버린 그 여자를 지금도 이따금 떠올리고 있잖아? 아! 그 아름다움은 신비에 가까웠어! 이지적이면서 따뜻하던… 신선했어! 그대는 첫 순간에 영육靈肉이 함께 떨리는 설렘으로 두근거렸지! 그 총명함에 흔들렸어. 운명이었어. 호기심이나 연모戀慕 정도가 아닌. 그대는 틈틈이 그 여인을 만나는 꿈을 꾼다. 대개 첫눈에 넘어가는 연애를 운명이라고들 하지. 그렇게 영혼까지 흔들리던 그런 이성異性이 있어. 살煞맞는다고도 해. 그대에게 그런 화살이 꽂힌 거야. 이따금 그 여인을 꿈꾸는 그대, 아무도 눈치채지 못하지. 누가 감히 너의 그 생각을 엿볼 수 있겠어? 하지만… 그대는 그를 그리워하며 그 그리움을 몰래 즐기고 있거든.

 그런데 말이지, 그대는 그런 자의식自意識 때문에 견딜 수 없어진다. 전략戰略을 바꾸었어, 연모를, 그리움을, 지우개로 지우겠다고 몸부림을 치기 시작했지. 호기심 아니다. 절대로 연모 아니다, 음욕은 더욱 아니다, 드디어 자존심이라는 무기武器를 들고 일어났어. 왜 그네는 수많은 다른 여인네들처럼 나에게 열광하지 않는가? 왜 모두가 선망과 존경으로 받드는 한 인간을 그 여인은 담담하게 바라보다가 스러졌는가? 다른 여인네들처럼 그대를 흠모하지 않는 그 여인에게 은근히 화가 치밀기에 이르렀다. 그대가 그 여인에게 군림할 수 없는 존재였다는 느낌에 시달리기 시작했다.

설교를 준비하면서 괴로웠던 것은, 그러한 허욕虛慾에 묶였기 때문이었다. 감히, 누구에게나 군림했다고 믿었던 자신의 초라함에 분노했어. 겉으로는 목회 외의 일체에 극히 담담한 교역자여야 했고, 그렇게 자신도 스스로를 믿어 왔지. 여인들의 흠모의 눈길 정도, 초연했어. 그런데 그대보다 더 초연한 상대를 만나자 갑자기 귀신 같은 초조함이 그대를 희롱하기 시작한 거지.

이것이 그대의 실체야. 참 모습이야. 시인하라고. 그대의 하나님께도 그대의 참 모습을 보여드리고, 만천하에 네 내면을 기록영화처럼 보여줄 수 있어야 그대는 진정한 신앙인이 되는 것이라고! 들으라. 눈을 뜨라. 믿음? 영적 가면假面을 벗고 너의 내면을 그분 앞에, 그대의 주님 앞에 발가벗고 서는 일, 그것이 믿음의 본질이지. 드러내라, 드러내라. 영적 가면을 벗으라!

끊임없이 다그치는 그 소리 앞에 점점 굳어졌다. 잠깐 억울했다. '나는 음욕을 품었던 것도 아닌데. 여자를 상대로 음심을 일으킨 것도 아니었다. 불순한 상상이나 욕정에 묶였던 것이 아니었는데. 정녕 더러운 생각에 빠지기까지 한 일은 없었다.' 하지만 다음 순간 앞으로 고꾸라졌다. 이 약아빠진 자여! 꾀에 꾀를 더하는 자여. 감히 탈에 탈을 겹쳐 쓰려 하느냐? 구체적인 음욕만이 죄이고, 그 음욕을 위장僞裝하고 은밀히 즐기고 있는 것은 죄가 아니란 말인가?

머린 R. 케로더스 책 한 구절을 생각해 냈다. 목사인 케로더스는 자기 내면에 웅크리고 있는 불순한 생각과 욕정을 두고 오랫동안 번민해 왔다. 그것들은 틈만 있으면 고개를 치켜들고 그의 거룩한 생활을 방해했던 모양이다. 그러한 자기내면을 잘 알고 있던 그는 늘 죄의식 속에서 괴로워하며 하나님께 용서를 빌고 시험에 들지 않게 해주십사고 간절히 기도했다. 그러나 얼마 안 있어 그 일은 다시 원점으로 돌아가는 악순환이 되풀이되고… 그는 거의 그런 자신을 단념하다시피 하고, 할 수 없이… 그저 이런 생활 가운데 그냥 살아야 하는 것인가 보다 생각해 버렸다. 그러던 어느 날, 그는 하나님께서 인간에게 바라는 것을 이루는 것이, 인간들에게는 가장 힘든 일이라는 것을 깨달았다. 그는 자신이 그 불순한 생각을 진심으로 버리기를 원하고 있지 않다는 것을 깨달았다. 진심으로 그런 불순한 생각을 버리기를 원하였다면 하나님께서는, 하나님께서는 틀림없이 그러한 생각을 거두어 주시고 그 대신 그리스도의 성품을 인간에게 내려주신다는 것을 깨달았다. 케로더스는 그 즉시 '주님, 내가 오직 순수한 생각을 지니기 원하는 줄을 당신이 아십니다.' 하고 기도했다. 그러자 그 다음 순간 새로운 생각이 떠올랐다. '네 머릿속에 있는 생각을 모두 끄집어내어 그것을 영사막에 비추며 모든 사람에게 다 보여준다 해도 기꺼이 그렇게 할 수 있겠느냐?' 그때 케로더스는 낯을 붉히며 이렇게 생각하고 있는 자신을 보았다. '그 생각을 버리기 전에 그저 잠깐 더 지니고 있다 해서 무엇이 그리 잘못된 일일까?' 그러나 그런 생각 끝에 그는 자신의 참 모습과 조우했다. 결국은 자신이 자기의 모든 생각을 주님께 바칠 준비가 되어 있지 않다는 것을 깨달았다. 심각한 문제가 되는 것은 그 자신이 어쩔 수 없어 중단하고 끊어버리지 못하는 죄가 아니라, 참으로 중단하기를 바라지 않는, 감추고 숨긴 죄가 남아있다는 사실이었다. '그전까지 나는 내가 유혹의 덫에 희생이 된 애매한 제물이라고만 생각했고, 그렇기에 진정으로 주님께 기도하며 내 소원을 아뢰기만 한다면, 그 순간 구원이 이루어진다는 것을 보여주셨습니다.' 그리고 그는 야고보가 한 말의 뜻을 깊이 깨달았다. "오직 각 사람이 시험을 받는 것은 자기 욕심에 끌려 미혹됨이니"(야고보 1:4) 그는 결국 그 자신이 그러한 불순한 생각들을 몰래 즐기고 있었다는 사실을 고백했다. 머린 케로더스의 책은 계속해서 나에게 신랄한 질문을 던져 왔다. – 당신은 당신 자신과 하나님 앞에 솔직하고 정직한 상태에 있는가? 당신은 당신의 약점을, 약점의 감미를 은밀하게 즐기고 있는 것은 아닌가? 당신은 때때로 그런 생각들을 버려야 한다고 힘들어 하면서도, 다른 한편 항상 그에 대한 환몽에 사로잡혀 있지 않는가? 당신은 진심으로 그런 괴벽을 버리려는 의지가 있는가? 얼마나 신실하게 원하고 있는가를 스스로 살펴보라. 당신은 하나님께, '하나님께서 원하신다면 나의 모든 생각을 밝히 드러내시어 나의 아내와 자녀와 이웃에게 나의 마음에 들어 있는 것을 보여 주십시오.' 하고 자신 있게 말할 수 있는가? 당신 자신을 시험해 보라. 당신의 모든 생각이. 여러 사람이 볼 수 있는 영사막에 투시되었다고 생각해 보라. 이를 하나님 앞에 고백하고 '나의 이 추한 생각을 당신께 내어 드립니다. 다시는 결코 허망한 생각에 빠지지 않을 것입니다.' 서원誓願을 드리라.

하나님께서는 우리들이 진심으로 우리를 속박하는 것들에게서 떠나기를 원한다는 것을 아실 때에는, 우리의 신앙을 다져 주시고, 쾌히 그런 것들에게서 떠날 능력을 주신다. 케로더스 목사의 체험과 그 체험을 토대로 정리한 내용은 놀라울 만큼 완벽하고 아름다웠다. 그 책을 읽는 동안, 돌덩어리가 같았던 내 마음은 슬픔으로 흔들리고 부끄러움으로 떨렸고 희미하게나마 소망의 빛이 스며들었다. 그러나 책을 내려놓는 순간, 또다시 완고한 고집이 고개를 뻣뻣하게 들고 일어났다. '아니다, 아니다. 케로더스의 체험이나 그의 신앙 간증에 의지해서는 안 될, 더 중대한 시련이 나를 가로막고 있다. 쉽사리 풀리지 않을 시련이 닥쳐오고 있다.'

나는 은연중에 '보통사람들이 겪고 있는 그런 단순한 갈등에 빠질 내가 아니다. 적어도 나에게 닥친 시험은 항용 있는 그런 것과는 다르다! 나에게 닥친 것은 무엇보다도 각별한 그 무엇이다.' 내가 빠져 있는 수렁은 오만과 교만의 수렁이었다.

1978. 7.

두통의 엄습. 대단한 기세다. 정수리 쪽에서부터 오른편 귀 밑까지 예리하고 긴 바늘에 꿰이는 것 같은 통증이다. 머리통을 쪼개는 아픔이 아니라 머리뼈를 계속 긴 바늘로 꿰매어 나가는 통증이다. 일정한 간격으로 망치질 당하는 고통으로 오는가 하면, 이따금 간격을 허물어뜨리면서 짐작할 수 없는 휴식이 끼어들기도 한다. 그러다가 그 편안함에 의지하여 해이해질 때쯤 고통의 망치질은 가차 없이 들이닥친다. 그것은 밤낮을 가리지 않고 실력발휘를 했다. 밤에는 그 고통을 싸안고 혼자 뒹군다. 몸부림치기도 하고 신음도 한다. 고통을 부둥켜안고 그분 앞에 기도하기도 한다. '주여, 감사합니다. 주님이 십자가 위에서 받으셨던 육체적인 고통의 지극히 작은 한부분만이라도 제가 감당케 하심을 감사합니다. 주님의 은혜로 이 고통을 감당케 해주소서. 감당케 해주소서.' 그러나 낮에는 이중고二重苦에 갇히지 않을 수 없다. 어느 누구를 향하여 두통을 호소하랴. 더러 단순한 신자들은 목사의 병고를 죄악시하기까지 하는데. 그렇지 않으면 회개할 조건쯤으로 해석하는 것도 예사다.

  계속되는 예배설교. 이어지는 성경강해. 집회, 집회. 심방과 심방은 어느 것 한 가지 중단할 수 없는 일이다.

  두통에 관한 것을 감추지 않을 수 없다. 우선 아내가 이 일을 은혜롭지 못한 일이라고 단정하고 있지 않는가. 기도가 모자라는 증거라고 아내는 그렇게 단정한다. 성령이 충만하면 몸이 왜 피곤하겠느냐고 의심하는 사람이다. 목사가 피곤해하는 모습은 은혜롭지 못한 일이라고 걱정이 태산이다. 그러는 아내에게 이 심한 두통을 호소한다면 어떤 반응이 나타날까. 정말 기도가 모자라고, 그분의 뜻 안에서 평강할 수 없기 때문에 생긴 증세일는지도 모른다. 아내가 옳을는지도…….

의사를 찾지 않고 견뎌보려고 했다. 몰래 약국에 들러 두통을 가라앉히는 약을 사다 털어 넣었지만 별무효과 - 그렇게 사흘 나흘… 그 통증은 조금도 후퇴하려는 눈치가 보이지 않았다. 혹시 뇌에 무슨 이상이 생겼을까. 뇌의 어느 부위에 암 덩어리가 자라고 있는 것은 아닐까. 통증은 통증 위에 시꺼먼 불안의 먹구름까지 뿜어내기 시작했다.

아무도 모르게 종합병원을 찾아갔다. 일단 찾아갔으니 그곳에서 하자는 대로 할 수밖에 없었다. 혈액검사, 변 검사, 혈압, X레이 CT 촬영, MIR 등 샅샅이 뒤졌지만 별 이상이 없다는 결론이었다. 당연히 반갑고 감사해야 할 결론이었으나, 그러면 이 두통이 무엇인가, 새로운 의혹 때문에 뒷맛이 내내 찜찜했다. 병원 측에서도 별로 자신 없어 하는 기색으로 얼마간의 약을 조제해 주었지만, 약도 별무효과였다. 복용할 때 잠깐 반짝하는 듯했으나 곧 통증의 침공을 받고 간단히 손을 들었다. 통증은 극렬했다. 생명은 그 극렬한 고통의 바탕 위에서 이따금 원색적인 빛으로 반짝였다. 모든 말초적인 감관이 타 붙는 듯 오그라들기 시작했다.

이곳저곳 비밀리에 수소문하던 끝에, 동대문 밖에서 간판도 없이 한의원 노릇을 한다는 어느 노인을 찾아가기에 이르렀다. 침을 맞기로 했다. 노인은 허연 수염을 풀풀 날리듯 몇 마디 묻더니, 머리통 이곳저곳을 짚어 보면서 혀를 끌끌 찼다. 그리고 나를 엎드리게 한 뒤에 한 뼘이나 되는 대침을 머리통 이곳저곳에 꾹꾹 박아 넣었다. 대침은 두통 위에다 무지스러운 윽박음까지 곁들인 통증이었다. 그런 뒤에 목 뒤 견비부위를 흡착기로 피를 뽑듯 우악스럽게 잡아 뽑기 십여 차례.

"그냥 두면 금방 도질 걸……."

노인은 혼잣소리로 구시렁거렸다.

"도지지 않게 하려면 어떻게 하면 되겠습니까?"

"마음을 놓아 주어야 해."

"마음이 붙잡히기나 하나요? 붙잡고 있지 않은 걸요."

"웬걸, 몸은 마음을 움켜쥐고 있고, 마음은 몸을 꽁꽁 동이고 있는 걸."

"마음을 놓아 주는 방법이 있다면 무엇이겠습니까?"

"나를 주어 버리면 되지. 온통 다 맡겨 주라는 게어."

"누구에게 말씀입니까?"

"진아眞我, 참 나한테."

"노인께서는 퍽 어려운 말씀을 하시는군요."

"다 알아듣고도 남을 사람인데 웬 엄살이오? 진리라는 건 감추어지지 않는 존재의 진상眞相인데, 우리는 자꾸 진짜도 아닌 나한테 매달려서 자꾸 숨어 보자고 보채면서 일을 저지르며, 일에 일을 만들어 내는 것 아니겠소?"

시키는 대로 한 30분 누워 있었고 몇 마디 말이 드문드문 오가던 동안에 신기하게 두통은 깨끗하게 스러졌다. 믿기지 않을 만큼 말끔했다. 신기하다기보다 불안했다. 그 통증은 거짓말처럼 잠깐 숨어 있다가 불쑥 나타날 것 같았다. 두통이 극렬하던 부위를 손으로 더듬어 보았다. 통증의 여세 같은 것이 살가죽 모근에 남아 있는 것 같았으나, 얼얼한 느낌에서였을 뿐 완전하고 깨끗했다. 하지만 두통이 어딘가에 숨어 있다가 불현듯 다시 침공을 할 것 같은 불안 때문에, 귀가 후 저녁에도 잠을 이룰 수 없었다. 끝없이 울렁거리는 불안은 파도 같았다. 두통은 숨을 죽이고 있는 듯했으나 시력에 이상이 왔다. 갑자기 아무것도 보이지 않는 증세가 나타났다. 주로 사람이 많이 모인 자리에서 일어나는 증세였다. 대예배, 어느 집회에서 눈앞이 캄캄, 아무것도 보이지 않는 증세였다. 집회요청이 올까 보아 두려웠다. 무엇이라고 핑계를 대고 거절을 한다는 말인가.

다시 의사를 찾아갔다. 검사에 검사가 이어졌지만 이번에도 이렇다 할 장애는 나타나지 않았다. 그러나 아무런 증세가 없다는데도, 이상한 증세는 계속 늘어났다. 현기증에 빠진다든가, 계속해서 이야기하다가 어휘가 감감 떠오르지 않는다든가… 처음 겪는 일들이 허둥거리게 만들었다. 숨어있던 두통이 가면을 쓰고 놀리고 있는 것 같았다. 그러면서부터 불면증이 흔들흔들 다가오더니 내 몸에서 물기를 뽑아가기 시작했다. 낮이면 입이 마르고 느닷없이 얼굴이 달아오르며 숨이 답답해져 숨넘어갈 지경에 이르고는 했다.

다급해져서, 기도하려고 꿇어 엎드리면, 나의 모습을 어느 시선 하나가 나를 물끄러미 들여다보는 것을 의식하며 기도는 무너져 버리고 만다.

정신과에 속하는 질환일까. 이루 말할 수 없이 비참한 느낌이다. '내가 정신질환에 빠져?… 설마 내가 정신과 치료를 필요로 하는 병에 걸리다니… 있을 수 없는 일, 있을 수 없는 일이야.' 그것은 잠깐의 생각만으로도 깊은 충격이었다. '목회자의 정신질환… 있을 수 없는 일이다. 있을 수 없는 일이야.' 그러나 새록새록 새로운 증세들은 내 육체의 이것저것을 마음대로 들춰 흔들어 대며 아무 때고 얼굴을 내밀었다. '전혀 내가 누구인지 알아보지 못할, 그런 의사를 찾아갈까. 안 되지, 목회자가 자기 신앙으로도 해결이 안 되는 정신적 질환을 지니고 있다니, 그것이 들통나는 날, 끝장이다.'

신경과 의사… 정신신경과 의사… 그 일에 종사하고 있는 친근한 친구가 있건만.

얼마 동안을 벼르다가 김 박사를 찾아가기로 결심했다. 그 결심이 서기까지 무장에 무장을 더했다. 그리고 자신에게까지도 극히 심상하게 친구를 찾아본다는 분위기를 만든 연후에야 친구를 찾아갔다. 친구는 무척 반기며 맞이했다.

"어, 눈부신 목자牧者, 먹이던 양떼를 어떻게 하고 오늘은 이렇게 음침한 곳으로 나타나셨는가?"

"내게서 빛이 나는가?"

"그럼 빛나고말고. 말씀 증거하는 빛이 혁혁하지 않은가."

"그렇다면 문제로군."

"왜 그게 문제인가?"

"그건 내가 잘못되고 있다는 증거라네."

"대단한 겸손이군."

친구는 큰소리로 웃으며 가볍게 넘기려고 했지만 나는 그럴 수 없었다.

"겸손만이라면 차라리 다행이겠네만 그건 나에게 위협이라네."

"별소리가 다 많군."

"별 소리가 아니라 내 양심의 소리일 걸세. 내가 목사로서 두드러진다는 것은… 또는 유명해진다는 것은, 미구에 불편한 일이 발생한다는 예표야. 아까 자네가 불쑥 표현한 대로 내게서 빛이 난다면 그건 아마 인기라는, 또는 그저 세속적으로 유명하다는 것의 도금된 빛이 아니겠나. 내가 진정 충성스러운 목회자랄 것 같으면, 내가 나 맡은 일을 다한 뒤 이 땅 위를 떠난 후에 빛이 보여야 하는 건데 이렇게 멀쩡하게, 겨우 새파란 기운을 벗어난 나이에 칭찬을 듣는다는 건 문제가 있다는 증거지. 틀림없어, 어딘가에 문제가 있는 거야."

"허, 그건 거의 자학적인 분석이로군. 자네 그러다가 피암시성被暗示性에 걸리는 거나 아닐까. 거 너무 그러지 말게. 하나님께서 설마 그렇게 사랑하시는 자녀에게 그렇게까지 가혹한 기준을 두고 우리들 행동의 털끝만 한 것까지를 일일이 저울질하시지는 않을 테니까 말이야. 그런 것이 바로 신앙적인 도그마가 아니겠나. 자네 조심해야겠어. 긴장이 지나친 것 아닌가? 아니면 과로 때문에 좀 지쳤던가……."

"피암시성… 어떤 하찮은 암시에도 곧 걸려드는 것 아닌가. 그 암시에 묶여 헤어나지 못하는 일종의 정신질환이 아닌가. 나는 혹시 그 질환에 빠져 있는 환자가 아닐까?" 나는 표정을 느슨하게 풀어 주며 농담 비슷하게 다시 물었다. "혹시 신앙인들 중에도 환자가 더러 있던가?"

"신앙인 중에 어떤 계층?"

"음, 그저 목사라든가 스님이라든가 말일세."

친구는 신중한 표정이 되더니 잠깐 간격을 두었다가 대답했다.

"있지."

"정말인가?"

친구는 고개를 끄덕였다.

"목사도?"

"목사도 있었어, 내 환자 중에, 그것도 한 사람이 아니었어."

"그래? 그런 일이……."

"놀랐나?"

"지금까지는 관심 밖의 일이었으니까… 설마하니 성직자 중에 정신질환자가 있다고야……."

"성직자는 사람이 아닌가?"

친구는 자못 진지한 표정이 되며 나를 나무라는 어조로 말했다. 힐난이었다.

"그렇지만 신앙인라면 스스로 치유도 가능해야 할 사람들이……."

"바로 그거야. 불교고 기독교고간에 우리나라 신자들이 그들에게 무엇을 요구하고 있는지 알겠나? 사실 우리나라 사람들처럼 철저한 사람들도 드물 게야. 우리나라 신자들은 성직자한테 절대적인, 자신들이 바라는, 신神이어야 하고 절대적으로 부처가 될 것을 요구하는 거야. 무조건적이지. 성직자는 그대로 부처님이고 예수님이어야 해. 자기들 하고 같은 생활인이어서는 안 되는 거야. 신자들 앞에서 완성된 성인聖人이어야 한다는 거야. 석가모니 부처님을, 혹은 예수님을 완전하게 닮은 성직자이기를 바라는 거지. 속성俗性을 완전히 깨끗하게 털어 버린 사람이기를 바라는 거야. 그들 신자들에게는 잿빛 승복이나, 검은빛 수단이나, 목사의 가운은 그대로가 완전한 경지의 신성神性인 거지. 알겠나? 이러한 요구와 압력 앞에서 성직자들은 자신의 신앙적인 문제와 함께 신자들의 시선을 끝없이 감당해야 하는 이중적인 짐을 져야만 하는 걸세. 어려운 일이지. 무겁고도 어려운 일이야."

"그것이 바로 수행修行에 필요한 성직의 의무가 아니겠나. 처음부터 그런 각오 없이 성직자가 될 엄두를 냈겠나?"

"얼마 전에 말이야, 참으로 미묘한 일을 겪었어. 삼십대의 스님인데 양쪽 팔과 손바닥에 화상을 입은 데다 왼편 약지가 잘린 외상外傷 환자가 외과로부터 내게로 넘어왔어. 아주 양순하기 이를 바 없는 환자였어. 비통해 하는 얼굴 표정 이외에는 너무 조용한 환자였지. 눈을 내리깔고 있어서 눈빛을 볼 수가 없더군. 그 얼굴이 맑고 투명했는데 무척 슬퍼보였어. 고뇌에 절어 있는 하얀 이

마와 슬픔에 흔들리고 있던 야윈 턱 부분. 그리고 잘 빚어진 콧날에서는 끝없는 자기 비하의 고통이 흐르고 있더군. 자네, 들은 일이 있나? 불교에는 염비라는 게 있다네. 불꽃 염焰, 팔 비臂로 쓰든가, 하여간 계戒를 받은 스님이나 신자가 그 업장業障을 태워 없앤다는 뜻으로 팔 부분 어딘가를 불로 지지는 일이 있는가 보데. 이 스님이 참선參禪하다가 부처님의 목소리를 들었다는 게야. '네가 대승大僧이 되려면 염비를 하여라.' 음성을 들었다는 거지. 그런데 불교에서는 참선 도중에 비마悲魔, 희마喜魔, 염마艶魔 등에 빠지는 경우가 있다고들 하더군. 나는 설명을 들었으나 그것이 무엇인지를 분명하게 이해할 수가 없었지만, 하여간에 참선 도중에 갑자기 현세에서 느껴 본 일 없는 어떤 경지에 빠진다든가 하는 그런 것인가 봐. 그건 우리가 얼른 생각하기에 공부에 방해가 되는 요수 같이 생각되지만 그렇지만은 않다는 게 어떤 분의 설명이었어. 하여간에 그 상처는 끔찍하더군. 그런데 그 환자를 데리고 온 스님의 설명을 들으면서 나는 잠깐 혼란을 일으켰어. 그는 환자보다 십 년은 연상일 듯싶은 사내였는데 퍽 깔끔한 인상이었어. 그가 입은 먹물 옷은 요즘 스님네들이 흔히 입는 합성직이 아니었고 광목에다 먹물을 들인 옛날 승복이었어. 머리에서는 방금 숫돌에서 물러났을 듯한 삭도削刀의 시퍼런 칼날 냄새가 풍기는 듯했고, 신고 있는 고무신은 눈부신 흰빛이었어. 그에게서는 숲의 싱그러움 같은 게 풀풀 풍기더군. 언뜻 잣나무 같은 사람이구나 하는 생각이 들게 하는 스님이었어. 그런데 그 스님이 이 환자를 데려왔고 환자의 병력病歷을 설명하는데 이건 완전히 정신이상이라고 단정하고 있는 거였어. 환자는 처음 얼마 동안 좀체 입을 떼려고 하지 않았어. 입원을 하고 며칠이 그냥 지나갔지, 외상치료만 받은 채. 그러다가 뒷배를 보아 주던 스님이 무슨 일로 서울을 잠깐 떠날 일이 있다면서 떠나고 나니까, 그제서 환자는 말문을 열었어. 그렇게 양순해 보이던 환자가 냉철한 표정으로 승단과 승려들을 비웃는 거야. 자기를 정신병자 취급을 하는 건 말도 안 된다는 거야. 선승禪僧이라면 자기를 이해하고도 남아야 한다는 거지. 붓다의 가르침 안에 분명히 있는 일을 따랐을 뿐인데 같은 수행자들이 어떻게 그럴 수 있느냐고 분개했어. 더구나 그 사람은 자기의 사형師兄인데 자기를 이렇게 다룬다는 것은 엉뚱한 일이라고 몹시 분개하는 거야. 내가 혼란을 일으켰다는 게 이 대목이거든. 그 사형이라는 스님은 데리고 온 후배의 행위가 가르침 안에서의 염비를 행한 것이 아니라 환시幻視, 환청幻聽을 겪었으리라는 것이고, 당사자는 그게 아니라 참선 중에 부처님을 만났고 염비를 행하라는 음성을 분명히 들었다는 거지. 나는 의사야. 나로서는 그 사형의 의견을 받아들이는 쪽이 편리하고 또 유리하지. 또 그런 판단 위에서 환자를 진찰하고 관찰하기는 했어. 그러나… 그러나… 희미한 회의懷疑가 직업의 껍질 저 밑에서 꿈틀거리기 시작했네. '이것이 과연 정신적인 질환인가, 아니면 당사자의 주장대로 신앙결단인가.' 나는 한동안 그 생각에 시달렸지. 그것이 그 환자의 주장대로 신앙결단이라면 그거야말로 당사자밖에는 알 길이 없는 신앙의 세계 아니겠나? 그건 그러한 믿음, 그러한 정진精進을 감행한 그 사람 자신밖에는 알 수 없는 세계거든. 보게나, 자네도 목사로서 이 문제를 늘 생각하고 있겠지만 믿음이 뭘까. 히브리서에 있는 말대로 "믿음은 바라는 것들의 실상實狀이요 보지 못하는 것들의 증거"가 아니겠나? 그렇다면 믿음이란 인식의 그 너머에 있는 무엇 아닐까? 이론理論도 설명도 닿지는 않는… 사실 그런 의미에서 신학神學이라는 건 믿음 그 자체와는 별개의 문제일는지도 모른다는 생각을 하지 않을 수가 없어. 신학은 학문이지 믿음은 아니잖은가? 그런데 그 환자는 왜 수행자가 아닌 환자가 되어 정신과에까지 끌려왔는가 하면, 염비를 너무 여러 번 한 게 탈이었던 거야. 그가 한 짓은 왼손바닥이 벌겋게 벗겨져 나가도록 촛불에다 제 살을 태운 거였어. 팔에도 화상이 있었지만 손바닥의 모양은 끔찍했어. 그리고 약지마저 잘라 버린 거야. 왜 그렇게 여러 번 그 짓을 되풀이했느냐고 물으니까, 그는 눈을 번들번들 빛내면서 대들듯이 말하더군. 몇 번을 하건 그것이 왜 문제가 되는 거냐는 거야. 그의 말을 빌린다면 염비란 업장을 소멸하는 것을 뜻하는데 그것을 몇 번을 했던들 왜 문제가 되는 거냐는 거지. 한 번 해서 깨달음에 이르지 못하면 두 번도 해야 하고 세 번도 해야 한다는 거야. 얼마 만에 나를 믿어도 되겠는지, 실토에 가까운 이야기가 나왔어. 육체에서 일어나는 불길 같은 성욕을 육체의 겉껍질을 태움으로써 꺼 버릴 수 있지 않을까 했다는 거야. 이건 꽤 정직한 자리에까지 온 거였어. 나로서는 반가운 일이었어."

"그래 그 친구 정상적으로 깨끗해졌나?"

내 기분은 점점 무겁게 침체되고 있었으나, 짐짓 가벼운 어투로 그것을 물었다.

"환자 중에도 성직에 있는 사람들은 몇 배 어려워. 아까 그 젊은 스님은 그래도 나은 편이었지만, 다른 경우는 아주 골치였어. 대개 그런 사람들은 치료를 받으러 와서까지도 벽을 몇 겹씩 치고 앉아 있는 걸. 근본적인 문제에 접근하려고 하면 펄쩍 뛰거나 교묘하게 위장하거나 하는 거야. 핵심은 단단히 감춰두고 죽도록 변죽만 울리고 있지. 자기 자신도 자기의 상처를 들여다보려고 하지 않고, 남들이 보는 것은 더욱 금기지. 그건 내가 겪은 경우에 거의가 비슷했어. 그들의 치료는 난항 중 난항이었지."

"이유가 무엇일까?"

"신자들이 그들에게 완벽을 강요하고, 그들 자신도 그 요구에 부응하기 위해 안간힘을 쓰다가 갑충甲蟲의 껍데기 같은 것에 갇혀버린 거지."

"갑충······." 나는 적잖은 충격을 받았으나 가볍게 웃으면서 말을 이었다. "나도 그 중 하나 갑충이 되어 있을까? 자네 보기에는 어떤가?"

"그건 자네가 정상적인 인간이라면 자네가 자신을 똑바로 보아야 할 문제야."

갑충··· 난감한 현상이었다. 사실은 나 자신의 문제 때문에 찾아왔건만. 적당히 눈치를 보아 의논할 참이었는데··· 그냥 대충 얼버

무리고 돌아서 버릴까 하는 생각도 했다. 그러나 무언가 다급하게 느껴졌다. 나는 스스로에게 간청했다. '제발 한 겹쯤 벗어라. 이 사람은 친구가 아닌가. 너를 도와줄 게다. 사심 없이 너와 함께 염려해 주고 도와줄 사람인데 무엇을 망설이는가.'

"사실은 나도 좀 이상해서 자네를 찾아왔네."

"환자로?"

친구는 농담하듯이 물었다.

"환자라고 하기까지 이르렀다면 곤란하겠지… 그저 좀 이따금 머리가 아프고 눈이 침침해지고… 어떻든 꺼림한 거야."

"갱년기야."

친구는 담뱃재를 털며 웃었다.

"갱년기? 남자한테 무슨 갱년기가 있는가? 자네 돌팔이로군, 이제 보니… 사내들에게 무슨 갱년기……."

"그런 소리 말어. 나 같은 진짜가 없을 걸? 이봐, 갱년기라는 게 뭔데? 여자의 생식기능 소실의 한 징후 아냐? 여자가 갱년기에 이르는 것… 기실은 비참한 거야. 그게 신체적으로만 오는 거면 그런대로 견딜 수도 있을 일이지만 정신적으로 오는 것이 심각하거든. 남자의 갱년기는 뭔데? 철이 드는 거야. 남자들이란 마누라를 옆에 두고도, 그저 늘 어디엔가 진짜가 하나 있겠거니 하는 기대를 버리지 못하고 끊임없이 두리번, 두리번 몰래 몰래 한눈 파는 자들 아닌가 말이야. 마누라 말고 또 어디엔가… 하는 마음, 하지만 나무라기만 할 일도 아니라고 생각해. 삶의 허무감에서 벗어나기 위한, 숨겨 둔 고향 같은 거 아니겠어? 아마 누구도 그곳까지 가본 뒤에 흡족해 하며 이 세상을 떠난 자는 없겠지만 말이야. 하지만 또 그런 비밀한 고향 같은 걸 안 가져 본 사내도 없을 거야. 보세… 그런데 그 고향을 포기하게 되는 게 남자의 갱년기 아닐까? 아니 포기라고 표현해 버리면 좀 참혹하고… 접어두는 거, 그래 접어두는 나이에 이르는 것이라고 해야 옳겠지. 그게 남자의 갱년기야. 어디엔가에서 기다리고 있을 것만 같은 그것… 언제인가 한 번은 만나 볼 수 있을 것 같다고 믿어지는 그것, 그것을 접어 두지 않을 수 없다고 느낄 때가 오는 거지. 철이 드는 거라고나 할까. 남자의 갱년기는 그렇게 오는 거야. 무언가 삭막해지고 놓친 것도 같고, 또 빼앗긴 것도 같다고 느껴지는 아쉬움 같은 거… 숨겨 놓았던 가능성을 스스로 포기한 것 같기도 한 허전함 같은 것… 그런 것이 두통으로도 오고 더러는 갑작스러운 시력의 변화로도 오는 게야. 어때, 자네도 그런 갱년기를 맞이한 거 아닐까?"

"옛기! 이 천하에."

"왜 불한당 같아서? 하지만 형편없는 돌팔이는 아냐. 그러지 말어. 자네 정말 허튼 소리로 듣지 말게. 그러다가 영 이상해져 가지고 큰 불집 만들지 말고. 아까도 얘기했지만 우리나라 사람들의 종교적 특징 말이야, 그거 가볍게 넘어갈 문제가 아닌 거야. 성직자를 절대자로 보려고 하는 그 집념 말일세. 아마 자네도 모르면 모르겠지만 자네 교회의 신자들에 의해서 계속 몰려가고 있을 걸? 신자들의 눈은 조각도彫刻刀 같은 거야. 아니, 엑스레이 같은 투시력을 가지고 있겠지. 그 눈들은 간단없이 자네를 감시하고 있을 걸? 쉬지 않고 말이지. 그런데 희한한 것은 그런 자리에 앉아 있는 성직자들 자신이야. 그렇게 감시를 당하면서 도덕적으로 완성품이 되어간다고 믿고 있는 거야. 그 길이 수도자修道者의 길이나 되는 듯, 그것이 당연하고 마땅한 길이라는 듯… 그러다가 어느 지점에 이르면 갑자기 당사자의 내면에서 돌발사태가 발생하는 거야. 말하자면 성직자들이, 이 경우에 말하는 성직자는 참 길을 가려고 하는 참다운 수도자를 말하는 것일세. 애쓰고 애쓰는 성직자들이 더는 참고 견딜 수가 없다고 생각되는 지점에까지 이르러서는 갑자기 퉁그러져서 발광하게 되는 거야. 내성耐性의 한계 같은 거지. 그래서 그들은 엉뚱한 각도로 튕겨져 나가게 되는 거야. 하지만 그저 엉뚱한 각도가 아닌지도 모르지. 반작용의 결과라고나 할까. 성직자도 사람이라고. 아무리 세상 사람들하고 달리 선택된 사람이라 해도, 그의 오관五官까지 다를 수는 없잖아? 쏟아지는 정보의 홍수, 가는 곳마다 군중群衆이 진을 치고, 시시각각 변하는 사상思想과 가치관의 혼란… 지치기 않을 수 없지. 어떻든 성직자 맞은편에는 엑스레이 시선을 가진 반항자들이 있게 마련이야. 그들은 스스로를 완벽하게 만들고 싶을 때나, 아니면 절대덕인 겸손의 수련자修鍊者가 되겠다는 결심을 했을 때, 우러러 보아야 할 상대가 종교 선생들인 거지, 하여간 현재의 자신이 신앙 안에서 달라지기를 바라는 추종자들은 목사나 승려가 완성품이기를 원한다고. 목사나 신부神父, 스님들은 추종자들로부터 심리적 압박을 받지 않을 수 없게 되는 거지. 하여간 신자들의 요구가 곧 하나님이나 부처님의 요구라고 믿고 각고刻苦의 길을 가는 것이 순종의 길이라 하고 꾸역꾸역 그 길을 가고 있어. 성직자들도…, 추종자들이 목표로 하는 것처럼, 성숙하기를 바라는 것에서는 그 목적이 동일한 것 아니겠어? 물론 성숙한다는 것이 반항적인 추종자의 경우와 성직자의 경우가 극단적으로 다른 모양이 될 수도 있겠지만, 반항자의 경우에는 내면의 동기가 파괴적인 것에서 비롯된 경우일 것이고 성직자의 경우는 완전조화를 향한 것일 테니까 동기와 출발이 다른 차원이기는 하겠지만, 문제는 그 양자兩者가 겪는 좌절의 현장이 묘한 대조를 이룰 때, 추종자가 실망했을 때 그는 절망의 자리에서 겸손의 지팡이를 붙잡고 일어서지만, 성직자가 좌절했을 때는 대개 그 자리에서 파계破戒라는 반항을 새롭게 시작하거든. 그런데 우리 분야의 문제는 파계의 반항도 어떻게 해볼 도리가 없는 경우야. 그런 환자의 경우, 대개 그들은 아주 못 쓰게 틀어져 버리거든. 의료원 신세를 지지 않을 수 없게 되는 거야. 물론 모든 경우가 똑같다고는 할 수 없겠지만 대체로 반항자로 출발했던 자의 좌절은 순종으로 새로 출발하게 되고, 순종자의 좌절이 반항으로 둔갑하는 것을 본다면 결과적으로 성직자의 경우 말할 수 없이 뼈아픈 우회迂廻의 색다른 출발이 아니겠나?"

친구의 이론은 물에 적신 가죽조끼를 껴입은 것처럼 나를 조이기 시작했다. 그러나 나는 짐짓 느긋한 표정으로 입을 열었다.

"숫제 논문 한 편이로군. 그래 자네의 이론에 일리가 있다 치고,

또 나도 갱년기에 접어든 탓으로 두통이나 시력 감퇴의 현상이 온다 치고, 내가 이상한 환자가 되어 자네한테 신세를 지러 오지 않으려면 어떤 예방을 해야 하겠나?"

친구는 가볍게, 그러나 표정을 가다듬으며 대답했다.

"불완전한 쪽에 자기를 정직하게 세우는 거지."

"나는 지금까지 내가 완전하다고는 한 번도 생각해 본 일이 없는데."

"그건 위장된 겸손이었을 걸? 미안하네. 내 말이 좀 아프더라도 참고 들어두게. 자네가 불완전하다고 고백한 것은 자네의 신(神) 앞에서 뿐일 거야. 그것도 그렇게 해야 할 것 같으니까 그렇게 했을 뿐일 거야. 자네는 사람들 앞에서는 판에 박은 성공자였어. 도덕적으로 완성품에 속했고, 그래서 타인에게는 아주 까다로운 사람이었을 거야. 눈에 띄는 모든 것, 귀에 들리는 모든 것들이 못마땅하고 짜증스러웠을 게야. 다만, 그런 것들이 걸리적거려도 자네가 쌓아 온 신앙 훈련이 부드러움의 가면을 쓰고 참고 또 참아왔겠지. 누구도 자네의 내면에서 부글거리는, 불편이나 불만이나 짜증을 눈치채지 못했겠지."

"그건 아마 목회자의 덕목이라고 믿었을 거야."

"아니, 그건 성직자의 의무 때문이 아니라, 자네의 완벽주의 그 성격이라는 쪽이 맞을 걸?"

"이제 때늦게 성격 개조를 각오해야겠구먼."

"아니지. 개조를 각오할 일이 아니라, 인간 본연의 모습을 스스로 볼 수 있는 정직성을 찾아야 옳겠지."

"그렇던가… 그랬다면 결국 나는 지금까지 부정직한 인간이었던가?"

"지금 자네가 느끼고 있는 그 감정, 그것이 사실은 문제야. 자네는 그 말에 금방 경직되고 있잖아? 무슨 큰일이나 난 것처럼 말이야. 그런 걸 지적당하긴 자네 평생 처음 있는 일일는지 모르겠군. 그러나 인간은 어차피 누구나가 정직하지 못해. 태어날 때부터 정직성을 안고 태어나는 인간은 없어. 인간으로 빚어지는 과정부터가 그렇잖은가? 은밀한 비밀 투성이인 거야. 그런데 인간은 그 비밀을 감추고 있으면서 그런 비밀이 당초부터 있지도 않았던 것처럼 천연스레 살아가고 있는 거야. 그 누구도 비밀을 감추고 있다는 자백을 하지 않는다는 말이야. 그런데 왜 자네만 그렇게 펄쩍 뛰나? 자네라고 다른 인간과 특별하게 다를 게 없는 존재인데……."

친구는 좀 날카로운 내용의 분석을 하면서 흘금흘금 나를 훔쳐보았다. 나는 친구의 기분을 알만하기에 어색하지 않게 웃으면서 말을 받았다.

"자넨 지금 자연스럽게 나를 치료하고 있군. 어떤가, 내가 중증은 아닌가?"

"중증인가를 염려할 정도면 정상에 속해. 아무 염려 말게. 자네를 불안하게 만들고 또 옆에서도 불안하게 느껴지는 것은, 자네가 지금까지 실패를 한 일이 없었고, 실패를 모르는 사람이라는 점일세."

"내가 실패를 겪지 않은 사람이었던가?"

"인생의 쓴맛, 참 쓰라림이 무언지를 모르고 살아오지 않았나, 그걸 부인하진 못하겠지. 절망적인 쓰라림을 겪어낸 사람은 도통한 사람에 가깝지. 남의 고통을 알아보는 사람이야. 쓰라림은 상처와는 달라. 그것은 내적인 고통이든 외적인 고통이든 절망에 떠밀려 죽음으로까지 떨어졌었다는 것을 의미해. 극단적인 갈등, 생명의 근원이 끊겨 나가는 극단적인 고뇌, 그런 걸 의미하는 것 아니겠나. 여기에서 생명이라는 것은 생물적인 의미의 생명과는 다른, 인간의 본질 같은 거야. 처절한 절망에 처박혀 살 길을 잃었던 사람은, 다시 일어난 후에 살아가는 일에 여유가 생겨. 그래서 그것을 쉽게 말해 철든다고 했어."

친구는 임상臨床을 통해 터득했을까, 아니면 그 자신이 절망을 겪고 헤어 나왔을까? 궁금증을 두고 나는 더듬더듬 말을 이어갔다.

"그렇지… 보이지 않는 본질을 보기를 원하고, 들리지 않는 근원의 흐름을 듣고야 말겠다고 작정한 길… 절망적인 쓰라림은 그런 것이겠지."

"또 외형적인 문제도 없지 않아 있어. 인간의 극한상황, 그건 철학의 명제 말고도 우리들 인생 주변에 널려 있잖아. 불치의 병고病苦에 쓰러져 매 순간 죽음을 바라보아야 하는 경우라든가, 먹을 것이 없어서 굶어 죽게 된 지경이라든가, 전쟁 마당에서 비 오듯 쏟아지는 총탄 속에 던져져 있다던가 하는… 아니면 극단적인 모함에 빠져 피할 수 없는 누명을 쓰게 된다든가. 얼마든지 널려 있잖아. 그런데 자네는 그중 단 한가지의 관문도 아직 거쳐 오지 않았거든."

 충격이었다. 의사의 진단이 아니라, 어렸을 때부터 함께 자라온 친구의 정을 통해 맺어진 결론. 친구는 얼마나 힘든 조언助言을 하고 있는 것일까. 하지만 친구의 진단診斷은 나를 암담하게 만들었다. 하지만 내색은 하지 않았다. 다만 무언가를 들키는 것 같아 싫었다. 나는 친구의 날카로운 시선을 피하며 어물어물 그 장면을 넘겼다. 그리고 곧 다시 연락하겠다는 약속만을 남겨놓고 그 자리를 떠났다. 그러나 그것은 떠났던 것이 아니라 그 자리를 피하여 달아났다고 해야 옳다. 그 자리를 떠나는 순간 나는 자신에게 덜미를 잡혔다. 지금까지 교묘하게 피하여 스스로에게까지 들키는 일 없이 잘도 넘어가고는 했던 문제가 이제는 피할 겨를을 허락지 않고 나의 면전을 가로막았다. 절대 절명, 죽음과 맞닥뜨린 일이 있었던가? 스스로에게 궁극적인 질문을 던져 본 일이 있었던가? 너는 누구인가? 너는 정녕 어디에서 왔는가? 어디로 갈 것인가? 너는 왜 여기에 있는가? 너는 무엇이 되어야 하는가? 지금까지 이런 본원적인 질문을, 극히 피상적인 신앙의 방패로 적당히 연막煙幕을 쳐 왔다. 그렇게 하면서 내가 달려온 길은 어떤 길이었나? 나는 목사가 되어 구령救靈사업에 나의 모든 것을 바쳤노라 믿고 있다. 나의 무엇을 어떻게 바쳤던가? 지금 그것은 무엇이 되어 나타나 있는가?

집으로 돌아오는 동안 더욱 깊은 혼란에 빠졌다. 불면증은 무수한 가시가 되어 내 육체를 찔렀고, 한동안 사라졌던 두통이 다시 극렬하게 침공해 왔다. 뒤죽박죽이 되어 버린 며칠이 지나갔다. 무엇을 어떻게 해야 옳을는지 가늠을 할 수가 없어 죽치고만 있던 터에, 친구의 전화를 받았다. 김 박사는 나의 전화를 기다리다 못해 자기 쪽에서 거는 것이라면서 곧 좀 만났으면 좋겠다고 서둘렀다. 나는 전화 통화를 하고 있는 중에도 두통으로 일그러진 얼굴을 펴지 못했으나, 목소리만은 아무 일 없는 듯 가장했다. 그러면서도 불가불 이 친구에게만은 나의 형편을 털어놓아야겠다고 결심했다.

친구를 만났을 때 나는 내 육체적인 증상과 정신적인 불안정 상태를 대강 털어놓았다. 그리고 어느 노인에게 침을 맞은 뒤에 일단 통증이 멎었더라는 이야기를 했더니, 그는 곧 다시 그 노인을 찾아가라고 했다. 그러면서 그는 별로 심각해 하지 않는 심상한 표정으로 입을 열었다.

"다녀간 뒤 연락 없기에 궁금했는데, 자네의 증세, 뭐 그리 심각해 할 것 없네. 그동안 너무 과중한 일에 묶여 있었던 거야. 일 욕심을 너무 부린 거지. 그런 데다가 자네의 성격이 완벽성에다 너무 분명한 게 문제였어. 자네가 워낙 빈틈없는 사람이다 보니 남을 믿지 못하지. 무얼 믿고 맡기지 못하잖아. 사실 자네는 교회에서 양떼를 먹이는 목자가 되었기 망정이지, 하마터면 신경질쟁이

교사나 꽁생원 공무원이 됐기 십상이었어. 자네 자신이 워낙 틀림없는 사람이다 보니 어느 누구 하나 마음에 드는 작자가 없는 거지. 사실, 기독교 신앙상의 구원 문제와 개개인의 성격 문제는 언제나 묘한 갈등구조를 일으키는 경우가 있거든. 더러 사람들이 이런 소릴 하지. 예수를 믿는 건 좋지만, 교회 안에는 이상한 사람이 더 많다고 말이야. 하지만 그 건 이상한 사람이 더 많은 건 아닐걸세. 바깥사람들이 생각하기에, 적어도 신앙인이라면 이렇게 이래야 하는 건데… 하는 기대에 꼭 들어맞지 않기 때문에 만들어낸 말일 걸세. 하나님의 절대적인 사랑을 믿고 예수의 십자가 사건을 믿는 믿음이야 어디 가겠냐만, 신앙이 한 인간의 성격을 단번에 바꿀 수는 없는 것 아니겠나. 나는 예수쟁이는 아니지만 성경을 읽다 보면 정신이 번쩍 들게 만드는 대목이 많아! 야곱 말이야. 열두지파의 아버지 되는 야곱의 성격이 얼마나 얄궂던가? 아버지도 속이고 형도 속이고, 나중에 외삼촌도 속이고… 들이치고 내치고, 필요하다 싶으면 얼마든지 상대방을 속이는 그 성격을 여호와께서도 고쳐주시지 않았거든. 하나님께서 야곱을 고칠 능력이 없었겠어? 그저 타고난 성격을 그런대로 쓰시는 것 아닌가 싶네, 지금 세상에 교회에 다닌다고 그들 하나하나 성격과 성품이 금방 달라지는 건 아니잖은가. 물론 신앙이 성숙해지면서 내면적인 변화가 일어날 수도 있겠고 내면적인 변화에 이어서 겉 사람의 모든 행실도 달라져야만 신앙인이랄 수가 있겠지만 말이야. 하여간 이십여 년 목회생활, 그것도 아주 성공적인 길만을 거쳐 온 자네가, 아직도 기운이 펄펄해야 하고 더 원숙한 길을 가리라고 믿었던 자네가, 이런 혼란에 빠졌다는 건 오히려 희망적인 문제라고 나는 진단하겠네. 하지만 탁상공론만을 벌이고 있을 문제는 아닌 거지. 자네가 만일 목회자가 아니었더라면 나는 아주 가벼운 처방을 내릴 수 있었을 걸세. '별게 아냐. 뭐 그렇게 찌푸리고 아파서 쩔쩔매고 그럴 일이 아냐! 치료비 요량하고 좀 맛있는 거 찾아 먹고, 하고 싶은 짓 좀 해보는 거야. 당분간 도덕이고 윤리고, 헌신이고 아가페고 좀 비켜놓으란 말이야. 어디쯤에 여자 하나쯤 감춰 놓는 것도 나쁘지 않겠지. 물론 순정파는 금물이구. 그렇게 잠깐 하다 보면 그까짓 두통이나 이상한 증세 같은 거 슬며시 달아날 걸?' 이렇게 우리가 시시덕거리며 떠벌일 수도 있었을 거야. 그러나 자네가 걸어온 길이 어떤 길이었는데⋯ 또 자네의 지금 그러한 증세가 무엇 때문에 생긴 것인데⋯ 자네 목표와 목적은 결단코 흠 없는 목회자이기를 원했던 걸세. 그리고 어떤 일이든 간에 완벽하게 해내고자 했고 또 뜻대로 되어 왔던 게야. 자네의 병이 거기 있었어. 병명을 굳이 붙인다면 완전에 대한 강박관념이랄까. 더러, 나의 이야기에 반발을 할 대목이 있을 수도 있겠지만, 난 요 근래 자네를 만나면서 내 나름대로 많은 것을 생각했고 염려도 했다네."

친구는 일단 말을 끊고 나를 바라보았다. 나는 친구의 자상한 분석에 귀를 기울이면서 별로 거슬려 하지 않았다. 그렇구나, 그랬었구나, 속으로 고개를 끄덕였다. 그러다 내가 입을 열어야 할 순서인 것 같아서 친구의 다음 말을 기다리지 않았다.

"글쎄 자네의 진단은 정확하겠지만 근래 내 형편은 아주 좋았거든. 가는 곳마다 성공적인 목회자로 군림하다시피 했어. 이번에도 새 지역에다 예배당을 지었는데 불과 일 년 남짓한 사이에 교인들의 숫자가 이천 명을 넘어 섰다고. 나는 늘, 아주 이상적으로 목회를 해낼 수 있는 교인의 숫자는 삼백 명쯤이 적합하다고 생각해 왔지만 교세(敎勢) 확장이 나쁘지만은 않았어. 이렇게 교회의 문제건 가정의 문제건 나를 시달리게 하는 것이라고는 아무것도 없었다고. 이를테면 내 현실은 너무도 양순하기만 했어. 나는 이 이상 무엇을 더 가져 보겠다는 야심을 가졌던 것도 아니고, 어떤 원대한 계획이 따로 있었던 것도 아니네. 그런데 요즘의 이 증세들은 좀 곤란하게 느껴지거든. 도무지 까닭을 알 수 없는 일이야."

친구는 가볍게 웃으며 말을 받았다.

"성취욕에 바닥이 난 걸세. 좀 안 된 비유지만, 개를 늘 포만 상태에 있게 해보게나. 그 개는 절대로 개 구실을 못하고 말지. 생기(生氣)란 가득 찬 상태에서 생기는 게 아닌 거야. 무언가 모자라는, 배가 덜 찬, 조금쯤은 고픈 듯한 상태가 신선한 법이거든. 자네는 자네가 맡는 일에 늘 넘치도록 배를 불릴 수 있었던 사람이지."

"그래서 나는 늘 새로운 일을 만들어내고는 했어."

"그러나 자네는 누구도 못 따라갈 속도로 그 일을 해치우고는 하지 않았는가. 자네는 자네의 길을 너무 빨리 달려와 버린 걸세."

"어떻게 하면 되겠나?"

"어린애처럼 될 수 없을까?"

"어린애의 마음과 그 이름은 천당으로 갈 수 있는 첫째 조건일세."

"바로 그거야. 떼도 쓰고 잘못도 하고, 눈치보며 잴 것 없이 하고 싶은 대로 해보라고!"

"누가 받아 주겠나. 이제 와서……."

"자네의 믿음은 어디에다 뿌리를 두었는데?"

"그분……."

"그렇다면 그분께 그렇게 해 보라고! 어리광도 부리고 떼도 쓰고……."

"글쎄……."

"글쎄가 아니라고. 그러지 말고 어디로 훌쩍 떠나서, 그 텅 빈 자리에서 자네 자신을 바라보게. 내 차를 빌려줄 테니 따지고 재고 할 것 없이 일단 떠나 보라고."

"나는 단 하루도 무단히 교회를 비워서는 안 되는 사람이야."

"그 교회가 자네 것인가?" 나는 그 친구의 얼굴을 정면으로 바라볼 수가 없었다. 친구는 말투를 부드럽게 만들어 말을 이었다. "내, 잘난 척 좀 할게… 교회는 공동 아닌가. 모여서 하나님께 예배드리는 장소며, 예수를 믿는 사람들이 예수의 복음, 천국의 복음을 전하며, 하늘나라의 일을 하기 위해 모이는 곳 아닌가. 자네가 얼마 동안 없다고 해서 결단코 무너지는 일 없을 테니 떠나게, 떠나라고! "

"떠난다고 해서 지금하고 무엇이 달라질까? 그리고 무턱대고 어디를 향해 갈 수 있다는 말인가?"

"믿음의 조상이라는 아브라함은 그가 그때까지 몸 붙여 살던 그의 모든 현실과 우상이 있던 갈대아 우르 지방을 하나님의 말씀 한 번으로 미련 없이 떠나지 않았나."

"하… 자네 그렇게 성경을 꿰고 있으면서 왜 예수 앞으로 돌아서지 않는가? 이상한 일……. 어떻든 아브라함의 경우는 말씀에 대한 믿음의 순종이었어. 자네가 지금 나에게 타이르는 떠남은 신앙의 방편이 아니잖아?"

"몹시 재고 따지고 있군."

"두려워서 그러네."

"그 두려움은 좋은 현상이기도 하고 나쁜 현상이기도 하지."

"그런 소린 아무나 할 수 있겠군."

나는 웃었다. 그러자 친구는 고개를 끄덕이며 말을 받았다.

"좋은 현상이란 자네가 극히 정상이라는 이야기이고, 나쁜 현상이란 자네에게는 남을, 이웃에 대한 믿음이 없다는 뜻이 되겠지."

나는 친구의 말에 차츰 솔깃해지기 시작했다.

"자네 그 차를 내게 빌려주고 나면 퍽 불편할 텐데, 단 하루라도."

"괜찮아. 며칠쯤, 아니 몇 주일쯤 그럭저럭 지내지 뭐. 자네는 수천 명이 모인 교회의 당회장이면서도 당회장용 승용차를 거절해 오지 않았는가. 미국에 머물던 동안에는 그렇게 날렵하게 운전을 잘하던 사람이 무슨 고집인지… 자네가 그렇게 자신에게 엄격하니까 교인들이 자네를 너무 어려워하는 거야. 사람이란 그저 시류時流를 따라서 피차 적당하게 흔들려가며 사는 게 좋은 건데 말야… 그렇게 내 차를 빌려 쓰는 것이 마음에 걸린다면 그 차를 자네에게 아주 양도하지!"

"내가 교회에서 주겠다는 차를 거절한 것도 흠이 되는가? 하여간 자네가 그렇게 우정으로 권하는 것이니 그 차를 쓰기로 하겠네."

"좋아! 그럼 우선, 그 침을 놓아 주었다던 노인을 찾아가서 다시 침을 맞게나. 그리고 며칠 두고 보다가 재침공再侵攻을 받지 않거든 훌쩍 떠나는 거야!'"

친구의 말은 시원시원했다. 말이 그렇듯 수월해서 어쩐지 미덥지 않다는 느낌까지 들 정도였다. 그러나 지금의 이 상황에서 벗어나 보아야 한다는 것에는 동감이었다.

다시 찾아간 나를, 노인은 어린애 다루듯 했다. 한 뼘이나 되는 대침으로 머리통 여기저기를 꾹꾹 찔러 대기도 하고, 꽂아 놓기도 하면서 뭉툭한 어조로 말을 걸었다.

"아집我執 한 번 대단한 사람이구먼."

"저 말씀입니까?"

"그렇소, 땅 위에서 일어나는 일들은 손에 닿기만 하면 뭐든지 척척일 텐데 제 속에 든 마음을 운전하는 일은 젬병이오."

"헛살았다는 뜻이겠군요."

"당신은 정확한 사람이긴 한데 자비慈悲라고는 쉽게 써본 일이 없을 게고……."

"지금까지 자비를 써본 일이 없다면 재고在庫가 쌓여 있겠군요."

"자비는 쓸수록 늘어나는 법이오. 쓰지 않고 두면 녹슬고 삭아서 없어지는 법이라오."

"이제 아주 글렀을까요?"

"아주 늦진 않았소. 이런 병도 그래서 고마워해야 하오. 아파보아야 아픈 사정도 알고, 주려 보아야 배고픈 사람 처지도 아는 게요. 병도 가르침으로 받으면 그거 내 것이 되는 게요."

머리를 싸쥐고 전신을 경련해 가며 대침을 맞고 난 뒤, 통증은 씻은 듯 부신 듯했다. 통증이 스러지자 오히려 멍해졌다. 무엇에 씌웠다가 벗어난 것인지, 아니면 이 아프지도 않고 멍한 상태가 무엇에 씌운 상태인지. 침놓던 노인이 꿈속에서 만난 산신령인 듯 했다.

두통이 멎은 다음날, 다시 친구를 찾아갔다.

노인이 놓은 침을 맞고 두통이 멎었다고 하니까 친구는 큰소리로 껄껄 웃어 가며 대꾸했다.

"그 노인 앞에서 어린애 같았겠군. 그렇게 어린애 같은 마음이 되니까 병도 금방 낫는 걸세. 그러니 내 앞에서도 당분간 어린애가 되는 거야. 내가 시킨 대로 하게나."

나는 그렇게 하기로 작정이 되었기에 그를 다시 찾아갈 수 있었다. 그러나 친구가 처방한 방법이라는 것도 무언가 불안했다. 현재까지의 현실일체를 밀어 던지고 훌쩍 떠난다? 그것도 친구의 승용차를 빌려가지고. 그리고 설사 그렇게 떨쳐버리고 떠난다 해도, 그렇게 간단히 모든 것이 정리 되어 줄 것인가. 그러한 불안을 감추고 친구를 향해 말했다.

"그렇게 떠난다 해도 나를 감시하던 감시자는 조금도 간격을 좁히지 않고 따라올 거야."

"감시자라니?"

친구는 눈을 크게 뜨며 물었다.

"감시당하고 있거든. 누군가가 나를 한시도 늦추지 않고 지켜보는 거야."

"왜 그래?"

"모르지"

"그게 누군데?"

"자네 같은 의사가 그런 걸 묻고 있나? 누군 누구야. 또 하나의 나, 자아自我야."

친구는 픽 웃었다.

"엄살떨지 마시오. 그런 현상은 누구에게나 잠깐씩 나타나는 거야. 그러기에 사람이지. 그게 바로 사람의 사람 된 형상이란 걸 모르다니. 자네가 어디 특별나서 일어나는 현상은 아닐세."

"하지만 그게 간단없이 지속되는 건 이상하잖아. 점점 더 파고 들어서 피할 길이 없는 걸."

"당분간 자네의 현실, 자네가 맡고 있는 일체의 의무에서 떠나는 게 방법이라고 했잖아."

"따라오겠지."

"꼭 그렇지만은 않아. 저 있던 자리를 떠나고 보면 뜻밖의 엉뚱한 일과 마주치는 일이 생기거든? 그 엉뚱한 사건과 마주칠 수도 있거든… 자네를 끈질기게 따라붙는 그… 어떤 인격人格일지, 음흉한 시선視線일지를 쫓아버릴 수도 있지 않을까?."

그렇다면 막연하게 엉뚱한 사건이라도 마주치는 요행을 바라고 길을 떠나야 하는가.

오늘도 바울의 고백을 다시 묵상한다. '… 내가 나의 달려갈 길을 다 달리고, 주 예수께 받은 사명使命, 곧 하나님의 은혜의 복음을 증언하는 일을 다 하기만 하면, 나는 내 목숨이 조금도 아깝지 않습니다.(사도행전20: 24) 내가 달려온 길은 과연 바울이 고백했던 그 길이었을까. 오로지 하나님이 주되심을 받들었던 길이었을까. 신학교를 선택했을 때, 뜨거운 소명召命으로 받고 출발했다. 열정熱情은 순수했다. 내 삶은 빈틈없이 그분으로 채워졌었다. 그런데 목회 삼십여 년의 고개를 넘기면서 어딘가 피폐해지면서 지치기 시작했다. 그리고, 나 자신의 정체正體가 모호해졌다. 내가 달려온 길이, 하나님이 주主 되심을 증거하기 위한 길이었을까. 오직 내가 선택한 목회의 길이 그분의 거룩하심, 그리고 절대적인 사랑을 증거하기 위한 길이었을까. 자신도 모르게 유명세有名稅 앞을 달리던 목사는 아니었을까. 청중을 바라보며 일일이 반응을 살피던, 감추어진 욕망이 눈을 번득이고 있지는 않았을까? 신앙이 아니라, 어렸을 때 동네 조무래기 친구들, 학교 동창생들, 대학에서 만났던 동기생들 사이에서, 나는 우뚝 일어선 존재로 알려지기를 바랐던 종교직업인은 아니었을까? 공허하고, 허전하다.

성경을 펼치니 시편 94편의 몇 구절, "주님께서 나를 돕지 아니하셨다면 내 목숨은 벌써 적막한 곳으로 가버렸을 것이다. 주님, 내가 미끄러진다고 생각할 때에는 주님의 사랑이 나를 붙듭니다. 내 마음이 번거로울 때에는, 주님의 위로가 나를 달래줍니다.… 주님은 나의 요새, 나의 하나님은 내가 피할 반석이시다." 아, 죄악에 갇혀있는 인간처럼, 율법에 묶인 인간처럼 살지 말자. 거룩한 하나님 나라의 백성은 죄책감에 사로잡히지 않는다. 구절구절이 구원에 이르는 약속이었으나… 나는 여전히 두려움과 공허의 함정陷穽에 빠져 있다. 친구의 권유를 받아들이자. 그렇게 일단 목회의 현실에서 떠나보는 수밖에ㅡ.

하지만 이 출발은 무엇을 뜻하는 것일까. 이것은 출발인가, 도피인가? 무엇에 의하여 무엇을 바라고, 목표도 목적지도 없이 떠나는 것인가. 혼돈으로부터의 탈출인가. 내가 만일 이 자리로 다시 돌아온다면 나는 무엇이 되어 돌아오게 되는 걸까?

목사의 기록은 그 이상 이어지지 않았다.

*

　청초도는 폭우 속에서 바다로 흘러가고 있었다. 이 세상에 다시는 해가 비추어지지 않을 듯한, 어둡고 무거운 바다로 흘러가고 있었다. 젖은 옷을 벗어 놓고, 주인이 내어준 옷을 입고 혼곤한 잠에 빠졌던 손님은 잠에서 깨어났다. 순간, 불의의 표류자가 된 듯 허둥거렸다.

　청초도의 여주인은, 다려 놓았다는 옷을 가지러 갔는지 보이지 않았다. 손님은 벌떡 일어났다. 탈출을 획책한 사람처럼 허둥거리며 창문가로 갔다. 잿빛으로 가라앉아가는 바다가 비안개에 젖어 울렁거리고, 청초도는 흔들거리며 정처 없이 떠내려가고 있었다. '아, 나는 어떻게 하다가 왜 이곳에 와 있게 되었는가. 내가 있어야 할 자리는 이곳이 아니다. 이곳은 내가 있을 곳이 아니다. 무엇에 이끌려 여기까지 왔을까. 무엇이 나를 이곳에다 이끌어 잠들게 했을까. 청초도… 청초도… 의문부호가 되어 출렁거리는 섬. 표류하고 있는 영혼이 바다에 빠져 바닷물을 들이키며 허덕였다. 그는 몸을 떨었다. 떨리는 순간, 한없이 나약하고 초라한 육신이 눈을 떴다. '오, 이 육체, 하잘것없는 육체. 이 육척이 채 안 되는 한 덩어리의 몸. 영혼을 가둬 두고 온갖 횡포를 자행하는 자. 그러나 그것이 육체만의 횡포일까? 그 내면에서 요동치는 그것은 무엇인가. 끊임없이 반란을 꾀하는 이것은 무엇인가? 반란, 반란, 끝없이 기회를 노리는 반란자. 그 반란자는 어디로부터 왔는가. 육체와 영혼이 함께하는 한, 정박碇泊의 닻을 던질 기회란 주어지지 않는 것일까. 정박의 닻을 던질 수 있는 것은 오직 한 길, 이 땅 위에서 죽는 순간뿐일까.'

의문부호 하나에 매달려 끝없는 바다를 표류해야 하는 인간. '나는 이곳을 떠나야 한다. 어서 떠나야만 한다. 잘못 찾아온 섬. 목표도 목적도 없이 표류하는 이 섬에서 떠나야 한다.' 그러나 더는 움직일 수가 없었다. 왜, 어디를 향해 떠나야 하는지 알지 못했다. 왜 서둘러야 하는지 알 수 없었다. 창밖은 절망이었다. 쏟아지는 비, 시커먼 빛으로 죽어 흔들리는 바다. 바다는 신음하고 있었다. 절망적인 꿈틀거림으로 몸져누워 있었다. 그는 뒷걸음질 쳐 누워 있던 자리로 돌아왔다.

청초도의 여주인은 말끔하게 다려진 손님의 옷을 들고 돌아왔다. 손님은 더욱 낭패해 하는 얼굴이 되어 여자를 바라보았다. 그리고 중얼거렸다.

"어차피 다시 젖을 수밖에 없는 옷을……."

"적시지 않을 수도 있습니다." 손님은 깜짝 놀란 얼굴로 여자를 바라보았다. 여자는 옷을 들고 서서 담담하게 말을 이었다. "굳이 이 집을 나가시지만 않는다면, 저 비바람 속으로 다시 뛰어들지 않는다면." 여자는 탁자 위에다 조심스럽게 옷을 걸쳐 놓고 맞은편 자리에 앉았다. 그리고 조용한 눈길을 들어 손님을 바라보았다. 손님은 그 눈길을 피하지 못했다. '왜 굳이 이곳을 떠나려고 하십니까. 그것은 그저 목적이 있어 떠나시는 것이 아니고 피해 가시는 겁니다. 또 그렇게 돌아서신다고 해서 부득이 가셔야 할 곳이 정해져 있는 것도 아니잖아요? 당신은 정작 갈 곳이 있는 것도 아니면서 무작정 이 자리를 떠나려고 하시는군요. 왜 저를 무서워하시나요? 제가 제 나이를 오백 살이라고 우겼기 때문인가요. 저에게 죽음을 돌려주십사고 간청했기 때문입니까? 제가 여자라는 사실 때문입니까? 무엇을 두려워하시는 겁니까, 그 두려움의 실체가 무엇인지를 한 번이라도 진지하게 파악해 보려고 하신 적이 있으신가요?' 여자의 눈이 그렇게 묻고 있었다. 손님은 의자등받이에 몸을 기대면서 눈을 감았다. 손님이 눈을 감자 주인이 입을 열었다.

"목사님께서는 저를 보신 그 순간부터 '돌아가야 한다.'는 말씀을 무슨 주문呪文처럼 외우시더군요. 그리고 그 돌아가야 할 자리는 하나님께서 정해 주신 자리라고 말씀하셨습니다. 그 자리가 어떤 자리인가를 묻는 질문에 선뜻 대답하셨지요. 인간에 대한 하나님의 사랑을 알려주는 자리라고 말씀하셨습니다. 그러나 하나님께서 정해주시는 자리가 어떻게 그곳뿐이겠습니까. 저는 기독교 신자는 아니지만, 예수 그분께서는, 사마리아와 땅 끝까지… 땅 끝까지, 그 땅에 있는 자가 어떤 인간이든, 그에게 하늘나라를 전하라는, 전도자들에게 주신 사명 아니었던가요? 죄송합니다. 저의 이런 당돌한 태도가 마음에 안 드시겠지만, 목사님께서 그냥 돌아가시게 한 뒤에 제가 후회하게 될 것 같아 부득이 용기를 내었습니다. 목사님께서 말씀하시는 그 자리, 곧 서울에 있는 교회가 되겠지만, 그 자리가 목사님의 종말終末입니까? 그 자리에는 목사님의 사명使命과 함께 목사님의 이름, 직업이 걸려 있고, 가족도 있으며, 잡다한 의무와 염려가 포함되어 있지 않을까요. 그것은 온갖 관계로 얽혀 있는 그물網의 현장이 아닐까요? 반드시 신앙의 본질적 의미만 있는 그런 자리일까요? 아마⋯ 목사님께서는 그 모든 관계에 얽혀 숨막혀하다가 도피하듯, 떠나오신 것 아니었습니까? 사랑은 실종失踪되고 계율의 그물은 촘촘⋯ 절망에 떠밀려 오신 것 아니었습니까? 그리고 계속 혼란의 바다에 표류하고 있는 것 아닙니까? 당장 눈앞에 새로운 과제課題가 있는데도 외면하고, 아니라고! 아니라고! 속으로 외쳐가며 달아나려고 하십니다. 목사님, 저는 목사님께 던져진 새로운 과제물입니다. 피하지 마십시오, 피해 간다고 이미 던져진 과제가 없어지지 않는다는 것 잘 알고 계시면서⋯⋯."

무당인가? 마녀인가? 어떻게 이리 영절스럽게 내면을 꿰뚫어 보는가? 손님은 떨리는 것을 감추려고 안간힘을 다해 침묵했다. '오백 살⋯ 오백 년 묵혀 온 원망과 증오, 그렇게 오백 살의 나이를 먹도록 죽음을 만나지 못해, 대포리 바다에 녹슨 칼처럼 처박힌 좌초 선처럼 녹슬어있는 귀신 같은 여자. 왜 이 여자가 나의 과제물이라는 말인가. 왜 오백년 녹슬어 온 통한痛恨의 문제를 나에게 떠안기려 하는가. 그리고⋯ 꿈속에서 저 심해深海의 바다에서 얽혔던 한 덩어리로 되었던 정사情事. 그것이 너무 무서워 나는 도망

여섯째 날의 오후 317

치려 한다. 내 몸은 저 심해에서 겪었던, 내 일생 최초로 맛본 정사의 기쁨에 이끌려 이곳으로 흘러왔다. 내 영혼은 그 정사에서 지워지지 않는 죄의 악취에 빠져 두려워 떨고 있다. 꿈이었다고, 그저 꿈이었을 뿐이라고 변명을 해도 꿈은 현실보다 더 진하게 감각으로 되살아났다. 그 감각이 나를 청초도로 이끌어 왔을까. 오직 그 한 가지뿐이었을까? 감각은 꿈보다 진한데 현실은 왜 이성理性의 시각視覺을 열어주지 못하는가?. 지금 살아있는 것이 오직 정념과 감각뿐이라니……. 손님은 눈을 떴다. 그리고 충동적으로 몸을 일으키며 입을 열었다.

"만약, 만일에… 내가 그대의 오백 살을 고스란히 받아들이고, 그대와 함께 청초도에 남아, 그대에게 죽음을 영영 포기하라고 요구한다면?"

뜻밖이었는지 여자의 안색이 창백해졌다. 여자는 한참만에야 입을 열었다.

"죽음의 포기를 요구하시는 것은……."

여자는 두려움에 떨었다. 손님은 주인의 말끝을 놓치지 않았다.

"땅 위에서 계속 살아야 할 내가, 당신을 필요로 하여 나도 당신과 함께 죽음 없는 오백 살에 편승한다면?"

"뜻밖에… 몸과 넋을 던져 어울리는 남녀의……." 여자는 혼란에 빠진 얼굴로 손님을 바라보며 말을 이었다. "미이라 잡이가 미이라가 되는 격이네요. 저는 목사님이 내 운명의 역전을 이루어 주실 분이라고, 나를 긍휼히 여겨주신 하나님께서 보내신 운명의

사자使者라고 믿었는데… 이제 와서 오히려 나의 오백 년에 합류를 하시겠다고요? 나는 왕자를 얻은 즉시 왕자의 아비를 죽였습니다. 교미를 끝낸 뒤 수거미를 죽인 암거미처럼, 수놈을 잡아먹는 사마귀처럼, 저는 오직 왕자 하나를 지킬 뿐… 나는 동행자가 필요치 않았습니다. 만일, 목사께서 나의 오백 년에 합류를 하시겠다면 수거미나 사마귀처럼 내 손에 살해될 텐데? 필시… 나는 암거미나 암 사마귀가 되어 목사님을 살해할 텐데요? 나는 꿈에도 배우자를 요구한 일이 없습니다. 동행자를 요구할 일이 없습니다. 이제 왕자를 찾는 일을 포기하고 죽음의 순리 앞으로 가겠다는 일념뿐인데… 나의 오백 살에다 목사님의 오백 살을 이어붙이겠다니… 나의 오백 살에다 목사님의 오백 살을 이어 붙여 주신다면 당장이야 잠깐 내 슬픔과 절망을 잊을 수 있을는지 모르지요. 하지만, 그 기만欺瞞에 속은 나는 천년을 더 살게 되는 저주에 묶이게 됩니다. 그날, 대포리 좌초선을 찾아 오셨을 때, 운명의 문이 열렸다고 믿었습니다. 그런데… 우왕좌왕… 갈피를 잡지 못하는 방랑자… 무슨 악연惡緣을 안고 오셨습니까?"

손님은 기력을 끌어 모으듯 가까스로 입을 열었다.

"어쩌면, 내가 당신의 오백 살에 합류하는 것이, 당신을 죽음으로 안내하는 운명이 될는지도 모르잖소? 다른 방책을 모르겠어서… 혹시 그것이 당신에 대한 최선의 헌신이 되는지도 모르겠어서… 그실… 지금 나에게는 남에게 나눌 만한 마음이 한 조각도 없이 바닥났소. 나는 지금 그저 갈팡질팡할 뿐이오. 나는 내가 무엇을 포기해야 하며 무엇을 끝까지 붙잡아야 하는지 조차 막막한 상태요."

"우리가… 그 밤에 녹슬어가는 죄초선에서 조우했을 때, 신비로운 설렘이었건만… 결국 그 달밤은 사악한 유혹이었네요. 지금 목사님은 절망을 선고宣告하시네요."

손님은 잠잠히 고개를 떨구었다. 여자는 자리에서 조용히 일어나 창가로 갔다. 끝없이 들이치는 빗발에 유리창이 폭포가 되어도, 여자는 그 앞에서 소리 없이 눈물을 흘렸다. 손님이 숨을 죽이고 여자에게 다가갔다.

"용서하시오. 헛된 상상에 빠졌었소."

"긍휼을 기대했었습니다."

손님은 꿈속의 정사情事를 떠올리다가 후르르 떨었다. '정념情念에는 자비가 없소. 자비慈悲는 따듯함이 슬픔에 젖는 가장 연한 인간 심성인데 나에게는 그것이 없소.' 손님은 여인의 어깨에 손이라도 얹어줄까 망설이다가 돌아섰다.

"아! 돌아가십니까? 과제를 똑똑하게 확인하지도 않고. 이것이 목사님과 나의 마지막 기회라 해도 박차고 가시겠습니까."

손님은 여인의 절절한 말에 엉거주춤 서 있다가 간신히 입을 열었다.

"하루, 하루만 여유를 주시오."

"그 하루가 영영 돌이킬 수 없는 최후가 된다면, 그때는 저를 기억에서 아주 지워버리시겠다고요?."

"오백 년을 기다려왔다면서, 하루를 견디지 못해 물거품이 되는 수도 있소. 단 하루, 하루만 허락해 주시오. 하루 뒤에, 그때는 당신의 오백 년을 내가 떠안고, 당신에게는 죽음이 허락되고, 나에게는 죽음 없는 저주가 내려질는지 모르잖소?"

손님은 암담한 공기를 헤치고 여인의 등 뒤에서 돌아섰다. 여자는 깨끗하게 다림질한 손님의 옷을 들고 다가왔다.

"어디로 가시겠습니까?"

"아직 정하지 않았소."

"묵고 계신 어촌까지 가신다 해도 여기서는 너무 멀어요. 더구나 이렇게 비바람 치는 해안 길은 위험합니다."

"그래도 혼자 가겠소."

"위험합니다, 이 씨가 배에서 대기하고 있어요. 잠깐만 배에 오르시면 될 텐데요."

"혼자 있고 싶소."

"이 폭우 속을 굳이 걸어서 가시겠다면 제가 따라 나서겠습니다."

주인의 결연함에 잠깐 당황해 하던 손님이 힘없이 중얼거렸다.

"당신은… 나에 관하여, 나의 현실에 관하여, 나라는 인간에 관하여 아무것도 알지 못하는 사람이오. 나에게 무엇을 기대했었는지 알 수가 없소. 아니, 기대가 아니라면 나의 무엇에다 당신의 운명을 걸고 있는지 황당할 뿐이오."

"좌초선 위에서의 조우는 운명이었습니다."

"운명……. 우리가 알 수 없는 시간의 그물에 걸린, 그 잠깐의 만남을 두고 운명이라고……."

"운명이라는 어휘가 무겁게 들렸다면… 섭리…. 그 말도 무거웠다면, 한 남자와 한 여자가 우연히 좌초선에서 마주쳤던 인연. 어떻던 당신께서는 어떤 힘이었는지, 어떤 인도자의 손길이었는지, 그 바닷가의 좌초선까지 이끌려 찾아오셨습니다."

"하지만 지금까지 나는 당신의 정체도 당신의 운명이라는 오백 년에 대해서도 수상한 의문뿐 당신이 원하는 것을 이해하지 못하고 있소."

"저를 만난 일이 그렇게도 혼란스럽고 고통스러우십니까?"

"오다가다 스친 인연, 무슨 도움이 되겠소?"

"깊은 고통이 열쇠가 될 수 있다는 걸 저는 알고 있습니다."

"그렇다면 우선 내가 이곳을 홀로 떠나게 해주시오."

"청초도를 떠나, 이 비바람 속을 가시는 동안, 저는 이곳에 남아 절망에 떨어야 합니다."

손님은 고개를 숙이고 나직하게 속삭였다.

"내가 이곳을 아주 떠나 다시는 돌아오지 않는다면, 당신은 어떻게 되는 거요?"

여자는 항변하듯 입을 열었다.

"아닙니다. 당신이 청초도를 영영 떠나시는 일은 생기지 않습니다. 비록 몸으로는 다시 돌아오지 않는다 하여도, 그 영혼은 끊임없이 이곳을 배회하게 될 테니까요."

"그러면 당신의 죽음의 문제는?"

"저는… 죽지 못하는 저주에 빠진 채, 내 왕자를 찾아, 계속 흘러가는 청초도의 영혼에 얹혀 새로운 오백 년을 다시 이어가게 되겠지요."

"도대체 당신은 당신의 그 오백 년을 어떻게 끝내고 싶은 게요?"

주인의 말에 실감 못하는 손님이 부아가 끓어오른 얼굴로 따지듯이 물었다. 여인은 한동안 손님을 망연하게 바라보다가, 판결을 기다리는 죄수가 최후진술하듯 입을 열었다.

"내 아들, 내 사랑 내 생명, 왕자를 내 집념에서 놓아 주어야 합니다. 왕자는 어미의 집념 때문에, 그도 죽음을 얻지 못하고, 어미의 저주에 얽혀 폭풍우의 바다에서 지금껏 헤매고 있습니다. 우리 모자母子가 기다리는 것은 사랑의 대단원大團圓, 죽음의 안식으로 들어가는 일입니다. 사랑의 조건, 돌려보내는, 그렇게 놓아 보내는 것이지요. 내 아들 왕자, 내 사랑, 내 생명, 왕자를 놓아 보내야 하는 일이, 오백 년의 종결입니다. 그렇게 끝내 주실 분이라고 믿었습니다. 하늘이 보내 주신 죽음의 열쇠라고……."

손님은 들어서는 안 될 말을 들은 사람처럼 허둥거리며 소리쳤다.

"이 씨를 불러 주시오. 우선 어촌까지 가겠소." 주인은 한숨을 삼키고 우의雨衣와 우산을 손님에게 내놓았지만, 손님은 냉정하게 거절했다. "배를 빌려주겠다니 그냥 가겠소. 이 비옷과 우산 때문에 다시 와야 한다는 부담은 곤란하오."

"쓰신 뒤에 버리셔도 되는 물건입니다. 이제는 이것을 쓰실 분이 달리 나타날 일도 없겠고요."

손님은 비옷을 받으면서도 여인의 얼굴 쪽으로는 눈을 돌리지 않았다. 아무 말도 못 들은 척 돌아섰다. 그는 끝내 여자를 등지고 현관을 나섰다. 사나운 빗발은 펼쳐 든 우산과 우의를 찢을 듯이 내리쳤다. 이 씨는 선창에서 기다리고 있었다. 하얀 배는 요동치는 파도 위에서 나무 잎처럼 흔들렸고, 하늘도 바다도 컴컴하게 멍들어 있었다. '떠나리라. 떠나리라. 이 바다를 떠나리라. 이 섬을 떠나리라. 다시는 돌아오는 일이 없으리라. 다시는…….' 그는 스스로에게 다짐하며 발뒤꿈치에 힘을 주고 배를 향해 걸었다.

"비가 너무 많이 퍼붓습니다."

그는 이 씨에게 말을 건넸다. 품이 큰 우의를 둘러쓰고 있던 이 씨는 고함 치듯 대답했다.

"예, 작년 이맘때던가요. 그때도 이렇게 비가 쏟아지던 끝에 돌풍이 일었습지요. 엄청난 해일이었지요."

"바다에 사는 사람들에게는 비바람이 반갑지 않겠군요."

"늘상 있는 일이지만 때마다 무섭지요."

"지난번 나를 내려 주었던 어촌까지 가셔야겠습니다."

"예예, 그렇게 합지요."

기관실로 들어간 이 씨는 금방 시동을 걸었다. 자욱하던 바닷가의 빗소리가 기계 소리에 묻혔다. 배는 청초도의 선창을 떠났다. 손님은 물이 뚝뚝 흐르는 우의를 벗고 선실 의자에 주저앉았다. '아아, 나는 이곳에 왜 왔었으며 왜 또 이렇게 떠나지 않으면 안 되는가.' 그는 앉았던 자리에서 벌떡 일어나 선실 창가로 갔다.

"아!" 그는 흠칫 놀라 한걸음 물러섰다. 방금 떠나온 선착장에 서 있는 사람 그림자. 입은 옷 그대로, 퍼붓는 빗발 속에 청초도의 주인이 망부석처럼 서 있었다. 비에 젖은 여인이 부표(浮漂)처럼 떠 있었다. 여인은 그렇게 서서 멀어져 가는 배를 배웅하고 있었다. 손님은 선창 창문 앞을 떠나 기관실 쪽으로 달려갔다. 뱃머리를 돌리라고 외칠 참이었다. 그러나 막상 기관실로 들어선 그는 얼어붙은 입을 떼지 못했다.

"이 씨, 배를 잠깐 멈춰 주시겠소?" 이 씨는 속력을 늦추면서 뒤를 돌아보았다. "저쪽 선착장에 서 있는 사람이 아씨가 아니오?"

"선착장에요?" 이 씨는 눈을 끔벅거리며 방금 떠나온 곳을 바라보다가 고개를 저었다. "글쎄요, 아닐 겝니다. 아씨가 왜 비를 맞고 서계시겠습니까? 아무것도 보이지 않는 걸입쇼……. 더구나 이렇게 비안개에다 폭풍우가 쏟아지는데 선착장에서 이 비바람을 맞고 계실 리가요. 선착장이라면 늘 들고 나는 곳인데 아무것도 보이지 않는데요?" 이 씨는 다시 고개를 기웃거려가며 선착장을 바라보다가 고개를 흔들었다. "아무것도 보이지 않는 걸요. 아씨라니요? 아씨가 이 비를 맞고 서 계실 리가 없구만이요."

이 씨는 다시 속력을 올렸다. 다시 선착장을 바라보는 손님의 눈에는 여전히 물에 떠 있는 부표처럼 비를 맞고 있는 청초도의 아씨가 보였다. '이 씨, 뱃머리를 돌리시오!' 그렇게 외치고 싶었으나 입은 다시 얼어붙었다.

폭풍우 속에서 아씨의 외치는 소리가 손님의 가슴을 파고들었다. "폭풍의 바다에 휩쓸려간 왕자, 아직도 폭풍의 바다에 떠도는 왕자의 넋을 풀어 주세요! 왕자를 삼키고 돌려주지 않는 바다의 저주를 풀어 주세요! 어미의 원한이 녹슨 칼이 되어, 바다의 허리를 찔러 녹슬어가며 죽지 못하는 저 좌초선을 풀어 주세요! 녹슨 칼에 찔려 신음하는 저 바다를 풀어 주세요! 녹슨 칼이 되어 바다의 허리를 찌른, 실종된 사랑, 그 사랑을 찾아 헤매다가 미친, 어미의 오백 년을 풀어 주세요! 오백 년을 풀어 주세요! 부디, 풀어 주세요! 부디……." 바다는 폭풍우 속에서 울부짖었고, 아키시스 여왕의 단말마는 계속되었다. 손님은 귀를 틀어막고 머리를 흔들었다. '환청幻聽이다, 내가 만든 환청이다! 아키시스 여왕의 울부짖음이라니?' 머리를 감싸 쥐었으나 그는 계속 울부짖음에 휘말려들었다. 울부짖음에 사로잡혀 신음하며 허우적거렸다.

어촌은 무거운 빗발 속에 가라앉아 있었다. 어리친 개 한 마리 지나가지 않았다. 저녁참일 텐데 연기를 내뿜는 굴뚝 하나 눈에 띄지 않았다.

"어디까지 가시는지, 육지로 올라가시면 제가 모시고 갈깝쇼?"

이 씨는 기관실에서 머리를 내밀며 근심스럽게 물었다. 허공에서 얽히는 비바람 소리에 그의 목소리가 가닥가닥 끊겼다.

"괜찮소, 혼자 갈 만합니다."

손님은 선실을 나왔다.

"아, 우산과 우의를 챙기시지요."

이 씨는 황망해 하면서 선실로 가더니 비옷과 우산을 들고 나왔다. 손님은 선실 입구에 서서 고개를 저었다.

"이 씨, 돌아가는 대로 그 물건을 아씨에게 전하시오. 이런 비바람 폭우에는 우산도 비옷도 별로 도움이 되지 않소, 그것을 꼭 아씨에게 그대로 전해 주시오."

"그래도 이렇게 비가 쏟아지는데 어쩌시렵니까? 제가 아씨께 꾸중 듣겠는데요."

"날 걱정하지 말고 어서 청초도로 돌아가시오. 가보면 아씨께서 아직도 선착장에 서 계시리다. 우산도 우의도 없이. 이걸 내가 보내더라고 드리시오. 꼭 드려야 해요."

"아니, 아직도 아씨께서 선착장에 서 계시다니······."

이 씨는 별 이상한 소리를 다 듣겠다는 듯 중얼거리며, 엔진 소리 요란한 배로 돌아갔다. 배는 안개로 뒤엉킨 비바람 속을 뚫고 멀어져갔다.

무릎쯤 물이 차는 곳에 내려선 남자는 삽시간에 흠뻑 젖었다. 얇은 여름옷 한 겹은 그 빗발 속에서 속수무책, 바닷가의 억센 여름비는 얇은 옷을 짓이기며 살을 뚫고 뼛속까지 스며들었다. 그는 전신을 질타하는 빗발이 유쾌했다. 빗발 하나하나가 채찍이 되어 주기를 바랐다. 물에 빠졌던 사람이 뭍으로 나가듯, 젖은 몸을 무겁게 이끌며 모래톱으로 나갔다. 마을 사람은 아무도 나타나지 않았다. 그는 빗발 속으로, 노인이 살고 있는 마을의 막다른집을 바라보았다. 마을은 비에 젖어 무거워 보였으나 평화로웠다. 그들은 바닷가에 살고 있는 사람들이었지만 바다의 노여움이 두려워 집 밖으로 나오지 않았다. 가난했지만 돈에 대해 크게 욕심내지 않았고, 돈이 떨어졌다고 별로 불안해하는 일 없이 살아가는 사람들……. 저들은 여호와 하나님을 잘 모른다. 하지만 걱정거리가 생겼을 때는 그저 '아이고 하나님!'을 찾는 사람들이다. 하나님을 늘 모시고 살지만 여호와 하나님에 대해서 아는 바가 없다. 저들은 그저 하나님이라는 분이 하늘 어디쯤엔가는 계시겠거니 믿고 살아간다. 하늘이 있고 땅이 있고 그 사이에 바다가 있고, 그리고 사람들이 얽혀 살아가는 이 모든 일들은, 그저 어딘가에 계신 그분의 뜻으로 운행되고 있으리라는 것을 막연하게 짐작하고 있을 뿐, 더는 알아야 할 일이 없었다. 하나님에 대한 그들의 외경畏敬은 절대적이었지만 일상에서는 그저 막연했다. 하나님은 하나님 계시는 그 자리에서 하나님 하실 일을 하시고, 사람들은 사람들이 살아야 할 자리에서 사람들이 사는 도리를 그저 살아가면 그뿐이라고들 생각하고 있다. 사람이 나고 죽고 늙고 병들고 시달리고 하는 것은, 사람으로 태어나 당연하게 겪을 일들이어서 하늘을 원망하거나 괴로워할 이유가 없느니라 생각한다. 아등바등하지도 않는다. 인간이 당해야 할 고통에 대해서, 그저 당연한 것으로 알고 있어, 그 고통을 억울해 하거나 따져 볼 엄두를 내지 않는다.

억센 산맥을 울타리 삼아, 바닷가에 숨듯 살며, 대도회, 대처大處에 몰아치는 바람이 무엇인지 모르며, 알아야 할 일도 없이, 그저 이 구덥에서 태어나 이 구덥에서 죽어가는 것만이 사는 길이라고 믿고 있는 이 사람들에게, 예수라는 분은 생경한 대상일 수밖에 없다. 예수 그분을 아무리 설명해도, 설명으로는 그들이 알아듣지 못하는 것이 당연하다. "아, 그분이 어느 나라 사람이오?" "유대라니요. 이스라엘이라니? 그런 땅이 어느 구석에 붙어있는 게요?" "하, 겨우 서른세 해를 살다 죽었다는데 그 나이에 뭬를 알았겠소? 그래두 석가모니 부처님을 팔십을 넘겨 살았고, 공 맹자 그분들도 살만큼은 살았던 분들 아닌가베. 그래두 사람이 웬만큼은 살아야 인생도리란 걸 깨닫기두 허구, 그 깨달은 것을 가르치기도 하는 게지." "아, 왜 하나님의 아들이 하필 이름도 잘 알려지지 않은 땅에 태어났겠소?" 그들은 막무가내였다. "우린 지금꺼정 예수 안 믿구두 멀쩡허게 잘만 살아왔소." "다 나 힘 있을 때 벌면 입에 밥 들어가는 게구, 병들어 힘 못 쓰면 그뿐이구 허는 게지. 아, 하나님이야 계시겠지요. 다 우릴 점지해 주셨으니 점지해 주신 대로 또 살게도 해주시는 거 아니겠소?" 그들은 조금도 거리낌 없이 하고 싶은 말을 얼마든지 털어냈다. 하나님은 그들에게 더 가깝지도 않고 더 멀지도 않은 존재였다. 그들에게는 두려움도 고뇌도 없다. 지금도 이 폭우를 고스란히 겪어가며 더러는 부엌에서 햇감자를 익혀 먹고, 더러는 늘어지게 낮잠을 자기도 할 것이며, 누구인가는 객주집 뒷방에서 화투짝을 내리치고 있을 것이다. 비는 올

만큼 오면 그치는 것. 사람은 살 만큼 살면 떠나는 것. 일찍 병들어 죽는 자가 있으면 그 또한 제 명命이요. 제 복이 그뿐인 거지. 살아남은 사람은 또 그런 대로 살게 마련인 것이다. 아무리 알뜰하던 사람이 죽었어도 죽어 떠나면 그때뿐, '눈물은 떨어지고 밥술은 올라가고.' 하는 것도 잠깐일 뿐이다. 얼마가 지나면 떨어져 내릴 눈물도 없이, 밥술만 부지런히 올라가게 마련인 것이 인생살이다.

마을은 그렇게 무거운 빗속에서 숨도 쉬지 않는 것처럼 엎드려 있었다. 마을은 그를 거들떠보려고도 하지 않았다. 그는 처음부터 끝까지 낯선 사람이었다. 이제 이렇게 뼛속까지 젖은 몸으로 저들 앞에 나설 수가 있을까. 아니, 몸이 젖었기 때문이 아니라, 완연한 이방인이, 지금 저들이 누리고 있는 저 안정, 저 고요함을 깨뜨리고 뛰어들 수 없는 일이었다. 아니다. 그것만이 아니다. 저들의 저 무심함 앞에 어떤 얼굴을 내어 밀어야 할는지 알 수 없었다. 그 캄캄함이란 영혼의 어두움인지도 모른다. 그 어두움을 마주 볼 용기가 나지 않는다. 그렇다고 그는 자기의 영혼이 밝은 빛 안에 있다고도 믿지 않았다. 믿을 수 없었다. 그는 비안개로 자욱한 바닷가에서 갈 바를 모르고 내내 망연하게 서 있었다.

해가 저무는지 빗발 자욱한 허공은 더욱 컴컴해졌다. 그는 무인절도無人絶島에 표류되어 온 표류자처럼 물가를 힘없이 걸어갔다. 동리를 등지고 걸었다. 시꺼멓게 질린 바닷물은 눈치 없이 뒤채고,

빗물을 빨아들이는 백사장은 적당히 다져져서 걷기에 편했다. 어촌으로 들어가는 길을 단념하자, 그는 호젓하면서도 외로웠다. 뼛속까지 스며드는 추위와 외로움이 천근무게가 되어 그를 짓눌렀다. 등 뒤로 멀어져 가는 마을이, 그의 등을 향해 비웃듯이 묻는다. '그래, 우리는 무지無知한 자다. 우리는 하나님도 모르고 예수님도 모르며, 하늘나라로 가는 길이 어떻게 생겼는지도 모른다. 그러나 안다는 너는 어떠냐? 하나님을 알고 예수를 믿으며, 하늘나라의 의義를 알고 있다는 너는 어떠냐? 그 질문은 빗살보다 더 무수한 화살이 되어 그의 등을 향해 꽂혀 왔다. 그는 걸음을 빨리 했다. 달아나듯 걸었다. 숨이 턱에 찼다. 더러는 빗물이 목구멍으로 넘어갔고 땀과 함께 콧물로 흘러내리기도 했다. 그는 어느덧, 며칠 전 그가 맨몸으로 혼자 찾아갔던 작은 암초가 있는 곳에 이르렀다. 그것은 암초랄 것도 없이, 반쯤 물에 잠긴 바위였다. 굴 딱지, 홍합껍데기로 옷을 입은 물속의 바위였다. 며칠 전, 그 눈부신 팔월의 햇빛 속에서 물놀이 왔던 원색의 사람들과 함께 하하 웃던 바위는 지금 잿빛이 침묵이다. 바다에 잠긴 바위는 빗물에 무겁게 젖은 머리를 풀어 늘인 듯 물을 줄줄 흘리며, 낙원에서 쫓겨난 외로움에 울고 있는 듯했다. 그는 젖은 바위 위로 올라가 앉았다. 하늘을 우러러보았다. 아아, 그토록 찬란했던 태양은 어디로 갔는가. 빗발은 사정없이 그의 얼굴을 후려쳤다. 그는 다시 발끝을 굽어보았다. 찬란한, 눈부신 해 볕 속에서 환하게 웃어 제치던 백사장의 모든 웃음은 어디로 갔는가? 꿰꿰 꿰꿰, 뒤뚱거리며 병정놀음을 하던 오리 떼는 어디로 갔으며, 젖은 모래톱에서 잔 새우를 쪼아 먹던 물새들은 어디로 갔을까? 물속에서 굴절되어 오는 햇빛과 숨바꼭질하던 파래며 진저리紅藻類 미역 등은 무엇을 하고 있는가? 그렇듯 빛나던 환희는 어디에 숨어 버렸나? 이제 눈을 들면 잿빛으로 엉킨 하늘과 사정없이 쏟아지는 빗발뿐. 땅 위의 모든 것은 숨쉬기를 그치고 그 웃음을 감추었다. 그는 물에 잠긴 바위등걸 위에 두 팔을 포개고 그 위에 엎드렸다. '나의 영혼을 빛 가운데로 불러 주셨던 주님. 지금은 어디에 계시기에 제 영혼이 어둠에 빠져 방황하고 있는지요. 어쩌다가 제가 주님의 낯을 피하여 어둠 속으로 들어오게 되었는지요.'

"내 영혼아, 네가 어찌하여 낙망하여 어찌하여 내 속에서 불안하여 하는고. 너는 하나님을 바라라. 그 얼굴의 도우심을 인하여 내가 오히려 찬송하리로다."(시편 42:5)) 너는 하나님을 바라라. 그 얼굴의 도우심을 인하여… 너는 하나님을 바라라. 그러나… 그러나, 그 하나님께서는 지금 어디에 계시는가? 어떻게, 이렇게도 굳게 닫힌 문처럼 막막할 수가 있는가. '내가… 이렇게 하나님을 떠나 막막한 이 상태 이대로 이 땅을 떠나야 할 일이 있다면…….' 흐느낌이 터졌다. '도대체 이 고뇌에다 불을 당긴 것은 누구인가? 그 끝이 보이지 않는 이 심연에다 불을 당긴 것은 누구인가? 그 불에 불붙여져 태워야 할 것은 무엇인가? 불안, 갈등 자괴감을 태워서 없앨 불길인가? 그런 뒤에 남겨져야 하는 것은 무엇인가? 재, 아니면 정금? 남겨진 그것은 누구에게 바쳐져야 하는 것인가? 그는 흐느끼며 몸을 떨었다. 단말마의 신음이 목구멍을 쥐어뜯으며 새어 나왔다. '대체 나의 고뇌의 뿌리는 어디에 묻혀있던 것인가? 그 괴로움의 정체는 무엇인가? 나는 그 얼굴을 모른다. 한 번도 정확하게 본 일이 없다. 그런데 그것은 절대적인 힘으로 나를 뒤흔들고 있다. 육체의 요구대로 살 수 없다는 엄격한 계율은 전류가 흐르는 가시철망처럼 둘러쳐져 있는데, 이제 때늦게 모든 감관感官이 풀어져 천둥벌거숭이처럼 날뛰고 있다니… 엑스레이는 교인敎人들의 눈만이 아니다. 뼛속까지 꿰뚫는 그 시선視線은… 하나님 아버지의 불꽃같은 눈일까. 왜 나는 그 눈을 무서워하는가. 죽음을 구걸하기 위해 구애求愛하는 오백 살의 여자 때문인가? 꿈속이었지만 내 감관感官은 이미 그 여자를 속속들이 경험했다. 꿈은 어디로부터 왔기에, 꿈 때문에 이토록 수치심과 죄책감으로 시달려야 하다니. 그리고 마치 청초도에게 잡아먹힐 것이 두려워 도망쳐 왔는데, 그렇게 달아나 왔으면 돌아볼 일도 없는데, 갈등, 미련, 후회로 괴로워하고 있는 것은 무엇인가. 사랑, 완전한 사랑으로만 열릴 것이라는, 청초도 여인의 죽음의 문을 내가 가로막고 있는가? 청초도 주인이 무섭다. 그에게 죽음의 문을 열어줄 만한 사랑이 나에게는 없다. 내가 불나비가 된다면? 그러면 청초도에게 죽음의 문은 열리고 나는 타 없어질까? 불나비? 청초도의 꿈에 나타났다는 나비로 현신現身해? 지금까지 달려온 목회자의 길이 허무한 꿈이고, 불나비가 되는 것이 본질적인 존재일까? 부모, 형제, 아내,

자식, 교회 교인들, 수없이 불려 다닌 부흥집회⋯ 모두가 허황된 꿈이었을까? 이제 나는 비로소 참 자아自我, 거짓 없는 자아를 찾아가고 있을까? 불지옥 같은 고뇌에 타 붙고 있는 이 자리가 진정한 자아로 태어나는 자리일까? 문득 깊은 내면을 흔드는 소리가 들렸다. '⋯자아自我, 자아가 원수라고! 너, 왜, 그 자아라는 놈에 대한 것을 낱낱이 파헤친, 가톨릭의 십자가 성 요한의 책을 읽은 일이 있잖아? ─자아라는 놈은 아주 깊은 신심信心을 지닌 영혼 안에서도 하나님과의 황금 같은 사귐을 불순한 합금合金으로 만들어 버리는 교묘한 술책을 가지고 있다. 자아는 영성생활의 각 시기마다 용케도 변장變裝하여 괴상한 모습으로 나타난다 ─ 고 했잖아? ⋯ ─ 좀 잘 된다 싶은 생각에서 은근한 교만의 싹이 타오르기 일쑤다. 제가 한 일과 저 자신에 대해서 약간 자만하게 되며, 교만은 죽지 않는다. 그러므로 그 교만의 주위에는 흡사 늙은 둥치에서 싹이 트듯 일곱 가지 죄의 뿌리에 새싹이 움튼다⋯ 자아를 죽이는 것만이, 그들, 가장 나쁜 적에게서 구출되는 길이라고 ─' 십자가 성 요한의 책에 심취하여 두고 두고 읽었던 시절이 떠올랐다. ─ ⋯자아 포기, 하나님의 도움이 있어야만 한다. 까마득한 절벽 길, '무無'의 길을 홀로 더듬어 가기는 불가능하다. 인간의 약한 이성理性은 그 절벽에서 굴러 떨어지고 만다. 그러나 우리 앞으로 앞서가신 분의 뒤를 따라가면 틀림없다. 그분이 지나가신 곳에는 그분이 남겨 두신 그분의 지팡이, 십자가를 붙들고 가면 틀림없이 목적지까지 이를 수 있다⋯⋯. 죽음의 신비는 생명의 신비로 변한다⋯ 그리하여 사랑하는 이로 하여금, 세속 사람들과 그들의 언어로 말하던 저 '대중의 목장牧場'을 멀리 광야에 버려두고 떠나게 한다. …마지막으로 내 집도 버려야한다. '작은 꽃을 꺾는' 일이나 사소한 즐거움에 머무는 일을 스스로 피하면서 사랑하는 분을 찾아 나선다. … 복음의 완덕은, 자아 포기로만 성장한다 - 그대는 개신교 목사이면서도 얼마나 여러 번 십자가 성 요한의 영성靈性 입문入門에 매료되었었던가. 그런데… 이제 까맣게 잊었다고? 그리고 자아가 시퍼렇게 살아서 여기까지 왔다고?'

음험하게 뒤채는 바다와 함께 날은 저물어가고 비는 계속 쏟아지고 있었지만, 이미 그는 시간 밖에 있었다. 시간은 흐르지도 않았고 멈추지도 않았다. 시간 밖으로 쫓겨난 지옥이었다. 그는 한 번도 겪어 본 일 없는 참담함 속에서 부르짖었다. '주여, 주께서 지금까지의 저를 아십니다.' 통회痛悔의 부르짖음이었다. 드디어 더는 내려 갈 자리가 없는 바닥에 떨어져 입이 열렸다. 그는 교회의 강대상 위에 서서 설교하는 자신의 말쑥한 모습을 보고 있었다. 언어의 연금술사라는 별명이 따라다닐 만큼 명쾌하게 설파하던 자신의 설교를 듣고 있었다. 단 한 번도 두려움 없이 당당했던 설교자. 단 한 번도 실패를 해 본 일 없는 목사. 신자들의 반응은 좀 더, 좀 더 뜨겁게 그를 채찍질했다. 그의 머리는 늘 설교의 문제로만 가득 차 있었다. 백발백중의 감동을 줄 수 있다고 믿어지는 설교원고를 만들지 않고는 직성이 풀리지 않았다. 언제나 남 앞에 서는 일에 전심전력을 기울였다. 성경말씀 가운데서도 가장 깊은 울림을 주는 대목이 어디인가를 찾아 헤맸다. 신자들은 열광했다.

더러 교세(敎勢) 확장에 실패했다는 교역자(敎役者)로부터, 무너져가는 교회를 일으켜 세워 달라는 부탁을 받고 마지못해 부임하면, 교인들이 꾸역꾸역 늘어났다. "이제 이쯤이면 되었을 겝니다." 적당한 시기에 다른 곳으로 그가 떠나면 지금까지 활기 있던 예배당은 갑자기 썰렁해지고, 새로 부임해 온 목사는 갈피를 잡지 못하며 서성거리다가 다시 떠나는 일이 발생했다. 신자들은 천리 불사하고 그가 옮겨간 교회로 찾아오거나, 그를 다시 모셔가야 한다고 떼를 쓰기 예사였다. '능력이 뛰어난 목사'라는 신뢰에 목을 맨 신자들이 있다는 사실은 활력이었다. 얼마나 열심히 많은 사람을 만나고, 얼마나 많은 사람의, 얼마나 많은 문제를 해결해 주고, 얼마나 많은 사람에게 위로자가 되었으며, 해결의 실마리를 찾을 때까지 얼마나 함께 고심해 왔던가. 출생, 사망, 결혼 등 얼마나 많은 행사를 집전(執典)했으며, 몇 십 년째 이어지는 새벽기도회와 주일의 대예배, 찬양예배, 삼일예배를 다 합친다면 하늘에 닿는 산이 되고도 남을 예배를 드린 한 평생이었다. '그러했던 내가, 왜 이 지경이 되어 이 자리에 엎드려 있어야 하나. 왜 나는 황량한 영혼을 끌고 이곳에 쓰러져 있나? 왜 나의 심령은 메마르고 나의 영혼은 어둠에 빠져 허덕이고 있는가? 나는 구도자였건만. 정녕 하늘나라의 의(義)만을 찾아 순종의 길을 숨차게 달려 왔건만. 세상 세속을 미련 없이 버렸다고 믿었는데, 이제 와서 왜 나는 텅 빈 자가 되어 이렇게 쓰러져 있는 것인가.' 쓰러져 있는 그 앞으로 자신의 말쑥한 모습이 다시 떠올랐다. 항상 회중會衆의 감동을 위하여 최선에 최선을 거듭하던 목사. 완벽해 보였지만 매끄럽고 차디차고 여유라고는 없는, 따뜻함이 없는 목사였다. 목자로서의 외양은 갖추어져 있었지만 가슴 따뜻한 사랑이 간곳없었다. 교세확장, 설교 준비, 신방, 집전 등 끊임없이 닥쳐오는 온갖 행사만을 그때그때 당해 내면서 내면은 황폐해 갔다. 껍데기뿐이던 목자. 타성에 젖어 있던 목사. 자기는 하나님 나라를 소개만 하던 소개업자였다. 하늘나라, 그곳에 가야 할, 자신을 위한 준비는 제쳐놓고 안내만 해오던 중개업자였다. 타인과 신자들, 교회를 채워가는 교인의 숫자만을 은근히 의식하던, 그렇게 직업 삼아 설교하던 종교직업인이었다. 그러면서 스스로 특별히 선택된 자라고 믿었다. 군림君臨이 당연했다. '나는 흠이 없다.' '나는 공평한 인간이다.' '나는 부당한 짓을 저지르지 않는다.' '도덕적으로도 흠은 없다.' '내 안목眼目을 따를 사람이 누구인가.' 출중出衆한 자신을 기껏 흐뭇해했다.

그런데 이제 그 모든 것들이 갑자기 무너지고, 헐벗은 자신은 이 낯선 바다에 빠져 몸부림치고 있다. 모든 것이 산더미 같은 쓰레기가 되어 쏟아졌다. 군중群衆은 그 쓰레기 냄새를 맡지 못하는 장애자들이었다.

아, 바닷가 이곳에서 살아가는 사람들은 내 가면을 상관하지 않았다. 가면이든 껍데기든 그들의 삶하고는 상관없는 일이었다. 순수한 그들은 꾸밀 것도 보텔 것도 없이 생긴 그대로 상대방을 수

용했다. 어촌의 노인이 떠오르면서 가슴이 뭉클했다. 눈시울이 뜨거워졌다. 노인 앞의 자신은 형편없는 가짜였다. 하지만 그들 앞에서 자의식自意識은 물 위에 기름이었다. 노인의 삶과는 다른 무엇… 닥터 문文에게 치료를 받으면서도, 정신신경과 의사인 친구 앞에서도, 언덕 위의 작은 교회 목사 가족과 함께 있을 때에도, 청초도의 주인 앞에서도, 심지어 아내 앞에서도 자의식은 따로 놀았다. 꼭두각시 앞에서 그들은 순진했다. 의심 없이 순응했다. 기만 당하던 그들은 목사 앞의 실존實存이었다. 하나님의 사랑을 소개하던 소대업자 같던 목사를 믿은 그들은, 목사가 두려워해야 할 실존이었다. '네 이웃을 네 몸과 같이 사랑하라.' 이웃을 네 몸과 같이……. 내 몸을 사랑하는 것이 우선이었다. 내 몸을 사랑하지 않고는 이웃을 사랑할 수 없다. '내 몸' '내 몸' 은 어디에 있었나. 무엇을 하고 있었나. 몸은 허상虛像이었다. 청중 반응에 민감한 몸. 세속에 뿌리내린 몸, 성취의 눈금을 재고 있던 몸, 종교직업인. 문득 낄낄거리는 목소리가 들렸다. '어이! 범생이 목사 양반! 거룩한 모습 만들기에는 출중했어! 수천 명 청중에게 하나님은 사랑이라고 가르칠 때 그들은 일제히 아멘! 소리쳤지. 하지만 말이야, 전쟁으로, 아니면 자연재해로 영문 모르고 떼죽음하는 한 생령, 또 한 생령, 그 생령生靈들 말이야, 죽는 것이 무엇인지도 모르고 죽어간 그 생령들에게도 너는 하나님은 사랑이시라고 소리치겠나? 불치의 병으로 고통당하며 죽어가는 어린아이에게도 사랑을 부르짖겠나? 이 세상을 뒤덮은 온갖 비참, 비극, 재해, 참혹한 운명에 쓰러져가는 그들에게 하나님의 사랑을 외치겠냐? 아! 그대는, 할 수 있겠지! 영혼의 빈껍데기는 소리가 요란할 테니까 말이야 안 그래? 그대의 남다른 깊은 지식은 하나님을 잘 알기야 하지! 하나님에 대한 지식은 뛰어났어. 그대 머리통에는 그 지식이 넘쳐났지. 그대의 서재를 가득 채운 신학서적, 성경주해, 많은 사람의 간증집干證集, 조직신학에 몰두했던 그대는 십자가를 목에도 걸고 있고, 그대의 서재, 거실, 교회, 곳곳에 십자가가 걸려있지만, 예수 그이의 신성神聖에 떨며 그분의 인성人性에서 멀어져… 그대의 심장은 차디차! 가슴에 온기라고는 없잖아? 그대는 말이야 그 온갖 지식만을 외쳐댄 목사니까, 저 자신의 신앙? 그거, 미루고 계속 외쳐대라고! 계속해서!'

그는 울부짖을 힘도 없었다. 더는 내려 갈 곳 없는 가난한 영혼이, 두려움과 외로움으로 신음했다. 머나먼 사막을 목마른 줄 도모르고 걸어온 영혼이 음부陰府에 처박힌 듯 신음했다. 폭우로 앞을 분간하기 힘든 바닷가 한 줌 바위 위에 쓰러져, 아바 아버지를 외쳐 찾으려 했으나 입이 열리지 않았다. 영혼이 열리지 않았다. 자기혐오, 자괴감, 온갖 부끄러움이 해일처럼 밀려들었다. 하나님께 외면당한 절망이었다. 통곡, 통곡으로 아바 하나님을 찾아 단 말마로 부르짖으려 했으니 목이 막혔다. 시간도 공간도 없는 바닥 없는 절망으로 처박힌 어느 순간, 문득, 말씀이 들렸다. "두려워 말라, 내가 너를 구속救贖하였고, 내가 너를 지명하여 불렀나니 너는 내 것이라, 네가 내 눈에 보배롭고 존귀하며 내가 너를 사랑하였은즉,… 산들이 떠나며 언덕들이 옮겨질지라도 나의 자비는 네게서 떠나지 아니하며 나의 화평의 언약은 흔들리지 아니하리라." (이사야 43:1,4 54:10) 하늘 문이 열렸다. 눈멀었던 영혼의 눈이 빛을 만났고, 막혔던 귀가 뚫렸다. 다시 태어났다. 기적, 부활이었다. '이것뿐입니다. 정녕 이것뿐입니다. 이렇게 초라하고 이렇게 모자라며 이렇게 흠집투성이인 이 모습을 이대로 드립니다.' 버림받지 않았다는… 행복했다. 폭우는 어둠에 뒤엉켜 더욱 무겁게 쏟아졌다. 그는 어둠과 빗발의 매를 맞으며, 비로소 자신의 영혼의 목소리를 스스로 들었다. '아버지, 이 가난한 영혼을 드립니다. 이제 이 가난한 영혼을 그대로 아버지께 드립니다.' 스스로 처음 들리는 영혼의 기도였다. 귀에 설지 않았다. 기나긴 사막을 건너오며 오래 목 타게 기다리던 기도였다. 무엇으로부터인가 놓여났다. 죽음을 건너 다시 태어난 부활의 현장이었다. 자유였다. 그는 시간에서도 놓여났고 공간 아닌 하늘에 있었다. 제의祭衣는 벗겨지고 영혼만이 끝없는 추위에 떨며 아바 아버지를 찾는 어린 아들이었다.

밤이 깊어지면서 폭우는 천둥을 동반했다. 이따금 번개도 쳤다. 뼛속까지 젖어, 바위 위에 엎드린 그의 모습을 이따금 번개가 후려쳤다. 아니, 번개를 통해서 그분이 어린 아들을 내려다보고 계셨다.

*

　먼동이 트면서 비는 그쳤다. 그의 영혼이 새벽을 맞이했다. 이글거리는 팔월의 태양이 바닷물을 끓이면서 솟구칠 차례다. 막다른집 노인은 비에 씻긴 바닷가를 손금만큼 잘 알았다. 아이들이 쌓다가만 모래성 하나까지도 금방 알아 낼 만큼 바닷가는 노인의 손바닥이었다. 방에서 마당으로 내려선 노인은 마을에서 이드막히 떨어져 있는 작은 암초를 바라보았고, 그 암초 위에 사람 하나가 쓰려져 있는 것을 발견했다.
　"허! 이런 변이 있나!" 적잖이 놀란 노인이 한달음으로 달려갔다. 빗물이 스며들어 단단하게 다져진 백사장이 노인의 달음질을 도와주었다. 바다는 여명을 받으며 정정한 빛으로 살아나기 시작했다. "근역에 이런 변이 없었건만……." 노인은 혼자 중얼거리며 겅정겅정 달렸다. 헐렁한 잠방이 아래로 구릿빛 두 다리가 아직 핑핑했고, 거북과 같은 뒷목 부분이 벌겋게 달아 있어 젊은이처럼 힘차 보였다. 북북 밀어낸 머리에서 돋아난 흰머리만 아니었더라면 그의 뒷모습만으로는 그가 노인이라는 것을 알 수 없을 정도였다.
　"아이구! 이게 웬일이오? 아이구! 내… 이럴 줄 알았지… 이게 웬… 온다 간다 소리도 없이 사람이 없어졌다 했더니만!"
　바위 앞에 이른 노인은, 바위 위에 널브러진 사람을 얼른 알아보고 혼자 발을 굴렀다. 노인은 바위 위의 사람이 죽었다고 생각했다. 그것은 영락없이 죽은 사람의 형국이었다. 옷은 찢어져 여기저기 속살이 삐죽거리고, 굴 딱지와 홍합껍질에 베인 살에서는 더러 핏물이 실낱처럼 배어 흐르거나 베인 자국이 물에 불어 검붉은 자국과 함께 허연 상처로 입을 벌리고 있었다. 얼굴은 보이지 않았으나 숨이 남아 있는 사람은 아니었다.

"이럴 수가……." 노인은 서슴지 않고 물속으로 뛰어들며 덜덜 떨었다. 누가 죽인 것일까? 자살한 것일까? 이대로 둔 채 파출소에 알리는 게 순서가 아닐까? 혹시 시끄러운 문제라도 얽혀있는 것이라면…… "아이고, 내 처음부터 심상찮다 했더니만……." 그러나 그럴 수는 없다. 아직 숨이 붙어 있는지도 모르지 않나? 우선 사람이 어떻게 됐는지부터 알아볼 일이다. 노인은 물에서 바위 위로 올라섰다. 그리고 엎어진 채 늘어져 있는 사람의 머리 쪽으로 다가갔다. 쓰러져 있는 사람의 어딘가 크게 깨어졌거나 찔린 데가 없는가를 면밀한 눈으로 살펴보았다. 큰 상처가 별로 없는 것에 마음을 놓으며, 노인의 손은 쓰러져 있는 사람의 머리를 받쳐 들었다. 노인의 손이 닿는 순간, 머리가 번쩍 들렸다. 노인은 으윽, 목에 걸린 소리를 흘리며 덜덜 떨었다. 자빠질 듯 주저앉았다. 그러나 그렇게 기겁을 하게 놀라는 노인을 보면서도, 쓰러져 있던 사람은 당황해 하거나 놀라지 않고 가만히 상체를 일으켰다. 그 얼굴은 생생했다. 쓰러져 있던 형국하고는 너무도 달리 생기가 넘쳤다.

"아니 이게 대체 어찌 된 일이오?" 노인은 말을 더듬었다. "꼭 죽은 사람입디다." 손님은 젖은 몸을 일으켜 세우며 빙긋 웃었다. 노인은 어이가 없어 하며 다시 입을 열었다. "아니 그래, 혼자 웃소? 사람을 이렇게 놀라 자빠지게 만들고서."

"죄송합니다."

"죄송이고 뭐고 어찌된 심판이오? 바로 동리를 코앞에 두고 여기서 밤을 지낸 모양인데……. 도대체 조난을 당한 거요? 난파한 거요?"

손님은 또 한 번 빙긋 웃기만 했다. '조난이라면 너무도 큰 조난이었고, 난파라면 너무도 위태로운 난파였지요. 영혼이 갈 길을 잃고 깨어질 뻔했습지요.' 손님의 편안한 미소를 어이없이 바라보던 노인은 말을 눟쳤다.

"옳거니! 석가모니 부처님은 보리수 밑에서 득도得道를 했다더니만, 내 집의 손님은 물에 뜬 한 뼘 바위 위에서 견성見性을 하셨소그려." 손님은 또 한 번 빙긋 웃었다. 노인은 허리를 펴며 바다 쪽으로 눈을 돌렸다. "내 평생에 별 수수께끼를 다 겪소. 도대체 댁은 뉘시오? 당장 대답을 듣자는 건 아니외다마는 난 첨부터 무엇에 홀린 기분이오."

"죄송합니다. 제가 퍽 어지러운 형편에서 이곳을 찾아왔거든요."

노인은 근심스러운 얼굴로, 피로 얼룩지고 찢어진 손님의 옷을 바라보며 물었다.

"그나저나 이 지경이 된 몸은 괜찮으시오?"

"괜찮습니다."

"밤새 그 비를 다 맞으셨겠소, 안 그렇소?"

손님은 또 한 번 빙긋 웃었다. 그 얼굴을 바라보며 노인은 고개를 절레절레 흔들었다.

"거 아무래도 이상하외다. 전신이 형편없이 찢기고 상한 것 같은데, 얼굴은 어제와는 영 다른 사람 같으니 말이오." 노인은 허리를 펴며 일어났다. "어찌되었건 다행이오. 나는 이 동리가 한 번 벌컥 뒤집힐 일이 생기는 줄 알았소. 자, 일어납시다. 일단은 집으로 들어가야 하지 않겠소?"

두 사람은 바위에서 일어났다. 이글거리는 해가 수평선을 불태우며 불끈 솟아오르고 있었다. 두 사람은 해를 안고 모래펄을 걸었다. 한동안 묵묵하게 걷기만 하던 노인이 입을 열었다.

"언제 떠나시겠소?"

"아주 이곳에 있으렵니다."

"농담도 곧잘 하시오 그려."

"농담이 아닙니다, 어른."

"이곳에 아주 있겠다니?"

노인은 따지듯이 손님을 돌아보았다.

"이곳에서 제가 해야 할 일이 생겼습니다."

"그게 뭬요?"

"하늘나라를 열어드리는 일입니다. 예수님을 모셔오는 일입니다."

"댁은 예수쟁이였소 그려."

"그렇습니다."

"전도쟁이요?"

"그렇게 되려고 합니다."

"지금까진 뭘 했소?"

"말 장사를 했습니다."

"하하, 목사였구먼."

"어떻게 그리 금방 짚어 내십니까?"

"목사치고 말 모자라 죽을 사람은 없지 않소?"

"겪어 본 일이 있으셨던가요?"

"이곳저곳 떠돌아다닌 인생이 무에는 안 겪어 보았겠소?"

"마음에 드시지 않던가요?"

"맘에 안 듭디다."

"그건… 전하던 그분들이 나빴거나 모자라서가 아니었을 겝니다."

"그렇다면 내가 나빴고 내가 모자랐다는 이야기가 아니겠소?"

"그렇다는 뜻이 아닙니다. 마음을 빼앗기지 않겠다고 담을 쌓으셨기 때문이었을 겝니다."

"허긴 그랬겠소. 허나 내 마음 나 간수하기 나름이지, 그걸 도대체 뉘게 맡길 수가 있겠소?" 노인은 발걸음에 힘을 주어 걸으며 무뚝뚝하게 말했다. 거북의 목을 닮아 있는 노인의 주름진 목이 좀 더 붉게 달아올랐다. 노인은 자기의 말투에 미안함을 느꼈던지 표정을 누그러뜨리며 입을 열었다. "그냥 이대로 눌러 앉으실 작정이라고?"

"그렇게야 할 수 있겠습니까. 서울에 하던 일이 있는 걸요. 가서 매듭을 지어놓고 돌아와야겠지요."

"글쎄… 가면 마음도 변하리다."

"그렇지는 않을 겝니다."

마을로 올라서는 축대 앞에 이르자 손님은 잠깐 망설였다.

"저는 잠깐 더 있다가 들어가겠습니다. 먼저 들어가십시오."

"무슨 일로?"

"저쪽 솔밭 위에 갈 일이 있습니다."

"아니, 옷이랑 온통 그렇게 만들어 가지고 어딜 나다니려구? 댁의 외양이 말이 아니오. 옷이라도 갈아입고 나설 일이지."

"남의 눈에 띄지 않게 조심해서 다녀오겠습니다. 오래 걸리지는 않을 겝니다."

"아침상을 보아 놓으라 하겠소. 빨리 다녀오기요."

"고맙습니다, 어른."

그는 천천히 절벽 위 솔밭으로 올라갔다. 해풍에 자란 소나무 그늘 아래 무릎을 꿇었다. 편안했다. 작은 교회 목사 어린 아들의 청순 순진한 얼굴이 떠올랐다. 어머니의 불치의 병 때문에 그 영혼이 한없이 떨고 있는 아들. 한 어린 영혼의 간절함이 천지간 가득했다. 그 자리에서 그 영혼을 위해 기도하다가 생명이 다한다 해도 아까울 것 없을 만큼, 그의 가슴은 소년을 품었다. 가슴이 저려들었다. 그리고 소년의 모습과 겹쳐지는, 또 하나 청초도 주인의 간절함. 그는, 죽음을 얻기 위해 오백 년을 기다려 온, 가난하고 가난한 영혼 속으로 들어갔다. "… 그날에는 내가 아버지 안에, 너희가 내 안에, 내가 너희 안에 있는 것을 너희가 알리라."(요한복음 14:20) 말씀으로 영혼의 맥박이 살아났다. 수없는 신학 서적을 읽고, 목마른 영혼을 달래려고 금식禁食에 들어갔지만, 관념과 지성의 잔가지가 얽혀 들기만 했을 뿐, 머리와 가슴이 하나가 될 수 없었던 안타까움에 불이 붙었다. "… 우리가 하나가 된 것같이 그들도 하나가 되게 하려 함이니이다. 곧 내가 그들 안에, 아버지께서 내 안에 계셔 그들로 온전함을 이루어 하나가 되게 하려 함은 아버지께서 나를 보내신 것과, 또 나를 사랑하심 같이 그들도 사랑하신 것을 세상으로 알게 하려 함이로소이다."(요한복음 17:22-23) 영혼에 불이 켜지고, 맥박이 뛰놀기 시작했다. 소년의 눈에 이슬이 맺혔다. 청초도 주인의 막막하던 얼굴에서 먹구름이 걷혔다. 그들이 예수 그분 안으로 들어갔다. 그들을 받으신 예수 그분은 아바께로 들어가 그들의 기도를 아뢰었다. 아드님 예수께서 아바의 안으로 들어가실 때, 소년과 청초도 주인을 거느리고 들어가셨다. 비로소, 부활하신 그분을 뵈옵는, 영원에 잇닿은 순간이었다. '…하나님 소년과 소년의 어미를 맡겨드립니다. 청초도 주인의 오백년을 아바께 드립니다.' 비로소 앞길이 트였다. '서울로 들어가는 길로 사표를 쓰리라. 내 모든 사역에 마침표를 찍고, 이 갯마을 어촌漁村으로 돌아오리라. 그런데… 대포리 바다에 처박힌 녹슨 좌초선은…….' 그에게 문득 녹슨 그림자가 스쳐갔으나 그 또한 자신이 어떻게 할 일이 아니라는 것을 알았다. 좌초선의 최후가 어떻게 되든, 지상에서 일어나는 어떤 일도 아바의 주권主權을 피해서 일어나는 일은 없으므로.

"그래, 정말, 서울로 갔다가 다시 오실 게요?"

노인은 정수리에 내리꽂히는 여름 볕에 눈을 찡그리며 손님에게 물었다.

"예, 다시 오기 위해서 떠나는 겁니다."

"다시 온다면 잃어버렸던 자동차도 찾게 되겠소."

"글쎄요, 차를 찾으려고 다시 오는 건 아닙니다만 찾을 수만 있다면 찾아야 합니다. 그게 원래 제 것이 아니었거든요."

"에구! 더구나? 그게 뉘 건데 그리 됐소?"

"의료원 의사인 제 친구의 것이었습니다."

"난처하게 됐군."

"난처하지요… 하지만 그 친구, 이 사실을 알면 껄껄 웃고 나서 새 차 사게 해줘서 고맙네 할 친굽니다."

"그런데 지금, 그 옷 하며… 어째 실컷 술주정을 했거나 드잽이로 꺼들리고 싸웠던 사람 같으니 그런 채로 그냥 가도 되시겠소?"

"뭐… 갈아입을 옷도 마땅찮고 그런대로 떠날 만합니다."

"서울행 버스를 타려면, 저쪽 행길 건너에서 시내로 들어가는 버스를 타고 서울 차부 앞에서 내려 달래면 편할 게요."

"그렇게 하겠습니다. 그동안 심려도 많이 끼쳐 드렸고, 여러 번 놀라게도 해드려서 부끄럽고 죄송합니다. 그러나 다시 찾아와 뵙더라도 괜찮다 하시겠지요?"

"다시 만난다면야 구면 아니오? 아, 옷깃 한 번을 스치고 지나가도 전생前生 인연이 어떻구 하는데, 이렇게 만났던 사람이 다시 만난다면야 그 인연은 흩 인연이 아니겠소 그려."

마을의 한낮은 팔월의 뜨거움 속에서 활활 빛났다, 폭우가 휩쓸고 간 바다는 푸른빛이 더욱 용틀임을 하듯 살아서 햇빛과 함께 투창投槍놀이를 하고 있었다. 파도는 아이들이 목청껏 소리치는 말에 이따금 귀를 열고, 햇빛은 천공을 열어 황금의 전차戰車 경주를 하고 있었다.

그는 신작로를 빠져나가는 마을길을 천천히 걸으며 바닷가에 모여들어 한껏 뒹구는 사람들을 즐겁게 바라보았다.

좁은 길로 승용차와 택시가 이따금 총알처럼 날아들었다. 여름 더위에 들떠서 물을 찾는 사람들이 색다른 곳을 찾아 이리저리 머리를 들이밀고 있다. 더러는 다른 해수욕장에서 놀다가 돌아가던 사람들이 이곳 해안을 발견하고 좀 더 놀다가 가자고 들르는 사람인 듯 싶기도 했고, 더러는 지나가다 넘겨다보고 들르는 사람들 같았다. 그는, 택시가 어촌으로 들어갔다가 돌아 나오면 시내까지 타고 가리라 작정했건만, 택시는 좀체 돌아 나오지 않았다. 손님을 싣고 왔다가 운전기사까지 미역 한 번 감고 가자는 것인지, 아예 기사가 식구를 데리고 비번을 택해서 물놀이를 온 것인지, 빈 차는 한 대도 돌아오지 않았다.

땀이 흐르기 시작했다. 밤새도록 비를 맞고도 머리의 상처는 아물어 가고 있는 것 같았지만, 머릿속의 땀이 상처 쪽으로 스며드는지 이따금 욱신거렸고, 바위 위에서 굴 껍질에 긁힌 상처들은 팔이며 정강이에서 조금씩 쓰라리게 움씰거렸다. 폭양이 눈을 뜰 수 없을 정도였지만 그의 걸음은 힘찼다. 신작로까지는 꽤 긴 거리였는데 그는 지치지 않았다. 삼거리에 이르러 그는 길을 건넜다. 서울 행 급행버스가 떠나는 S시에 가려면 건너편에서 시외버스를 타야 한다. 길에는 자동차의 내왕이 별로 잦지 않았지만, 혹간 나타나는 차들이 길 양쪽의 흙먼지를 뽀얗게 일구며 치달렸다. 그는, 더러는 총알처럼, 더러는 쥐어지르듯 지나가는 자동차의 후끈한 먼지바람 속에 우두커니 서 있었다. 그렇게 서 있는 그의 오른편에서, 녹슨 칼로 푸른 바다 허리를 찌른 좌초선이 눈에 띄었다. 녹슨 칼이 되어 내리꽂힌 배 한 척. 푸른 바다의 옆구리를 무자비하게 찔러, 꿈쩍도 하지 않는 녹슨 배. 끝나지 않은 증오. 죽음 없는 증오. 죽음을 거부한 저주의 육체.

그는 자기도 모르게 청초도 쪽으로 눈길을 돌렸다. 죽음을 가져다 줄, 구원자를 기다리는 오백 살의 여자. 몇 백 년째 죽음을, 오직 죽음만을 갈망하며 견디고 있는 여자. 오백 살…… 오백 살…… 오백 년을 두고 오직 완전한 죽음을 소원하며 기다리고 있는 여

자. 그 죽음을 얻어야만 증오의 주술은 풀리고 새로운 세상을 얻게 된다는 여자. '오백 년. 오백 살. 언제까지 이어질는지 알 수 없는 그 저주. 죽음이 주어지지 않는 저주. 완전한 사랑과 완전한 헌신에 의해서만 주술이 풀린다는 수수께끼 같은 섬 하나. 구원자는 언제 그 섬을 찾아갈 것인가. 청초도 주인은 앞으로 얼마를 더 고독한 집념 하나로 그 섬에 남겨질 것인가.' 어촌의 노인께 하루만 여유를 달라고 했던 것은 자기였다. 그런데 그 하루를 어디에 썼는지 가뭇없이 접고 떠나는 길이다. 아득한 바다 저쪽으로 청초도가 떠 있다. 저주의 부표浮漂처럼. 떠나는 길에 청초도는 왜 눈에 띄었을까. 이대로 그냥 떠나 버린다면… 어쩌면 저 섬은 영원히 저주 속에 갇혀버릴는지도 모른다. 단 한 번, 아니 마지막 구원의 줄을 놓치고……. '아, 나는 무엇이 급해서 이렇게 서둘러 가는가. 이렇게 달아나듯 가야 하는가. 나 하나의 희생으로 저 여인이 완전한 죽음을 허락받는다면, 그는 절망에서 구원받을 수 있다 했거늘. 나에게 무엇 더 큰 보람이 남아 있겠다고, 이 일을 외면하고 이렇게 서둘러 가야 하는가.' 그는 폭양 속에 서서 눈을 감았다.

'주님…….' 그는 눈을 감고 속으로 그렇게 하나님을 불렀다. 외마디였으나 하나님 앞에 전신을 던진 외침이 되었다. 숨 막히는 혼란이었다. 서울을 선택할 수도 없고 청초도를 선택할 수도 없었다. 그는 서울도 청초도 어느 쪽도 선택할 수 없었다. 그가 떠난 길은 이상한 갈림길이었다. 다시 혼란과 두려움, 갈등으로 전신에서 식은땀이 물처럼 흘렀다. 영혼이 죽음 같은 어둠 속으로 빨려들며 정신이 아득해졌다. 순간 어둠 속으로 한줄기 빛이 스며들었다. '너의 결정, 너의 작정, 너의 선택이 아니다. 네가 떠난 길이 죽음의 길이다.' 그런데 그 한줄기 빛으로 천 근 무게의 어둠에서 홀연히 벗어났다. '진통 해산하는 고통이다. 자아自我라는 껍질을 깨뜨려, 찢고 벗겨내며 태어나는 태어남이다.'

'청초도는 유혹이 아니었다. 유혹은 감추어진 내면이었다. 주께서 청초도에 계셨다. 그곳에서 나를 부르고 계셨다. 나의 거짓 자아가 그것을 유혹이라 밀어붙이고 도망치려 한다. 아! 제가 가겠습니다!'

그는 눈을 떴다. 땀에 흠뻑 젖은 몸이 날 것처럼 가벼웠다. 폭양을 휘젓듯이 낡은 트럭 한 대가 뜨거운 흙바람을 일으키며 지나갔다. 청초도로 가려면 길을 건너야 했다. 그는 길을 건너기 위하여 우선 우측 차도로 고개를 돌렸다. 소년 하나가 힘겨워하며 자전거 페달을 밟고 달려오고 있었다. 다리가 짧아서 페달을 옮겨 디딜 때마다 상체가 좌우로 기우뚱거려 까딱하면 중심을 잃고 쓰러질 것처럼 위태로웠다. 폭양으로 터질 것 같은 한낮. 신작로는 엿가래처럼 녹아 늘어져있었다. 그는 소년의 위태로운 몸놀림을 다시 한 번 바라보며 반사적으로 반대편 차도를 불안하게 돌아보았다. 버스가 한 대 질주해 오고 있었고, 그 뒤로 바싹 따라붙던 감색 승용차가 추월을 시도하고 있는 것이 눈에 띄었다.

'아, 소년이!'

한순간의 눈어림으로는 상당히 떨어져 있는 거리였으나, 그들은 제각기 제 속도로 치달았다. 감색 승용차가 버스를 추월하여 앞서는 순간이면 소년의 자전거를 들이받을 정황이다. 버스를 추월하려는 승용차는 버스 차체 때문에 소년의 자전거를 볼 수 없는 상황에서 소년의 자전거를 타고 넘어갈 정황이다. 순간, 그는 길 한복판으로 뛰어들었다. 소년을 길섶으로 밀어뜨리며 함께 구를 작정이었다. 그러나 소년은 자전거에서 뛰어나가 길섶으로 떨어졌지만, 소년을 구하려던 그는 자전거에 걸려 그 자리에 쓰러졌다. 급정거하는 자동차의 마찰음이 한낮의 햇빛을 찢었다. 치닫던 버스도 아슬아슬하게 급정거를 했고, 소년의 자전거와 사람을 들이받은 승용차는 곤두박질치듯 가로수를 들이받으며 멈춰 섰다.

잠깐, 진공상태와 같은 정적으로 여름 한낮이 얼어붙었다. 급정거한 버스도, 가로수를 들이받고 멈춘 승용차도, 길섶으로 뛰어나가 쓰러진 소년도, 자전거와 함께 길 가운데 쓰러진 사람도, 일체의 사물이 참혹한 침묵에 갇혔다.

"사고다! 사고!"

진공상태와도 같았던 침묵은, 끊어졌다가 다시 이어지는 필름처럼 왁자지껄 움직임으로 이어졌다. 버스에서 사람들이 뛰어내렸다. 승용차에서도 젊은이들이 쏟아져 나왔다. 풀 섶에 쓰러졌던 소년도 꿈틀거리며 일어났다.

"죽었지? 즉사야. 즉사!"

"아냐, 다행히 깔고 넘어가진 않았어!"

모두들 덜덜 떨며, 아스팔트 길 가운데 쓰러진 남자를 둘러쌌으나 다음에 무엇을 해야 할는지 얼른 판단이 서지 않아 겅정거리기만 했다.

"병원! 구급차! 경찰……."

누구인가가 외쳤다.

"이 시골구석에 무슨 구급차? 우선 이쪽 어촌 쪽으로 가는 게 빠르지. 도립병원이나 큰 병원까지는 한 시간도 더 걸릴 텐데."

"차가 있나? 차가?"

"저 사고 낸 차, 엔진은 안 다쳤을 거야. 그걸루 싣구 가지 머."

"숨이 붙어 있어?"

"자동차가 오른편 다리를 타구 넘어갔어. 머리에서 피가 많이 쏟아지는군."

"가망 있겠느냔 말이야?"

"내가 어떻게 알아? 아직 숨은 붙어 있다니까."

"누가 운전을 할 거야? 아니, 저놈, 저놈 달아나고 있잖아?"

승용차를 운전하던 젊은이가 산비탈을 타고 숲속으로 기어오르는 것이 보였다. 승용차에 같이 탔던 동행이 서넛 되는데, 그들도 제가끔 얼굴을 마주보며 불안한 눈길을 주고받았다. 나이는 모두가 이십대 안팎. 몸짓과 표정들이 불안정했다. 버스 승객 중 한 사람이 그들 중 청년 둘을 단단히 움켜잡았다. 기골이 장대하고 다구진 장년이어서 붙잡힌 젊은이들은 단번에 기가 죽었다.

"너희들 무엇 하는 자들이야? 왜 저놈만 달아나지? 이 차가 누구 차야?"

"우린 잘 몰라요. 그저 친군들인데 며칠 같이 지냈을 뿐예요."

나머지 처녀 둘은 벌써부터 겁먹은 얼굴로 슬금슬금 뒷걸음질을 치고 있었다.

"아니 하필 이런 데서 사고가 날게 뭐람? 원, 뭐 기댈 데가 있어야지?"

기골이 장대한 사람은 젊은이를 단단히 잡고 서서 주변을 둘러보았다. 전화가 있을 리 없었다. 파출소도 멀었다. 그는 마주 오던 택시가 속력을 늦추자 소리쳐 세웠다.

"시내로 돌아가는 길이오? 지서에 신고 좀 하고 가시오. 순경 혼잣손으로는 안 될 것 같다고 이르시오. 사고도 사고지만, 이 사람들 수상한 사람들이란 말요. 아아, 신고도 신고지만 어떻게 이 다친 사람을 실어다 줄 수 없겠소?"

택시 기사는 뒷자리의 손님과 의논을 하는 모양이었다.

그때 소년의 외침이 둘러선 사람들을 얼어붙게 했다.

"아, 아, 목사님, 목사님이다!" 길섶에 날아가 떨어졌던 소년이 정신을 차리고 일어나면서, 둘러선 사람들을 헤치고 쓰러져 있는 사람을 확인했다.

"아, 목사님, 목사님!"

"너 아는 사람이냐?"

"목사님이에요, 목사님이에요!"

소년은 창백해진 얼굴로 부들부들 떨었다. 소년은 눈물 그렁그렁한 한 눈으로 쭈그려 앉아 쓰러진 사람의 손을 잡았다.

"목사님이, 나 때문에… 내 탓이었어요. 나 때문에……."
소년은 하얗게 질린 얼굴로 소리 없이 울었다.
"비켜라, 병원부터 가고 볼 일이다."
"제일 가까운 병원이 어디 있소?"
"저쪽, 선창 쪽으로 문 의원이라고 있어요. 믿을 만한 병원이라니까 우선 그리로 가지요."

지나가던 택시가 뒷자리를 비우고 환자를 실었다. 뒤미처 경찰차가 달려왔고, 기골장대한 사람으로부터 수상쩍은 두 청년을 인계받으며, 버스 운전수에게 사고 상황을 보고받았다. 사고를 낸 승용차 운전자가 달아나 버린 사실을 알자 경찰 측은 짜증스러워했다. 그리고 신병이 확보된 한 청년에게 거친 말씨로 물었다.

"잘 아는 친구야? 책임지고 찾을 수 있겠소? 차를 버리고 달아난 걸 보면, 이 차가 남의 것이겠지? 어때? 훔친 차지? 안 그래?"

젊은이들과 같이 있던 여자 둘은 어느 사이엔가 버스 속으로 달려 들어가 보이지 않았다. 그 사이에도 맞은편에서 달려오던 차들은 사고 현장 때문에 속도를 줄이고 주춤주춤 지나가야 했다. 버스가 우선 길을 떠났다. 경찰은 두 젊은이를 경찰차에 태웠고, 나머지 경찰 한 사람이 사고를 낸 승용차 문을 열고 이것저것을 살펴보기 시작했다. 여기저기 뒤져보던 순경은 차 안에서 검사증과 면허증을 찾아냈다. 그리고 그것이 같은 사람의 것이 아닌 것에 놀랐다. 검사증에 있는 이름과 면허증에 있는 이름이 달랐다. 순경은 골치가 아프다는 듯 미간을 접으며 그 두 가지를 챙겨들고 그 자리를 떠났다.

소년이 아버지 박 목사에게 연락을 하여, 함께 문 의원으로 달려갔을 때까지, 환자는 응급실에 눕혀져 있었고 두 간호사는 어찌할 바를 모르고 쩔쩔매는 중이었다.

"아니 문 박사님이 안 계신 겁니까?"

박 목사가 실색하며 서둘러 물었다.

"청초도로 왕진 가셨어요."

"아니, 하필 이 시간에 청초도에? 왕진을?"

"방금 전에 전화가 걸려 왔어요. 문 박사님이 직접 받으시고 청초도로 떠나시며 곧 오시겠다고 하셨으니까 지금 오고 계실 거예요."

"우선 지혈 조치를……."

"예, 저희가 알고 있는 모든 조치를 다했어요. 이분은 우리들도 몇 번 뵌 분이에요. 우리 문 박사님이 특별히 친절히 대하셨던 분이었어요."

"아, 저기 문 박사님이 오시네요."

간호사 하나가 소리쳤다. 달려들듯이 들어서는 문 박사의 얼굴에는 땀이 물 흐르듯 흐르고 있었다. 그는 아무것도 보이지 않고 아무것도 들리지 않는 사람처럼 응급실로 달려들어 환자의 용태부터 살폈다. 소독 물에 손을 씻으며 간호사들에게 이것저것 지시하는 의사는 냉혹하게 느껴질 만큼 침착하고 기민했다. 아무도 그에게 말을 건넬 수 없었다. 그의 눈은 집중적으로 환자를 살폈고,

그의 손은 기민하게 돌아가고 있었으나, 그는 마치 눈을 뜬 그대로 기도하고 있는 사람 같았다.

박 목사가 아들의 손을 잡고 속삭였다.

"우리… 함께 기도드리자. 이 자리에 함께 계신 주님께, 우리들의 모든 것을 보고 계신 주님께, 목사님과 의사 선생님을 지켜 주시고 주님께서 직접 치료하시는 손길이 되어 주십사고 기도드리자."

소년은 눈물이 글썽해진 눈으로 환자와 의사를 바라보며 고개를 끄덕였다.

환자의 지혈처치를 끝내고 X레이 촬영이 수십 장 찍혀지는 동안, 순경 두 사람이 병원으로 찾아왔다. 순경은 박 목사에게 보호자인가를 물었다.

"보호자는 아닙니다만, 이분의 신분을 알고 있습니다."

순경은 이상한 일이라는 듯 고개를 절레절레 흔들면서 투덜거렸다.

"사고를 낸 자동차 안에, 바로 이 피해자의 운전면허증이 들어 있더군요. 자동차 검사증은 딴 사람의 이름으로 되어 있는 거였어요. 그런데 엉뚱한 젊은이가 그 차를 몰다가 사고를 냈는데, 그 차에 이분이 다친 겁니다. 그 젊은 놈들이 차를 훔쳐 실컷 놀다가 돌아가는 길에 이분을 치었더군요, 이분은 자기가 몰던 차를 잃어버리고, 도둑맞은 그 차에 치인 거였어요. 세상에… 이상한 일도 다 있네요. 이런 이상한 일이…….”

순경은 정 목사의 운전면허증을 박 목사에게 내어보였다.

"아니, 어떻게……."

박 목사는 얼른 납득이 가지 않는다는 표정으로 순경을 바라보았다. 그러자 순경은 대단한 해결사나 된 듯 조금 으스대며 말했다.

"수수께끼 같지만 간단한 거죠. 이분이 누구인가의 차를 빌려가지고 여기까지 왔던 거죠. 그런데 빌려온 차를 도둑맞았던 거예요. 그 차를 훔친 자들이 맘대로 차를 몰고 다니던 끝에 이분의 눈에 띄게 된 거죠. 아마 모르긴 해도 이분은 차를 잃어버려 놓고 꽤나 노심초사했겠지요. 그것도 자기 것이었다면 그런 대로 대처할 방법이 있었겠지만, 남의 것을 빌렸다가 도둑을 맞았으니……. 그랬다가 우연하게 길에서 잃었던 그 차를 발견했을 때 얼마나 충격을 받았겠어요. 앞뒤 생각 없이 뛰어들만도 했겠죠."

옆에서 잠잠히 듣고 있던 소년이 순경의 손을 가만히 잡아 흔들었다.

"순경 아저씨, 목사님은 자동차를 보고 계시지 않았어요. 그 차가 큰 버스를 앞질러 나오는 걸 보시면서 저를 구해 주시기 위해서 뛰어드셨어요. 목사님은 저만 보셨어요. 제가 자전거를 타고 있었거든요. 그런데 그 차가 버스를 앞지르면서 저를 받을 뻔했어요. 그래서 목사님이 저를 구하시려고 뛰어드신 거였어요. 목사님은 그 차를 알아 보신게 아니었다고요."

소년의 눈물 어린 눈이 한없는 애소를 띠고 있어, 사고 현장 설명을 하던 순경이 주춤했다.

"응, 그랬니? 거기 네가 있었구나? 자전거를 타고 가던 너를, 훔친 차를 몰던 사람들이 버스를 추월하면서 너를 칠 것 같으니까, 이분, 목사님이 너를 구하려고 뛰어들었다고……."

순경은 겸연쩍어 하며 소년의 머리를 쓰다듬었다.

"그러문요, 목사님이 저를 구해 주신 걸요."

순경이 소년에게서 눈을 돌리며 박 목사에게 물었다.

"피해자의 가족에게는 연락이 됐습니까?"

"아닙니다, 아직……."

"곧 연락할 길은 있겠지요? 서두르시지요."

"예, 서두르겠습니다." 박 목사는 중얼거리듯 대답하고 있었지만, 몹시 허둥거렸다. "목사님의 운전면허증을 제게 주실 수 있겠습니까?"

박 목사는 면허증에서 주소를 옮겨 적었다. '전화를 할 수만 있다면.' 젊은 목사는 안타까워하면서 문 의원을 나섰다.

"너는 여기 있거라. 나 우체국에 가서 전보를 치고 올 테니."

박 목사가 전보를 치고 돌아왔을 때, 문 박사는 넋 나간 사람처럼 창문 앞에서 바다를 바라보고 있었다.

"문 박사님, 가망이 없는 겁니까?"

박 목사가 허둥지둥 물었다. 문 박사의 뒷모습은 사세事勢가 이미 글렀다는 것을 뜻하는 것 같았기 때문이다. 숨이 턱이 찬 듯한 질문에 몸을 돌려 세운 의사는 침착한 표정으로 젊은 목사를 바라보았다.

"머리는 크게 다친 것 같지 않은데, 다리는 곧 수술을 해야 합니다. 지금 수혈 준비를 하고 있습니다. 혈액을 공급받아야 할 형편이라 서요. 우선 제가 할 수 있는 최선은 다하고 있습니다만……."

의사는 말을 다 마치기도 전에 다시 바다를 향해 얼굴을 돌렸다. 그리고 깊은 의문에 잠겨 머리를 흔들었다.

"무슨 일이십니까?"

젊은 목사가 물었다. 의사는 바다를 바라보며 나직하게 중얼거렸다.

"청초도 여주인이 세상을 떠났습니다. 아까 급히 불려갔었거든요. 아침까지도 말짱했다던 사람이… 심장마비더군요. 아아… 참으로 기이한 하루가… 이상한……."

의사는 조심하는 기색도 없이 크게 신음했다. 젊은 목사는 의아한 얼굴로 의사를 바라보았다. '청초도 여주인의 죽음에 왜 당신이 이토록 타격을 받아야 합니까?' 의사는 그 표정을 읽기라도 한 듯 젊은 목사를 향해 얼굴을 돌리며 입을 열었다.

"박 목사께서는 기적을 믿으시겠지요? 오늘이… 기적의 날입니다. 저 정 목사께서 다치던 그 시간에 청초도의 여자가 숨을 거두었습니다. 젊으신 목사님께서는 혹시 청초도 여주인에 관한 이야기를 들어보신 일이 없으신지요? 오백 년을 살고 있다는 그 거짓말 같은…전설 같은 이야기를… 오직 죽음을 기다리며 살고 있다는 청초도 여주인의 이야기를… 그는 자기를 믿어 주는 사람에 의해서만 구원을 받을 수 있다는 이야기를 늘 하고 다녔어요. 죽음만이 완전한 구원이라면서, 구원의 열쇠가 되어 줄 사람을 기다리고 있다고 늘 말해 왔거든요. 사고가 나던 그 시간에 청초도 여주인이 숨을 거두었어요. 저 다치신 목사님은 청초도 여주인의 문제로 적잖이 갈등과 혼란을 겪으신 분이었고… 더 깊은 이야기를 나누지는 못했지만, 서울에서 오신 목사님은 청초도를 만난 뒤에, 무슨 주술에 걸려든 분처럼 두려워하고 풀어야 할 숙제처럼 무거워하고 있었지요. 친구에게 빌린 승용차를 도둑맞고 어쩔 수 없이 어촌에 머물게 되면서, 청초도 여주인을 몇 번 만나셨거든요, 아마. 저주를 받고, 죽지 못하고 오백 살을 살고 있다는 청초도의 말을 믿어야 할는지, 그 여자 분의 간청을 묵살해도 되는지, 깊은 고뇌에 빠져 고통하는 분 같았거든요. 그런데 같은 순간에, 한 분은 사고를 당해 사망에 이를 뻔하고, 청초도 주인은 오백 년 염원念願의 죽음으로 들어갔다는 말입니다. 신비한 일 아닙니까? 나도 이 사건을 어떻게 수용해야 할는지, 그저 내가 세상에 있지 않고 어딘가 신비하고 무서운 나라에 와 있는 것만 같습니다. 나는 기독교 신자가 아닙니다만, 하나님의 어떤 섭리를 눈앞에서 확인한 듯 두렵기도 합니다."

"문 박사님, 지금 그런 동화 같은 이야기를 하고 있을 때가 아닌 것 같군요. 치료를 서둘러 주셔야지요!"

"아닙니다. 이건 단순한 사고가 아니에요. 이 일은 사고를 당하신 정 목사님께는, 우리가 알 수 없는 어떤 묵계를 의미한다는 걸 나는 알고 있습니다. 그리고… 말씀대로 내가 수술을 서둘겠습니다만, 수술하는 동안 이 사건은 나에게 삶의 새로운 지평이 열릴 수도 있는……."

"문 박사님 같은 분이 그런 허황된 이야기를 믿으려 하다니요."

"아니요, 나도 청초도 여주인에게 그이야기를 들었을 때, 어이가 없어 웃고 치웠습니다. 당사자로부터 그 이야기를 들었을 때 뭔가 좀 잘못된 사람이겠거니 했었죠. 지나가는 농담으로 듣기에는 너무도 진지했지만. 그런데 얼마 전, 정 목사님이, 한밤중, 대포리 좌초선에 올라갔다가 머리를 다쳐 나에게 찾아오셔서, 이런 저런 이야기를 하다가, 청초도 이야기가 시작되면서 청초도 섬은 의문과 호기심, 그리고 점차 심각한 결말을 기다리게 된 대상이 되었습니다. 그리고 정 목사께서 목숨을 걸고 소년을 구하던 그 순간에 청초도 주인의 숙원宿願이 이루어졌으니, 결코 예사로운 일이 아닙니다. 사실, 이 신비는 이렇게 지나가는 이야기처럼 주고받을 이야기가 아니었는데… 어떻든 저는 수술을 서둘러야겠습니다. 정 목사님 댁에는 연락이 되었습니까? 아, 전보를 치셨다고요. 좋습니다."

문 박사는 바람을 일으키며 수술실로 들어갔다. 혼자 남은 젊은 목사는 문 박사가 서 있던 창가로 다가갔다. 그리고 기우는 햇살 속으로 망망하게 펼쳐진 바다를 바라보았다. 해안 가까운 곳에 동실 떠 있는 청초도가 푸른빛으로 흔들리고 있었다. 그 섬은 주인의 저주를 안고 있는 섬 같지 않았다. 이제부터 새로운 항해가 시작된 듯했다. 젊은 목사는 이상한 환상에 빠져들었다. 그는 창가에서 돌아서며 수술실을 바라보았다. 이쪽의 수술실 상황은 어찌 되는 것인가.

몇 시간에 걸친 수술은 끝났으나 그 밤은 혼돈이었다. 환자의 혼수상태와 의사의 침묵과, 서울서 달려온 부인과, 친구 김 박사의 밤샘이 한데 얼크러져 신산辛酸을 쌓았을 뿐, 여름밤이건만 길고 길었다.

"뇌에 아무 이상이 없다고 말씀하셨는데 왜 의식이 회복되지 않는 겁니까?"

날이 밝자 부인은 문 박사에게 조심스럽게 물었다.

"다시 검사를 하겠습니다. 오전 중에 용태를 보아서 오후에는 저쪽 도시의 큰 병원으로 옮기셔도 되겠습니다. 아무래도 그곳 시설이 정밀할 테니까요."

하룻밤 사이에 약간 초췌해진 문 박사는 정중하게 대답한 뒤 다시 환자를 돌보기 시작했다. 부인은 친구 김 박사가 기다리고 있는 진찰실 뒷방으로 갔다. 김 박사는 창가에 서서 청초도가 떠 있는 바다를 바라보고 있었다. 부인은 김 박사의 등을 향해 지금까지 계속 궁금했던 일을 더는 참지 못하고 입을 열었다.

"무엇 때문에 목사가 이곳을 찾아왔을까요? 이곳에는 연고가 도무지 없는 곳입니다. 도무지 무엇 한 가지도 연결된 일이 없는 곳입니다. 저이가 무엇을 하려고 이곳에 왔을까요. 무엇이 그이를 불렀을까요. 왜 이렇게 엉뚱한 곳에 와서 이런 일을 겪는 것일까요?"

"무엇인가, 누구인가의 요청이 있었겠지요."

김 박사는 바다를 향해 선 그대로 나직하게 대답했다.

"누구의 요청이었을까요?"

"지금까지 잠잠하던 자기 내면의 자신, 또 하나의 자아의 요청이었는지도 모르지요."

"아, 저는 왜 계속 묻는 입장에 서야 하는지… 마치 돌려 세워진 듯, 홀로 서서… 계속 묻게만 되는군요. 김 박사님, 그가 무엇을 더 바랄 것이 있었을까요. 그 요청의 내용이란… 어떤 것이었을까요?"

"부인." 김 박사는 창 앞에서 몸을 돌려 세웠다. "저도 지금 생각을 하고 있던 중입니다. 그가 왜 이곳에 왔었을까. 여기서 부딪친 이 죽음과 같은 사건은 무엇을 의미하는 것일까를. 저도 한없이 궁금합니다. 이만 피트 가까운 아프리카 대륙의 최고봉인 킬리만자로의 서쪽 봉우리에, 말라서 얼어붙은 표범의 시체 이야기를 떠올리고 있던 중입니다. 그곳 부족인 마사이 말로 '신神의 집'이라고 이름 하는 그 높은 봉우리 근처에서, 표범 한 마리가 얼어 죽었습니다. 킬리만자로의 얕은 곳과 초원은 그 표범에게 얼마든지 먹이와 휴식처를 주고 있었을 텐데, 표범은 그곳을 떠났습니다. 편하고 즐거운 곳을 떠나, 험하고 춥고 굶주림만 있는 봉우리 쪽을 찾아 올라갔습니다. 표범이 도대체 무엇을 찾아 그곳에 갔는지 아무도 모릅니다. 다만 신의 집 근처까지 그가 갔었다는 사실을 그의 주검이 증명해 주고 있을 뿐……."

그때 간호사가 두 사람을 찾아왔다.

"문 박사님께서 두 분을 뵙자시는데요. 환자를 큰 병원으로 옮기시려는 것 같아요."

그들이 앰뷸런스를 만나 환자를 싣고 문 의원을 떠난 것은, 해가 정오 가운데서 내려서기 시작했을 무렵이다. 앰뷸런스에는 부인과 친구인 김 박사, 그리고 문 박사와 박 목사 함께 탔다. 앰뷸런스는 뜨거운 햇살을 헤치며 해안을 끼고 달리기 시작했다. 작은 교회 목사가 입을 열었다.

"목사님께서 다치신 곳이 행길 저쪽입니다. 그때 목사님께서 왜 그곳에 계셨는지 모르겠습니다."

부인이 고개를 들어 젊은 목사를 바라보았다. 그리고 혼잣말처럼 나직하게 말했다.

"아무도 모릅니다. 왜 이곳을 찾아오셨는지 아무도 모릅니다."

뜨거운 바람이 차 속으로 밀려들어왔다. 창밖을 내다보고 있던 문 박사가 밝은 목소리로 탄성을 올렸다.

"아, 좌초선이 해체되고 있네요! 저기 저기를 보세요! 그동안 좌초선에서 쇠붙이가 뜯겨져 나가고, 돈이 되는 쇠덩어리와 구리를 훔치는 자들이 들락거렸는데, 몇 년을 두고 꿈쩍도 하지 않고 바다에서 녹슬어가더니, 이제, 해체가 시작되었네요. 저것이 이 근처 대포리 바다의 흉물 중 흉물이었거든요. 그런데 이제 녹슨 유령이 떠나고 있네요.. 세상에! 이런 일이! 청초도의 주인이 떠나고, 좌초선이 해체되고……."

　젊은 목사는 그 말의 뜻을 알아들었으나, 부인과 김 박사는 영문을 몰라 문 박사가 내다보는 곳을 향하여 고개를 돌렸다. 햇살이 수없는 금빛 작살이 되어 내리꽂는 여름 바다 위에, 녹슨 칼처럼 꽂혀 있던 좌초선에서 해체 작업이 진행되고 있었다. 원한으로 녹슬어 다시는 뽑힐 것 같지 않던 녹슨 배 옆에, 해체작업에 돌입한 선원들의 배 한 척이 머물러 있었고, 수많은 사람들이 녹슨 배의 기울어진 갑판에서 웅성거리는 것이 보였다.

　"아아, 좌초선 해체작업이 시작된 겁니다!"

　문 박사는 무엇이 후련한지, 마치도 무엇에서 놓여난 사람처럼 시원해 하며 다시 한 번 외쳤다. 그리고 그는 해체 작업이 시작된 좌초선 저 너머에 떠 있는 청초도를 건너다보았다. 청초도는 닻을 걷고, 정박했던 뭍을 떠나는 배처럼 그들이 달리는 자동차의 속력을 따라 함께 달리는 것 같았다. 문 박사는 창에서 얼굴을 돌리며 환자 쪽으로 상체를 굽혔다. 그리고 아직도 혼수상태인 환자의 귀에 입술을 가까이 대고, 나직한 목소리였지만 분명한 어조로 말을 전했다.

　"청초도 주인이 세상을 떠났습니다. 그가 주검을 맞아 그 품안에 안겼습니다. 그리고 드디어 좌초선이 해체되고 있습니다."

　"선주船主가 왔겠지요."

젊은 목사가 바다를 바라보며 말하자, 문 박하는 환자의 귀에 입을 대고 말했다.

"선주가 오지 않았더라도, 해체 작업은 선주의 뜻이겠지요."

무슨 말인지를 전혀 알아듣지 못하는 부인은, 환자를 들여다보며 불안한 표정으로 근심했다.

"이렇게 진동이 심한데 환자에게 괜찮을까요. 이쪽 길은 노반이 아주 험하군요."

부인의 말을 김 박사가 받았다.

"괜찮을 겁니다. 어느 쪽이 되든 괜찮을 겁니다. 그가 소생하든, 이대로 우리 곁을 떠나가든, 어느 쪽이든지 그것이 정 목사가 완성된 길로 떠나는, 정해진 길이 될 테니까요. 우리는 어차피 처음부터 그분의 뜻 안에서 태어났고 그 뜻을 따라서 행군하는 사람들 아닙니까."

문 박사는 환자를 향해 굽혔던 상체를 일으키며 김 박사를 향해서 미소했다. 밝은 웃음이었다.

"하나님이 가라사대 우리의 형상을 따라 우리의 모양대로 우리가 사람을 만들고, 그로 바다의 고기와 공중의 새와 육축六畜과 온 땅에 기는 모든 것을 다스리게 하자 하시고… 하나님이 그 지으신 모든 것을 보시기에 심히 좋았더라. 저녁이 되며 아침이 되니 이는 여섯째 날이니라" (창세기 1:26-32).

작가의 말

　1960년경, 어느 불볕 여름날, 강원도 여행길, 속초 근해近海 대포리 바닷가에 거대한 배 한 척이 좌초당해 있는 것과 마주쳤다. 짓푸른 바다에 반쯤 내리꽂혀 시뻘게 녹슬고 있는 그 영상은 충격이었다. 망망 푸른 바다에 시뻘겋게 녹슬어 기우뚱 처박힌 철선鐵船. 녹슨 칼이 되어 푸른 바다 허리를 찌른 그 형상은 공포의 수수께끼였다.
　다음해 여름, 다시 설악산으로 들어가는 길에, 아직도 그 자리에 기우뚱 처박혀 있는 그 배는, 충격을 넘어 어떤 예시豫示처럼 뇌리를 점령했다. 계속 풀리지 않는 수수께끼였다.
　다음해 여름, 다시 설악산으로 들어가는 길에 아직도 그 자리에 처박혀 있는 좌초선을 또 만났다. 배는 더욱 시뻘겋게 녹슬어 가고 있었다. 지글지글 끓는 더위에 망망한 바다도 숨을 죽이고 있는데, 푸르른 바다의 옆구리를 깊이 찌른 녹슨 배는 음흉한 표정으로 더위를 비웃고 있었다. 그 배는 죽은 것이 아니었다. 증오였다. 역리逆理였다. 비륜非倫이었다. 그 배는 소멸되지 않는 것, 죽음을 배척한 어떤 반항이었다. 하늘도 바다도 땅도 사람도, 지상地上의 그 어떤 것과도 연관을 갖지 않겠다는 거부拒否였다.

다음해 여름, 또 그곳을 지나갔다. 두고, 두고 녹슬어가며 바다의 옆구리를 찌른 좌초선이 뇌리에서 떠나지 않아, 다음해 봄에는 일삼아 찾아갔다. 시뻘겋게 녹슨 좌초선은 여보란 듯 증오를 머금고 끄떡없었다. 하릴없이 인적 없는 바닷가에서 좌초선을 하염없이 바라보고 있었으나, 어떤 실마리도 잡히지 않았다. 3년이 지나고 다시 또 3년이 흘러갔어도 그 녹슨 배의 수수께끼는 풀리지 않았다.

대포리 바닷가의 좌초선은 응어리가 된 공포처럼 뇌리에서 떠나지 않았다. 공포가운데서, 소멸, 죽음, 사라지는 것들의 의미를 천착하기 시작했다. 죽음은 순리順理였다. 소멸은 아름다움이었다. 그러나 죽지 않고 버티고 있는 그 녹슨 배는 증오의 수수께끼였다.

인간은 죽음을 껴안고 태어난다. 인간의 삶은 죽음을 향한 행군이다. 그러나 모든 사람에게 죽음은 낯설다. 낯이 익혀지지 않는다. 죽음은 다시 시작되는 새로운 세상을 향한 출생이라고들 하고, 최선의 질서라고들 하지만, 여전히 낯설고 슬프다. 다만 인간에게 죽음이 없다면 그 혼란은 어떤 재앙이겠으며, 삶의 의미를 무엇으로 찾을 수 있을까 궁금했다.

"개똥밭에 살아도 이승이 좋다."는 속담은 진리일까. 모든 영혼의 주인이신 창조주께서 인간으로부터 죽음을 걷어내시기 위해,

사람 형상을 한 아들을 보내주셨지만, 부활은 꿈이고 죽음은 여전히 수수께끼요 신비이면서 공포다.

소설 〈여섯째 날 오후〉는 존재와 인간관계, 그리고 죽음의 문제를 도식화圖式化 해 본 고통스러운 실험이었다. 소재는 단 한 장면場面, 속초 대포리 바다에 처박혀있던 녹슨 배 한 척이었다.
사랑의 집념 때문에, 죽음의 질서를 거역하고 저주의 삶을 이어간 아키시스 여왕의 방황과 고통이 어떤 것이었을까 천착해 보았고, 죽음의 질서 대신 증오를 선택한 저주의 고리를 풀어 줄 열쇠가 어디에 있을까 찾아보기 위한 실험이었다.

구원은 목숨을 버리는 사랑의 헌신 없이는 불가능하다. 아바 하나님의 사랑은 찔리고 찢겨진, 처참한 피 흘림의 형상을 입은 바보 사랑이었다. 십자가 사랑. 십자가에 달려, 저주와 능멸과 세상에서 가장 잔인한 천대를 받아가며, 당신이 창조하신 인간에게 사랑을 고백하신 기이한 사랑이다.

오백 년 동안 죽음을 찾아 헤매던 청초도의 여인은 끝내 죽음을 성취했다. 그것은 한 목회자가 지금까지 자기에게 주어졌던 모든 것을 포기하기로 결심했던 자아 포기, 자아를 양도讓渡한 순간에 이루어진 기적이었다.
등장인물 중에 실재하는 인물은 바닷가 노인 한 사람뿐이었고,

그 노인과의 조우도 그저 잠깐 몇 마디의 대화였고, 나머지는 전혀 실재하지 않는 사람들이었다.

　배태胚胎 되고도 20년 가깝게 싹 트지 않던 고통의 씨앗 하나가 난산難産을 거쳐 태어났지만, 푸른 바다의 옆구리를 내리찍은 녹슨 칼, 좌초선의 존재를 형상화한, 나름, 해산의 후련함도 있었다. 1980년부터 일 년 반에 걸쳐, 『현대문학』에 연재하는 동안, 존재와 인간관계와 신앙과 죽음의 문제에 묶여, 고통 가운데 신음을 이어가며 글을 쓰지 않을 수 없었다. 일찍이 겪은 일 없는 고통스러운 작업이었다. 그것을 1982년 10월에 책으로 엮어 주었던 홍성사가, 이제 다시 새 옷을 입혀 세상으로 내어 보내 준다 하니 감회가 새롭다. 이제 이 책이 3쇄로 제작되는 8년 어간에, 이 책을 읽어 주신 분들의 따뜻한 영혼이 내 작업에 새로운 지평을 열어주신다.

1990년 8월

용인 신갈 보뜰 숲속 집에서　정 연 희

초판발행 : 1982. 11/20
3쇄 발행 : 1990. 10/30
　발행처 : 주식회사 홍성사

정연희 장편소설 **04**
여섯째 날 오후

인쇄 2018년 12월 10일
발행 2018년 12월 15일

지은이 정연희
발행인 서정환
펴낸곳 신아출판사
주소 전라북도 전주시 완산구 공북 1길 16
전화 (063) 275-4000   010-3231-4002
팩스 (063) 274-3131
이메일 sina321@hanmail.net   essay321@hanmail.net
출판등록 제465-1984-000004호
인쇄·제본 신아출판사

저작권자 ⓒ 2018, 정연희
이 책의 저작권은 저자에게 있습니다. 서면에 의한 저자의 허락없이 내용의 일부를
인용하거나 발췌하는 것을 금합니다.
COPYRIGHT ⓒ 2018, by Jeong Yeonhui
All rights reserved including the rights of reproduction in whole or in part in any form.
저자와 협의, 인지는 생략합니다.
잘못된 책은 바꿔 드립니다.

ISBN 979-11-5605-581-5 04810
      979-11-5605-375-0 (세트) 04810

값 14,000원

이 도서의 국립중앙도서관 출판시도서목록(CIP)은 서지정보유통지원시스템 홈페이지
(http://seoji.nl.go.kr)와 국가자료공동목록시스템(http://www.nl.go.kr/kolisnet)에
서 이용하실 수 있습니다.(CIP제어번호: CIP2018040413)

Printed in KOREA